U0926050

魅丽文化
花火工作室

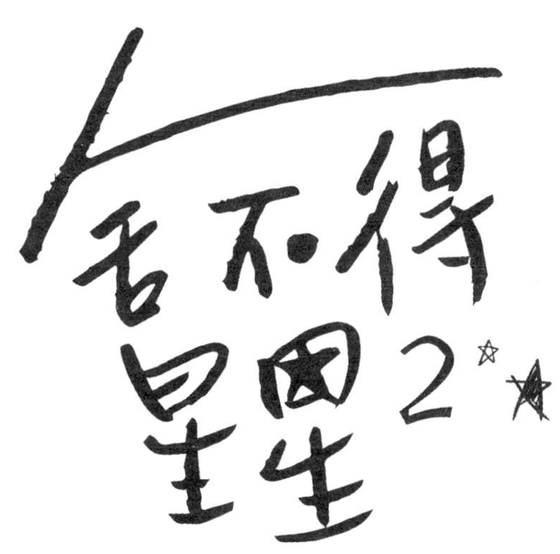

画盏眠 著

江苏凤凰文艺出版社
JIANGSU PHOENIX LITERATURE AND
ART PUBLISHING, LTD

图书在版编目（CIP）数据

舍不得星星. 2 / 画盏眠著. -- 南京 : 江苏凤凰文艺出版社, 2019.3
ISBN 978-7-5594-3260-5

Ⅰ. ①舍… Ⅱ. ①画… Ⅲ. ①长篇小说－中国－当代 Ⅳ. ①I247.5

中国版本图书馆CIP数据核字(2019)第016735号

书　　名	舍不得星星. 2
著　　者	画盏眠
选题策划	朵　爷　夏　沅
责任编辑	张　倩　王　青
文字编辑	夏　沅
出版发行	江苏凤凰文艺出版社
出版社地址	南京市中央路165号，邮编：210009
出版社网址	http://www.jswenyi.com
印　　刷	湖南新华精品印务有限公司
开　　本	880×1230毫米 1/32
字　　数	256千字
印　　张	10
版　　次	2019年3月第1版，2019年3月第1次印刷
标准书号	ISBN 978-7-5594-3260-5
定　　价	38.00元

目录

To the stars

C O N T E N T S

目录

To the stars

C O N T E N T S

第一章 平和

唐漾从汇商办完复职手续再回家，已经下午两点半了。

暖融融的阳光照进单元楼，唐漾一边从包里摸钥匙，一边走进电梯。她想，蒋时延晚上才回来，她可以先洗个澡，然后订一束花，把家收拾得干干净净，再点个外卖，装到瓷盘里焐好。到时候，他就会看到一个温馨的家以及一桌热腾腾的饭菜了。

“叮咚”楼层到。

唐漾一边拖着箱子一边开门，她刚把钥匙放进锁眼，门就从里面开了。

男人刚洗过澡，穿着浴袍，好看的腹肌若隐若现。

他洗了头，半湿的头发乌黑发亮，一滴水珠从他额角淌下，掠过鼻梁、薄唇唇侧，然后到下颌，最后顺着喉结一滚，滴落。

为什么有的人，总在意外中出现?

蒋时延噙笑看着唐漾。

唐漾呆呆地望着蒋时延。

余光内，客厅的花瓶被清洗过，插了才买的粉玫瑰。茶几、木地板一尘不染。窗帘拉了一半，明亮的阳光笼罩着他。

蒋时延接过她的东西，柔声道：“本来说晚上回来，冯蔚然买了一架私人飞机，我就搭顺风机提前回来了，将家里简单收拾了一下。知道你吃不惯飞机餐，我做了你喜欢的排骨煲、炝凤尾，炖了参鸡汤。”

唐漾“呜”一声扑进蒋时延怀里。

他身上好闻的、熟悉的沐浴露的味道，混着厨房飘来的鸡汤的香味，让唐漾舒服得浑身发软。

她抱着他的腰，小狗一样地在他身前这儿嗅嗅，那儿闻闻，不安分地蹭啊蹭，柔软的发梢扫过蒋时延的胸膛。

蒋时延怕痒，忍笑把她搂进家里，关了门，又把绵绵软软的“小树袋熊”搂到饭桌上。蒋时延拍拍她的软臀，唐漾吊着他的脖子不肯下来。

“闻什么呢，这么起劲。”蒋时延好笑。

“你不是做了排骨煲吗，我在闻排骨的味道啊。”唐漾说着，把小脑袋更深地埋进蒋时延怀里，小手胡乱地摸着他凸出的喉结、锁骨。

真的是蒋时延，他在A市，她也回来了，他们不用分开了。

真好，她真的闻到了他的味道。

蒋时延被排骨争了宠，也不恼。他“噢”一声，学她的样子把头埋进她颈窝蹭啊蹭。

他头发硬硬的，下巴上的胡茬儿也硬硬的。唐漾痒得“咯咯”直笑，小手推搡着想让他起来：“蒋时延你做什么啊。”

蒋时延脑袋蹭得更厉害，话却软绵绵的：“闻漾漾的味道啊。”

他鼻息滚热，拂在她光洁的颈侧。唐漾“呀呀”轻叫，耳根不着痕迹地染上一抹红。

唐漾不肯从蒋时延身上下来，蒋时延怕她饿着，就抱着她吃饭，时不时给她夹菜、盛汤。

唐漾确实不太爱吃飞机餐，她盘腿坐在蒋时延腿上，一边吸溜吸溜，一边满足到眯眼，嗲声嗲气道：“以后家里你做饭吗？男主内女主外也挺好。”唐漾回头，朝他眨了眨眼，“你在厨房里面做饭，我在厨房外面给你加油。”

蒋时延抬手擦掉她嘴旁的饭粒：“挑个日期吧。”

“挑个日期做什么？”唐漾一愣。

蒋时延的嘴角拉起愉悦的弧度：“挑个日期嫁给我啊。”见漾漾困惑，蒋时延解释，“你不是说以后家里我做饭吗？‘以后家里’，难道不是想嫁给我？”

怎么突然说嫁不嫁的？唐漾小脸蓦地一热，瞪他：“你怎么这么会脑补，那你默认挑个日期怎么不说是你想嫁给我啊。”

“好啊！”蒋时延答得爽快。

唐漾见他一脸嘚瑟，反应好几秒才明白自己把自己绕坑里了。

可女朋友会做错事情吗？不会。

唐漾气鼓鼓地咬牙，蒋时延憋着笑捏她的脸。唐漾鼓着腮帮子不让他捏，蒋时延偏偏要捏。

他的指腹略带薄茧，捏得唐漾的脸颊红红热热的。唐漾喉咙里咕噜一声，恶作剧般在他的嘴角边擦自己嘴上的油。擦着擦着，唐漾被蒋时延托着调转了方向。

蒋时延收拾桌子时，唐漾去洗澡。

蒋时延收拾完进卧室，唐漾洗完澡站在门后。她想蒙他的眼睛，没蒙上，细软的柔荑盖住了他的喉结。

灰色遮光窗帘隔开了外面的大好天光。

两人如同学步的小孩，跌跌撞撞缠着吻着，脚尖相抵，一同落到床上。

蒋时延方才吻她的时候带着急迫感，真做的时候，他的眸色暗沉如夜，一遍一遍吻着她，从足到头，温柔得不可思议。

最后，唐漾连伸手的力气都没了，整个人窝在他怀里细细喘气。

蒋时延用手指绞着她的头发，叫她："小月亮。"

唐漾礼尚往来，玩他的手指，朝他怀里钻了钻："你是小太阳吗？"唐漾想到以前蒋亚男说他小霸王本性，软绵绵地"啧"一声，"日天日地。"

蒋时延眸中温柔愈深，他勾着笑，重复："日天日地日。"

唰一下，唐漾像跳进了火坑，把自己烤得如虾米般又红又烫。

这人怎么这么流氓，这么色。

唐漾又羞又恼，用脚踢他踢他再踢他。蒋时延双腿一并，把她的脚夹在膝盖间。唐漾欲拒还迎，蒋时延反手拉了被子。

两人如同缠尾的鱼，滑溜溜地贴在一起。唐漾"我错了""我错了"咯咯笑，蒋时延"嗯""嗯"吐着单音节，在被子里拱来拱去。

唐漾一直给老妈留了备用钥匙。

唐妈妈上次跟蒋妈妈说要来看唐漾，一直忙着没过来。好不容易学校的事情忙完了，唐漾也说她今天回家，唐妈妈就美美地做了个头发，又涂了个指甲，兴冲冲地买了一堆菜，开车到了唐漾家楼下。

敲了几下门没人应，唐妈妈看时间快五点了，想着唐漾可能因为办复职手续还没到家，就用备用钥匙开了门。

鞋柜里放了两双男士皮鞋，蒋时延肯定经常到唐漾家，朋友之间照顾也方便，唐妈妈没在意。她把菜放到饭厅的桌上，隐约听到了唐漾的声音。

“糖糖你在家？”唐妈妈拎着钥匙，一边小声问，一边朝卧室走。

一墙之隔，里面，蒋时延和唐漾在被子里翻来滚去地闹。

外面，唐妈妈一步步走近。

里面，两人才穿好的浴袍、内衣裤经由一道道弧线再次落地。

外面，唐妈妈的手握上门把。

里面，蒋时延吻住了唐漾，缠着她正要进去。

“咔嗒”，门开了。

唐妈妈推门进来：“糖糖你难道在家？这个点怎么在睡？”

房间昏暗，衣衫凌乱，地上扔着几团用过的餐巾纸。

唐妈妈是过来人，自然明白这一室暧昧代表着什么。

尤其女儿床上的被子下，明显是两个人。

听到唐妈妈的声音，床上两个人滚来滚去的动作倏然停滞。

几秒后，唐漾的手从被子里伸出来，然后冒出个满脸通红的小脑袋，怯怯地喊：“妈——”

唐漾露出来的肌肤赤裸，上面吻痕斑驳。

唐妈妈目光扫过，心脏差点停跳。回过神后，唐妈妈轻咳一声，拿出家长的姿态：“衣服穿一穿，唐漾你出来。”

五分钟后，唐漾裹好睡衣走出卧室。

与此同时，卧室的浴室内响起了“哗哗”的水声。

唐妈妈在客厅里临窗而站，唐漾手插在睡衣兜里，挪到唐妈妈身旁，小声地喊：“妈。”

唐妈妈没反应。

她听到了，她当然听到了，但她也听到了浴室的水声！

唐妈妈从教几十年，身为教辅“屠榜”的名师，她一辈子有两样值得骄傲的事。第一是参与权威考试命题的次数；第二，便是她和丈夫没怎么管教，但从小到大都特别乖巧懂事的女儿，唐漾。

她一直以为女儿太乖，以至于单身到现在。她还在担心女儿会不会不喜欢男人，会不会不知道怎么和男人相处，相亲会不会找到合适的。

结果，突然去女儿家，看到大龄单身的女儿和一个不知道哪儿来的野男人在床上滚来滚去。

想到之前那个场景，唐妈妈脑仁一阵疼。

唐妈妈不说话，唐漾也不敢吱声。

沉默持续了好一会儿。

唐妈妈用手轻抚胸口："唐漾。"

唐漾脑袋低得快抵到胸口："嗯——"

唐妈妈组织好语言，开口："妈妈不是反对婚前性行为，妈妈也明白成年人之间的需求，可那人是你的男朋友吗？你知根知底吗？他靠谱吗？你们谈恋爱准备结婚了吗？"

唐漾想开口。

唐妈妈深深吸一口气，没给唐漾开口的机会。

唐妈妈说："妈妈是开明的人，你正儿八经谈恋爱发生什么妈妈不会多说，可你是谈恋爱吗？你一个每天吃什么都会告诉我的人，谈恋爱会不告诉我？现在一夜情啊，骗色啊很多，妈妈觉得还是要多了解对方一点再进一步发展，要不然为了一时欢愉被不三不四的男人骗财又骗色，你一想不开有个三长两短让妈妈怎么办？"

见唐漾还想开口，唐妈妈气急："你能不能向人家蒋时延学学！挑剔一点！洁身自好一点！他妈去他家找'小月亮'，连个影儿都没看到。你倒好，直接给我变了个活的男人出来。好！好！好！"

唐妈妈越说越激动："就算你约炮一夜情，你也别大白天在家里可以吗，你至少不要让我看见。眼不见心不烦，我还会以为我有个好女儿。"

蒋时延收拾好自己从里面出来，站到唐漾旁边。

"都说近朱者赤，近墨者黑，怎么人家蒋时延可以自律自爱，你和他关系那么好，现在反而……"

唐妈妈说着，把头转向唐漾。

蒋时延迎上唐妈妈的眼神，大气都不敢出。

他吞了吞口水，心虚地直搓手："周，周，周阿姨。"

唐妈妈望着女儿身旁这个长得和蒋时延几乎一模一样的野男人，慢慢地，慢慢地定住了张开的嘴。

上一秒，唐妈妈在表扬蒋时延，批判女儿和来路不明的野男人。

下一秒，野男人出现在她面前，㞞㞞地叫她周阿姨，野男人的脸十分熟悉。

不是，唐妈妈不明白，两人认识这么多年都没发生什么，女儿上次说到蒋时延还支支吾吾，怎么突然间就这样那样了。

在无比尴尬的气氛里，蒋时延喉结上下滑动，想开口解释。

唐妈妈伸手阻止他，然后越过两人，身形不稳地跌坐到沙发上。

“你们让我缓一缓。”唐妈妈一边沉重地呼吸，一边拉开包包拉链找东西，“我的速效救心丸呢？”

她摸了半天没摸到。

“妈。”唐漾垂着眼帘。

唐妈妈迷茫地看着唐漾。

唐漾咬着嘴角，小声提醒道：“有心脏病的是我爸，您没有，他不在家，您包里怎么会有速效救心丸呢？”

蒋时延终于知道漾漾时不时加戏的可爱遗传自谁了，他的嘴角忍不住抽搐，又立马收敛。

唐漾见妈妈一脸“你拆我台”的表情，立马认错：“不不不，可能是我记错了。”她合掌讨饶，“您有病，是您有病。”

唐妈妈心口又是一窒。

后来，蒋时延给唐妈妈倒了杯茶，和唐漾坐在旁边的沙发上。

唐妈妈调整好情绪，拿捏出几分权威的姿态，端坐在主位沙发上。

唐漾穿的睡衣，裙摆过膝，坐下时，真丝质地的布料朝后缩，她两个纤白细腻的膝盖露在外面。

蒋时延很自然地扯了条薄毯搭到唐漾腿上，唐妈妈余光扫过，又假装没看见。

“什么时候在一起的？”唐妈妈就唐漾一个女儿，头一遭遇到这种事情，也不知道怎么问，她在脑海里搜刮了一下电视剧里的演法，挑了这句打头阵。

蒋时延想回答，唐妈妈瞥了唐漾一眼，蒋时延闭嘴，唐漾答：“三月中旬。”

唐妈妈点头：“谁提出在一起的？”

唐漾咽了咽唾沫：“蒋时延。”

唐妈妈环视唐漾家里的摆设，又问：“什么时候同的居？”

唐漾心跳得很快，手在薄毯下偷偷去抓蒋时延的手：“三月底，我走之前。”

抓到他的手，唐漾一颗心蓦地就安定了。

唐漾是自己的女儿，蒋时延也算看着长大，两人正常地表白、同居，唐妈妈脸上的火辣感也随着问询消散不少。

她注意到两人的小动作，叹了口气："在一起了就要说，我可以理解你们没有做好见家长的准备，但朋友圈或者微博一类还是要发条动态吧。"唐妈妈端起茶杯，轻抿一口道，"要不然惦念着你们的朋友以为你们还单着，还想着给你们介绍相亲或者其他，那就不太好收场。"

"他们应该都知道。"唐漾嗓音细细的。

唐妈妈顿住了。

唐漾不敢看妈妈："我和蒋时延之前上过热搜，关键词是'恋情'的热搜。"

唐妈妈注视着唐漾，手中茶杯晃了晃。

唐漾的声音更小了："上过两次，当时的浏览量和话题量都挺多。"

"哐当"一下，茶杯被重重放在茶几上。

唐漾下意识地朝蒋时延身后躲。

唐妈妈冷笑着看唐漾："所以你欺负我平时不爱上网？"

唐漾捏蒋时延的手紧了紧。

唐妈妈继续:"就因为我不上网,所以我没办法知晓我女儿的恋情？"

唐漾手掌起汗。

唐妈妈哧一声笑："所以事实就是全世界都知道你俩谈恋爱，就只有我，作为唐漾的母亲，在最后一刻，在无法预料的情况下知道。"

唐妈妈站讲台几十年，平常担任的就是"周老师在教室后面""周老师来了"这样的吓人角色，咄咄逼人的气势一拿出来，唐漾害怕得快跪下了。

蒋时延握紧唐漾起汗的手。

"不是不是，"蒋时延连声否认，"周阿姨这事是我做得不对，漾漾想告诉您，但我说还早，一来二去也就忙忘了。"

蒋时延望着唐妈妈："如果说什么可以安慰到您的话，"他真诚地救场，"我妈到现在都还不知道。"

半小时后，唐漾家。

并不宽敞的客厅里，主位沙发上多了一个女人，化着和唐妈妈一派的精致妆容，保养得当，看上去四十出头。

她肩膀一抖一抖。

唐妈妈无奈："易芳萍你别笑了。"

蒋妈妈耸肩的动作停了一下，她的视线落在薄毯下两人牵手的地方，扶着唐妈妈的后背，身体又开始抖："对不起，我知道笑不好，但是我忍不住。"

感觉就像是自己养了一条畏畏缩缩的废狗，可有一天，她忽然被告知，废狗不仅不废了，还拱了一株她和废狗都很喜欢的小白菜。喜欢拱白菜的好像是猪，不过这不重要。

唐妈妈本来以为蒋妈妈会和自己一样震惊又难过，结果对方像捡到宝一样嘻嘻笑个不停。

唐妈妈蹙眉，泼冷水道："糖糖脾气不好。"

蒋妈妈和蒋时延："嗯嗯，我就喜欢脾气不好的。"

唐妈妈认真泼第二瓢："糖糖不会做饭，是真的不会做饭。"

蒋时延点头表示知道。

蒋妈妈："蒋时延会做饭，我就喜欢糖糖不会做饭。"

唐妈妈遇上两个非正常人，心累地泼第三瓢："糖糖平常在家特别懒散。"

蒋时延和蒋妈妈："我就喜欢懒散的。"

唐漾微微红了脸，看向唐妈妈。

唐妈妈的目光在三人身上逡巡，分外冷静道："我不同意。"

三人齐齐愣住，宛如上了发条的娃娃般整齐划一地望向唐妈妈。

唐妈妈话锋一转："是不可能的。"

三人松了口气。

唐妈妈脸上的高冷没褪，对唐漾、蒋时延道："既然易芳萍没什么意见，我也没意见，那你们就先处着。"

唐漾、蒋时延恭敬地答："嗯。"

唐妈妈继续："虽然你们年龄都不小了，但结婚的事情不用急，慢慢谈着恋爱，磨合了再说。"

唐漾、蒋时延再应一声："嗯。"

晚饭是易芳萍点的悠然居的外卖。

饭桌上，两个妈妈有一搭没一搭地聊着闲话。唐漾和蒋时延你看我，我看你，筷子伸得胆战心惊。

饭后，唐漾和蒋时延送两个妈妈出门。

唐漾抱了唐妈妈，道别，又抱了仍旧笑开花的蒋妈妈，说：“易阿姨再见。”

蒋妈妈摸着小姑娘柔软的头发，笑眯眯地道：“还在叫易阿姨？”

唐漾偷偷看唐妈妈一眼，赧然收回眼神，细若蚊蝇地喊了一声：“妈。”

易芳萍格外大声地应了一声：“欸。”

唐漾牵着蒋时延的手，呼吸快停了。

蒋时延瞥了一眼唐妈妈，然后，他小心翼翼地喊了唐妈妈一声“妈”。

唐妈妈“嗯”声轻得听不见，她脸上没有多余的表情，从始至终保持着教育专家的理性与克制。

蒋妈妈和唐妈妈上电梯后，很自然地讨论了改天聚一聚的话题。

蒋妈妈瞅着唐妈妈的面色，状似无意：“虽然蒋时延那张脸长得是花了点，但他的个性你知道，我用我这辈子打麻将再也不和牌发誓，至少他人靠谱。”蒋妈妈偏头看唐妈妈，“你就这么不想他和糖糖在一起？”

“没有啊。”唐妈妈诧异，老伙伴为什么会问这样的问题。

蒋妈妈拿不准：“我看你一整晚都拉着脸，像全班学生都不及格一样。”

“概率为零，”唐妈妈解释，“难道你不觉得岳母和婆婆一方好一点，一方凶一点的话，他们会产生危机感，感情更牢固；如果两方都很好的话，他们感情培育的环境太舒适，反而容易夭折？”

蒋妈妈想到了什么：“之前亚男看你那本讲教育的书，就在说什么家庭均衡法则，就是父母教育小孩需要一个唱红脸，一个唱白脸，大意是说传统里严父慈母的正确性。”

唐妈妈点头：“就是这个道理。”

蒋妈妈竖起大拇指：“还是你们文化人考虑周到，我看蒋时延一副‘我快苟了，但我不能表现出来’的样子就觉得好好笑，但你也不心疼糖糖被吓着。”

唐妈妈：“她知道我是纸老虎。”

蒋妈妈：“第一次见有人说自己是纸老虎还这么自豪。”

唐妈妈不置可否。

两人说话间，“叮咚”电梯到了。

两人一起下电梯，出单元楼时夜色正好。

唐妈妈用胳膊肘捣蒋妈妈:“你看到天上的星星了吗？今晚有星星。”

蒋妈妈捧场地抬头：“看到了。”

在楼上极尽矜持的唐妈妈弯着眉眼：“你说，我们去逛逛婴儿穿的衣服好不好。”

蒋妈妈：“我喜欢孙女，你会不会嫌我重女轻男。”

“我也喜欢外孙女，糖糖小时候超乖的，”唐妈妈脑海里浮出画面，她挽住蒋妈妈的胳膊，整个人被萌得快控制不住，“你想想那些粉粉嫩嫩的小衣服、小裙子、大蝴蝶结，白白软软的糯米团子穿得粉粉的，奶声奶气地要抱抱，叫外婆、外婆……糖糖小时候爱吃糖画，她女儿可能也爱吃糖画，吃得满嘴都是。”

楼下，唐妈妈和蒋妈妈一边商量糯米团子叫什么比较好听，一边愉快地去往母婴天地。

楼上，蒋时延拥着小女朋友玩游戏。

蒋总裁姿势霸道，一开口却懊恼道：“早知道妈要来，我们下午就不着急了，应该坐在沙发上朗诵社会主义核心价值观。”

唐漾忍笑。

蒋时延敲着太阳穴：“我总感觉你妈的脸色变了之后，给我打了负的印象分，我记得以前上学你就说过她略微强势，她会不会……”

职业水准的蒋大佬频频送人头，唐副处“咳”声连天，带他 carry。

一局结束，蒋时延心不在焉地摁灭手机，摇唐漾的胳膊。

唐漾在看战绩，分给他一个小眼神。

蒋时延的担忧一敛，转为山盟海誓：“漾漾我会对你更好的，我会让妈知道我们在一起恰恰好，从一而终，不离不弃。”

唐漾终于憋不住笑开了：“这种话怕不是该小白花女主说？”

蒋时延噎住了。

唐漾翻身跪到沙发上，给他做示范：“你身为霸道总裁，在这种情况下，应该邪魅狷介地笑。”说着，唐漾挑了挑眉，然后用食指勾起蒋时延的下巴，刻意压低声音道，“谁阻止我和你在一起，我就毁了谁；全世界阻止我和你在一起，我就毁了全世界。”

然后，唐漾水润的杏眸凝视着蒋时延，一字一顿道：“女人，你永远逃不出我的手掌心。”

蒋时延眼神温驯，表示自己知道了。

唐漾起哄：“你来一遍，你来一遍。”

蒋时延手指微微勾起唐漾的下巴，朝自己身前带。

唐漾满意，他虽然跳了步骤，但举一反三的能力不错。

蒋时延缓缓俯身，在她的唇上烙下轻柔一吻。

“盖章，”蒋时延用拇指指腹在她唇上按了一下，他嗓音微哑，注视着她的眼眸幽深但温柔，“我永远不会逃出你的手掌心。”

他的漾漾，全世界最好最好的漾漾。

她小小的手掌心。

等等，这话好像是对的，好像又有哪里不对。

等唐漾回味过来。

“不正经。”她的脸热热的，嗔怪地推搡他，心里却是甜甜的，如楼下的栀子，在清凉的夜色里开出朵朵小花。

花瓣在夜风中窸窣，伴着情人的低语。

男人伏在女人耳侧，发出低且富有磁性的声音：“你喜欢我不正经吗？”

女人声音软软的：“喜欢。”

男人轻笑：“你喜欢我不正经，我就不正经。”

可你无论如何我都喜欢啊。

女人的话未出口，便湮没在缠绵的吻中。

“五一”长假一晃而过。

四号是周三，唐漾先去了一趟九江地产，中午又回家里拿了一大堆B市特产，这才折回汇商。

午休时间，楼里有说话声。

唐漾下了电梯，正要推开信审处的玻璃门，便听到里面有人在议论。

一个同事：“唐副为什么还要回来上班啊？她那个位置，就算她是特签管培生，奖金无敌高，一年下来充其量也就百来万，她要是嫁给蒋大佬的话，一个月的零花钱都不止这么多吧。”

又一个同事道：“你还记得上次吗？就唐副在B市学习，和蒋总恋情上热搜。甘处请我们这层喝下午茶，说是庆祝信审处一枚优质的女青年脱单。甘处那时就说，蒋总自己有钱是一回事，蒋总爹妈的资产加起来也吓人啊。蒋总家里好像还有一个老爷子，人家买别墅、跑车和买土豆一样。唐副是蒋总的女朋友欸，一个月的零花钱才值一个土豆吗？”

大家七嘴八舌。见唐漾进来，同事们不约而同地噤声了。

“给你们带了特产。”唐漾以前把 mini 开成彩虹糖的时候就习惯了成为话题人物，这会儿听到他们的议论，也不在意，反而一边送特产，一边笑着圆场，“我闲不住，总得做事嘛。我不是小孩子啦，不存在零花钱。”

其他同事不好意思地道谢，大家又轻松聊了一阵。

一个小女生接了楼层的座机，过来道：“唐副，周行让我带你上去。”

“好。”唐漾起身。

小女生叫敖思切，二月春到的信审处，平常没什么存在感，偶尔做错什么，唐漾指点两句，她羞羞地道谢。

方才众人八卦蒋家家大业大的时候，她也在。这时和唐漾单独上了电梯，她好奇道：“我从来没在现实里接触过财富榜上的那些家族，像蒋家那种豪门大户，是不是和小说里写的一样，规矩烦琐又森严呀？”

敖思切越猜越觉得对：“就是那种每天早上六点就要早起给婆婆敬茶，吃饭的时候一定要长辈先动筷子，然后按照辈分先后到下一辈，什么菜吃几口，不能多一筷子，也不能少一筷子，还有就是媳妇买件衣服、裙子什么的都要经过婆婆同意，因为担心会影响公众形象。”

唐漾想着之前在自己家笑个不停的蒋妈妈，他家蔬菜，萌到不行的程程，还有拒绝承认自己很老的老爷子。

唐漾不仅没否认小女生说的话，反而一本正经地点点头，道：“是这样，不止这些，在他家打嗝放屁都和我们审件一样，要写申请书，层层上报，层层审批，老爷子批完，他妈妈批，所有流程走完签字盖了章，说你能放屁了，好了，你才可以放屁。”

“我的天，”小女生的下巴都快脱臼了，“那要是在写申请的时候就想放屁怎么办？都写申请了肯定想放啊。”

唐漾严肃地逗她：“憋住。”

小女生无法想象：“那要是憋不住怎么办？”

唐漾精准地吐出两个字：“夹紧。”

电梯门开，小女生被吓在原地。唐副拍拍她的肩膀，格外精英范儿地走出电梯。

电梯门合，小女生一脸“豪门怎么这么可怕”“唐副这人看上去不是会开玩笑的人”“那我到底是要做梦嫁豪门，还是要自由放屁”惊恐纠结被遮在电梯里。

电梯外，唐漾挺直背脊走到没人的转角，“哈哈”笑得直不起腰。

之前“五一”三天假，蒋时延在家换着花样给唐漾做吃的。唐漾每天吃饱喝足心情美，皮肤状态变好不说，她在B市水土不服爆出来的一颗痘痘也消下去了。

到顶楼后，唐漾摸出气垫轻松地补完妆，“嗒嗒嗒”踩着高跟鞋去往周自省的办公室。

同样是“五一”三天假，甘一鸣却过得提心吊胆。

四月中旬，倩倩跟甘一鸣提分手，向他索要十万分手费。那时，甘一鸣正和范琳琅打得火热，接到倩倩的电话，他没多想，利落地打完钱就断了联系。

只是他没想到，半个月后，也就是五月初，倩倩会去给营销号投稿。

他更没想到的是，那篇过程详细的“包养”投稿被各大营销号竞相转发，借着上半年开春后唯一一个长假的流量直接蹿红。

那三天假期，甘一鸣任何时候点开热搜，几乎都能看到相关话题的讨论——

“如果一个三十出头、各方面都还行的男人，一个月给你两万生活费，给你买包、买化妆品，你愿意被包养吗？”

“原博主是知名高校大学生欸，现在的女大学生都习惯不劳而获吗？”

“叉开腿不是劳吗，而且这属于个例吧，拒绝‘地图炮’，还是有很多人独立上进啊。我一师姐读研的时候，每天早上六点起来泡图书馆，某富二代开着犟牛（兰博基尼）载了一车玫瑰到图书馆楼下接人，师姐连个眼神都没给。自己博士读到头，现在的男朋友和她势均力敌，人生赢家。”

“每天早上六点起来？这自制力简直……对自己都这么狠的人，想做什么做不成。不过我看原博主这描述，金主是某大型前期国有后转股份制银行的中管，除了汇商就是浦西，再去两家官网上找找三十出头的金主。”

这条评论锁定的目标有十来个，甘一鸣不在意。

他头疼的是倩倩发在投稿里的照片。他送倩倩的礼物有不少是高定，A市限量不到十个。甘一鸣用的是魏长秋的副卡，但凡魏长秋起了疑心查一查，那就什么都瞒不住了。

更要命的是，其中一张照片他露了手，手上戴的是魏长秋送他的表，私家订制，表盘侧面刻着他名字的缩写。

甘一鸣联系知道这些营销号的朋友，可这些朋友在这件事上都不买账。

甘一鸣越是祈祷热度降下去，那张图片就越像催命符一样挂在头条。

假期三天，甘一鸣每天都和魏长秋待在一起，美其名曰思念。

四日上班，中午就休息两个小时，甘一鸣都带着午饭马不停蹄低去找魏长秋。

九江地产，顶楼。

总裁办公室镶金砌玉，装潢奢华，厚重的檀木办公桌后，雍容的女人正在批文件。办公桌前面的小沙发上，男人瘫成一团敲着手机。角落的古董钟一摇一晃，“嗒嗒”打破一室安静。

“手机有这么好玩？”女人处理完一批文件，合上笔盖，抬眼睨男人。

“我看你还在工作，不好打扰你。”甘一鸣坐直身体。

“上午和唐漾聊了一会儿，耽搁了，”想到什么，魏长秋拧眉，“你这几天一直抱着手机不放，我看你什么时候能戒掉。”

甘一鸣状似无意：“秋秋你陪我戒吧。”

魏长秋没明白他话里的意思。

甘一鸣起身过去，一边删自己手机上的APP做示范，一边道：“我把我手机上所有的游戏、浏览器、微博都删了，你把你的也删了，我们就会有时间多陪陪对方。”

甘一鸣眼神诚恳，魏长秋盯着他看了一会儿：“好。”然后把手机递给甘一鸣。

甘一鸣喉咙滚了滚，接过魏长秋的手机，他删软件的手微微颤抖，时不时看魏长秋一眼。

魏长秋勾唇笑，笑意不达眼底。

而在她批过的那沓文件下，放着一个平板，平板上是倩倩发到网上的一张图，图中，甘一鸣那块手表赫然在目。

下午两点，甘一鸣从九江总裁办公室出来，遇见周默进去。

大抵心情放松了些，甘一鸣还对周默笑了笑。

周默脸上没什么表情，进门，关门。

“您上午说唐副态度模糊，让我问问可不可以约个时间出来吃饭，”周默道，“唐副说她今天下午事情不多，可以请您喝个下午茶，刚好周行也在，我看您时间也充裕，”周默征询，“我们去趟汇商？”

“唐副不是才学习完？复工这么快？”魏长秋问。

周默淡淡道：“她一向是个工作狂。”

魏长秋点头：“备车吧，我半小时后下来。”

九江地产写字楼内，周默通知跟随人员就位，确认携带资料和会面预计用时，相关人员如同运转中的齿轮，有条不紊而恪守规矩。

城市另一端的蒋家别墅，饭厅里。

“霸总一号”蒋妈妈兴冲冲地把炖锅里的佛跳墙舀到保温桶里，“霸总二号”蒋时延背靠墙壁，腿朝廊上伸出一截，懒散地抱着臂，薄唇斜拉，吐出来的话酸而嘲讽：“不知道是谁在我小学二年级的时候，说要给我织一件爱心毛衣，结果织到高三才织好，给我试，我连半只胳膊都塞不进去。”

蒋妈妈置若罔闻地哼着小曲。

“不知道是谁在我高中的时候说要学烘焙，结果到现在，”蒋时延朝储物室瞥一眼，“那个装工具的快递箱子大概还没拆。”

蒋妈妈把保温桶装进一个布袋，细致地用粉色缎带在汤勺上系出一个蝴蝶结。

蒋时延心不在焉：“再想想你对漾漾，凭什么去年十二月说要给她做佛跳墙，这才小半年，就炉火纯青了？”

蒋妈妈捆好布袋，瞟了一眼蒋时延：“你去不去，你不去我去。”她嫌弃道，“磨磨叽叽又碎碎念的，一大男人像个七老八十的小老太太。”

蒋时延不服气：“明明中午天气这么好，我可以和漾漾吃个午饭吃吃甜点，你倒好，把我叫回来，来去一小时，就给漾漾拎这个？”蒋时延撇唇嫌弃，格外有脾气道：“易女士，说真的，您自己想作什么妖能不能考虑一下小年轻的感受。上一秒我还搂着女朋友，下一秒就孤家寡人站在这，您以为您随便使唤我，我不敢拒绝吗？”

蒋妈妈微睁着眼睛看蒋时延，示意他继续说。

蒋时延迎上蒋妈妈的正脸，话锋一转："对的，我不敢拒绝。"

蒋妈妈哼个鼻音把爱心佛跳墙递给他，蒋时延不耐烦地接过来，很是心累。

蒋时延曾经帮蒋妈妈带过一条项链给唐漾。

在唐漾要去 B 市学习前，他故意随手拿出来，唐漾还是被惊艳到了，连声夸好看，然后和蒋妈妈打了快半个小时电话，从时尚聊到包包聊到护肤。

那么放在佛跳墙这……

香味他刚刚闻到了，所以他送过去，漾漾夸易女士做得好吃，易女士和漾漾腻腻乎乎说话，他充其量就是个同城闪送，难不成还缠着漾漾夸他跑腿又快又好，食物保存完好？

幼不幼稚啊。

但转念想到漾漾喜欢，漾漾会开心，蒋时延心里又好似吹过一阵热风。

从前他生活、工作都只有自己，这儿浪那儿荡，一人吃饱全家不饿。现在漾漾成了他的女朋友，他给女朋友送加餐，感觉就很奇妙，又很美好，好似他以前那些漫无目的的开拓，都因为唐漾而有了意义。

午后阳光顺着茂密的梧桐叶隙落下斑驳的光影，风一吹，一地光影摇晃。

司机把车开过来，给蒋时延开车门，蒋时延坐在后座上，将布袋搁在腿上，他用手轻缓地抚摸着布袋，漆黑的眸里含着温柔的碎光。

助理坐在副驾上，心下一惊：布袋里莫不是蒋家传家宝？难道自己又要像知道唐副和蒋总地下情一样，先人一步知道豪门秘闻？

蒋时延的笑中有成大器之感，助理一个劲儿地绞着手指，偷偷瞄老板，两股战战。

两辆林肯从九江和蒋家别墅一前一后赶往汇商。

而汇商大楼内，甘一鸣下电梯，范琳琅刚好上电梯。

甘一鸣遮住电梯感应器："唐漾回来没？她跟你说过她在'新雷'考的成绩没？"

"没说过，她好像被周行叫上去了，同事们都在二楼大厅听讲座，办公层没人，"范琳琅越过甘一鸣时，压低声音道，"我无意看到过她解电脑锁，密码是 0901。”

先前，甘一鸣知道新雷计划要算在年终绩效里，第一反应是暗骂周自省，怪不得自己说不去，他应得那么爽快，真的是什么好事儿都让唐漾一人占尽了。

他不在乎绩效那点奖金，但他在意唐漾捡了自己一个便宜。“新雷”的成绩只有本人和领导层知道，他去看看唐漾不及格拿不到优秀，大概心里会好受一些。

办公室空旷无人，甘一鸣从自己办公室里拿了一本文件，走到唐漾办公室门前，装模作样地敲了三下：“唐副。”

没人应，他状若平常地推门进去，坐到了唐漾办公桌前。

开机，解锁。

屏保是一个穿着校服的高中男生，胖成一个球。照片里他举着一个黄澄澄的鸡腿，眼睛笑得眯成一条缝，活像画了二次元笑脸的白软包子。唐漾的初恋？唐漾以前审美这么诡异？蒋时延知道吗？有男朋友的人还用别的男人当屏保？看她一脸正经估计背地里也不是什么好鸟。

甘一鸣在心里哧了声，点开桌面上写着唐漾名字的文件夹。

八门课，唐漾六门满分，一门接近满分，体育及格。

甘一鸣每点开一张 PDF 扫描件，面色就沉一分，直至最后一张，他上下牙轻磕着，目光飘忽，不知道在想什么。

忽然，视线停住。

鼠标挪到旁侧“最近浏览文件”下的“陈强”处。

甘一鸣按了按太阳穴，顺势点开，看到里面的内容时，他脸上的神情慢慢凝固了。

几层之隔的汇商顶楼。

周自省问了唐漾新雷计划的事，唐漾逐一回复。

周自省对唐漾说新雷计划会算绩效，她成绩不错，唐漾不卑不亢地应下。

周自省和樊行长资历、位置都差不多，说话的感觉都是为唐漾好。大抵是先入为主，唐漾深感樊行长为人更坦率可爱，周自省和周默一样，整个人好像蒙着一层保鲜膜，看上去真诚和蔼，话也好听，但你碰不到，也猜不透。

唐漾没表现出来，一直耐心地颔首，接话。

周自省全程观察唐漾的反应，也装作没看见她眼里的波动。

末了，周自省随意道："之前听说唐副谈了恋爱，打算什么时候结婚，什么时候要小孩呢？"

唐漾谨慎但诚实："考虑的是今年之内结婚，具体还没和男朋友商量，至于小孩，"她顿了顿，轻声答，"今年内应该不会考虑。"

今年内这个期限太短。

周自省用笔头敲了两下办公桌，又望了一眼唐漾，略有深意道："按照公司规定，怀孕后期和哺乳恢复期，加起来大概有五个月假。但你缺席五个月，你的位置不可能空着，无数人想顶上，然后隔五个月再回来的话，唐副可以考虑一下结果。"

唐漾抿唇没出声。

周自省又道："上个月评季度优秀，候选人里有唐副。当时唐副和蒋总上了新闻热搜，蒋总又不是普通工薪阶层，高层这边出于各方面考虑，把优秀给了甘一鸣。"

唐漾在周自省办公室时，保持着清醒与克制，回答也极尽理性。

退出办公室后，大抵是高跟鞋太难穿，她在四下透光的长廊里走了两步，只感觉钝钝的痛感从足心缓缓上升。她伸手扶住雪白的墙，膝盖没忍住颤了颤。

好似能听见"嘎吱"一声。

周自省的话一句句回荡在耳边。

"任何单位女性高层都比男性少很多，唐副可以思考一下原因。

"长足的恋爱必定关联着结婚生子，生孩子的周期太长，不是编制内没办法等人，而是现实比较残酷。

"唐副你读了这么多年书，一路走到现在，我不是说结婚生子不好，我也知道很残酷，但我还是希望唐副有自己的思量，分清楚轻重缓急。分行之后很多方案在负责人的挑选上肯定会考虑到这一点。"

抽丝剥茧，周自省的意思很明确——她今年结婚无所谓，但两年内要小孩的话，她在汇商的路很大程度上就到头了。为了大家安心，她是不是连婚都不要结？

唐漾毕业和汇商签三方合同时，人事经理提过这一点，并表示这是普遍问题。

唐漾当时孤家寡人觉得无所谓，而现在，被周自省这么直截了当地提出来，她说不上难受，也说不上不难受，只感觉自己咽下了一团湿润的棉花，潮湿的，涩涩的，如鲠在喉。

唐漾扶墙站了一会儿。

秘书室一个秘书路过："唐副身体不舒服吗？二楼大厅有养生专家举办关于腰椎颈椎健康的讲座，大家都去了，您去吗？"

唐漾直身："不了，谢谢，你去吧。"

"唐副一起坐电梯？"

"不用，"唐漾浅笑，"我走楼梯消消食。"

秘书先行离开。

楼梯间，唐漾侧身扶着把手慢慢朝下走。

信审处，甘一鸣逐条删除唐漾私人笔记本里陈强给她的开房记录。

楼梯间，蒋时延给唐漾打了个电话，嬉皮笑脸地说"外卖小哥距您还有七百九十三米"，逗得唐漾"扑哧"一笑。

信审处，唐漾电脑下方的页面脚标从"10"到"1"。

楼梯间，唐漾下到信审处楼层，推开门。

甘一鸣删完最后一条，推开电脑，飞快把唐漾办公桌整理成原样，起身朝外走。

与此同时，唐漾进信审处，两人正面相迎，视线在空中相撞。

第二章 日照

“甘处你这是……”唐漾见甘一鸣从她办公室的方向出来，犹疑问。

甘一鸣胳膊夹着本文件，手上端着杯子，示意角落饮水机：“去接水。”

唐漾朝甘一鸣点头，甘一鸣微微扣紧托水杯的手指，朝唐漾颔首。

两人错身而过。

唐漾回到办公室，坐到办公桌前，很快便发现不对了。

她和蒋时延在一起后，两个人的习惯在不知不觉间靠拢。

比如，蒋时延学她，现在睡前会在床头柜上放一杯水，防止半夜醒来被渴死，虽然这样的情况很少。

比如，她学蒋时延，习惯在离开电脑时，把鼠标贴紧放在笔记本电脑侧边，然后把鼠标垫紧贴在鼠标旁，严格恪守强迫症的审美。

而现在，她鼠标垫的位置没动，鼠标却是依照正常人的习惯放在了鼠标垫上。

其他同事都在楼下听讲座，甘一鸣来过。

唐漾朝门外瞥一眼，没说什么。她打开电脑，用鼠标点了近五个界面后，点开一个隐藏文件夹，重要文件最后的查看时间没变，甘一鸣没找到。

然后，她顺着总的文档查看时间，找到甘一鸣看的东西，新雷成绩表。

唐漾眼睛微眯，再退到桌面，在回收站里看到了陈强给的文件。

唐漾很清楚，把柄这种东西，如果当事人不知道你有，那只能叫文件；只有当当事人知道你持有了，才叫把柄。她和甘一鸣之间的关系不可能缓和，所以她并不介意把牌摊得更开。

唐漾内心毫无波澜，眉头却是紧紧蹙起，她在心里倒数十个数字的同时，眼神频频飘向门外。

饮水机放水时，桶里有“咕噜咕噜”的声音。

甘一鸣被噪声搅得烦乱，时不时扭头向后。

甘一鸣接完水，路过唐漾的办公室，唐漾数到“一”，恰好碰掉一沓文件，“啊——”惊讶出声。

甘一鸣心跳一滞，脚步顿住，随后他走到唐漾办公室门口，稀疏平常地问：“唐副处有什么问题吗？”

椅子朝后推一点，唐漾弯腰捡文件，声音从桌底传出：“没什么。”

甘一鸣松一口气，正要离开。

唐漾轻声说：“可能就是电脑被傻子碰过，里面有些东西被删了。”

甘一鸣雕塑般固定在原地。

他觉得“陈强”耳熟，但这名字实在普通，想不起在哪见过。乍一看到开房记录，他第一反应就是删除，一边删，一边思考其他方法，可唐漾也快从顶楼下来了，匆忙间，他似乎忘记了删除回收站。

甘一鸣脸上有一闪而逝的慌乱，但事情已经发生了。他回过神后，走进唐漾的办公室，反手合上门，先发制人：“唐副应该知道，在现在的环境下，你做过什么，知道什么，完全赤裸，无秘密可言。”

甘一鸣言语间搬着靠山显示自己神通广大。

办公桌和门隔着近三米的距离，唐漾直视甘一鸣，故意装不懂：“知道我电脑密码的人很多。”

甘一鸣自己承认：“我本来只想查你的新雷成绩。”

唐漾勾唇挑破：“然后删了你的开房记录？”

“当面不争不抢造踏实低调人设，背地找人调查上司行踪，侵犯隐私，不得不说唐副两面三刀玩得厉害，”甘一鸣满面讥讽地走向唐漾，他把文件放在桌子上，倚着桌角，“如果可以的话，希望唐副可以删除源文件，不管出于维护同事关系，还是其他。”甘一鸣朝唐漾缓缓倾身，道：“让大家都好过一点。”

既然脸面已经撕破，唐漾睨着甘一鸣：“您不是已经删了吗？”

甘一鸣听出她的嘲讽之意，也不恼，他举着水杯轻抿一口，道：“顶楼的人知道唐副谈恋爱，就吓得把优秀给了我，你说要是我哪天不小心说漏嘴，说在妇产科看到唐副孕检，唐副猜猜顶楼的人会有什么反应。”

“拿性别说事，您大概不分性别，只分公母，说什么信审处单身狗脱单请大家喝下午茶，”唐漾笑着，一字一顿地回答，“用不用我也请大家喝个下午茶，庆祝甘处睡遍A市主城各大连锁酒店，还有魏总名下九江酒店。”

甘一鸣面色骤变，脖子涨红。

他一段婚姻撑到现在，不过是他解释什么，魏长秋就信什么，而且以往那些，都是捕风捉影。

但唐漾电脑上的记录……

“唐副难道不知道，女人本来就是弱势群体吗？”好一会儿后，甘一鸣额角青筋慢慢抚平，他微笑注视唐漾时，眼神犹如热带雨林里缠裹树枝的藤蔓，湿黏而逼仄，“力气悬殊，生理悬殊。”

唐漾瞳孔微缩，悄然伸手拉开桌旁的抽屉。

甘一鸣将水杯放在桌上，握着唐漾的椅子扶把，将她连人带椅朝自己身前拉，声音清冷：“有人表面清高，背地还是吃着碗里看着锅里色字当头，蒋时延在一楼，其他同事在听讲座。”

甘一鸣按掉桌角闪烁的监控监听按钮，凑过来说道：“蒋家家大业大，如果他们看到准儿媳私生活混乱，你觉得他们会……”

甘一鸣的身体和唐漾隔着约莫半米的距离，他的手臂和办公桌形成一方禁锢。

唐漾逃不开，“甘处骚扰一次不够，还准备来第二次吗？”唐漾的手胡乱在抽屉里摸到喷雾，喉咙滚一下，紧紧握住。

“是不是我骚扰不重要，”甘一鸣倾身压向唐漾，越是隔得近，他越能看清唐漾的模样，眉眼灵动，皮肤细白，睫毛刷得根根分明。她和范琳琅不一样，自己靠这么近时，范琳琅会无法思考，而唐漾眼里有压抑的紧张，有清明，还有不加掩饰的嫌恶，甘一鸣满意，“重要的是蒋家知道准儿媳婚前越轨，照片不堪，你说如果我们成为一条船上的蚂蚱，唐副你还会攥着防狼喷雾吗？”

“唐副你说是你喷喷雾快，还是我动手快。”

眼镜镜片遮不住眼底的阴鸷，甘一鸣笑着，朝唐漾逼近。

唐漾的身体和甘一鸣隔着距离朝后缩，后背因为处于困境而战栗。

桌边的地板上，印着两道影子。

椅子转轮压着一条黑色的地砖缝隙，如拔河般来回不定，男女间的力气差距在越缩越小的距离中体现。

甘一鸣逼近，唐漾后退。

甘一鸣越逼越近，唐漾退着退着，倏然停住，然后扬手摔破甘一鸣的水杯。

“哐当”一声，玻璃碴儿四溅，液体横流。

甘一鸣的身体定在空中，和唐漾隔着一尺的距离。

他嘴上说着蒋家，但也是因为忌惮蒋家，他不敢真的动唐漾。如果唐漾态度稍软，他不介意和她上一条船；如果唐漾异常坚决，他顶多算威胁警告。关了监控没人看见，一不违规，二不犯法。

但现在……

“对啊，女人本来就是弱势群体。”唐漾的笑容温软，眼底却掠过一抹狠厉。

外面响起隐约的说话声和脚步声。

甘一鸣怔住了。

唐漾与甘一鸣对视，不带丝毫畏惧，她笑着，将衬衫一角从裙腰中扯出来，解开衬衫最顶上那颗纽扣，然后揉乱了后脑的花苞头。

甘一鸣完全不明白唐漾在做什么。

外面的说话声和脚步声越来越清晰，“蒋总和魏总撞一起真是巧合”“唐副办公室在这边”。

唐漾举起防狼喷雾。

甘一鸣蹙眉，下意识挡住自己的脸。

结果唐漾手腕一转，直冲自己眼睛喷去。

“唰唰”两下，防狼喷雾被唐漾扔进杂物箱。

“咔嗒”一下，办公室门开了。

蒋时延和魏长秋被簇拥在最前面，周自省和周默跟在后面，一行十来人推门的瞬间，看到的就是这一幕——

一桌凌乱，玻璃碎地，热水浸纸。甘一鸣两手撑住唐漾的转椅，唐漾头发凌乱，衣衫不整，细白的小脸上满是惊恐与挣扎的狼狈，夹杂着一丝无措。

外面的人看向办公室，办公室的两人看向外面。

甘一鸣望见魏长秋，脑袋敲钟般狠狠一震，他还没反应过来，唐漾猛一下踢开椅子，红着眼睛扑到蒋时延怀里。

唐漾没说一个字，只是一直吞口水，一直吞，一直吞，宛如溺水之人浮出水面那一瞬的情态。

而蒋时延揽着唐漾，一下一下顺着她被汗湿的后背，眸色阴沉。

甘一鸣的手指抬了抬，自己这是被唐漾反将一军？但这已经不重要了。

甘一鸣直身站起，讪讪地给魏长秋解释："我拿了一份文件和唐副核……核对。"魏长秋面无表情，但甘一鸣不敢看，稳着混乱的气息，"唐副说周行找她谈话，她情绪不对，拉住了我，我出于对同事的关心——"

"我比您老？比您丑？比您穷？"蒋时延几乎是咬着每个字，问出来。

四下无声。

蒋时延把唐漾朝怀里带了带，视线死死锁住甘一鸣："我女朋友平常在家掉根头发丝我都心疼，我妈中午午休一小时都回去给她做佛跳墙，你再给我说一次她拉住你？"

甘一鸣嗫嚅两下刚想开口，蒋时延环视办公室，哧一声笑："我女朋友力气大，想拉甘处，甘处不从，拼死抵抗还摔了个水杯。"

话是玩笑话，可谁都看得出来，蒋时延没在开玩笑。

蒋时延平常为人随和，真当一身凌厉散发出来，甘一鸣不自觉地屏住了呼吸，可越是屏气，西装越勒人，他呼吸越急。

作为相关人员的一方，蒋时延直接表了蒋家的态，毫不遮掩的信任姿态。

而九江地产那边，没人出声。

沉默艰难似拉锯，持续了好一会儿。

周默站在魏长秋身后，推一下眼镜："我知道这种时候我不该开口，但我还是想说，唐副是我学妹，她一来汇商就是我带的，我看人鲜少走眼，唐副的品格我是相信的。"

周默身旁一个九江的工作人员道："甘处，说话要有凭据，信口雌黄是丢魏总的脸，我看这监听监控都关了，您别动，这边马上可以叫人去采开关上的指纹。"

唐漾靠在蒋时延胸口默默垂泪，蒋时延胸前的衬衫湿了一片。

零零散散几人站立场，蒋时延的侧颜如铸，薄唇紧抿成线。

魏长秋指间衔着一根快抽完的烟，烟燃着，她吸了最后一口，表情冷漠到好似与自己完全无关。

周自省秘书撞见过相似的情形，这时看不过去了，悄悄给唐漾递了一张餐巾纸。

唐漾抽噎着，小声道谢接过。

第三次陷入沉默。

甘一鸣提起一口气，只要魏长秋保他，天大的事情都能压下去。他走到魏长秋身边，也不在乎形象脸面："秋秋，这件事我真的——"

"刺啦"一声闷响。

魏长秋和甘一鸣差不多高，反手直接将烟头摁在甘一鸣额头上。

甘一鸣被烫得五官扭曲却不敢退后，魏长秋就着甘一鸣额头摁了两下，烟灰纷纷坠落，魏长秋散漫松手。

"不好意思，唐副受惊了。"魏长秋笑了笑，转脸温温和和地朝唐漾道歉。

高层丑闻放在任何地方都是敏感话题。

所幸这个点大家都在下面听讲座，目击者又都是当事人的相关人员，口风很紧。周自省从顶楼派人立案，魏长秋不仅没阻拦，反而直接给魏长冬打了电话。

下午三点，唐漾和甘一鸣分别叙述完事情经过。

下午四点，银监会来人。

下午五点，周自省特批唐漾一周假期，唐漾没拒绝。

下午五点半，其他同事听完讲座上来，便得知两个消息。

第一，信审处那个著名的工作狂副处长唐漾从新雷回来，状态不适，身体抱恙，休假一周。

第二，信审处甘一鸣被带走调查。

周自省和周默在电话里发生争执，最后，周自省妥协，他亲批——汇商官网上，甘一鸣涉嫌事由为"个人资产状况"。

周默没解释他执意要周自省改甘一鸣出事事由的出发点，周自省很自然地理解为，保护唐漾的名声。

其他同事拉了微信小群刷屏。

"甘一鸣是手脚不干净终于被查了？我就说他之前那辆玛莎拉蒂有问题。"

"可人老婆是魏长秋，买辆玛莎拉蒂不是很轻松的事？"

"魏总不喜欢把甘一鸣和她的工作联系在一起。而且，魏总送甘一鸣东西和九江的人送甘一鸣东西，性质不一样吧。”

“那关唐副什么事儿，我总感觉事情没那么凑巧，听说之前我们都在下面，上面只有甘处和唐副两个人。”

最开始还会有关于唐漾的议论声。

临下班，蒋时延把唐漾安顿在车上，派秘书上来给她所有同事都买了可以带回家的水果礼盒，小而精致，价格不菲。

大家很自然地把唐漾休假理解为和蒋总热恋，也就没再把她和甘一鸣关联起来。

先前，蒋时延因为撞破办公室时看到的情形，无条件相信了漾漾。

后来，他站在女厕所门口的洗手台旁，陪唐漾卸妆、涂药。

再后来，蒋妈妈的佛跳墙冷了，蒋时延在顶楼某间办公室找了微波炉给她热，守着她吃。

再后来，他派秘书买了礼盒送上去。

蒋时延体贴入微，一副完美男友的姿态，关心，应话，问她“好些了没”“汤味道还可以吗”“回家吗”“你开车还是我开车”。

但只有唐漾知道，蒋时延在生气。

每次蒋时延一生气，就会特别冷静，这种变化别人看不出来，但唐漾感受得分外明显。就像高中时，她摔了他新买的游戏机，她给他带桶泡面，他淡淡地道谢：“谢谢漾姐。”

唐漾忘记自己后来怎么哄好他的，但按照当时的程度类比推断的话，这次比较严重。

地下车库灯光昏暗，唐漾坐在副驾驶上，偷偷瞄驾驶座上的男人，视线从他额头滑过，落至鼻梁、薄唇、雕刻般的下巴，然后是凸起的喉结——他知道她在看她，却装作没看见。

唐漾知道他在装没看见，秀气的眉毛快皱成两弯波浪线了。

蒋时延真的生气了。

而且，好像，特别特别生气。

唐漾转回头，挠了挠薄软发红的耳郭，有些苦恼又心虚地咽了咽口水，那她要怎么办呐。

回去的路上，唐漾时不时瞥蒋时延一眼，蒋时延目不斜视。

他稍微转头瞟后视镜，唐漾便像触电一样收回视线，揣着做贼般跳得飞快的小心心。

进小区后，蒋时延把车停在门口，唐漾提议：“我们晚上去喝粥吧。”可以消消火。

蒋时延下车、锁车，淡淡地道：“嗯。”

唐漾进店后，点了蔬菜瘦肉粥、白灼青菜，满桌绿色。

蒋时延也没说什么，安安静静地吃。

偶尔唐漾撒娇：“我想吃凤尾。”

盘子就在她面前，她假装夹不到，蒋时延也不戳穿，面色平淡地夹给她，唐漾撇嘴，吃得有些不是滋味。

出了粥店，唐漾说想回家换衣服，蒋时延应：“嗯。”

唐漾换了条亚麻及踝长裙，问蒋时延：“过几天去看电影好不好，好莱坞上了一个魔兽片，你以前不是超爱看的吗？”

蒋时延坐在沙发上，抬手给她理了一下发梢：“嗯。”

两人陷入一种凝滞的气氛。

唐漾在他旁边坐了会儿，扔了手机，眉眼弯弯地摇蒋时延的胳膊：“不然下去散散步？天气不错。”

蒋时延任由她摇，还是轻描淡写：“嗯。”

唐漾脸上的笑意慢慢收住，蒋时延进了洗手间。

唐漾望着男人高大挺拔的背影，不自觉地撇撇嘴。

这人怎么这么难哄啊。

小区旁边有个新修的人造湖公园，前方是宽阔的塑像广场，后方是沿湖风景区。

一到晚上，附近的老头老太太们各组团队，在前方广场拉练般跳舞。而后山，灯火从繁盛变得寥落，凤凰传奇嘹亮的歌声也愈来愈小，化作灌木里的虫鸣、朋友间的闲谈以及婴儿车轧过青石路面的声音。

蒋时延换了身T恤衫、休闲裤，两手插在裤兜里。

唐漾头顶差一点及他肩膀，她一只手握手机，一只手被蒋时延牵着揣进他裤兜里。

两个年轻人外形都极好，模样非常登对。

不少同单元的老阿姨认出两人，热情地打招呼：“唐漾和这位蒋什么来着，也出来散步哇。”

“蒋时延。”唐漾耐心介绍。

蒋时延礼貌地点头。

他的手大而温暖，掌心薄薄的茧子覆在她细腻的手背上，触感清晰。两人走路伴有空气流动，他身上浅淡的木质香钻进她的鼻子。天黑透后，昏黄的路灯铺开光亮。两人每朝前走一步，灯下便是两道亲密的影子。

如果蒋时延没有在生气，那这样的晚间会让人很享受。

可现在，唐漾每隔三秒就看一眼蒋时延，每一个脚步都踩得忐忑。

两人走至一段幽僻的小路，其他人的声响被隔绝在竹林外。

唐漾停下脚步。

蒋时延由于惯性朝前半步，亦停下来。

唐漾仰面，望着男人隐在昏灯下的侧脸，眼神闪了闪，道："我知道你要来，周默和办公室沟通过，所以我知道魏长秋也要来。我从顶楼下去的时候，你和我只隔了七百多米。"

蒋时延垂眸看地面："嗯。"

唐漾："我和甘一鸣的关系之前就不好，然后我在B市学习的时候，他打着庆祝我脱单的名义请全部同事喝下午茶，周行把我叫上去说也就算了，我忍不了他偷奸耍滑翻我的电脑，有恃无恐地让我删文件，还威胁我，说什么要让蒋家看到我混乱的私生活。"

唐漾想不通甘一鸣的秉性为何可以这般恶劣，可他动到自己头上，那自己也只有……

蒋时延没出声，唐漾害怕他的沉默，但也认认真真地坦白："他没碰到我，杯子是我自己摔的，头发是我自己弄乱的，衣服是我自己扯的。"

蒋时延仍旧无声，唐漾的声音也越来越小："然后衬衫最上面那颗扣子也是我自己解开的。"

从始至终，甘一鸣没料到唐漾来这一手，他根本没反应过来。

"唐小错"交代完全部经过，"蒋审判"还是没反应。

唐漾被他手掌的温热包裹住，掌心稍稍起了薄汗。

"你是不是觉得我挺，"唐漾顿一下，"不择手段的。"

她扯了扯嘴角。

"没，"蒋时延握她的手慢慢收拢，"当时那样的情况，你做的是最好的选择，也是最优选择。"

唐漾"做"了一盘博弈。她和蒋时延相识多年，有着彻底的默契和信任。她在蒋时延站队的前提下，赌的是魏长秋的脸面和周自省的底线。

最坏的结果，不过是她和汇商撕破脸皮，另寻出路。而最好的结果，如下午一样，借刀杀人，釜底抽薪。甘一鸣的倚仗是魏长秋，将甘一鸣连根拔起的，也是魏长秋。

和蒋时延最初安排一休做倩倩的营销思路完全契合。

“可你在生气？”唐漾偏头看他，挠了挠他的手心。

蒋时延呼吸紊乱，随后道：“没有。”

唐漾笃定：“你真的在生气。”

蒋时延否认：“没有。”

唐漾不依不饶：“你就是在生气——”

“你别问了。”蒋时延语气加重，脸色变得难看。

这下，唐漾安心了。

她不仅不怕，反而更大声地质问：“可你整整一下午都没和我好好说话！你以为我没长眼睛没长耳朵，是‘小聋瞎’？你明明就是在生气，还一直说没生气。”

蒋时延微抬下巴，睫毛半垂，喉结滑动。

唐漾一想到自己怎么卖乖都没哄好，顿时委屈：“你自己都说了是最优选择，我也是知道你要来才敢乱来，你怎么就生气了！你到底为什么生气——”

“求您别问了好不好！行不行！”蒋时延每个字都咬得很重，脸色黑如锅底。

唐漾也来了脾气：“话都不准人说，你明明就是在生气——”

“我当然生气，我为什么不生气！”蒋时延从下午憋到现在，一肚子火气“嘭”地炸开，“我气汇商都是些什么玩意儿、什么狗人、什么破事儿，可我又不能说唐漾你辞职吧，我养你，我养你，我养你！这又不是写小说，演电视剧。”

蒋时延越说越来气：“我恨不得冲上去把甘一鸣的嘴皮掀到后脑勺，揪着他的头发把他一下一下朝垃圾桶里磕，可我还要端着形象，满脸温和淡定地叫他。您满意了吧！”

最后几个字几乎是吼出来的。

唐漾听着他嘴里“满脸温和淡定”，想着他下午冻得和冰窟窿一样的气场，“温和淡定”怕是不愿意背这个锅吧。

唐漾心下发笑，两手却握着蒋时延的手腕，睁着眼睛不敢相信：“你凶我？”

“对，我就是凶你！”蒋时延很不耐烦地甩开她的手，扭头避开她让人心烦意乱的眼睛。

唐漾被甩开也不恼，把身体挪到他偏着的方向，又用脸对着他，可怜巴巴地试探：“那我要准备哭了哦。”

“你哭！你哭！”蒋时延又把身体转回去，唐漾跟着转，蒋时延烦得要死，劈头盖脸又一顿吼，“你快哭，你倒是哭啊，你哭不出来要不要我拿个防狼喷雾朝你的眼睛唰唰来两下，辣不死你个小‘辣鸡’！”

蒋时延骂得利利索索大气都不喘一下。

唐漾低头默默擦着脑门上并不存在的标点，“扑哧”一下，没忍住笑出了声。

笑笑笑！有什么好笑的！她竟然还笑？！

唐漾的防狼喷雾还是蒋时延给她买的，专门挑的特辣型。天知道唐漾扑过来抱着他哭的时候，他闻着一股子胡椒味，心绞得快痛死了。这人随便乱来他都兜着，可她怎么这么作弄自己，她眼睛不难受吗？她不痛吗？她脑子里想的到底是什么！笑笑笑！竟然还笑得出来？！

蒋时延气得叉腰在原地走来走去，一下一下呼吸，沉重又压抑。

唐漾望着他和鼓风机一样翕合的鼻翼，他起起伏伏像喘不过气的胸口。灯光从头顶落下，给唐漾弯弯的眉眼镀上一层柔软。

“背我。”她站在蒋时延身前，甜甜地笑着，朝他张开手臂。

看看，这人根本不知道自己错在哪，这人脸可真大，还背？她三岁吗？

“不要。”蒋大佬脾气很大。

唐漾上下挥手臂，笑得更甜了：“背我。”

“不要。”蒋时延眉头紧皱转过头去。

唐漾瞅准时机，灵活地绕到他背后，两条细瘦的胳膊吊住他的脖子，想往他背上爬：“背我嘛，背我嘛，背我嘛！”

“你太重了，背不动。”蒋大佬发着脾气，什么都敢说。

“我不管，我不管，我不管！”唐漾的声音娇娇软软的。

她想爬上蒋时延的后背，搂紧他的脖子又是跳又是蹭。蒋时延“哎哟”一声，膝盖一弯，顺着唐漾的力道就朝后仰去。

唐漾一怔，立马停止嬉闹。她不敢完全放手，一只手托着他的脖子帮他稳住，然后绕到他身前，另一只手小心碰他的腰：“是不是腰闪到了啊，你先不要动。”

她的手小小的软软的，棉花一样贴在蒋时延的颈后和腰侧。

蒋时延微微吃痒，视线定在她紧皱的眉头处，喉结上下滑动。

“我不是故意的，我以为你背得动我，”唐漾懊恼地皱了皱脸，她一边抚着他的腰示意他安心，一边挂着处理突发事件的冷静表情，从蒋时延兜里摸出他的手机，“我马上拨给你助理，让他把车开过来，公园门口有一个诊所——”

蒋时延的手穿过唐漾的胳膊和膝盖，蓦地将人打横抱起。

唐漾“啊”一声轻呼，柔软的裙摆顺着她纤细的小腿在蒋时延臂弯荡开。

蒋时延抱起唐漾就开跑，一边跑，一边认真给她解释：“得快点跑，不然我老婆就要追上来了。”

“你老婆在哪，在哪？”唐漾回过神，从他身侧探出个脑袋朝后看，格外严肃地用手机遮住半边脸，“我掏出平底锅把脸挡住，她就看不见我们了。”

“你看得见她，她肯定就看得见你啊。”

石板小路如棋子般凹凸不平，蒋时延跑得虽快，但每一步都跑得很稳。他抱着唐漾三两下跑出小路，撞进一片光明。

蒋时延停下脚步，抬头望向远处的月亮。

唐漾顺着蒋时延的目光眺望，便看见今晚的月亮满而圆，一圈朦胧的月晕如薄纱笼在表面。

唐漾看了好一会儿，配合地感慨：“你老婆……可真大。”

蒋时延以为唐漾要说什么，等半天等来这么一句，他既好气又好笑，假意松手要摔唐漾。

唐漾身形一晃，吓得赶快搂紧他的脖子。

蒋时延偷笑，抱稳小小的一团又不管不顾、毫无方向地朝前跑。

唐漾也是个能疯的主，尤其她窝在他怀里，路人看不到她的脸，她更是“啊啊”轻叫着嫁祸给蒋时延。她的脸贴着蒋时延的胸口，被他清晰有力的心跳灼得又红又烫。

夜色四合，行人零星，风声在两人耳边呼啸。

蒋时延抱着唐漾一路跑到偏远的小卖部门口，把人放下来。

两人撑着膝盖以相同的频率喘着粗气，蒋时延节约，只买了一瓶水，和唐漾分着喝了，又买了小卖部蒙尘的烟花，两人一同来到湖边一处无人的小山坡上。

坡顶观景台前面有一方空旷的草地。

“为什么放烟花？”

蒋时延拆了塑料包装，唐漾在旁边握着打火机时问道。

蒋时延想了想：“今天是五月四日，青年节。”

唐漾忍笑：“换一个。”

蒋时延思索：“庆祝柯南出生。”

唐漾：“再换一个。”

蒋时延苦思：“五月天成立。”

“可你以前明明爱听苏打绿。”唐漾笑着，她眼部的红肿已消，眸里宛如盛着一湾清泉，亮晶晶的。

蒋时延点燃导火索，攥住唐漾的手腕把她朝后一拉，两人齐齐跌坐在被夜霜润湿的草地上。

青草味扑鼻而来，只听“嗞”一声响，烟火蹿上天空，“嘭”地在夜色里绽开。

“唐，漾，是，坏，人！”蒋时延趁着烟火的声音大喊，嗓音如同温厚的土石。

唐漾当然知道蒋时延为什么放烟花。

以前高中时，唐漾当过一段时间学习委员，然后另一个学习委员也是女生，总爱在班主任面前打小报告，说某某任课老师又点名批评唐漾、蒋时延上课讲话，唐漾和蒋时延都特别烦她。每次那个学习委员考试没考过唐漾，唐漾和蒋时延都会在校门口的小面馆豪气冲天地一人加三个煎蛋。那个学习委员高考失误，两人表面上跟大家一起安慰她，当晚就高兴得没忍住在网吧玩了一整晚游戏。

现在想想，当初真是幼稚得可怕！

如今唐漾作为一个精致的都市女性、银行高管，她面色一哂，随后转脸冲着夜空大喊：“蒋时延是坏人！”

蒋时延喊：“唐漾又傻又笨小弱智！”

唐漾喊：“蒋时延又傻又笨小弱智！”

“唐漾二百五！”

“蒋时延二百五！”

拉锯到最后，蒋时延瞥唐漾一眼：“唐漾无敌帅气炫酷上天！”

唐漾两手撑在身后，眼睛眯成一条缝：“蒋时延宇宙无敌超级超级大蠢蛋！”

蒋时延好气哦。

但她高兴了，他气着气着就笑了。

两个人又胡乱喊了很久，嗓子如跑完八百米，如生锈的铁片，沙沙的，但没水。

两人又是笑，又是累，白天那些压力和不愉快好似在疲惫里烟消云散。

远天的月亮抓紧时间变了个魔术，一半悬在夜空，一半坠入湖里。

水天相接，两列整齐的路灯照出天上的街市，街市起于水中月心，收于天上月心，静谧间，让人不自觉地放轻呼吸。

小山坡上，唐漾的手和蒋时延的手隔着五厘米的距离。

蒋时延的小指摆动，唐漾的小指摆动，两人的指尖稍稍一碰，便勾在了一起。

窸窸窣窣，是两人的手在草地上摩挲的声音，也似月亮里的涟漪。

唐漾轻轻戳着蒋时延的掌心，示意他看。

“今晚月色很美。”蒋时延语气随意。

唐漾刚想批评他不认真，转头撞进他漆黑深邃的眼眸。蒋时延噙着笑意，神情温柔，他抬手缓缓地将她额前的碎发拂至耳后，低低的嗓音里裹着一丝勾人的散漫。

“但总是忍不住看你。”

唐漾眼眉弯弯，蒋时延，还能生什么气呢。

两人在公园以小学生的水平吵完一场架，又以中学生的水平放完一场烟花后，变得格外黏糊。

蒋时延背着唐漾朝回走，唐漾趴在蒋大狗背上唱着跑调的流行歌，两条纤细的小腿在他臂弯跟着节奏晃啊晃。

到家后，唐漾把蒋时延抵在门板上，脚踩在他的脚上，主动又怯怯地勾着他的脖子吻他。

蒋时延目光微沉，翘着嘴角将她反扣在门板上，薄唇顺着她的额角，落至她的眼眉、鼻尖、嘴唇，然后是耳郭。蒋时延在她的耳后连连热吻，

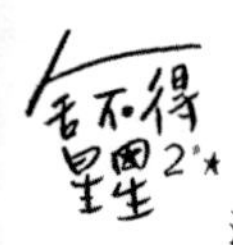

温热的鼻息宛如夏天走出商场那一瞬，滚滚热气如海浪般扑到全身，惹得唐漾忍不住嘤咛出声。蒋时延低笑，湿润的唇舌顺着她的脖子一路向下。

唐漾的下巴随着他的动作微微昂起，蒋时延一只手攥着她的两手举过她的头顶按在门板上，一只手环着她的腰肢。

胸衣不知道什么时候被解开、推高，唐漾的喉咙不自觉咽了一下。蒋时延嘴角噙着笑意，把头埋在了她的胸前。仅隔着一层亚麻质地的薄裙，他用舌尖临摹布料下的形状，布料被唇舌濡湿，贴紧白皙的肌肤，两抹瑰红在布料下若隐若现。

这个过程一半是急迫，一半是挑逗，混着两人竞赛般此起彼伏的呼吸。

蒋时延喘着气，坏心思地朝前顶抵，唐漾浑身烧红，近乎本能地并拢双腿。

临进去前，蒋时延伏在她的颈窝，喷洒热气，一遍一遍叫她“宝宝”。

唐漾的手指没过他的黑发。

蒋时延稍稍朝上咬住她的耳垂，嗓音喑哑：“你在安全期，我可不可以……里面，嗯？”

最后的尾音半是痞，半是坏，夹杂引诱，唐漾的脸唰一下红透了：“你这人真的好烦呐！”

她羞得连连推他却没有用力，蒋时延笑着沉身而下。

之后几天，唐漾休假，蒋时延还要上班。尤其下半年节假日多，一休假上来各种战略提案也多，他显得略忙。

唐漾在家躺了一天，索性去一休陪他。他办公的时候，唐漾就在旁边做自己的事，他开会或者外出谈判，唐漾就去外面秘书室和秘书们聊天。

以前唐漾请下午茶就刷了一波好感，秘书们以为唐副是那种高冷学霸，结果唐副也追剧刷番纠结化妆品。要说唐副小女生，偶尔问一两个传媒行业的专业问题，她竟然也答得出来。

一来二去，秘书们和唐漾感情颇深，一休的八卦和唐漾抵着脑袋说，零食和唐漾分着吃。

有秘书带了冷吃兔过来，麻辣鲜香。

唐漾胃不好，蒋时延给秘书们打招呼不准她吃。蒋时延这边刚上电梯去开会，那边唐漾就开始忽悠人：“他小题大做，我胃好着呢，感觉你带的真好吃，比我以前吃的都好吃，你阿姨自己做的？怪不得。”

唐漾伙同秘书们吃得停不下来。

下午四点，“叮咚”电梯响。

一个秘书从外面跑进来：“蒋总回来了，蒋总回来了。”

唐漾唰地把桌上的空袋子拂进垃圾桶，其他秘书手忙脚乱地收着餐巾纸。

“版权问题不可能让步，《遗珠》本来就不走商业路线，十个点咬死不能降。”

蒋时延和助理一边说话，一边走过来，到唐漾身旁，停住。

秘书们齐刷刷地喊：“蒋总。”

蒋时延睨着唐漾。

唐漾的小手朝后背了背，讪讪地：“我没乱吃东西，刚刚在和她们聊香奈儿的那场秀。我才知道我一直喜欢的一个时尚博主，就号称‘移动香奈儿’的那个，是……”

蒋时延伸手托住唐漾的下巴，拇指指腹缓缓地擦她的嘴角。

唐漾怔住了。

“下次记得把嘴擦干净一点。”

蒋时延脸上没什么表情，擦完之后，目不斜视地朝前进了办公室。

明明这动作也没多暧昧，在周围秘书们揶揄的目光里，唐漾望着某人高大挺拔的身形反光拉在地板上，还是不自觉地红了脸，然后乖乖跟上去。

助理一出去，办公室门一关，蒋大佬立马卸下面具。

唐副处又是发誓又是亲，最后还特别“自愿”地手写一份八百字检讨。蒋时延这才满意了，把检讨仔细折好，放进胸前的衬衫口袋里。

五点多下班，蒋时延开车，唐漾坐在副驾驶上接了范琳琅的电话。

范琳琅关心唐漾的身体，唐漾答得客套又含糊。

通话结束。

蒋时延倾身给唐漾系好安全带：“直觉范琳琅没安什么好心。”

早在很久以前，唐漾刚调回 A 市信审处没多久，蒋时延载唐漾去南津街找张志兰的时候，蒋时延就很直接地说甘一鸣很油腻。事实证明，岂止油腻。

虽然范琳琅除了帮甘一鸣开房，好像也没别的不好，而且她在其他同事面前帮自己说过话。但既然蒋时延说她不好，那唐漾自然是听进去了。她开玩笑问：“难道因为范琳琅和甘一鸣一样，会在下班时间打电话吗？”

“其中之一，”蒋时延一边扭钥匙点火，一边道，“你没发现甘一鸣的名字是‘一鸣惊人’，范琳琅的名字是‘琳琅满目’，就一个单位两个人的名字都是成语前两个字，就感觉奇奇怪怪的。”

唐漾还以为他要说什么，忍不住扑哧一笑：“你怎么这么简单粗暴？”

“嗯？”蒋时延故意曲解她的意思，再次倾身过去，将食指和中指并拢轻轻摩挲她的嘴唇，带着朦胧的深意，“我以为漾漾喜欢我的简单粗暴。”

他形状漂亮的薄唇伴着低音越压越近，唐漾以为他要吻自己，软软哼声牵住他的衣摆。

蒋时延的唇瓣轻轻落在她的眼睛上，像羽毛一样。

好吧，亲眼睛就亲眼睛吧。

唐漾眼睛动了动，蒋时延下一吻又落在她的脸颊上。

唐漾以为蒋时延亲完左脸要亲右脸，蒋时延又亲上了她的嘴角；唐漾以为他又要吻自己的嘴了，蒋时延的唇又落在了她的鼻尖。

两人就像捉迷藏一样，唐漾睫毛微抖，蒋时延嘴边含笑。

唐漾羞红着脸想接吻，蒋时延偏偏不遂她的愿，这儿亲亲，那儿亲亲，把漾漾逗得要炸毛了，蒋时延这才心情颇好地把人捞到怀里揉搓揉搓，又是哄又是亲，挠得小女朋友“咯咯”直笑。

五月十六日，周一。

唐漾连着公休假休了快两周才回汇商复职。

一周伊始，大家状态都不错。唐漾从顶楼下来，范琳琅和她打个照面，直夸唐漾更美了。唐漾个子虽小，但身姿窈窕，眉眼明丽，肌肤白皙紧致，如果不是穿了身黑色衬裙，踩着十厘米的恨天高，根本不像快奔三的人。

唐漾也不扭捏，叉腰扭胯摆了个做作的姿势，大家忍俊不禁。

中午的外卖是唐漾请的，她在楼上和大家一起吃完，下楼钻到蒋时延车里，和男朋友腻腻歪歪地吃了爱心甜点。

临近两点再上楼，四下人少，电梯旁边广告屏里的模特在微笑，唐漾拎着想象出来的裙摆转了个圈，也甜甜地朝模特笑了一下，进电梯。

回到信审处，有同事趴在桌上午睡，有同事在小声说话，还有同事在赶上午没做完的报告。

蒋时延今天去的那家甜品店的榴梿班戟很好吃。先前，他给唐漾说自己去那家时，唐漾想到处里有个小孩特爱吃，便叫蒋时延多带了两个。这时，唐漾拎着东西转了两圈，最后在休息室里找到敖思切，看到她好像在听歌。

大学生毕业刚进社会不容易，唐漾自己也是这样过来的，只要对方不是眼高手低脾气还大，她都会忍不住给点照顾。

比如碰巧看到对方喜欢吃的小零食，她就多买一点；比如晚上加班开会，她考虑到小女生租的房子离公司太远，地铁要收班，便默许她提前走。

唐漾平常对其他同事也不差，倒也没人说什么。

“防弹出新专了？看你听得这么入迷。”唐漾走过去，在小孩面前晃了晃甜品。

敖思切忽然听到有人说话，吓了一大跳，见是唐漾，她拍拍胸口道：“漾姐，没，不是。”

唐漾把盒子放在茶几上，坐到了另一个沙发上，给小孩留隐私。

敖思切打量唐漾，再瞥瞥门外，她舔舔唇，起身去关了门，然后蹲到唐漾身边。

“漾姐，你知道那些人为了说八卦拼到什么程度了吗？”敖思切说。

唐漾摁灭手机：“啊？”

“就上周，啊不，上上周，甘处不是被带走了吗，你刚好又休假，就有很多人在议论。本来蒋总送了水果上来，大家都没议论了，然后上周好像又有一点事，大家又开始说了。”敖思切望一眼唐漾，小声道；“外面办公室有几个人拉了小群，怕被截屏，就发语音八卦。然后一个小姐姐是我关系很亲的学姐，您知道是谁就别说出来了。她用平板把群里的语音放出来，用手机录音压缩成 MP3 给我发过来了。”

唐漾：“微信和企鹅都可以直接转文本啊。”

“她们说的方言，哎呀呀不重要。”敖思切胆大包天地挠挠唐漾的手背，直接把耳机递给了唐漾。

唐漾狐疑地插上耳机，瞬间明白了敖思切刚刚铺垫那么多又那么小心，是为什么。

因为耳机里议论的话题，是自己。

声音因为是重录而沙沙的，但唐漾可以听清内容，并且分辨出来源。一人说："听说甘一鸣个人资产状况什么的，本来是顶楼找的借口，没想到银监会一查，真的出事儿了，好像有八位数，不知道要判几年。"

另一人说："八位数和他老婆的身家比起来也算不了什么啊，而且传说甘一鸣的界内靠山不就是他那银监会的小姨子吗？而且有人举报的话，为什么秦月和另一位没有被举报。"

那人补充道："总感觉甘一鸣是挡了某人的路，然后那人的靠山比甘一鸣更厉害,甘一鸣的老婆和汇商这边忌惮又没办法,就动了甘一鸣。"

魏长秋以甘一鸣太太的身份来过信审处几次，比起正常平等的夫妻关系，大家感觉甘一鸣之于魏长秋，更关乎占有欲一类。这样的假设完全成立。

又一人怯怯道："应该不是，应该是性骚扰，我猜。那天我听讲座听到一半，家里有事，上楼收东西，然后去厕所。我在厕所门口撞见唐副在洗手台一边整理衣服，一边哭。蒋总守在唐副旁边，脸色难看得要死。他们没看见我，我也没敢过去打扰。"

然后是敖思切学姐的声音："唐副人蛮好吧，而且唐副水平明显比甘一鸣高，即便有甘一鸣在，唐副上去也是早晚的事。"

有人说唐漾"装"，有人附和。

再然后是范琳琅颇为感慨的声音："如果不是蒋时延的话，唐漾可能就是第二个徐姗姗。"

这个名字是忌讳，群里沉默了好一会儿，才有转移话题的声音。

后面是无关紧要的内容，唐漾把耳机还给敖思切。敖思切瞄了瞄唐漾，不知道自己做得对不对。

唐漾将食指抵在唇上，朝她做了个"嘘"的手势，然后慢慢点头。

敖思切舒了一口气，放下心来。

徐姗姗。

唐漾乍一听到这个名字，觉得很熟悉。就像同学或者学长一起吃饭，然后大家自我介绍，一个人说自己叫"徐姗姗"这样的熟悉。可唐漾想了一会儿，又想不起来。

回办公室后，唐漾百度"徐姗姗""徐杉杉""徐珊珊"，出现在最顶上的是全国共有多少个同名同姓。

唐漾在脑海里铺地毯式找了良久，仍旧没有，正巧同事递一沓文件进来，唐漾说话间，也就作罢。

下午四点，办公室的门被敲开。

唐漾从电脑旁边歪个脑袋看，见来人，眼睛亮了一下："你怎么……"

这个点回来了，不是在出差吗？

"好像说内网下午要出人事变动通知，"秦月轻车熟路地在唐漾桌子上找到把小剪刀，剪开手里的咖啡袋，还了剪刀，"谢谢唐处。"

秦月半是玩笑，半是认真。

唐漾办公室的办公桌被蒋时延换过，秦月倚在桌角，高度正好。

门虚掩着，唐漾也顺势聊下去："感觉是你，或者空降吧。"

"我待在副处这位置刚刚好，我爹妈给上面打了招呼，顶楼也知道我性子不稳，到处出差就是为了到处浪，"秦月在唐漾的温水壶里蹭了杯热水，"好像没有合适的空降兵吧，或者B市那边过来的？但可能性不大啊。"

唐漾敲太阳穴："可如果是我，感觉会很一言难尽。"

周自省忌惮魏长秋和银监会的魏长冬，大家都知道，而且到现在也没听到魏长秋和甘一鸣离婚的消息。

唐漾不确定那天到场的有多少人知道自己在装。但如果甘一鸣下去了，自己马上顶了甘一鸣的位置，一方面有点打甘一鸣的脸；另一方面，像是魏长秋因着九江专案想和唐漾交好，用处长的位置弥补唐漾。

如果魏长秋的妹妹魏长冬给顶楼吹吹风，顶楼任命唐漾为处长，也不是没可能。

"在我眼里，你应该是超自信的那种人啊，为什么会这样想？"秦月颇为诧异。

唐漾没明白。

秦月说："你去年十一月申请调动，十二月过来，现在是五月，十一月到五月，刚好是半年周期啊。"

管培生轮岗时间在三个月到两年不等，半年就是个快而正常的平均数。

唐漾这么一想，似乎也对。

她笑着轻推秦月一下："不思进取。"

秦月杯中的咖啡乱撞。

“小朋友你不懂，”秦月抻抻脖子，“这人到了三十岁之后，至少我到了三十岁之后，活得懒散又舒服，就不想做任何改变了。”她散漫地话锋一转道：“况且我姐那么独立又牛逼，我爸妈的金山银山不就是剩给我挥霍的吗。”

秦月说话做事从来都是一副“老子富二代”“钱太多”“上班为解闷”的放浪形骸的模样，却又让人觉得直率可爱。

唐漾忍笑搡她：“你就喜欢这种别人看不惯你又弄不死你的感觉。”

秦月突然“呃”一声，定定地看了唐漾三秒，夹着尾巴滚了。

咳，里面那个小没良心的怕是不知道：蒋时延上次知道是她把人带去酒吧的之后，自己没动手，让程斯然几个天天约秦月组局。秦月手气差、牌技菜，偏偏又好一口麻将。半个月下来，她输得哭爹喊娘，然后程斯然那几个货合伙买了架私人飞机，简直残忍又血腥。

唤她

秦月回来是作为候选人等任命，唐漾作为候选人也在等。

可两人越是等，任命越是推迟。一直到周五，内网上都还没显示。

大概会下周一再出吧。

之前两周甘一鸣不在，唐漾不在，秦月断断续续出差，信审处靠范琳琅几个老员工刚刚能正常运作。但范琳琅几个人的能力和权限都有限，还是囤了一堆事儿下来。

唐漾复职这一周，众人找到了主心骨，所有拿不准的都来问她。

蒋时延上周还是拥有小女朋友作陪的人生赢家，这一周瞬间变成天天朝汇商赶的外卖小哥，回到家之后就是帅气小厨，偶尔还充当清水按摩师。

终于等到周五，唐漾回到家精神不振，没有沾床就想睡。

蒋时延心里乐开了花，表面上还是不动声色地做饭，吃完饭收拾桌子。

唐漾是抱着秦月出差带的礼盒回来的，礼盒拆开后，那些东西花样百出、薄薄透透。唐漾害臊，蒋时延偷乐，两个人都不淡定了。

不可否认的是，这晚，两个人都格外尽兴。

夜色下，灌木叶上的霜露润进土壤，经过的叶脉湿得近乎透明，水声缠绵悱恻。

唐漾脸红红的，耳朵红红的，身子也红红的，羞得像个小火炉，可小火炉浑身软得湿漉漉的，像从水里捞出来的一样。她被欺负得快哭了，脑子里混混沌沌，挠着咬着蒋时延骂他“不要脸”。

最后好像真的有眼泪出来，蒋时延又是心疼又是忍不住，“心肝”“宝贝儿”地哄着，又是怜惜又是用力。

第二天是周六，早上八点，两人才睡下没多久。

唐漾闹钟忘了关，蒋时延的手越过她关了闹钟。他也困得要死，但想到什么，还是翻身起来，蹑手蹑脚去厨房兑了碗谷物羹，蒋妈妈送过来的，说养胃，然后给唐漾端进卧室。

床上的小软猫哼哼唧唧睁不开眼睛。

蒋时延一边暗骂自己禽兽，一边又止不住地笑，把人抱在怀里一口一口喂完。

两人再次彻底醒来，已经十一点了。

唐漾躺在床上抱着手机，习惯性地刷内网。

程斯然的表哥今天结婚，唐漾不想去。蒋时延得去露个面，他一边穿衣服，一边皱眉头：“别看了，你才醒，看手机伤眼睛，周末肯定不会出公告。”谁周末上班啊。

唐漾被戳穿了小心思，悻悻地摸了一把鼻子：“你怎么知道我在看什么，我看上去很在意吗，我像是那么肤浅的人吗。”

说着说着，没了声音。

她脸上的表情也慢慢定格。

一秒，两秒，三秒。

安静的瞬间，蒋时延扣皮带的“咔嗒”显得惊天动地。

蒋时延被声音吓到，正想唤她。

唐漾慢慢回过神，脸上是不敢相信但确实发生也接受的表情，她严肃地道：“蒋时延，我要告诉你两个消息。”

蒋时延吸气，呼气，跟着紧张：“先说坏的。”

唐漾“唔”一声：“一个好消息和一个更好的消息。”

蒋时延怔一下，随后失笑，很想把这个人捏成一个袖珍小人然后揣兜里，看她还怎么淘气。

唐漾又是一本正经：“好消息是我拿了新雷计划的优秀，叫什么‘新雷标兵’，还有证书，虽然这名字土土的，但我是八科总分第一。”

唐漾开心地坐起来：“蒋时延你能想象吗，我八百米跑五分三十秒，竟然是女生第一？那些叔叔阿姨的身体素质到底是有多差。”

“更好的消息是。”唐漾顿了一下。

蒋时延立在床边，唐漾批着被子立起身体，她环住男人的腰，仰面甜甜地笑："以后要叫我唐处长啦。"

比升职本身更让唐漾开心的是，她的管培生系统积分加了一分。然后任命第一次拟定的时间，是在甘一鸣出事之前。

所以无关甘一鸣，这个位置本就该是她的。

唐漾爱极了这种感觉，自己想要的，自己努力，自己拿到。

蒋时延笑，但没出声。

唐漾望着他，眨眨眼。

这是一个稀疏平常的周六，窗外有鸟啼、车声，就连阳光都和以往一样，透过窗户洒落，落在茶几中心多肉圆滚滚的小脑袋旁。

床上，小小软软的一团抱着自己，她还没睡醒，眼下有浅淡的青色。她仰脸望着自己，眉眼弯弯，眼里好似盛着清泉，清透光亮。

这是他的漾哥，他的漾姐，然后，变成他的漾漾。

蒋时延看进她的眼里。

几秒后。

"唐处长。"他顺从而温柔地唤着，低头吻她。

唐处长很乖，抱住他回吻。

在方才那个漫长的反应过程里，蒋时延无比自然地认清一件事。

只要唐漾想，那么在以后，在任何时候，他都愿意匍匐在地，挡住荆棘，让她踩着自己的背脊，去摘天上的星星。

就像所有喋血沙场的巾帼枭雄，身后都跟着一个着铠甲、手握长戟的骑士。

他忠心耿耿。

他不看后路。

他肝脑涂地。

只是现在，"巾帼枭雄"需要解决午饭问题。

唐处长被蒋大佬抱在怀里，声音柔柔地道："我觉得外卖不健康，看不到店家怎么做的，不如你给我买回来吧，我现在还不是很饿，可以支撑到下午一两点。"

"那是因为你懒得拿，懒得开门，哦，不对，是懒得起床。"

这当了官的人就是不一样，会打官腔了。

但蒋时延不揭穿，摸摸她的发梢："那你想吃什么？"

唐漾："冒菜？比萨？干锅？"好像都没什么兴趣，而且要等着煮。

"我吃什么都可以，"唐漾想了想，"不然你吃什么，我吃什么？"

她望着他，提议说："你把你宴席上吃剩的饭菜随便给我打包一点就好了，我不嫌弃。"

可如果某人真的老老实实打包一点……

唐漾想到这，轻咳一声，她扯扯蒋时延的衣角，右手拇指抵在小指尖上，很小声地纠正："打包多一点。"

唐漾在想什么，蒋时延一眼就看出来了。

他不想笑，也知道自己不该笑，可他憋不住，睨几秒小女朋友红红的耳尖，蒋时延别过脸，"噗"一下笑出了声。

笑？他竟然笑？！他竟然在嘲笑自己的食量？！

唐漾眼里满是不敢相信，呆了一瞬，她狠狠推开蒋时延，腾地站在床上："为什么你有脸笑？为什么始作俑者还能哈哈笑？我以前明明吃得超级少，我以前一包泡面都吃不完，我现在吃这么多不该怪你吗？"

唐漾越说越委屈，眼睛一闭一睁，几近泫然地控告："是谁早上做早饭，午后送甜点，晚上还要做饭！我说了好多次晚上我不吃，我不吃，我不吃！谁说不吃会饿，饿了难受。我说没关系，是谁把糖醋排骨端到我面前，用筷子夹着在我嘴边晃啊晃，还用肋排，那么香，那个汁好浓，番茄酱做的，酸酸甜甜闻着就……"

唐漾哭诉着，哭诉着，没忍住，咽了一口唾沫。

"咕噜。"

蒋时延怕她摔着，手臂虚虚地圈在她身后，没出声。

唐漾有预感般，愣愣地垂眸，果然看见蒋时延咬嘴憋笑的样子。她"哇"一下跌坐在床上，心态崩了："那也是你每天都在阻止我减肥！你阻止我变瘦！"唐漾冲着蒋时延又抓又挠，"就是你把我喂胖了还笑我！蒋时延你个混蛋！蒋时延你个大猪蹄子！"男人怎么可以这么坏！这么坏！呜呜呜！

按照电视剧里的剧情推进，"家庭妇女"声嘶力竭地吼道："我要离婚！离婚！"

只是没想到，蒋时延根本不怕，反而笑得眉梢都压不住："好的好的，离婚离婚，只是离婚之前我们是不是要先结……"

唐漾温暾又茫然地眨了一下眼睛，等她意识到自己说了什么。

一秒，两秒，三秒，唐漾扑回床上，带着被子连滚两圈，格外麻利地把自己卷成一个蚕宝宝。

密不透风的那种。

蒋时延好笑：“漾漾——”

“你没听到上一句！”小女朋友大喊，隔着被子瓮声瓮气。

蒋时延含笑：“可我听到了。”

唐漾：“你没听到。”

蒋时延：“我听到了。”

唐漾：“你没听到！”

蒋时延：“你出来。”

唐漾闷声尖叫：“我拒绝！”

蒋时延拉她的被角，唐漾紧紧攥住被角。

蒋时延有的是办法治她，他把手一松，干脆坐到她旁边：“你不出来我就只有不走了，要是程斯然他们问我，我就说漾漾还小，舍不得我走，我一走她就哭鼻子。”

唐漾有的是办法反治蒋时延，她将计就计，嗓音拖出哭腔：“你说什么我听不到，你说大声点，裹在被子里好难受，我都快热死了，我，我……”唐漾一下一下做艰难呼吸状，“我快要喘不过气了，心口好堵，好堵。”

蒋时延知道她在装，还是心软了。

他拍拍被子：“好好好，我没听到，宝贝儿快出来，别把自己闷坏了——”

唐漾唰地掀开被子，红着耳尖，抬脚蹬他：“快滚，快滚！”

总感觉蒋大狗刚刚想骗婚，没安好心！

蒋时延抓起她的手拿到嘴边亲了亲，又俯身亲亲她的额角，把叽叽歪歪的小女朋友揉顺了毛，这才出去。

“待会儿回来给你带奶盖。”蒋时延在玄关一边穿鞋，一边朝里喊。

唐漾本来面朝着门玩手机，听到他说话，格外做作地转身背朝他。

蒋时延在镜子的反光里看到她这个模样，不自觉地勾了唇。

这小脾气大的，啧。

唐漾在蒋时延面前再怎么炫耀高兴，到了周一去上班，她一身藏青色西服穿得干练，皮肤白皙，妆容精致，表情沉稳而内敛。

上电梯又下电梯，不少同事向她道贺，唐漾从来不说“哪有哪有”“承让承让”，她颔首道谢，走路带风。

之前甘一鸣缺席过，唐漾代理过处长，所以这次人事变动并未对信审处造成太大影响。

快十一点时，秦月摸鱼推开唐漾办公室的门，熟练地从唐漾储物柜里顺了一包餐巾纸，走到办公桌边，挑眉：“叫爸爸。”

看吧，秦爸爸说她唐漾上，就是她唐漾上。

唐漾往转椅后面坐点，笑得放松：“爷爷。”

秦月满意地正了正对方头顶的发夹。

两人又聊了几句，秦月临出门前想到什么，“对了，”她又走到唐漾身边来，低声道，“我姐说魏长秋和甘一鸣正在离婚，不知道手续什么时候办好。”

唐漾：“离婚是肯定的，就是不知道甘一鸣能拿到什么。”

魏长秋会赏他一点，还是……

秦月望着唐漾，用口型虚虚吐出四个字。

净身出户。

唐漾微微诧异，魏长秋做事这么彻底。

她和秦月的目光在空中交流。

这时，门敲了三下。

唐漾：“请进。”

范琳琅推开虚掩的门，抱着一堆文件进来：“在聊什么呢，你们好像聊了挺久。”

“秦副在说伦敦的鬼天气，”唐漾半开玩笑地转移话题，接过文件，“这是？”

“信审处这次变动挺大，负责人在动，外面办公室也走了好几个，又新进来好几个，”范琳琅解释道，“顶楼秘书室那边授意下来让我们搞搞团建，活跃一下气氛，时间定的这周五。我在网上搜了一下，写了几个备选方案出来，您和秦副看看怎么安排。”

范琳琅和唐漾相处快半年了，知道唐漾看方案看得比甘一鸣细，所以她写出来的方案也比以前写给甘一鸣的详备很多。

唐漾和秦月浏览了预算、时间、具体内容，唐漾又问了其他同事的意见，然后和秦月敲定了其中一个。

这次，伴随唐漾升职变动的还有甘一鸣“终身不得进入银行业”的先决处分，秦月加入九江专案做辅察工作以及范琳琅填补唐漾空缺，升到副处。

但比起唐漾之前作为管培生落岗，担任专业和技术方面的职责，范琳琅主要分管的是党务和办公室事务这块。

她在这层楼待了快五年，未婚未育，临近三十才等来第一次晋升，神色间难掩春风。

范琳琅平常戴的耳钉低调素白，诸如珍珠一类，今天换了红宝石，整个人的气色提亮了不少。

唐漾注意到了。

正事说完后，唐漾很自然地夸她：“好看。”

范琳琅顺着唐漾的视线把头偏到一旁，她抬手摸着耳钉，犹疑：“真的吗？”

秦月认可唐漾：“好看。”

秦月到信审处伊始，便和大家显得格格不入，不是撕破脸皮或者冷战，而是生长环境的差距。比如其他同事讨论存钱买什么车性价比稍高，秦月拎个包就是一台车；同事们中午点二三十块的外卖，邀请秦月一起，秦月会说自己嘴挑，然后叫悠然居送个下午茶就是一两千。

范琳琅和秦月一起工作几年，秦月和她说的话加起来可能没有秦月和唐漾一天说的多。

这时听秦月也夸自己，范琳琅略显局促地低头笑，眼里闪过一抹不知名的情绪。

信审处团建搞过不少，但一般在周末，工作日搞团建约等于休息，大家这周好像有了一个盼头。

周五早上，唐漾定了闹钟，七点准时起床。

外面天色还没亮开，灰蒙蒙的，她坐在梳妆台前戴好项链，捯饬着那张脸。蒋时延大剌剌地敞着浴袍站在旁边，一边打哈欠，一边朝她包里疯狂塞东西。

湿巾、零食、现金、雨伞，还有糖。

唐漾无意中瞟见，哭笑不得：“我是去团建，去福利院陪小朋友画画，

又不是去春游。”

见蒋时延一副“我听不见，听不见”的无赖模样，唐漾边拍脸，边投降：“好好好，你随便装，别太多，我背不动。”

知道她背不动，蒋时延挑的都是必要物品。

可全天下都是这样，小女儿要出门，老父亲东挑西拣，还是恨不得把自己拴在宝贝女儿头顶的蝴蝶结上，跟着一起去。

团建去福利院陪小朋友画画，一方面是出于经费考虑；另一方面，临江城福利院在二环城乡接合处，人少车少空气好，可以顺便踏踏青。

范琳琅前几天就和福利院沟通好了。

周五上午，同事们坐大巴车抵达时，差不多九点了。

几幢三层小高楼伫立在半山腰，楼里窗帘是柔软的彩色布料，楼外涂漆干净，四周的围墙倒有些年头，“临江城福利院”的“城”字少了提土旁，大门栅栏上覆着一层爬山虎，两旁地面覆着斑驳的白灰。

十几个小孩排在门口，见来人了，整齐划一地喊：“欢迎哥哥、姐姐。”

好些同事都没孩子，顿时被萌到不行。

同事们纷纷拿出给小孩带的礼物，有的同事忘了带，好在唐漾提前安排范琳琅统一买了些。

孩子们稚声稚气地做完介绍后，唐漾和秦月几个跟福利院副院长和照顾孩子的阿姨们碰头——院长在城里买东西，要下午才回来。这些小孩最大的十三岁，最小的三岁，大多身体残疾或者有认知障碍。其他小孩在学校读书，他们就从福利院阿姨那学学认字、画画，倒也过得简单开心。

唐漾转头看孩子们，这才注意到孩子们旁边站着个十五六岁的少年。他先前没和大家打招呼，现在也是一言不发。

少年个头近一米八，一身黑恤衫，牛仔裤破破烂烂，但不脏。他裸露的左臂上盘着一条蜿蜒的伤疤，右臂文着夸张又不知姓名的植物。

唐漾打量他时，他一只手插兜，一只手玩着火机，一副索然无味的表情，放在唐漾中学时代就叫非主流。大抵少年那副皮囊着实好看，唐漾脑海里第一个蹦出来的词是，阴郁。

一个福利院阿姨察觉到唐漾在看他，解释中夹杂着厌弃：“他叫时靳，年底满十六，脾气不好，在学校是倒数，经常旷课、打架、抽烟、喝酒、摔东西。”她凑到唐漾耳边，小声道：“听说还经常和外面那些混混在一起打架，年纪轻轻不学好，你看他手上那条疤，哎哟哟。”

“乱说什么，”福利院副院长喝住阿姨，转而给唐漾换了种温和的说法，“时靳来的时候已经十四岁了，确实不太合群。”言语间也有轻微的罅隙。

这种小孩大多经历过变故，没走出来。

道理唐漾都懂，可她不是什么慈善家，不负责拯救少年，今天过来也只是做做团建。

秦月倒是一直盯着那少年看，唐漾和负责人聊两句，见秦月失态，她轻轻扯了一把秦月的衣角。

秦月清清嗓子收回视线，唐漾的目光触及少年手臂上的刀疤，心里不自觉地起了突突。

好在其他小孩都乖巧懂事，唐漾陪小孩们画了会儿画，面色也在孩子们的笑声中明媚起来。

临近中午，信审处员工们搭了架子，烤了两只大全羊。那些小孩就着音乐，手拉手跳起笨拙的踢踏舞。

大概因为之前唐漾零食送得多，她们在唐漾身前多逗留了一会儿。唐漾笑得眼眉弯弯，一只手举着刚洗好的大葱，一只手给蒋时延录视频。

【宝宝：可不可爱！！】

蒋时延给唐漾回电话，唐漾放下大葱，绕到围墙外面接起。

“你喜欢小孩吗？”蒋时延在电话里柔声问。

唐漾想了想：“我喜欢长得漂亮又懂事的小孩，我不喜欢熊孩子。”

蒋时延：“我也是，我喜欢小姑娘多于小男孩，感觉小男孩小时候都很皮。”

唐漾抿笑：“你小时候皮吗？”

“我应该属于一直特别懂事儿的。”

蒋时延这句话出来，好了，唐漾知道是假的。

“那我应该比你懂事儿。”

唐漾高一也是会翻墙去网吧的主，这话一出来，好了，蒋时延也知道是假的了。

可谎话总是让人心情愉悦，也可能因为开口者是对方，所以谎话都显得可爱无比。

蒋时延问她做了什么，准备吃什么，唐漾一一作答。

两人聊了半分钟，蒋时延忽然想到什么："之前好像有孕妇在医院出事，医院来买营销，生孩子应该很痛吧。"蒋时延皱眉。

唐漾说："我怕痛。"

蒋时延道："其实我也不是特别喜欢小孩，顺其自……你怕痛，我们不要小孩也可以啊。"

唐漾："可我是独生子女，你家人也不多，不要小孩总感觉很奇怪。"

双方家长肯定都有意见。

蒋时延像知道唐漾在想什么。

"没事，"蒋时延宽慰她说，"我妈那边我闹一闹就行了。我妈不讲理，我比她更不讲理，她拿我就没办法了。"

唐漾撇嘴："可我不敢和我妈闹。"

蒋时延很有担当："那我去闹，闹完他们要打要骂都冲我来。"

唐漾扯了一片爬山虎的叶子，又忍笑了："你怎么不直接说上刀山，下火海。"

"漾漾会舍不得啊，"蒋时延俏皮话接二连三，"当然，如果漾漾舍得，也不是不可以。"

东拉西扯好一会儿，唐漾的小脸被太阳晒得红彤彤的。

挂断电话，她转身走着走着，忽然反应过来——

她只是随口夸福利院的小朋友可爱，某人在想些什么呢！谁想和他生小孩啊，喂！

但如果以后结了婚，真要有了小孩，那唐漾选男孩子，长得像他，模样俊俏，白白胖胖，和年画上的糯米团子一样，笑着扑进自己怀里声音绵软地叫"妈妈"。

半山腰微风拂面，吹得人暖融融又痒酥酥的。

唐漾喉咙不自觉地咽了一下，然后抬手去挠绯红的耳郭，烫得小手一缩。

里面的空地搭了遮阳棚。

秦月见唐漾顶着苹果脸回来，瞥了一眼棚外："有这么热？"

唐处长点头，努嘴，格外有信服力地道："你去试试就知道了。"

午饭时间，副院长和唐漾几人坐在一起，讲了很多。

副院长说自己以前是民办小学代课老师，因为心疼这些小孩才来了福利院。这福利院是九江集团投建的，结果她刚来没多久，就遇上全国性的下岗潮，九江那边资金周转不灵，连工资都付不起。

唐漾听到九江，多问了两句细节。

可那是十年前的事了，副院长记不清，唐漾也就没追问。

副院长喝了两杯酒，说哪个孩子半夜发烧，她背着走了十里地；哪个孩子被烫到，她用鸡蛋清涂了守着消肿；还说到九江不再给福利院钱之后，有一个好心人每年年初都会给福利院打钱，打一笔够福利院一年的开支。

以前是十来万，后来是百来万，偶尔哪个孩子出事儿，他也会给钱应急。

早年企业投建的福利院政府不会管，副院长喝了两杯酒，说到后面，声泪俱下：如果不是那个好心人，福利院大概早就垮了，这么多孩子将会流离失所。

酒过三巡，福利院阿姨扶着喝醉的副院长上楼，唐漾拉住其中一个阿姨问资助人的细节。

“他从来不留名字，”阿姨摇头，突然思及什么，又附在唐漾耳边悄悄道，“但我以前见过一次他寄过来的存单还是什么，就是可以去银行取钱的那种，他的名字里好像有个‘嗞’，还有个‘西’。”

阿姨发的拼音。

唐漾在秦月手心写了“Z”和“X”，秦月忖了一会儿，一脸笃定：“那个资助人姓哲名学，叫哲学。”

一本正经胡说八道。

唐漾哧地出声笑，抬手打人。

临江城福利院商业味不重，小孩们难得碰到这么多哥哥、姐姐来，开心得不肯午睡，阿姨也难得依他们一次。

秦月一反常态地组织同事们和小孩互动，只是她一边若有若无地朝那个在一旁摆弄着羊皮的少年看，一边招呼大家。

秦月做什么事儿心里有谱，唐漾不戳穿她。

范琳琅几个人拉起跳绳玩，敖思切带着一个小孩捏橡皮泥，老鹰捉小鸡的队伍缺只老鹰。

秦月实名推荐唐漾，唐漾答应了，见同事笑，她摸不着头脑。

秦月道：“大家当老鹰得弯着腰跑，唐处身高刚刚好。”

唐漾蓦地定住了，手一指，利索地拉垫背：“找敖思切！敖思切年龄小，她也没有一米六！”

敖思切大大方方地站过来，和唐漾背靠背。

虽然她没有一米六，但她比唐漾高啊。

唐漾看看敖思切，再看看和自己差不多高的十三岁的“鸡妈妈”，“嗷”一声，哭丧着脸认命了。

大家捧腹大笑。

五月虽未入夏，午后已经有了知了的聒噪，阳光暖暖地洒在福利院外宽阔的草地上。

在脱离绩效、远离写字楼的环境下，大家一身轻松，笑声卷进热风不断回响。

唐漾玩起来放得下包袱。她偶尔会去健身房，今天也听蒋时延的话穿了运动鞋，可战斗力比起小孩还是差了一大截。疯跑了将近半小时，唐老鹰一只小鸡没抓到，嗓子却快喊哑了，汗水也湿了背。

唐漾把敖思切叫过来看着小孩，自己囫囵灌了半瓶水，去洗手间整理一下。

洗手间在大楼后面，隔众人所在的草坪有一段距离。

唐漾的脸跑得又红又烫，边走边喘气。她先前笑太久，这时走了快五十米，嘴角还微微翘着。

唐漾以手掌作扇扇风，越朝前走，身后喧闹越远。

路过转角，陷入安静。

唐漾察觉到什么动静，脸上的表情渐渐凝固，她步伐越走越慢，然后，在女厕所门口停住了脚步。

在她身后，有人尾随。

见她停下，那人紧紧尾随的脚步跟着停下。

两个人隔着大概一米的距离，谁也没先动，谁也没出声。

僵持间，唐漾有些怕，却强作镇定。她的胸口起起伏伏，垂在身侧的手心不可控制地攥出一层薄汗。

四下无人，阳光拉出斜长的影子。

福利院就这么些人，唐漾稍稍偏头，便认出了身后影子的主人——时靳。

他为什么会跟着自己？

一个文身打架的边缘少年跟踪自己，唐漾屏息间，脑补了很多：比如抢劫，比如行凶。唐漾甚至想到他是不是拍了自己刚刚疯跑的照片，用丑照来敲诈自己。

唐漾越想，脑子越乱，时靳却迟迟没动，仿佛刚才尾随唐漾的人不是他。

唐漾的手伸到挎包里，胡乱摸到了防狼警报，顿时像吃到定心丸，试探着转身对峙："你——"

警报器还没拿出包，剩下的话统统卡在了喉咙。

唐漾转过身时，少年替她挡了点光线。

他默不作声，一只手插兜，一只手摊在唐漾面前。少年的掌心中央，赫然放着一条项链。

项链是铂金的，吊坠用细碎的白钻镶边，多面切割的蓝钻隐匿在白钻间，熠熠生辉。

熟悉得……像是自己的。

唐漾蓦地抬手，脖子果然空落落的。

她眼神一顿。

这是蒋妈妈送给唐漾的礼物，唐漾只有心情很好或者重大场合才会戴。大概是今早戴得匆忙，项链绞上了头发丝，刚刚老鹰捉小鸡玩得又太疯，什么时候甩掉的都没注意。

唐漾睨着时靳，大概是勒索吧，但只要开价不是特别离谱，她都愿意接受。

唐漾眸色深了些。

少年抿嘴，又松开，反复之后，语气僵硬又清冷："捡的，还你。"

"啊？"唐漾愣住了。

知道她听到了，少年不愿多说，颇为不耐烦地扬扬手。

蒋妈妈送唐漾的是个高定牌子，奢侈而精致。唐漾和其他戴这个牌子的大多数人一样，有轻微洁癖，项链这种贴皮肤的东西，她们不大愿意让陌生人碰，碰过的话也不会扔，但不会再戴就是了。

不知是偶然还是刻意，唐漾这才注意到，少年掌上刚好垫着一层卫生纸，然后是项链。项链从锁扣断开，唐漾那根绞在上面的头发还保存在纸上。

一次真正完整的归还。

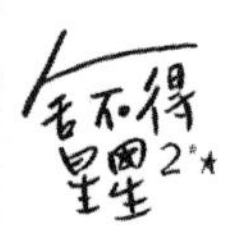

一瞬间，唐漾说不清心里那股滋味是自责还是惭愧，温暖又酸涩。

唐漾长长的睫毛颤了颤，就着卫生纸把项链拿回来装进包里，她松开另一只手里的防狼警报器，换成一颗大白兔奶糖，以物换物，放到了少年的掌心。

少年嫌弃唐漾动作慢，拿了那颗糖，面色颇为不善地转身离开。

唐漾目送少年离去。

而就在刚才那个转角，有个六七岁的小姑娘站在那儿，她望着这边两个大人，手背在身后，目光怯怯的。

少年走近转角，小姑娘身体朝后缩。

少年龇牙咧嘴凶小女孩，小姑娘撇嘴。

少年抬手像要打人，小姑娘怕得眼睛红红的，眼泪都快掉下来了。

少年还是一副没好脾气的表情，手一松，吊儿郎当地把那颗大白兔奶糖轻轻搁在了小姑娘头上。

风吹过，沙沙响。

少年路过转角，身影消失不见。

小姑娘剥开糖纸，含得小心翼翼又满心欢喜，她微眯着眼睛，脸颊柔而亮。

唐漾站在不远处遥遥望着，脑海里忽然浮现出很久之前，在南津街那个下午，张志兰家两个小孩，一个说仍旧想当军人，一个声音稚嫩但满是认真地唱，“起来，不愿做奴隶的”……

两幅场景好似无关，如果非要相连，大概是唐漾心底某个很柔软的角落，在这两个下午，被同样的力度轻轻戳了一下。

傍晚六点，唐漾一行人临回去前，福利院院长回来了。

院长是个六十出头的老头，头发灰白，精神矍铄。他放下采购的东西，邀请唐漾和秦月上去喝杯茶，两人应下。

到办公室后，唐漾和秦月先就今天活动圆满结束表达了感谢。唐漾真心实意地说，如果以后有机会，希望还能过来。

老院长笑着应好，给两人说了福利院近几年的概况。

聊到后来，不知是谁提了时靳，老院长的脸色渐渐暗下去，门似乎被外面的风吹动了一下。

好一会儿后，老院长叹气：“这孩子啊……”

时靳的父母是医学院知名教授，从小家境优渥。他八岁那年，一场猪流感席卷全国，父母在抗疫第一线双双殉职，他跟着奶奶生活。时奶奶是A市有名的企业家，财团族群庞大，几乎能和九江媲美。照理说，时靳应该继续过无忧无虑的少爷生活，但他十二岁那年，奶奶去世，姑父姑母收养他。他十三岁那年，姑父姑母离婚，财团内乱割据，姑母因为种种原因把他送到这，便再也没有接回去。

“他一直觉得他父母不是简单的殉职，但这件事已经盖棺定论。

“他以后想做什么医疗数据图谱，我也不太懂。”

“这孩子是真的命不好，来福利院之前坎坷一路，来了福利院上了中学，他参加什么打电脑的比赛，拿了第一，结果错过了身份确认时间，又因为和医药代表打架，被取消了奖学金。”老院长摘下老视眼镜，用眼镜布慢慢擦拭镜腿，“这孩子买电脑，交学费，都是自己在外面打零工挣的，不问福利院要一分钱，偶尔还会给福利院的小孩买书。”

老院长说：“他心肠好，心气硬，懂事，有轻微自闭症。”

时靳现在高一，已经拿了几所顶级大学的预录取资格，还拿了一个做智能医疗图谱的互联网公司的预留名额。

老院长慢吞吞地戴上眼镜：“他现在偶尔会到那家公司打零工，想高考结束之后直接过去。这孩子和我亲，我就想着让他好好读个大学拿个文凭。互联网这些东西风向一天一变，说不准的。”

话聊多了之后，几个人熟稔不少。

唐漾道：“他有自己的思量吧。”

秦月：“万一以后又遇到个什么。”

“咔嗒”，门被推开。

“无所谓，意外已经够多了。”时靳的刘海中分，别到耳边，端着盆花进来。

夕阳暖黄，镀在少年微昂的下颌上。他五官好看，嘴角勾着嘲讽。

一个十几岁的少年，刻薄到了骨子里。

唐漾慨然长叹。

秦月目光微微闪躲。

从福利院回家，夜色沉如墨。

铺了漫天的星斗如同一盏盏信号灯，在黑暗中闪烁出若有若无的方向。

那天晚上，甘一鸣和魏长秋离婚的消息登上微博热搜第一。

甘一鸣判了十年，跟了一大堆处罚，还净身出户。

网友们谴责甘一鸣，对魏长秋这样耿直利落的富婆人设抱有极大好感。

“老公手脚不干净，老婆离婚有毛病？人身家几百亿凭什么要到垃圾堆里找伴侣？”

“国内编剧看过来，标准的凤凰男剧本在这里：出身偏远小县城，有一个一起考上大学的青梅，为傍富婆抛弃青梅，一朝得道作死，富婆反踹青梅高升。”

“希望成为魏总的一个包，被细心呵护，被捧在手心，偶尔一用，无忧无虑。”

那天晚上，陈强敲定一份八位数的融资，励志向的采访视频也上了热搜，在上一条下面。

唐漾动了一天，腰酸背痛，她正享受着蒋时延从自己这里偷师的按摩手法，陈强的电话进来了。

“漾姐，”他喊人，“宋……”

唐漾举着手机换了个姿势：“啊？你刚刚说什么，我没听清。”

陈强问：“你和蒋总最近还好吗，那天蒋总说你升了处长，应该蛮忙的。”

唐漾：“挺好啊，是。”

两人开着免提聊了一阵，蒋时延也和陈强不咸不淡地说了两句。

“你最开始要说什么，我没听清。”唐漾想起来。

陈强沉默了一会儿：“没，没什么。”

也是那天晚上。

唐漾做了一个梦。她梦见自己一个人去爬山，山里分出两条路，就像中学时代课本里那首诗里写的一样：一条平坦而脚印众多，一条人迹罕至。唐漾可以选择人迹罕至那条小路，但她还是跟着前面的人，选了所有人都走的那条大路。她走着走着，前面的人忽然全部消失，明媚天光换成乌云密布。昏天黑地间，高山化作深渊，唐漾孤立无援，脚下一滑，身体如断翅的蝴蝶，直直朝深渊坠去。

唐漾在下坠的刹那惊醒，浑浑噩噩，一头冷汗。

蒋时延几乎和她同时醒来。

"宝贝儿没事。"

"宝贝儿我在。"

蒋时延一下一下顺着她的背，低声哄着。

等唐漾情绪差不多稳定了，蒋时延这才去厕所拎了条湿毛巾出来，他耐心地擦着她额角的汗，然后是手，一根一根擦着她纤白的手指。

唐漾还没彻底清醒，脑袋里宛如装着糨糊："如果一个专业对口、但资质平庸的本科生，和一个没有文凭但天赋极高的高中生同时到一休应聘，你会选哪个？"

蒋时延温声道："资质高。"

唐漾："所以为什么公司简历准入条件大部分是本科而不是高中，就不怕错失资质高的大佬吗？"

如果唐漾清醒着，肯定能说出答案并觉得问题略显愚蠢。

但唐漾还在梦呓。

蒋时延将她额前汗湿的碎发轻轻拂向两边："因为大佬是少数，就一般人而言，本科生各方面能力肯定高于高中生，就像有的单位只要研究生，连本科生都不要，一样的道理。"

大概是蒋时延的嗓音太温柔，和唐妈妈以前教唐漾认字差不多，唐小朋友很快又睡了过去，但抱着他的脖子没撒手。

蒋时延的脖子不敢动，他小心翼翼地反手探到床头柜，小指勾到手机，把屏幕的亮度调到最暗，然后给程斯然发了条短信。

——帮我查一下临江城福利院。

蒋时延皱眉，他家小孩去了一趟福利院，回来之后情绪一直不太对，夜宵少吃了半碗不说，刚刚还做了噩梦，什么破地儿！

之后几天，唐漾状态一直不太好，胡思乱想，焦虑，偶尔吃东西还会反胃。

有一两次，唐漾真的跑去厕所干吐，蒋时延拧紧眉毛："是不是胃病又犯了？去医院看看吧？你肠胃本来就差，万一拖出个什么毛病。"

唐漾擦擦嘴："没事，可能是下午在单位喝了一杯冰可乐。"

蒋时延瞬间沉下脸："唐小漾。"

唐漾怯怯地缩缩脖子："这不是没忍住嘛。"

操心如老母亲的蒋大狗只想扑过去咬人，唐漾赶紧躲。

蒋时延追上去，两人绕着沙发跑了好一会儿，唐漾被蒋时延摁在沙发上，“咯咯”笑着。“我错了，我错了。蒋大哥，我不会再犯了。大哥，大哥，”漾漾娇娇软软地唤着，“求大哥饶小弟一命。”

蒋大哥抓着小弟的两只手，一副主宰黑道帝国的沉稳风范：“大哥得上了小弟。”

蒋时延也就嘴上开开车。

这段时间，比起性爱，他更喜欢抱她，用身体贴着她的后背给她安全感，偶尔真枪实弹做，蒋时延也是先考虑她的感受。

等唐漾这段“水逆”差不多过去，蒋时延还没来得及向小女朋友讨要利息，便收到 Leo 的短信，要飞去大不列颠出差一趟。

A 市在亚热带，五月末已是艳阳高照，知了长鸣，地表温度隐隐有了煎蛋的趋势。尤其中午，室内开着空调，室外热得直泛白光。

周末唐漾没去加班，蒋时延收行李时，她就叼着根棒冰，盘腿坐在沙发上给他加油。

蒋时延一边折衣服，一边操心地碎碎念：“我妈说她会过来，她手艺不行，但她带的保姆手艺不错，你可以点鱼香肉丝、糖醋排骨，你最近爱吃酸。”

唐漾吸着棒冰：“嗯。”

蒋时延：“零食我在客厅电视柜下面囤了点，卧室抽屉里囤了点，你办公室我也送了一点过去，都是健康的，但有些东西上火，你要少吃。”

唐漾咂咂嘴：“好。”

心不在焉啊小朋友。

蒋时延转头看着她，严肃道：“吃了这支不能再吃了，冰箱里剩下三支，我上午出去给了楼下李爷爷的孙子。”

唐漾慢慢地停下嘴上的动作，小脸上写着不敢相信：家中重大财产变动都不和女朋友商量一下？

和你商量就变动不了了。

“还有，”蒋时延毫不心虚，“我妈每次过来会检查冰箱，你单位那边我和秦月也打了招呼，我留在你包里的银行卡是我的副卡，你买什么我都看得到，如果你愿意专门跑取款机取现金，那我没办法。”

“啪”一下，唐漾冷着脸，把没吃完的棒冰丢在地上，汁液四溅。

吃个棒冰都管，这人不给人权。

蒋时延倏地把衣服随手一扔，面色比她更冷。

上周是谁半夜睡不着？是谁整天胃不舒服这也不想吃，那也不想吃？是谁不肯去医院，吃药都吃不下？

上周唐漾睡不着的时候，蒋时延自己第二天也要上班，还是整晚陪她说话，小声哄她。

唐漾嘴挑得想吃酸酸甜甜的，但酸味和甜味的比例要在一个不可描述的范围内，蒋时延就买了番茄，挨个切开，把里面的汁舀出来给她凑一杯。

唐漾以前一个人的时候喝药不眨眼睛，上周她小眉毛皱成波浪线愣是喝不下，蒋时延就买了硬质奶糖凿成细粉末，给她兑到胃药冲剂里。

有时，唐漾不是喝不下，只是单纯想发小脾气，蒋时延也照单全收，一遍一遍给她用糖兑药。昔日无法无天、遇事炸毛的蒋家小霸王好得快没了脾气。

这样想想，他管着自己吃棒冰真的微不足道。

两人谁也没说话，气氛剑拔弩张仿佛下一秒就是血肉横飞的家暴现场。

唐漾望着蒋时延，蒋时延和小女朋友对视。

一秒，两秒，三秒。

唐漾咬咬唇，张开双臂，软绵绵地要抱抱：“蒋时延，你对我可真好。”

撒娇的小调子和抹了蜜似的。

蒋时延转身回抱住小女朋友。

窗外阳光偷偷在屋内探了一角，怀里的小姑娘身子娇软，眉眼弯弯，小嘴红润。

蒋时延探身吻了吻她的嘴角。

他学她，同样弯着眉眼，道：“那漾漾想不想蒋时延对你好一辈子呀？”

唤他独有的漾漾，要一辈子唤呐，要唤一辈子。

蒋时延这话藏着暗示。

唐漾自然听出来了。

身为一个崇尚独立、注重精神契合、绝不肤浅的现代女性，面对男朋友隐晦的求婚，唐漾“唔”了声，在他怀里动了两下。

“你每次都很不认真啊，”唐漾眨眨大而黑亮的眼睛，抬手去挠他的下巴，“下次请你用一辆豪车把我载到一栋豪宅，带我走过无边无际的玫瑰花海，然后举着超大号‘鸽子蛋’单膝跪下，再说对我好一辈子可以吗？”

不待蒋时延回答，唐漾想到什么，眉眼俱弯道：“当然，如果你愿意的话，也可以等我攒钱买个‘鸽子蛋’，然后用同样的手法把你带到豪宅，说对你好一辈子。”

唐漾一边说，一边探身到茶几下面，果真从格子里摸出一个金色的小猪储钱罐。唐漾掀开猪肚下的橡胶盖，反手抖罐，大大小小一堆硬币“哐当”从里面掉出来。

先前温馨的氛围被脆响打破。

蒋时延的表情凝固了。

唐漾一边数自己那些零散硬币，一边小声念：“假设玫瑰、‘鸽子蛋’、豪车、豪宅加起来要五千万，我现在已经攒了一毛、两毛、七毛、一块七……共计十六块八毛三，距离五千万还有四千九百。”

唐漾掰着手指头算，嗓音无辜又温软。

那堆白白黄黄的硬币和蒋大佬大眼瞪小眼。

几秒后，蒋时延气到微笑：“我刚刚是求婚吗？”虽然他有贼心。

唐漾脆生生脱口：“我说了你刚刚在求婚吗？”虽然她想他有贼心。

两人经历完文字上的钩心斗角，视线在空中相撞。

蒋时延沉稳冷静，唐漾笑得甜甜的。

几秒后，蒋时延丢盔弃甲，撤退前，不忘扯一把小女朋友的头发。

因为他在生气，非常生气，气得……要是这儿有十个橡皮圈，他非得给她扎一头花花绿绿的“冲天炮”。

想象一下，漾漾穿着一身黑西装，踩着高跟鞋，顶着一头竖起来的小辫子，一脸严肃地说“给我核对一下这边的行程”“你那个不可以”“对，我是唐漾”蒋时延“噗”一下笑出声。

唐漾狐疑：“你在笑什么？”

蒋时延屈指捂嘴，咳一声：“没什么。”

嗓音含满了笑意。

蒋时延是晚上的飞机，机场路车不多。

蒋时延临下车前，唐漾说："我看着你进去。"

蒋时延执意："我看着你开出去。"

唐漾失笑："不是说好我送你吗？"

"你送我来，我送你走，你把我送到机场，我目送你。" 蒋时延满脸认真，他捏捏唐漾的脸，"我们输入和输出等值啊，唐处长不能因为自己特别漂亮而……"

唐漾唇瓣柔软，贴在了蒋时延的唇上。

蒋时延的目光幽邃如瀚海，海里噙着笑，笑里是唐漾。

这天晚上没有月亮，几颗星星孤独地嵌在远天，机场路尽头的路灯将铝棚内的一切照得通明，光下是蛰伏的路虎和蒋时延眼里的自己。

回去路上，唐漾将车开得平缓，低绻的英文歌回荡在车厢。

好像很久之前，在唐漾惊醒的梦里冥冥就有了指引，好像也是因为蒋时延方才一句"输出和输入等值"，唐漾听着车轮轧在环城高速的窸窣声，脑海里格外自然地冒出了一个想法。

大胆而全新。

月 夜

九江投建了临江城福利院，时靳要进的公司是 taxi，taxi 也投建了福利院，但 taxi 的福利院没有时靳。

张志兰欠缺征信和偿还能力证明，而张志兰供职的几家中餐企业和汇商都有业务往来。

如果……

唐漾想，如果有一款理财产品，打破对公对私壁障，实现公司和个人等值的输入和输出。

如果能推出一款信贷类理财产品，以银行为中介，实现以个人为主体的贷款方和以公司为主体第三方等值输入和输出。

那么……

唐漾不是什么好心人，也不喜欢横插一脚改变别人的人生，倘若真的要给她这个想法附上一个出发点，那大概是提高资本运作效率。

银行有专门做理财研发的部门，但对于唐漾这样的管培生，汇商给了很多渠道鼓励并允许创新。比如唐漾之前的“BKB”模型，比如周默曾经推过一个类似随取随用现金宝的理财，只在周三发售，但因为放低了金额以及其他优惠条件，曾一度引起抢购狂潮。

送蒋时延回去的那天晚上，唐漾脑海里的概念晦涩而模糊。

接下来的一段时间里，唐漾除了和蒋时延打电话时撒娇卖萌，其他时候都伏在办公桌上，查看信审处往年的卷宗。遇到合适的案例，挑出来认真比对分析。

往前十年时间里，汇商信贷的规定和条理不尽完善，不同人过审记录的习惯也不同，唐漾一边忙着九江专案第一次核查的收尾工作，一边整理自己拎出来的案例。

有的资料详备，她甚至会去实地做回访。一方面，更全面地了解当时的情形；另一方面，作为对贷款案例的回访。

双重压力，四处奔波。

唐漾偶尔半夜会发烧，吃东西吃不下，遇油腥会吐的症状又卷土重来。

好几次，蒋妈妈见唐漾吃一半冲去厕所，再看看她碗里的糖醋排骨，想想她这几天的饮食偏好。

蒋妈妈追过去，一边心疼地替她拍背，一边有些期待："糖糖你是不是……"

"什么？"唐漾苦着脸擦嘴。

蒋妈妈"嗨呀"一声，嘴角翘得放不下来。

"你'姨妈'（月经）什么时候来的，"她用胳膊肘搗搗唐漾，"是不是有了？"

"有什么……"唐漾懵懵懂懂的，没反应过来。

蒋妈妈一边比画，一边挤眉弄眼。

好几秒后，唐漾微微红了耳尖。

"我姨妈这段时间都不太准，估计明后天来，"唐漾柔声说罢，摇了摇头，"应该没有，我们做了措施。"

蒋妈妈有些不信："真的没有意外情况？"看你刚刚反应那么厉害。

唐漾当着蒋妈妈的面，脸红心跳地回忆一遍，笃定道："没有。"

蒋妈妈顺着话头道："你们是完全没有要小孩的准备吗？"

唐漾点头："没有。"

蒋时延虽然乱来，但糖糖是个稳重性子，既然糖糖说没有，那一定是没有。

"估摸是中午吃了块西瓜，肠胃病犯了，你肠胃本来就不好，我给你找找药。"蒋妈妈说着，朝厕所外走。

唐漾望着蒋妈妈嘴角笑容消失，拉住了蒋妈妈的手。

"易阿姨，"唐漾抿了一下唇，神情忐忑，"我想过两年再要小孩。"

蒋妈妈脸上的温和消失不见。

唐漾看到了，心跳得很快，可她的想法搁在那，正是因为蒋妈妈对她很好，所以她做不到一边乖巧地说“准备要小孩”，一边又避孕。

她咽了咽唾沫，声音更小了，说道：“虽然周自省的话说得不好听，但我确实处在一个上升期，我想过两年，等到三十一二岁，稍微稳定了再要小孩。”唐漾心虚，但坚持说完，“您知道我的情况，不管什么时候结婚，我没实力也没办法做全职太太。”

“唐漾。”蒋妈妈面无表情。

唐漾一颗心悬到了嗓子眼：蒋妈妈是不满了吗？是抱孙心切了吗？要批评自己吗？

可无论蒋妈妈怎么骂，她都会认真听，并且不能算婆媳矛盾。

因为她确实快三十了，和蒋时延同岁，两个人还磨磨叽叽谈着恋爱，蒋时延妹妹的儿子都快上小学了。

唐漾松开拉蒋妈妈的手，低眉顺眼：“嗯。”

蒋妈妈不为所动：“你想什么时候要小孩就什么时候要小孩，甚至要不要都无所谓，我管不着。”

一般大人说“管不着”的潜台词好像都是“不听话”。

唐漾讪讪地，不敢出声。

蒋妈妈下一句：“可你怎么能叫我易阿姨呢？！”

唐漾一怔，然后，抬眸。

“我是蒋时延他妈，你和蒋时延在一起，我就是你妈，唐漾你怎么能管你妈叫阿姨呢！”

易阿姨，易阿姨，蒋妈妈越想越难过，用手痛心疾首地点着胸口：“还是说你嫌弃我，你在暗示我，我哪里对你不好你可以说，我可以改。我好不容易当了你妈，你之前明明都叫了，怎么突然又叫易阿姨呢。糖糖你知不知道，这称呼是一把刀，剜我的心头肉啊！”

蒋妈妈发“啊”的感叹时，递进地点了三下心口。

唐漾愣愣地望着对方几乎泫然欲泣的模样，好像明白蒋时延那扯着嗓子号的本事是从哪来的。

一模一样的分贝，各有千秋的可爱。

唐漾心下发笑，抱住蒋妈妈。

她一下一下给蒋妈妈顺背，格外乖软地在蒋妈妈耳边轻喊：“妈妈。”

叫的叠音。

蒋亚男从小独立，最多就一个“妈”；蒋时延更甚。

蒋妈妈没太体会过被人叫妈妈，一瞬间，好像踩在了棉花上，又是甜，又是飘。

蒋妈妈打电话给蒋时延炫耀这声“妈妈”，蒋时延更关心唐漾的身体状况。

蒋时延在英国这大半个月，度日如年，他疯狂地想回去，可确实走不开。

汤普逊影业出品的不少电影会经由一休在大陆上映，很多一休出品的影片也会经由汤普逊在欧美上映。

之前蒋时延在帝都跑《遗珠》英文版发行时，和不少领导建立了友好关系。下半年有一个分量极重的优秀影视作品推介，领导给蒋时延透了口风，加上《遗珠》质量能扛，口碑极佳，很轻松便进入了第一轮候选。但随之而来的，是《遗珠》在欧美地区的公映时间需要推迟到评选结果出来之后。

蒋时延倾注在《遗珠》里的心血很多，他想要欧美地区的口碑，不愿错过一个季度的黄金时间，便提出让《遗珠》进行长达三个月的点映。这个项目分外任性，并且涉及其他很多影片的处理，Leo 提了反对意见，蒋时延没有让步。

这大半个月里，蒋时延忙，唐漾也忙。

双方还隔着时差。

随着两人后期日程的紧凑，电话越打越少。

电话里，蒋时延“嗯”“你快睡”“听你声音你好困”“晚安”说得平静。

唐漾眼皮沉得睁不开。

电话外，蒋时延想和她说话怕她累，想问问她吃的什么可她忙，想听听她的呼吸还怕手机有辐射，可他是真的想自己的漾漾啊，隔着该死的江河湖海，憋了一身的思念，想得骨头都微微发起疼来。

六月底，A 市和伦敦同时下了一场大雨，瓢泼般冲刷掉两座城市烦冗的尘埃。

晶莹的露珠在绿叶上滚动，偶尔“滴答”坠地，声音清脆。

《遗珠》点映的细节敲定完那一刻，蒋时延马不停蹄飞回 A 市。

唐漾提前给他说了有事不能接机，蒋时延坐十几个小时跨国航班落了地，立马朝汇商大厦赶去。

蒋时延手上拎着公文包，前台以为他来办公，虽然奇怪蒋总没带助理，但还是热情道："蒋总请问您的预约在几点。"

前台话还没完，蒋时延匆忙地道一声"谢谢"，便直奔二楼会议厅。

今天是汇商未发行理财的公开宣讲日，汇商旗下各支行负责人悉数到场，四百人厅座无虚席。

蒋时延推开后门，脚步很轻地站在了会议厅尾端的人群里。

大厅是拱形设计，红色软椅，金色壁纸、梁柱，所有灯光都打在主席台上。

台上的女子着一身墨绿及膝裙，踩着十厘米的高跟鞋，小腿纤白笔直。她一只手拿话筒，一只手拿幻灯片翻页笔。第一句自我介绍夹杂着微微的紧张，她用微笑缓解，然后开始。

"五月下旬到六月上旬很长一段时间，我一直陷在一种要做什么事情，但我不知道是什么、自然也没做出什么来的苦恼里，前后折腾挺久。一直到六月，一个偶然的机会，我生出并开始着手这个概念，"唐漾点出设计图，嗓音逐渐平缓，和目光一样从容，"昙信通，'昙'是'昙花'的'昙'，'信'是'信用'的'信'，'通'是'流通'的'通'。"

现场安静。

唐漾不急不缓地继续："自二〇一〇年以后，不少股份银行都推出过资助大学生留学的项目。以我上大学时为例，交通银行就联合交大和伯明翰等大学进行过海选，即交行赞助被选中学生留学期间的所有费用，而该学生毕业之后一定要进入交行工作，期限有十年，也有二十年……

"昙信通就是把这个模式的对标范围扩大，人力需求者的范围从交大扩大到所有信用评级良好的企业，而供给者则是从名牌大学高GPA（平均学分绩点）的学生变为有贷款需求的特殊人群，并且他们能提供劳动力。"

唐漾声音清悦，似山谷清风，细柔却清晰。

镁光灯从天花板射出，聚在她手里。

她展示这款产品可公开的算法和结构，然后停了将近一分钟。

"这款产品的核心在于准入条件，达到条件的特殊群体和企业才具有购买资格。对于这样的群体和企业来说，昙信通相当于一个中介，企业可以用大额流动现金购买昙信通，个体可以从昙信通里获得最快二十四小时放款的极速贷款，速度是普通贷款的十倍左右。比如，对于一个可以做服务员加入了昙信通的贷款者，一个需要服务员并购买了昙信通的放贷者，系统会自动识别并给出匹配。”

“简单来说，”唐漾道，“企业可以通过昙信通发布招聘需求并放贷款，而特殊群体用户通过昙信通找工作并获得贷款。在这中间，企业流动现金享受的是远高于活期利率的贷款利率，特殊群体享受的是征信和保障，而银行获得的是资金间隙以及昙信通五至十年期限的用户黏性。”

公开宣讲会已经持续了快五个小时。

比起其他中规中矩的产品，昙信通概念很新，但存在的问题也很多。

唐漾阐述完，前排有一个人举手：“任何产品都是有受众才会有市场，唐处的 pre（报告）里展示的特殊群体有三个关键词——‘征信欠缺’‘未来具有偿还能力’‘无不良记录’，满足一个关键词的群体就够少了，三个叠加岂不是更少。”

唐漾点头，示意自己听清了这个问题。支行行长坐下，唐漾答：“自二〇〇五年至去年，汇商信审处的进件里，同时符合三个条件的个体有五万两千七百三十九件，过审的有两千八百三十七件，驳回后重复呈递的次数为二百二十三万七千八百二十三次。”数据给得极其精确，唐漾回答完，台下不少人发出赞叹。蒋时延置若罔闻，眼神温和且直接望着台上的女子。

又一个人提问：“唐处的前期准备工作做得很扎实，但唐处有没有想过，五万多份件听上去不少，但相比其他理财产品百万、千万的用户基数，是不是略显薄弱？”

唐漾也不急，淡淡地道：“其他理财产品的起购金额是五万，周期大多为三个月到一年。五万两千七百三十九件的平均贷款金额为十三万两千元，但周期是十到二十年。”这意味着昙信通的周期也会是十到二十年。

时间在金融产品里显得尤为重要，最典型的例子是期权的出现。

有些行长没有接受过系统学习，不明白唐漾话里的点：“这样来看的话，昙信通和其他产品比，流动的盘子还算小。”

唐漾：“本来就是小众的信贷产品，宣传上甚至可以写‘为特殊人群托底’。”

又一人半认真，半玩笑道：“唐处这手感情牌打得很细腻。”

这样的场合没有银行外的录音录像，旁观人员也是经过了严格筛选的。“很多因为征信在银行过不了审的用户会被迫走向高利贷市场，比如大学生网贷、个体零售户的一些黑市贷款以及因为家中变故失去稳定收入来源的群体，”唐漾环视会场，学着先前那人半认真半玩笑的语气道，“换种极端的说法，昙信通可以把高利贷和私下违规贷款放到合法化的层面，它的意义不在于承载，而在于规避。”

如果张志兰的件没有送到自己面前，如果有暗藏陷阱的高利贷找到张志兰，唐漾直觉，依照张志兰的脾气，会答应。张志兰丧双亲，时靳也丧双亲，从知道自己要什么、不在乎别人看法的性格来说，两人有点相像。

唐漾那次去了临江城福利院后，又和秦月去过两次。她从秦月口中得知，时靳手上那条蜿蜒的伤疤就是来自高利贷债主，来自让秦月气红眼睛的一台电脑的钱。

就像暗网的数量远大于的明网，地下贷款的数量也远大于正常贷款的数量。

唐漾最后一句话石破天惊，透过繁复的公式和规则，显露出挑，稳重且极富野心。

唐漾稍微点头示意自己说完。

会场陷入一片安静。

一秒，两秒，三秒。

周自省起立鼓掌，全体跟着起立鼓掌，掌声雷鸣不息。

唐漾在几欲掀顶的声音中九十度鞠躬，起身时，她看到了后方角落的蒋时延。

唐漾望着蒋时延，他风尘仆仆，手里举着手机，拍她独自站在台上，春风骀荡，意气风发。

两人的目光在空中交织，那些隔山隔海的思念似倦鸟找到归巢般安定下来。

唐漾将额前的碎发撩到耳后，温柔地轻点一下头。

众人以为唐漾在再次道谢，只有蒋时延知道，她在对自己点头。

蒋时延亦轻轻回点一下头，他望着她身上那身自己参考买的衣服，脚上蹬着自己送的高跟鞋，有种无法言喻的暖流浸遍全身，奇妙且满足。

大抵是骑士为巾帼装点红装，看她盛放，接受众人的喝彩。

蒋时延知道他的漾漾有这么一天，他的漾漾以后会走得更远。

而他，会一直在她身后、身边。

昙信通和这批其他宣讲的产品一样，提前过了审核，准备在 A 市试点发行。

周自省科班出身，专业性极强，他在前期对昙信通质疑颇多，这里挑毛病，那里挑瑕疵。真到了前几天过审会议的时候，他和总行那位“小鲜肉”战略分析师肖勤几乎是力排众议地支持唐漾。

唐漾走完宣讲会流程，蒋时延从后门离开。

唐漾去了顶楼办公室，提前撤退的周自省坐在办公桌后。

“周行。”唐漾把昙信通完善后的资料推到周自省办公桌上。

周自省没看，手托下巴在转椅上来回转动。

“唐漾，”周自省斟酌下措辞，“昙信通本来就是小众产品，试点发行的体量会更小。我建议用张志兰案作为文案和宣传的突破口，因为热度高，话题大，然后直接把第一批受众群体定为烈属。”

因为烈属在军婚时有严格的政审，相当于为昙信通准入条件把了严关。

唐漾应下，这也是她的想法。

试点发行第一批要保证信用和安全。

唐漾答应得这么爽快，周自省有点不相信，他斟酌着说：“《遗珠》的热度是一休营销出来的，如果我们用张志兰案做噱头，肯定会涉及《遗珠》相关热度的配合。唐漾，我知道你是个独立的人，不愿意让男朋友为你的工作……”

唐漾从周自省说第一句话时就开始急。她急啊急，急得耳尖红红的，眼神止不住地朝门外飘。

听到“男朋友”从周自省嘴里冒出来，唐漾很怕周自省像上次说结婚生子一样唠叨很久，而蒋时延还等在门口。

“我不是，”唐漾终于忍不住打断，“周行，我可以提前撤吗？”

“啊？”周自省怔了怔，随即指门，“可以可以，具体细节下周再说。”

唐漾小跑着出去，周自省听着“哐当”一声，身体条件反射般朝转椅后面一缩。

唐漾刚刚是红脸，还是走神？打断自己说话？还说提前撤？

周自省揉了揉眼睛，犹疑自己在做梦，还是唐漾被人偷偷调了包。

真的完全不像她。

行长办公室门内。

唐漾前脚走，后脚周自省接到了电话。“烈属合作部队已经确定好了？762？负责人下周过来？放心，我们这边肯定招待好。唐漾是个很优秀的年轻人，对方负责人也是A市的？叹为观止？欸，不是，”周自省今天遇到太多玄幻的事，“老李你一个快奔六的人，形容一位少校只知道说皮囊叹为观止？好，不笑你了，有机会一起打高尔夫。”

门外。

唐漾出去，果然看见一个男人长手长脚，手拎公文包，以极为懒散的姿势倚在电梯旁。

唐漾出办公室后用跑的，见到人了，却是走过去，娇声问：“你怎么都不把东西放一放。”

小女朋友明眸皓齿，眼睛黑亮。

蒋时延捏了一下她的耳郭：“想见你啊，”他嗓音含着笑，“想得快疯了。”

唐漾心尖一颤，红着小脸搡他：“说什么胡话。”

蒋时延发笑，亲亲她的头顶，顺势揽着她的腰进了电梯。

公开宣讲会还没结束，现在也不是下班时间，电梯里只有他们两个人。

唐漾轻靠在蒋时延怀里，用精致的鞋尖点地：“我刚刚宣讲的时候，形象是不是很高大。”

蒋时延：“顶天立地。”

唐漾声音绵绵软软的：“那‘蒋嘴甜’我们回家放了东西，然后去哪里？”唐漾想到什么，又说：“冯蔚然他们好像要给你接风洗尘。”

“不去，”蒋时延搁在唐漾腰间的手上下滑了滑，“我得陪我老婆，明天周六，去看电影吧，上次我生气，你哄我说一起看《魔兽》。”

这人的脸到底有多大，才能面不改色说“我生气你哄我”。

唐漾默默腹诽，细软的耳根却不自觉地红了：“好。”

电梯窸窸窣窣朝下，即便谈了这么久的恋爱，两人单独相处时，还是可以听到彼此的心跳声。

扑通，扑通，伴着呼吸。

唐漾找话题："我第一次做理财产品设计，感觉讲得有点混乱，也不知道自己想表达的点表达出来没有。"

蒋时延："我理解到了。"

唐漾失笑："你理解到了有什么意义啊，别人不一定理解。"

蒋时延："嗯。"

在漾漾眼里，他不是别人，他很开心。

蒋时延每分每秒都想着电梯快点，他想早点回家亲亲搂搂抱抱小女朋友，偏偏电梯爬得比蜗牛还慢。

"对了，"唐漾思及什么，蓦地抬头看他，"我今天涂的口红是你之前送我的'子弹头'，dangerous姐妹款。"唐漾的睫毛颤了颤，小声问："好看吗？"

她的睫毛纤长，在眼窝落下秀气的扇形剪影，小脸稍稍泛着层绯色。她想让他表扬口红，微微启唇，唇瓣小而巧，色泽饱满红润。

"你介意男人涂口红吗？"蒋时延目光微深，语气却轻淡。

这个问题涉及偏见，唐漾被问得一蒙："我不……不介意吧，毕竟……"

蒋时延捏住她的下巴微微上抬，无法忍耐也不想忍耐地低头吻下去。

他一下一下研碾她的嘴角，磨开口红，抵舐上腭，在透着明亮阳光的玻璃电梯内，吻得深入、缠绵、不可自抑。

电梯在某个楼层被人为停住。

五分钟后，才重新缓慢地降至一楼。

"叮咚"，门开了。

唐漾和蒋时延一前一后从里面出来。唐漾微微低着头，一边捋头发，一边朝外走。蒋时延先是用手拦住感应器，等唐漾出来了，才把手揣回裤兜，迈步出来。

要进电梯的员工向两人打招呼，两人颔首回应。员工见唐处脸颊酡红，蒋总和唐处唇色一样，总觉得哪里不对。

但员工定睛一瞧，蒋时延是天生美人骨，五官标致，唇瓣削薄，一层薄薄的绯红润在上面，显出和他容色相配的雅致倜傥，好像也没什么不对。

唐漾蹬了一天高跟鞋，足底和后跟被磨得稍稍发疼。去停车场的路上，她有几步走成外八字来舒缓疼痛。蒋时延看在眼里，也没说什么，把她扶上车后，他道：“我去趟超市。”

唐漾当他要买水：“帮我带瓶冰可乐。”

蒋时延鼻尖哧了声笑，表达不同意。然后，他真的很有决定权地给他家小女朋友买了一瓶常温果汁以及一双薄底拖鞋。

果汁清甜，拖鞋柔软，唐漾不和他计较。

蒋时延要脱她的鞋子，唐漾乖乖地把脚伸过去。

只是，保姆车门没关，偶尔一两个人路过，能看到蒋时延半蹲在地上给唐漾换鞋。

他们把目光投过来，唐漾知道他们只看得到蒋时延的背影，看不到自己的脸，还是不自知地红了耳根。

“你起来，”唐漾轻拍蒋时延的胳膊，“我可以自己脱了换，很快的。”

虽然她的高跟鞋上有系带。

蒋时延不为所动。

唐漾害怕撞见熟悉的同事，看到她都是小事，看到蒋时延蹲在自己脚下，算什么事儿啊。

“你先起来，别人看到不好，”唐漾颇紧张地瞥一眼车外，摇着他的胳膊小声道，“万一有信审处的路过。”

“咚”的一声，蒋时延直接单膝跪在了她的脚旁。

唐漾小脸烧得红红的，纤手搡着他的肩膀：“你要不要形象啊。”

蒋时延给她穿好拖鞋，轻淡的嗓音从后背响起：“我要你啊。”

还有司机在前面呢。

唐漾恼羞得想打他，却又舍不得。蒋时延给她换好鞋，下车扔了拖鞋的包装，上车关好车门，噙笑对司机道：“走吧。”

这人真的不在乎脸面吗。

唐漾嘟囔着“离你远点”，真当蒋时延懒散地揽过她的肩膀时，她还是乖乖地朝他怀里靠去，小手从他腰侧徐徐摸到背脊。

唐漾越摸越是皱眉，小嘴也跟着撇了撇，有些不开心。

她家蒋大狗，怎么瘦了啊。

两人到家，外卖刚好送到门口。

两人坐在一张凳子上边吃边腻歪，蒋时延说自己出差做了什么，抱怨伦敦该死的天气；唐漾说蒋妈妈以为她怀孕了，她解释是胃病。两人先前在汇商说好了明天去看电影，这时，他们一边吃饭还不忘规划行程，甚至，买好了明天上午的电影票。

一顿饭吃了快两个小时。

两人错着脚步去卧室时，呼吸都有些急。

很久没做，蒋时延的动作稍显粗鲁，唐漾最开始吃了疼，但没挠他。蒋时延目光幽微，一边喘气唤她全名，一边起伏。后面喊的话略微羞耻，但相爱之人抵死缠绵的时候，任何声响都是助兴。

包括夜风掠过窗帘的“沙沙”声，树梢上霜露润进土壤的“窸窣”声，以及不知哪家屋檐下，小动物细细微微的叫唤声。

那叫唤时轻时重，时而清醒地连名带姓，时而嘤嘤泣泣，缠绵悱恻。

蒋时延和唐漾醒来已经是中午。

计划中，两人应该早起去看电影，中午去一家新开的料理店试水，下午逛街、买菜，路上随便吃点小吃，晚上回家，准备一顿稍晚但精致丰盛的烛光晚餐。

本着公平的原则，蒋时延负责掏钱、拎回家、烹饪食材以及摆盘，唐漾要夸蒋时延三句，然后给他拥抱或亲吻，完美而浪漫。

事实上，两人睁眼之后，唐漾“啊”地尖叫，蒋时延望着电影结束时间那栏的“11:45”，再看看手机上角的“12:13”，揉了两下惺忪的睡眼，翻身下床：“早饭想吃面条，还是粥？”

面条没有了，粥太慢。

唐漾翻着手机里的未读消息，打个哈欠：“昨晚的剩菜热一热就好了。对了，明早闹钟响了记得叫我起床。”

蒋时延边穿衣服，边问：“周日还有事？”

“嗯。”唐漾白嫩的脚丫横蹬在蒋时延的腿上，“昙信通首批试点发行和762部队合作了，他们的负责人明天下午到，周自省让我去接机，我明天上午要先去办公室安排后续事宜。”

蒋时延总觉得762听上去有点耳熟，但又想不起来在哪里听过。

唐漾两条细长的眉毛纠结成一团：“那我明天去接机要不要穿汇商发的正装啊。主要是这属于公事，按理说我应该穿，但明天是周日，穿正装会不会显得很蠢，尤其汇商发的那套，刻板又毫无生气。”

蒋时延捏住她柔润的小嘴："穿！"

唐漾眨了眨眼睛："可真的很丑。"

蒋时延一本正经："你穿什么都好看，而且你是代表汇商分行去的。我如果是行长，就希望看到你穿着汇商的正装，把汇商的标志亮在别人眼前。"

唐漾想想也是。

蒋时延亲亲她，然后出去。

门内，唐漾忍不住赞扬，蒋大狗平常浑归浑，工作上的事还是拎得很清。

门外，蒋时延悄然松了一口气：他当然知道汇商的正装有多难看，可漾漾自己那些设计的款式既俏皮又漂亮。部队那些男人满身肌肉，威武雄壮，每次一休有相关推送出来，女网友们都不淡定了。蒋时延对自己的外形还是很自信的，可让自己的老婆穿好看点让别的男人流口水？

呵，他脑子又没毛病。

蒋时延把饭做好，唐漾刚好坐在饭厅椅子上。

她穿了条美丽的碎花连衣裙，带了同色的大红色发箍，嘴里却嚷嚷着："我好饿，我好饿，我快饿晕了。"

蒋时延在粉色围裙上擦擦手，笑着把蒸蛋从锅里端出来："你晕一个给我看看。"

唐漾果真站起来拎着裙摆转一圈，偏头枕在他肩上。

"烫，烫！"蒋时延失笑着举高盘子，正午的阳光掠过阳台、落地窗、餐盘，落在漾漾白皙精致的侧颜上。

蒋时延低头想亲她，唐漾化了渐变唇妆害怕被亲掉。她的眼睛睁得大大的，聪明又小心地伸出舌尖去舔蒋时延的唇，她的睫毛长而浓密，宛如扇子般扑扇扑扇。

蒋时延心尖痒着，喉结滚着。

他想，天气越来越好，自己要不要挑个好时间，和他家漾漾试试婚姻的美好。

以后她惹自己生气了，自己不要唤"唐漾"，自己要一个字一个字地喊："蒋！太！太！"

听听，听听，三个字，带着自己的姓。

多么威力十足，磅礴大气！

周末的电影院是修罗场。

蒋时延和唐漾捯饬好了出门，还差五分钟到两点，《魔兽》所有场次都是满座。

但两人都是随遇而安的性格，唐漾随便买了部人少的国产恐怖片，蒋时延买了爆米花和可乐。

其他小情侣吵吵着“给你说了周末要堵车让你早点出发”“不是你化妆要一个小时我们能堵车错过票吗”“我化了妆谁叫你又去上厕所”……

唐漾和蒋时延十指相扣，美滋滋地检票进厅。

挺好，挺好，人不多。

椅子略硬，没关系，对脊椎好。灯带略亮，没关系，说明电力足。就连前面那对小情侣聒噪的吵架声，落在唐漾和蒋时延耳里，都觉得生动又鲜活。

两人平时都忙，能有这样的时间，显得尤为不易。

很快，影厅变暗，电影开始。

宽阔的荧幕上，十八岁的女主人公进入外婆家阴森的乡间小屋。

唐漾很少看恐怖片，当真被这开头吸引了。

蒋时延旗下有海评电影的营销号，他自己阅片也多，几个镜头出来，他基本能看出这个导演在抄袭国外哪部经典，这段音效又引用自哪部名片，还不如看漾漾。她聚精会神地望着荧幕，红唇微启。应急出口的暗光划破黑暗，她的脸没在明暗的交界处，蒋时延喉结滚一下，有些挪不开眼睛。

两人第一次去看电影是在高一，同行的还有宋璟。

起因很简单——

那时候，唐漾正跟风喜欢宋璟。

某个课间，唐漾去办公室拿作业本，碰见一个也喜欢宋璟的外班女生拦住她，酸溜溜地说：“说什么不方便递情书，谁不知道你就坐在宋璟前面。你每天和蒋时延去操场跑步减肥不也是因为喜欢宋璟，可你看看自己这屄不拉叽的样。我想你也可怜，喜欢宋璟，大概宋璟话都不想和你说吧，毕竟宋璟的同桌可是常心怡。”

唐漾不愿理这个女生。

蒋时延从厕所出来撞见这一幕，立马炸了："你再说一次！"

那女生也不怵他："我说唐漾喜欢宋璟，宋璟不理唐漾。"

蒋时延微笑："理不理我不知道，我只知道只要唐漾想，宋璟这周会单独和唐漾去看电影！"

那女生脸色气得发白。

蒋时延歪着脑袋，格外小人得志地重复："单！独！噢！"

那女生狠狠跺脚，拉着同伴扭头走了。

唐漾好气又好笑："宋璟会和女生出来看电影？胖子你说大话都不用圆的吗？"

"你想他就会。"蒋时延完全没了方才护短的气势，他在唐漾面前就像一只白软的大馒头，手悻悻地碰着鼻尖，眼睛却滴溜溜在转。

宋璟不善社交，蒋时延是他初中三年的同学，也是唯一的朋友。

周末，蒋时延开口约宋璟，宋璟当然得出来。蒋时延约唐漾，唐漾当然也出来。

于是，唐漾和宋璟单独去了电影院，不过两人座位中间，还夹了一个面红耳赤又假装不心虚的胖子。

那次他们看的青春片。

那时的宋璟十五岁，一身朗月风清。他爱穿白 T 恤衫、牛仔裤，白净修长的手腕上戴着一根坠有小金锁的陈旧红绳。

荧幕上的男主角也十五岁，穿白衬衫，推自行车，在树下逆光缓行。客观来说，男主角的形色不及宋璟。

唐漾开始和蒋时延一起吐槽剧情，说女主角有了男主角之后都不爱写作业了，总是找男主闹。宋璟始终淡淡的，不说话。他有时会笑，嘴边弧度很浅。

唐漾时不时瞥宋璟。

后来，男女主久别重逢，唐漾睡着了，脑袋不自知地搁在蒋时延肩上。

十五岁少女的鼻息像羽毛，蒋时延脖子痒得要命，又害怕吵醒漾哥。他不敢动，只能蹙着眉头瞥唐漾。

他可以看见她饱满的额，细长的睫毛，小巧的鼻子和嘴唇。她下巴上有婴儿肥，耳郭贴着他，很软。

蒋时延稍稍定住眼神，视线触及她另一只耳郭上细小的绒毛，又蓦地收回去，然后，他偏过头一个劲儿地喝饮料。

漾哥困了，在自己身上靠会儿，漾哥有错吗？没有！

可鬼使神差地，他竟然想亲。

这个念头太“大逆不道”，有悖兄弟情谊。蒋时延当时把理由归结为电影院灯光太诡异。

如今想来，他那时候，大概是真的想亲。

不过还好，漾漾现在在自己身旁。

这样想着，蒋时延俯身过去，轻轻碰了一下唐漾的嘴角。

“我口红，我口红！”唐漾被他亲一下，差点从凳子上蹦起来。她一边嘘声警告，一边手作软拳捶他的胸口。

知道小女朋友今天化了个超美的妆，蒋时延不再逗她，闷笑两声，把两人座位中间的扶手抬到上面。

恐怖片进入中段，唐漾把剧情猜了个七七八八，显得兴致缺缺。

但特效做得惊悚，前面的观影席时不时响起“呀”的尖叫声。

一个妹子：“啊，好可怕！”然后朝男朋友怀里钻。

又一个妹子：“啊，天哪！好吓人！”然后也朝男朋友怀里钻。

唐漾的爆米花已经吃完了，桶放在地上。

蒋时延学前方的妹子，格外软绵做作地“啊”一声，身体下滑，然后朝唐漾怀里钻。

前方妹子扑到男朋友怀里就会变得柔弱又安静。

这时候，蒋时延就和她们不一样了，他不仅不安分，脑袋还要一个劲儿地在唐漾胸前蹭来蹭去。

这种程度的揩油要放在古代，他得娶自己。

唐漾被毛茸茸的头蹭得浑身痒酥酥的，耳尖也微微红，她拍着他的背，软声笑：“人家都是小女生才这样，你也不害臊。”

“我哪有不害臊，”“蒋娇妻”声音委屈，说着，他把“唐男友”的手拉到自己脸边，带着她的手摸自己的脸，“我真的害臊，我可害臊了，我脸都臊红了，不信漾漾你摸摸，你摸摸我啊。”

电影音效大，其他情侣也在做各自的事。

蒋时延叫得又骚又浪。

唐漾的手被他握着，手心碰到了他的眉眼、唇鼻、脸颊还有留着胡茬儿的下巴，他的脑袋还蹭着自己。唐漾“咯咯”笑：“你别闹，别闹了，蒋时延你别闹了。”

“你不摸我吗？”蒋时延忽然停下动作，抬眼望她。

唐漾摆摆手，红着脸喘气：“不摸，不摸，拒绝，拒绝。”

“没关系，”蒋时延语气委曲求全又大度道，“那我来摸你好了。”

电影院灯光昏暗，监控也坏掉了，没有闪烁的指示灯，最后一排只有唐漾和蒋时延两人。

等唐漾察觉到自己的内衣暗扣被人打开，某人一只手按着她的领口保护隐私，一只手又顺着她松垮垮的内衣分外放肆地摸到前面。

唐漾的脸唰一下红得快滴血，推搡着他的手，低喝：“蒋时延你做什么？”

蒋时延也就吓吓唐漾，要真的在公共场合做什么，他是舍不得的。

出电影院时，热风如网般笼到两人身上。唐漾的脸颊红红的，脖子红红的，鼻尖也红红的，半羞半恼但乖巧地跟在蒋时延身旁。蒋时延牵着小女朋友的手，回想起之前的场景，他不想笑，又忍不住勾了嘴角。

五点半刚好是饭点，既然计划已经被打破，唐漾和蒋时延也不介意破得更彻底。

两人去美食街吃了旋转小火锅，又去花鸟市场观赏了琳琅满目的多肉。

那些花盆小而圆润，弧度与里面的植物一样柔和。

唐漾满心满眼都是喜欢，蒋时延看到了：“要不要再买几盆？”

唐漾摇头。

蒋时延问：“为什么？”

“家里有的我都照顾不过来，买了我就得对他们负责啊，”唐漾拉着蒋时延的手，“不要跟我说你可以照顾。”

蒋时延反问：“我为什么不可以照顾？”

唐漾想到什么，小脸一红，却还是借着他的手的力道微微踮脚，然后，她附在他耳边，很小声很小声地说：“因为爸爸的爱和妈妈的爱不一样。”

这句话信息量太大，蒋时延被撩得浑身一震。

唐漾眼波盈盈地望着他，然后转身开跑。

花鸟市场有很多逗猫遛狗的老头、老太太，唐漾拎着裙摆灵活穿行，露出来的胳膊和小腿白皙细腻，宛如白雪覆在六月仲夏。

蒋时延的心尖像被猫爪挠了一下，痒痒的，咬着牙追她。

蒋时延先前跑得不快，等唐漾放慢速度细细喘气了，这才三两步上前，把她捞到怀里。

四下人多，也有抱着的情侣。

唐漾连连拍着他的手背，嗔怪道："大庭广众下不要搂搂抱抱。"

"我没有搂搂抱抱，"蒋时延偏头亲她的头顶，"我在'搂搂宝宝'。"

虽然不知道未来会不会有小孩，也不知道小孩什么时候来，但唐漾只用一句"爸爸""妈妈"，蒋时延一颗心便浸进糖水里，他连呼吸都变得甜丝丝的。

两人要去河边看江景，飞驰而来的地铁载着行人和夜色。

蒋时延站在角落把着扶手，唐漾挽着蒋时延的胳膊，两人脚尖抵着脚尖。

唐漾时不时仰面看蒋时延，蒋时延从车窗的倒影看唐漾，两人视线相撞。蒋时延抿嘴笑，唐漾用手戳蒋时延嘴边的小窝，戳住了不放，两人又笑，也不知道在笑什么，只觉得人群的拥挤都显得无比美好。

出地铁，上扶梯，机械的女音在广播里循环："请站稳扶好，注意脚下，不要倚靠扶梯，不要看手机。"

唐漾食指在扶手点出轻俏的节奏，视线逡巡墙壁上的广告，有卖房子的，也有关于时尚的。

蒋时延拉着唐漾下扶梯出站，低沉着嗓音重复。

唐漾凑近了听。

蒋时延轻声念："站稳扶好，站稳扶好。"

唐漾没觉得这句话有问题，可蒋时延的眼里蓄着款款深意。

唐漾偏着脑袋与他对视。

一秒，两秒，三秒。

猛然想起某次床前，唐漾耳郭倏地一红，整个人烫得好像要化掉一般。

"流氓！'辣鸡'！"两人来的河边行人稀疏，唐漾娇斥，双脚跳起落下，去踩蒋时延的脚背。

蒋时延根本不躲，顺势把她勾进怀里。

唐漾故作挣扎，蒋时延的手臂圈着她的腰肢。

他的嘴角扬起弧度，满是温柔地吻下去。

夜风习习，江边传来船号。方才那一两个行人出了转角，彻底把安静的空间留给两人。

天地好似被江水撕裂，交错间，一半是黑邃的夜空，一半缀着满城霓虹，那些光线好像镀在蒋时延的瞳眸，唐漾又好像在他眼里看到了自己。

蒋时延舌尖轻探，唐漾细细“唔”了声：“有人……”

蒋时延：“不会有人……”

唐漾不再推拒。

蒋时延吻了她一会儿，唇瓣又顺着她的眉梢落至她的眼角，然后是鼻尖、唇畔。他细致地描绘她嘴唇的轮廓，舌尖缓缓舔舐。他的手抚着她腰间的布料，掌心的温度好似透过布料摩挲在她温滑细腻的肌肤上。

这样的碰触，双方感觉都极好。

唐漾和蒋时延放缓了呼吸，路旁灌木里的昆虫也调小了聒鸣。

忽然，“嗡嗡嗡。”

唐漾的手机震动了。

蒋时延不想停：“我帮你挂断？”

唐漾“嗯”一声，蒋时延腾出一只手摸到她包里，看也没看就按了手机。

又隔了一分钟，“嗡嗡嗡。”

两人依依不舍地松开，蒋时延下巴搁在唐漾头顶上，唐漾一下一下喘着气，摸出手机。

是个陌生号码。

蒋时延：“可能是卖假酒的，贵州茅台酒厂中奖信息。”

唐漾“扑哧”一声，把手机放回包里：“你怎么这么熟练。”

蒋时延下巴蹭着唐漾细软的头顶。

两人正腻歪着。

唐漾的脑海忽地闪过什么，她把蒋时延稍微推开一段距离，再次掏出手机。

唐漾手肘撑着江边的栏杆回拨电话，蒋时延把唐漾圈在怀里，稍稍俯身，凭栏眺江。

唐漾抬眸瞥他的下颌，一边开着免提回拨电话，一边无奈解释：“可能是部队那边和我对接的人，虽说今天不是工作日，但我挂了人家电话总归要回一个。”

说话间。

电话的“嘟嘟”声停下。

唐漾收了声音，还没开口。

“喂，糖糖吗？”

手机里是道男音，音质清冽至极。

他出声时，声音宛如高山尖上那抔映着月色的流水，淌到耳里时，又如深夜电台。他不急不缓的咬字撞击耳膜的同时，窸窣电流浸过身体，每个细胞都好似微微发起麻来。

距离他们上一次联系，真的，整整十年了。

唐漾脸上的表情渐渐停在原处。

蒋时延面上本来有不满、有小脾气，听到这四个字，他将所有的神色徐徐收好。

唐漾抬头看蒋时延。

蒋时延目不斜视地看远处。

手机里，“糖糖，你在听吗？”

其他男人唤“糖糖”，时常伴有暧昧，但从宋璟嘴里唤出，多一分显腻，少一分显疏。

唐漾的近友都叫唐漾“糖糖”，在这样恪守礼貌的亲昵面前，蒋时延甚至连反驳都做不到。

“在。”唐漾动了动嘴唇，宛如惊醒般，收回看蒋时延的视线。

她轻声重复道：“在听。”

与此同时，蒋时延缓慢地垂眸，望着唐漾。

电话里的这个人，曾经是他的挚友，也是唐漾的朋友。

是唐漾暗自喜欢过的后桌，也是唐漾后来绝口不提的初恋。

唐漾回答“在听”后，电话陷入短暂的沉默。

这种时候，蒋时延觉得按照自己的性格，可以插科打诨说句什么来缓解气氛。可他握在栏杆上的指节慢慢拢得发白，半干半涩的喉咙滚了滚，却什么都发不出。

电话里。

“我明天回 A 市，”宋璟说，“有退役的打算。”

“嗯，”唐漾声音微颤，“祝福。”

宋璟淡淡失笑：“不过这次倒不是退役回来。”

“部队和 A 市汇商分行那边有个合作项目，我刚好休假，就被派来负责了，糖糖，”宋璟唤她，“你之后进的银行？”

唐漾：“是。”

双方又沉默了一阵。

“如果方便的话，你看可不可以出来吃个饭，”宋璟说，“我换过很多次手机号，很久没和其他同学联系，很冒昧，但也只记得你的号码。”

唐漾半合的睫毛闪了闪：“好。”

蒋时延听到宋璟问“可不可以吃个饭”，他看着唐漾，看她耳尖红着，脸色也不自然，看她没有抬头看自己，听她很小声却没有犹豫地应“好”。

其实，整个过程挺好笑的，蒋时延想。

第一个笑点在于，宋璟在部队做科研，抛开这茬儿，他高中也近乎过目不忘。自己和唐漾都没换过号码，他说，只记得唐漾的。

第二个笑点在于，宋璟是个什么样的人呢？初中时，室友见他去上厕所，就像小时候以为老师不会上厕所一样，惊叹“宋璟长得和仙儿似的，竟然也会上厕所啊”。高中伊始，很多漂亮的女同学拿着礼物守在教室门口，宋璟和他一起进出，眼神都不会给半个。蒋时延当时怜惜：“你好歹打个招呼啊，她们等了这么久，不得难过死？”

宋璟奇怪：“和我有什么关系？”

就是性子孤寂冷然至这般，从来都是别人看他眼色的宋璟，竟然也会藏着心思，小心翼翼问唐漾“如果方便的话”。

然后，第三个笑点在于，蒋时延费力地扯嘴唇。

唐漾是个做事拎得很清的人。高二、高三她无数次卷起“天利38套”敲打自己，自己大学犯浑时，她也咬牙扇过一耳光。她从来都知道她想要什么，她能拿到什么。她和自己谈恋爱之前，存了十几个相亲对象或者预备相亲对象的联系方式。和自己在一起后，怕自己不舒服，她悄悄删完了。她会主动和自己说起送玫瑰的肖勤，会汇报新雷有哪些男同学，她会考虑自己的情绪，总是和异性保持得体的距离。

而就是这样的唐漾，刚刚回答宋璟问题时，真的眼里再没有其他，也真的是旁若无人地应了“好”。

看看，是不是真的，都很好笑。

唐漾挂断电话后，没开口。

蒋时延也没出声，目光落在江面上。

夜风簌簌，天色昏黑，远处的渔船似乎想要泊岸，岸边的指示灯在蒋时延眸底极快地亮了一下。

然后，熄灭了。

在很多人的爱情里，都存在前任。

宋璟和其他人不一样的是——宋璟是因为蒋时延，才会和唐漾熟识。而唐漾当初在KTV里没有推开宋璟，也不知道有没有蒋时延起哄的因素在里面。

三个人相携走过了混乱又清晰的高中三年。

三个人知根知底。

江边这条路，自然没有走下去。

回家途中，唐漾和蒋时延心照不宣地沉默。

蒋时延打车，拉开车门，唐漾拎着裙摆先进后座，蒋时延坐在她旁边。

下车时，蒋时延下去开车门，把手递过去，唐漾和往常一样扶上他的腕，裙摆翩跹地下车，然后挽住他的手臂。

两人太默契，默契到可以肢体相触而不发一言。

接着，进单元，上电梯。

两人并排站着，微低头，都在看手机，只是不知道他们的视线是落在屏幕上，还是对方的鞋尖。

狭窄的空间里，有“窸窣”的运行声以及两人克制的呼吸。

“叮咚”，到了楼层。

厚重的金属门徐徐打开。

蒋时延照例抬手拦住感应器，唐漾下电梯，蒋时延随后出来。

唐漾攥着手机没动，蒋时延站在她旁边。

“我明天早上去汇商吃早饭吧，我才知道汇商的食堂周末也卖早饭，”唐漾说，“吃完刚好有会，你就不用早起去买了。”

会议，关于宋璟。

蒋时延双手插在裤兜里：“嗯。”

两人站得很近，鞋尖抵着鞋尖，没再牵手。

走廊的壁灯从墙面洒到地面，蒋时延的声音好像隔了很远。

唐漾抱着手机：“然后中午我直接过去接机，不用等我吃午饭，你可以试试新的外卖或者妈不是让你出差之后回老宅看看老爷子吗。”

接机，接的宋璟。

蒋时延点头，声音很轻：“嗯。”

“如果晚上没有其他事的话，”唐漾顿了顿，“那我就和他把饭约了。”

唐漾解释：“我答应了他约饭就早点约，免得一直拖着，会很……”唐漾做了个不知道怎么描述的手势。

“好。”蒋时延仍旧应下。

不用说这么多，他想，他可以理解的。

漾漾和宋璟十年没见了。

如果换作他和漾漾十年不见，他大概也会等不及，也会尽早约饭，也会想她想得快疯掉。

好似佐证自己的想法般，蒋时延点点头，又重复一次：“好。”

有失落的味道。

唐漾嘴唇动了动，手和目光一起寻他：“蒋时延，你……”

蒋时延抬起手臂，别开她想牵过来的手。

“我今晚回去睡吧。”蒋时延的手顺势指着门道。

“好端端的……”为什么要回去睡。

唐漾瞥见他略微发白的脸色，想着自己明天早起可能会吵到他，话到嘴边，却只说出一个字：“好。”

蒋时延大抵也觉得自己这提议太过突兀。

他将手放上她的头顶，缓缓道：“我没多想，也没别的意思，就这两天时差没倒完，有些累。”

唐漾感受着他掌心的热度：“嗯。”

蒋时延：“我就在你隔壁，你有什么就叫我，或者打我电话也可以，我不关机。”

唐漾双手握住他的手腕：“嗯。”

蒋时延又道：“回去洗个热水澡吧，头发要吹干，睡前少看手机。”

“你也是，”唐漾仰头看他，漆黑的眸里宛如蓄着抔清泉般，“床头记得放杯水，把闹钟关了不用管我。”

蒋时延摸了摸她柔软的头顶：“嗯。”

唐漾：“嗯。”

两人一同走向门口，背对背开门。

听到对方开好了门。

唐漾回头：“晚安。”

蒋时延扯了扯嘴角：“晚安。”

又同时转回头，进门，关门。

两人手脚好似被一根绳索缚住了两端，后背被疲惫地牵抵在门板上，谁也不能动弹。

窗外的夜空好似相同，可他们听不见彼此的心跳，也看不见对方的脸。

吸气，呼气，良久。

第五章 心事

唐漾家以前很乱，这里扔一堆，那里放一摞。蒋时延带着强迫症搬过来后，把她所有的东西都分门别类整理出来：经常用的，不常用的，完全不用的。

唐漾蹬掉鞋子，赤脚踩在地毯上，循着记忆找去书房。她顺着蒋时延贴在书架上的标签找出一个装过往奖状、证书的纸箱。唐漾踩在凳子上，把纸箱拿下来，从里面翻出一个巴掌大的红色布袋。

有些年份，天鹅绒质地。

蒋时延以为是她的奖品，没动她的。

唐漾把椅子拉过来，坐下，然后把布袋的系扣缓缓解开，从里面摸出一个雕花繁复的木盒。

檀木有淡淡的香气，通体没有裂纹。唐漾拉开精致的锁闩，从木盒里取出一张字迹泛黄的纸条。

宋璟是孤傲独行的性子。他们恋爱时，快捷聊天已经盛行，打电话都嫌慢的信息时代，宋璟用最快的快递把礼物寄给她，却用最慢的平信把本应该随礼附赠的纸条寄过来。

字迹清秀，见字如面。

“今夕何夕，遥月见你。”

话写得平平无奇，唐漾回想起当时收信的心情，似乎也有欢喜。

唐漾瞄了一眼字条，又将它重新放回木盒。她余光无可避免地落在木盒里那根陈旧的红绳上，半合的睫毛轻轻颤了一下，覆住情绪。

而一墙之隔，蒋时延也去了书房。

他手脚不听使唤地找出一本相册，然后，在最后一页的夹层里取出一张三人的合照。

一中每年五月拍毕业照，各班集体拍完后，会给学生放半天假，允许他们满操场、满教室疯跑，找同班、不同班的老师、同学合影。

唐漾高三已经进入学霸的高阶状态，拍完集体照又和常心怡拍了几张后，她便一门心思想回教室刷题，倒不是因为作业，只是因为上瘾。

宋璟性子傲，就连班主任说想合照，他都是淡淡“嗯”一声，照片里没什么表情。

唯独这张照片——圆滚滚的蒋时延站在两人中间，还胆大包天地左拥右抱。唐漾和宋璟都没有不耐烦，唐漾戳着蒋时延的小肚子，笑得眉眼弯弯，宋璟双手散漫地插在裤兜里，对着镜头露出难得的、浅浅的笑意。

蒋时延那时觉得自己是人生赢家，他是宋璟和唐漾的独一无二，足以在其他同学面前炫耀到毕业。

可现在来看，如果不是自己挡在中间，蒋时延用力学着照片上三人的笑容，他们那时候就应该很登对了吧。

不信，看，不信，看。

蒋时延用手捂住照片中间的自己，他的手修长，手两侧的两道笑容都很好看。

他再捂住宋璟，照片里的自己太胖了，唐漾为什么没有嫌弃，还能咧嘴笑得那么开心。

他捂住唐漾，好像任何人和宋璟在一起，都会变成陪衬。蒋时延自初中开始便收到很多情书和礼物，漂亮的女同学们对他满是娇羞地说：“蒋时延你笑起来好可爱，请问你可不可以帮我把东西拿给宋璟。”

漾哥对他的好和其他人不一样，可漾哥，好像也喜欢宋璟。

按照排列组合的原理，照片上的三个人可以捂住其中一个，成为三张只有两个人的照片。

蒋时延发现新大陆般捂住自己，再捂住唐漾，再捂住宋璟，又捂住自己。抬手，他捂住自己，抬手，捂住自己，再抬手，再捂住自己。

不知何时涌上的眼泪倏地掉出来，砸到照片上，砸向中间碍眼的自己。

他们真的好登对，真的很登对。

是不是从那时就开始登对了。

蒋时延拨通了程斯然的电话。

程斯然在电话那头不敢出声。

他只能听着蒋时延掉眼泪，吸鼻子，小声哽咽，哽咽到最后，每个字都沙哑得像被砂纸磨过，带着脚后跟被鞋帮磨破那种血肉模糊的痛意。

“宋璟回来了，”蒋时延眼泪接连而落，“宋璟为什么要回来，宋璟凭什么回来，他凭什么当初和漾漾分手，现在又来找漾漾，他凭什么伤害了漾漾，十年不闻不问，现在又巴巴地找到漾漾要一起吃饭。”

蒋时延越说，胸口越像塞了团湿润的棉花般，堵得发慌又无处宣泄，整个人被撕扯得难受。“他以为爱情没有保质期吗，他凭什么当初没有好好珍惜现在又反悔，他凭什么对漾漾招之即来，挥之即去，这么糟蹋自尊，”蒋时延眼泪越掉越凶，“他宋璟就是个贱人！贱人！”

程斯然带着安抚性质地附和：“好好，贱人，贱人。”

蒋时延哭得浑身失去了力气。

他从椅子上跌到地上，抱着书架旁的小漾熊——那只唐漾在游乐场打气球送给他的小漾熊泣不成声。

直到手机发出关机提醒。

蒋时延才止住眼泪，喉结上下滑动着抽噎。

程斯然问了蒋时延一个问题，蒋时延睫毛挂着眼泪，摇头。

挂断电话，距离蒋时延到家已经两小时了。

蒋时延眼睛干干涩涩，好像彻底没了眼泪。

小漾熊脖子上的方领巾还湿润着，蒋时延从地上爬起来，把小漾熊的领巾摊在书桌上。他完全没了方才的难过，整个人木然地去洗澡，把衣服扔到脏衣篓。虽然蒋时延和唐漾之前在同居，但老宅的保姆每周都会过来收拾、更换物品，蒋时延拆了新的洗发水、沐浴露，可闻到的味道和以前一样，和唐漾的一样。

是她身上淡淡的、酥到骨子里的薰衣草香。

洗完澡后，蒋时延去厨房，他打开冰箱，里面有很多新鲜水果。

他挑了盒圣女果抱在怀里，吹干头发后，躺到床上，撕开盒子上的保鲜膜，挑了最大最红的一颗，咬下去，酸了牙，一下子，本已干涸的眼泪再次决堤。

凭什么啊。

宋璟欺负自己！程斯然欺负自己！就连十块钱三斤的小番茄都在欺

负自己。

程斯然最后的问题是：“如果宋璟不知道你和唐漾在一起了，如果宋璟给唐漾说他这十年没交过其他女朋友，如果宋璟跟唐漾提了复合，你知道宋璟那样的人，真的很难让人有抵抗力。”

“宋璟不是唐突的性格，漾漾也有恋爱精神，”蒋时延说，“只要她没放开我，她就不会和宋璟有什么，她和宋璟一根手指头都不会碰到。”

程斯然“哦”一声：“可唐漾让你一起去接机了吗？”

蒋时延没出声。

程斯然：“唐漾跟你说她和宋璟吃什么，让你一起去了吗？”

蒋时延知道程斯然看不到，还是摇头。

程斯然：“唐漾……”

蒋时延刚刚直接挂了电话。

宋璟，是坏的。

唐漾，是自己爱的。

蒋时延靠在床头吃圣女果，第一颗酸，第二颗还酸，第三颗还酸，第四颗更酸。

蒋时延一颗颗朝嘴里塞，满嘴汁液，他的眼泪像断线的珠子一样，一颗接一颗地朝下掉。

一颗没吃完，蒋时延又塞另一颗。

塞到最后，他不知道怎么嚼，怎么吞，他只能跌跌撞撞地裹着被子躲到衣柜里，一声一声地抽泣。

第二天上午，唐漾给蒋时延发消息说自己去汇商了。

蒋时延还没醒。

下午，唐漾接到宋璟，给蒋时延发消息说了餐厅地址，蒋时延回了电话，声音喑哑：“好好吃。”

唐漾拧眉：“你感冒了？我马上回……”

蒋时延堵住她的“来”字，“没事，”他哑着嗓子道，“我待会儿吃点药就行。”

沉默了几秒。

唐漾不放心：“你过来找我吧，可以一起吃。”

“不用了，”蒋时延学唐漾平时撒娇的温软语气，“Leo 在北区那边有个慈善晚宴，你们在南区吃饭，我到你们那儿一趟再过去来不及。”蒋时延补充道：“我答应了 Leo 会去。”

唐漾啰唆又心疼地交代他吃药。

蒋时延一一应下，嘴里发着笑音，面上却没有笑意。

晚饭时间。

蒋时延觉得自己很不给隐私，很小人，很无耻，可他还是没能控制住自己，提前开车去了餐厅。唐漾给他说了预订的哪桌，他去了斜对方那桌，把自己藏在了一盆巨大的植株后面。

这家餐厅走的是地中海风格，装潢精致，人均消费颇高，地势偏僻，来的人不多。

蒋时延坐了大概五分钟，便等到了要等的人。

宋璟高中毕业和他差不多高，现在也是。

他没穿军装，一身白衬衫、黑西裤覆在颀长笔挺的身形上。他绅士地替唐漾拉开椅子，露出来的手腕白净好看，容色焕发，面朝蒋时延。

唐漾道谢，抚着裙摆落座。

知道要去接宋璟，她还是听蒋时延的话穿了正装，身段标致稍显刻板，要说有什么出挑，大概就是她头上戴着的藏青色发带，小蝴蝶结的系法灵动轻俏。

服务员上前，两人点完菜，服务员退下。

宋璟斟了一杯茶，推给唐漾：“你美得一如既往。”

唐漾轻轻颔首：“你学会夸人了。”

宋璟在部队也不是严守规矩的兵，他换了长腿交叠的方向，闲散地单手托脸望着唐漾。

“这是个事实陈述句，”他笑起来，“但如果你要理解为夸，那就是夸吧。”

长相太好，声音低沉，男人举手投足间的每个细节都令人赏心悦目。

蒋时延现在的皮囊气质和宋璟有的一拼，不过宋璟让人看到的是山间清风，至多温润。而蒋时延会笑，会闹，会在很多危险的时候把她护进怀里，也会因为她偶尔背贴着他的身体睡，早上醒来先看到窗外的太阳而不是先看到他而发小脾气。他笑起来会半眯着眼，就像唐漾心坎最深最深的地方，那抹小心藏着的人间烟火气。

唐漾笑笑，转了话题：“说说项目？”

宋璟从善如流道："我看了《遗珠》，主角的原型是张志兰的先生，闵智，也在762部队，生前是我战友。"

唐漾和宋璟打开话题。

蒋时延摸出耳机戴上，缱绻的英文歌充盈在耳里，好像真的听不见旁人的交流。

在这样的屏障下，蒋时延的视野更加开阔。

他看到服务员给唐漾、宋璟上菜，看到宋璟给唐漾盛了一次汤，唐漾点头道谢，最开始的生疏稍稍散了些。

宋璟说了什么，唐漾甚至含了笑意。

一顿饭吃到尾声，唐漾起身，似乎要去结账。

宋璟亦起身，拉住唐漾的腕稍稍一带，把唐漾抱进了自己的怀里。

唐漾推开宋璟。

宋璟同时放开唐漾。

唐漾笑着和宋璟说什么，脸上彻底没了以往的抗拒和晦涩。

蒋时延借服务员路过，提前撤离。

餐厅在一楼，蒋时延的车停在路旁的梧桐下。他飞快地躲回驾驶座，视线透过店面的玻璃窗，在眼底映出唐漾站在宋璟身旁、嘴角未退的笑意。

蒋时延呆呆地看，看着看着勾了唇，跟着唐漾笑。

有什么好笑的？他并不知道。

蒋时延可以正大光明地说自己不去Leo的晚宴，说自己就是过来了，他们怎么吃完了，然后在宋璟面前朝唐漾撒娇卖可怜委屈要抱抱。他知道唐漾可以猜透他的心思，但还是会无奈纵容地笑，然后安慰自己，满足要求。

他可以假装没来过，之后也闭口不提。等项目结束，宋璟滚回部队，自己仍旧可以和唐漾结婚，甜蜜，相守到老。

蒋时延记得唐漾以前在自己面前哭时，他信誓旦旦地说，如果再见到宋璟，一定要冲上去把人抡到地上。他蒋时延已经不是那个跑半圈就喘成狗的胖子了，现在的他可以把宋璟揍得鼻青脸肿，不费吹灰之力，边揍边骂，谁让宋璟欺负漾姐。唐漾那时破涕为笑。

蒋时延知道自己现在应该撸起袖子扑过去，而不是懦弱地躲在车里。

可一切的一切，在唐漾面前，在唐漾笑着但推开宋璟面前，好像都显得微不足道。

蒋时延知道漾漾不会放开自己，知道漾漾不舍得伤害自己。

可那是他的漾哥，他的漾姐，他放在心尖尖上守着、宠着的漾漾啊，他怎么舍得让她为难呢。

夜幕渐渐拉下，霓虹点缀夜色，白领三三两两走出写字楼，倦鸟栖息在枝丫间的巢里，扑簌簌抖动羽毛。

蒋时延眨了一下眼，眼泪顺着脸滑下。

唐漾和宋璟出了餐厅，走在前面。

蒋时延想给唐漾打电话，但害怕打扰他们散步的气氛，他笑着抹了把眼泪。

【我晚点回去把东西搬出来，物业已经续到了后年。备用的日用品和药品在茶几下的几个抽屉里，小区出大门左转第一家药店有你几次感冒的病历。侧门左边和右边各有两家包子铺，你喜欢的酱肉包是左边第一家，鲜肉包是右边第二家。右边那家面馆上个月换了老板，不要再去了。菜市场门口那家水果店不新鲜，价格也高，要吃水果得去超市，购物卡和会员卡都在玄关抽屉里，超市每个月十八号是会员日，可以用积分兑米油和零食，我们卡上……】

“我们”删掉。

【卡上已经积了六千多分，可以兑很多，你可以把购物车推到单元楼下。大概还有其他的，我会逐一想好，尽量在你回去之前写给你。】

蒋时延删删减减地敲字，他们一起走过的路，一起看过的云，就连一起逛过的超市都好似刽子手，凌迟着他的心脏。

还有A市医院里她弯着眼眉说“不好意思啊，我是他女朋友”；在游乐场枪枪命中气球，用枪口对准他的眉心，然后俯身亲了他；还有B市楼梯间那碗热气腾腾的桂圆莲子羹，是她一路飞跑买回来的，很甜很甜，甜似刀锋，一刀一刀剐着他的心。

蒋时延流着眼泪笑，又笑出眼泪来。

他一个字一个字很用力地敲。

他一遍一遍目不转睛地检查。

他点击，发送。

【唐漾，我们分手吧。】

不知道爱了你多久，但一定比在一起的时间更久一点。

不后悔走到恋人这一步，只是他曾经可以起哄，但尝过她蜜一般的滋味后，大抵没办法再笑着祝福。

说好要当一辈子朋友的。

对不起啊，漾漾，就到这里吧。

层层卷卷的乌云压在远天，黑得密不透风。

近处的路灯“呲呲”低吼，光线明灭。

屏幕上，进度条显示已经转完。

好像，真的，就结束了。

蒋时延不知道自己要做什么，也不知道自己要去哪里，他只是愣愣地望着无人的前方：该找程斯然开个单身派对，还是疯狂加班缓解情绪？

蒋时延把手机扔在副驾上，哆哆嗦嗦去插车钥匙，可他这两天做什么都不顺，钥匙插了好几次都插不进锁眼。

真的分手了。

蒋大狗和漾漾分手了。

蒋时延满脑子都是配角谢幕、唐漾和宋璟结婚，他们给自己发请帖，他满脑子乱窜着唐漾说过的那些婚礼、洁白曳地的婚纱、凤冠霞帔。

蒋时延快要无法呼吸，他只是想趴在方向盘上歇一歇，微微张口，眼泪又昏天黑地地涌了上来。

可他才刚刚开始哭，就听见“咚咚咚”。

有人敲车窗。

蒋时延继续哭。

那人“咚咚咚”继续敲。

蒋时延自己哭自己的。

那人锲而不舍地敲。

蒋时延倏地按下车窗键，糊了一脸鼻涕泪痕地抬头，扭头，冲着窗外破口大骂：“敲敲敲！敲你妈！敲一次没人应里面肯定就没人啊，你没长眼睛看不出来老子心情不好吗。”

车窗缓缓降至最低处。

蒋时延噎住了。

窗外，唐漾面色阴沉，双手环胸睇着他。

“你再说一次。”她道。

蒋时延对上唐漾气场全开的眼神，吓蒙了。

他全然忘了自己刚刚还在闹分手，虽然不知道唐漾是什么意思，他吞了吞口水，仍旧听话地怯怯道："敲，敲，敲，敲你妈……"

声音越来越小。

唐漾睨着蒋时延的一脸狼狈，胸口起起伏伏。

宋璟找她吃饭，她不知道宋璟是出于什么原因，但她要把宋璟当初送给她的红绳还给他。

两人互送过其他礼物，那些可以湮没在时间里，但这根红绳挂着宋璟自出生后便一直戴在身上的长命锁。

唐漾收拾东西发现这个盒子时，已经是大四。

她当时就想还给宋璟，可宋璟考研去了军校，电话一断，杳无音讯，一拖就是十年。

唐漾算是薄情的人，分手了就是分手了，她不愿留恋或者和宋璟有任何牵扯，所以答应了宋璟出来，执意要还。

餐厅是宋璟挑的，中规中矩。

两人相对坐下时，宋璟笑，唐漾也笑，笑里难掩感慨之意。

当初是真的在一起过，分手也是真的仓促。

唐漾和宋璟恋爱时，蒋时延身为"媒人"却同时疏远了两人。

唐漾和宋璟知道这远离的意思，最初那段时间他们也着实甜蜜。唐漾和宋璟每晚会聊半个小时，讨论一些数学问题或者新闻。唐漾会去看宋璟，宋璟自己虽喜素，却会带唐漾去吃好吃的，在拥挤的公交车上主动用身高给她圈出空间，给她拎包，买路上的零食。在太阳最好的午后，他问她"要不要牵手"，唐漾轻轻点头，宋璟这才牵起她的手。

更多的异地时间里，宋璟忙导师安排的任务，唐漾就自己刷题；唐漾忙模型，宋璟就自己做项目。

唐漾乖巧懂事，宋璟体贴温柔，两人的恋爱没有作、闹、任性，和煦得如同宋璟，也如同十八岁漫山遍野的微风。

直到第二年，寒假结束。

唐漾仍旧每晚和宋璟发些有的没的，宋璟最开始会回复一两句，后来是"哦""嗯"，再后来，就是唐漾每天一句"晚安"排成强迫症喜欢的队形。

那时，唐爸爸给唐漾的生活费比较宽裕，唐漾可以在任何时候买票去宋璟的城市。可那时她没意识到这是冷暴力，她只当宋璟在忙，按惯例等到下个月一号，才怀着微微的失落去找宋璟。

北方城市的三月尚未回暖，倒春寒一来，冷风扑簌簌地吹。

机场在翻修，唐漾迷了路，她绕了很远一圈出了大厅，霎时冻得身体一紧，“阿嚏”一声。

唐漾给宋璟打电话，宋璟没接，唐漾坐大巴去他学校。

大巴里有股沉闷的汽油味，唐漾信了天气预报，穿得很少。她想开窗透气，雨夹雪打到她的脸颊上。

一个小时吐了五次，她到了宋璟校门口，还没下车，便看到宋璟和一个女孩子并肩走出校门。宋璟双手插兜，神色很淡，那女孩子微低着头。

唐漾坐在大巴第一排，就这样，愣怔地望着宋璟和那个女孩子停在车前，望着那个女孩子把手挽在宋璟的胳膊上，宋璟没推开。唐漾胃里翻江倒海，眼里是越飘越大的雪。

绿灯还没亮，雪花落在那个女孩子的帽檐上。唐漾呆呆地望着宋璟脸上没什么表情，身体却是微微偏转，温和地替那个女孩子掸掉了帽檐的雪。

宋璟看到大巴，动作停住，视线探向里面。

唐漾倏地把头埋到腿上，眼泪在膝盖处润湿小小的一块。

十分钟后，粗犷的司机大叔问唐漾：“我马上又要去机场，小姑娘你不下车？”

唐漾满脸泪痕地抬头，摇头，又点头。

“机场，去，去机场。”她出奇的难过。

唐漾当天就回了学校，宋璟还是没给她发消息。

之后很长一段时间，唐漾陷入了自我怀疑。

是她不够漂亮？还是成绩不够好？

室友玩笑般地开导她：“男人表面上再光风霁月，其实都喜欢两种——要么骚，要么会撒娇。”

唐漾双手捧脸，眨着眼睛嗲嗲地叫：“老公——”

室友抖着鸡皮疙瘩：“得得得，您还是继续女神，以后女王好吧。”室友不禁感叹，白长了一张集三千娇宠于一身的爱妃脸。

唐漾和宋璟断了联系的第十天，中午。

宋璟发消息问唐漾：“吃饭了吗？”

唐漾回：“吃了。”

宋璟："我前段时间在忙。"

唐漾："嗯。"

宋璟又道："你要分手吗？"

唐漾不知道自己这段时间是在等解释，还是在等自己的决定，但无论如何，都轮不到宋璟说分手啊。

一瞬间，她觉得可笑，可悲，抑或愤怒。

但提都提了，分就分啊。

唐漾是个心高气傲的人，"嗯"字答完，直接拉黑了宋璟。

这段恋爱持续一年，分开总归难过。

蒋时延从台湾回来后，问过唐漾缘由，唐漾自己也觉得莫名其妙但就是掉了眼泪。

她要说什么？说自己被宋璟绿了，还被宋璟甩了，让蒋时延拉着一帮左青龙右白虎的小弟给自己找场子？说她不是因为宋璟，大概是出于失恋本身这件事在哭？就算她和条狗谈恋爱，她被甩了也得哭啊。

还是说临分手那段时间她正在纠结是考研还是出国，她淹没在很多学长学姐的光环下，每天焦虑迷茫。唐漾本是个骄傲的人，然后，宋璟轻描淡写掸碎她那时留存不多的骄傲。

分手时，唐漾觉得宋璟会是自己一辈子的隔阂，可如今再见，项目聊完，她情绪好像没有太大波动。

宋璟给她盛了汤，唐漾从包里掏出装有木盒的布袋，退还给他。

"好像欠你一个解释，"宋璟接过东西，想到什么，轻声道，"那女孩子是我妹妹，同母异父。那段时间我母亲在重症监护室，随后离世，然后葬礼。我的状态各方面都不对，忘了你会来看我，分手后才反应过来。"宋璟顿了一下，"当时晃眼看到的人影应该是你。"

如果早十年解释，唐漾想，他们的结局大概不会变。

唐漾再回想当初的情形，模糊的记忆里，那女孩子似乎也生了张绝色的脸。

"节哀。"唐漾晚说了十年。

"不必，"宋璟笑，"我和她没什么感情。"

唐漾不知道宋璟有个同母异父的妹妹，但听他说过他的家庭。

宋璟的母亲是个护士，极其貌美，父亲是中学老师，为人朴实厚道。宋璟的母亲出轨、酗酒，会家暴他父亲。自他记事起，他母亲隔三岔五便会带不同的男人回家，即便宋璟在家，也不会刻意关门。他父亲是受气的性子，但看到儿子茫然的眼神也会心疼，好几次鼓起勇气和他母亲商量“能不能不要带回家，不要让孩子看见”“孩子还小”……

他母亲喝酒，喝着喝着，将一个啤酒瓶冲他父亲头上砸去。

血从他父亲的脑门流下。

他母亲在旁边骂骂咧咧：“你管什么？！”

“当初要不是你使诈逼我怀上这个孽种，又跪在我父母面前求我嫁给你，我会是现在这样子？！

“你不知道那些追我的人都开小车、用手机，你一个穷教书的，自己撒泡尿照照自己。”

他母亲高兴会甩他一耳光，不高兴甩他两耳光，用极其憎恶的眼神看着他，脸上涂着用父亲一个月工资买的最好的化妆品。在宋璟眼里，蛇蝎大抵如此。

他父亲当初要娶他母亲，父亲家里所有人都反对。他父亲和家里人断绝了关系。

直到宋璟高中，他父亲被母亲捅了一刀，血流不止，进了医院，他爷爷才知道这些事，震怒之下把宋璟接了过去。

他爷爷是军人，肩上挂着衔，想把他母亲告上法庭。可他父亲又打着为孩子好、不要让孩子没有母亲的旗号，带着伤在他爷爷家门口跪了三天三夜，用昏死换他爷爷松口。

高考前夕，他母亲的情夫死了，他才知道自己有个同母异父的妹妹。他父亲心生怜悯，把他妹妹接过来。女孩子比他小三岁，一身青青紫紫被皮带抽出来的伤。

宋璟那时只给唐漾说到他父亲为了保他母亲，在他爷爷家门口跪下。

当时，唐漾宛如听天书一样听完男朋友家里的事情，不敢相信地睁大了眼睛：“为什么要求情？！为什么不离婚？！应该离婚啊！家暴是犯法的！”

唐漾去找宋璟的时候，两人会睡标间。

那天晚上，宋璟第一次和唐漾睡在一张床上，汲取温暖般、和着外衣抱住她。

良久，他像在评价完全和自己无关的事情：“畸形的爱情罢了。”

那时宋璟也是在笑，挂着和现在、他说他和他母亲没什么感情一样的笑意，寡淡而凉薄。

唐漾那时只顾着心疼宋璟，现在好像明白宋璟这性子是怎么来的了。

两人陷入了短暂的沉默。

唐漾：“你父亲现在还好吗？”

“提前退了休，在养老院，挺好。”宋璟看了唐漾几秒，问，“你和蒋时延在一起多久了？”

唐漾诧异：“我刚刚给你说我和他在一起了？”

“你和他总会在一起，只是时间问题，”宋璟低头啜了口汤，抬头，笑道，“他很早很早之前就喜欢你，比你想象中更早。虽然他吊儿郎当醒得慢，但终归会醒，醒了你们自然就会在一起。”

“啊？”唐漾的耳根悄然漫上一层热意，她张张嘴，定成一个不太敢信又压不下去的笑。

听前男友说现男友很久之前就喜欢自己的感觉，真是诡异又奇妙。

“第一次认识到喜欢，大概就是从蒋时延那儿，”宋璟说起蒋时延，同样笑道，“他以前经常在寝室里夸常心怡，怼你。夸常心怡温柔大方懂事，怼你性子野，叫你一声‘漾哥’，你还真的就像男生一样和他疯疯吵吵。”

唐漾满脸问号：“你给我说我男朋友夸别的女孩子不夸我？他喜欢我？他这是喜欢我？”

宋璟瞧唐漾下一秒就要冲出来买榴梿的样子，赶紧道：“但他夸常心怡一句，会怼你十句，他就是用常心怡开个头，剩下的都在叨叨你。”宋璟思及什么，忍笑道：“我那时候还特别奇怪，他这么讨厌你又烦你，怎么还要和你说话，给你买零食，一天到晚找你问东问西。”

唐漾抻抻脖子，面色好看了些。

“而且他只允许自己说你。他可以说你不好，但如果别人敢附和的话，他非得以牙还牙。”宋璟接着道，“你知道他会来事儿的性子，和人打交道如鱼得水，整起人来也是一套一套。”

参鸡汤撇了油，口感温醇鲜美，宋璟多喝了几碗，就着唐漾脸颊若隐若现的绯红，说了很多。

唐漾和蒋时延周末会约饭。

那时没有外卖软件，宋璟说，蒋时延带她出去吃东西前，会先给冯蔚然他们打电话，问哪家好吃，哪家不好吃，说漾哥不喜欢酸不拉几的泰国菜，说他们吃完还得回学校赶作业，不能太远。宋璟就看着蒋时延在寝室像条狗一样把合适的餐厅列出来，然后各个因素考虑得无比周到，然后隔天周日，又和唐漾吹嘘："是不是很好吃，是不是时间刚刚好。开玩笑，哥哥我是谁，就拿耳朵一看，就知道那家店怎么样。"

唐漾会笑着搡蒋时延："谁是哥哥。"

蒋时延又抱头认㞞："漾哥，漾哥。"

还有蒋时延周末会带唐漾打游戏。

那时候的手游分区服，宋璟住蒋时延上铺，周五晚上总会看到蒋时延挨个登进去看看哪个是"爆满"，哪个是"火热""流畅"。等不了一会儿，又听他和唐漾语音："不是我吹，就我这种全服前十的号一上去，方圆十里的菜鸟……"

宋璟跟蒋时延同寝六年，平常气质冷清，当他捏了嗓子，倒把蒋时延那股嘚瑟劲儿学了五成。

唐漾对这些场景太熟悉，熟悉到宋璟一出声，她就笑出了声。

她没有笑蒋时延，一定是宋璟声音清润好听，她浑身才会暖融融的。

唐漾礼尚往来："他那时也经常在我面前说你。"

宋璟："他一定是夸我。"

唐漾漾开两个酒窝点头，给没有冲出来抡拳头的男朋友留足了面子。

唐漾那时听蒋时延说宋璟习惯超好，没坏脾气，除了对他蒋时延对其他人也没好脾气。唐漾那时觉得宋璟和他们不是一个世界的人。

十几岁的年龄，很难分清对美色是一时好奇，抑或是长久的喜欢。

很多时候是旁人都喜欢了，她也便喜欢了。傻子一把将她推给别人，她也当真觉得傻子不喜欢自己，自己不喜欢傻子，稀里糊涂便和别人走在了一起。

"你好像真的没什么缺点。"唐漾慨然。"折腾""耍性子""不开心"这样的字眼好像从来不会和宋璟有联系。他说家庭是淡淡的，说分手也是淡淡的。

宋璟失笑："有过自私。"

唐漾用眼神问他。

宋璟承认："那时候看得出他喜欢你，也看得出你喜欢他，但你们两个互相看不清，我没提醒蒋时延，过来吻了你。"

"怎么说呢，那种感觉，"宋璟难得词穷，"就像偷了蒋时延的东西。"

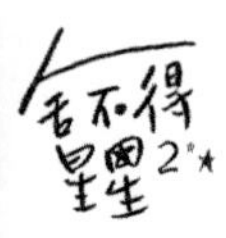

唐漾和蒋时延的原生家庭相近，性格互补。唐漾人前正经，在蒋时延面前嘻嘻哈哈；蒋时延是在外人面前可以嘻嘻哈哈，心里却装着明镜。大概也是唐漾在蒋时延心里的位置太重，十几岁的爱情太轻。

唐漾一本正经地纠正："我不是个东西。"

宋璟发笑，笑得真诚而用力。

后来，两人再说到项目，唐漾提到陈强，宋璟说到和陈强的交情："做任务，遇上A级罪犯劫陈强的货车，过命的交情。"

唐漾心下讶然，但也没问宋璟具体做的什么工作，为什么这般凶险。

她得赶紧吃完饭回去看蒋时延，那条狗还重感冒着，嗓子哑到连话都说不出。

饭到尾声。

"对了，"宋璟擦嘴，扔纸，"你知道他以前乱码的网名是什么意思吗。"

"不就是乱码吗？"唐漾迷茫。蒋时延高一的网名也是他后来的微信昵称，和中学时代那些"紫晶天使之泪""受过情伤的男人"一比，显得分外正常。

宋璟挑眉示意："你开一下手机全键盘。"他从桌子旁侧的小木格里拿了一张餐巾纸，又取了一根牙签，捻在修长白净的食指和中指间，用牙签在纸上划出痕迹。

唐漾礼貌地换个方向起身去看。

"t$efvblиu&，"宋璟一边写，一边解释，"在全键盘上就是以't'开头，以'y'结尾，画了颗爱心。"

"他那时说他这是和你义结金兰，永结同心，"宋璟笑声沉沉，"可谁家男女义结金兰就算了，还要用爱心。"

最初的那些心动，好像都是藏在乱序里。

唐漾和蒋时延在一起后，很清晰地意识到自己密码里那些杂乱无章的"J""S""Y"大抵关于他，自己最初的密码可以追溯到高一，而其他地方，比如相册里"YYSJ""YSJ"，所有的所有，把他当挚友也好，喜欢也好，统统关于他。

唐漾以为自己已经足够幸运，和一个自己可能喜欢了很久的人走到了一起。

那么更幸运的是，无意得知那个自己喜欢很久的人，可能同样喜欢自己，喜欢了很久很久。

再仔细一想，蒋时延在她面前嚷嚷常心怡多女神，也吵吵他喜欢女人味，可他总把自己放在第一位。任何时候，任何年龄，不管不顾近乎野蛮地将她放在最重要的位置。

一时间，唐漾出现了错愕又欢欣的心情。

这样的感觉，就像推翻一副多米诺骨牌，你以为自己的骨牌会向后倒向他，结果他的骨牌也同时倒向你，两副骨牌恰好嵌合出漂亮的脊骨状，一股温温的暖流从她背脊经由四肢百骸流至全身。

“他对很多事情都无所谓，但对你尤其小心，”宋璟正说着，有服务员背对唐漾推着餐车过来。宋璟眼疾手快隔着衣服拉了唐漾的腕，餐车顺畅通过，宋璟余光扫过某处，附至唐漾耳边轻声道，“一点钟方向。”

唐漾眸里出现被遮挡的蒋时延，泛起轻柔的涟漪。

如果唐漾和其他任何人在一起，宋璟可能都会动不该有的心思，抑或使出浑身解数和唐漾牵扯不清，至少要在唐漾心里占据一席之地，反正他不是什么好人。

可那个人是蒋时延，宋璟便不敢。

唐漾和蒋时延就是他贫瘠暗苦的生命里两团很小很小、但足以照到他的光，如果按照时间来算，蒋时延甚至会更亮一些。

“对他好一点。”

他真的很爱你。

宋璟终究说了这句话。

唐漾敛好神色：“这是自然。”

不是“嗯”，不是“好”，也不是回答别人的托付，唐漾说“自然”。

蒋时延是她的恋人，以后会是她的先生。她会给他最大的宠爱，也不掩饰她的占有欲。

真好啊，真的。

漾哥和胖哥真好啊，真的。

想起自己在部队出生入死，和漾哥分手真好啊，真的。

宋璟的手动了动，终究还是没有再抱唐漾一次。

唐漾拂下宋璟的手，宋璟微收着下颌看她，眼神清澈澄明。

两人结了账，故意路过蒋时延的桌边，蒋时延已经走了。

临近七点，华灯初上，霓虹宛如春天花开般，从点到面燃得如锦如织。

宋璟诚实地道："他那角度估计看到我们抱在一起了。"

唐漾左顾右盼找蒋时延的车："有点难哄。"

"他会经常吃醋吗？"宋璟好奇，"你会吃醋吗？"

唐漾全然忘了自己以前以为他会和前女友接吻而不开心，自己在盛倪娜面前又冲又傲说的"我是他女朋友"，她小脸一凛："我怎么会吃醋！"

唐漾的脸和脖子都红红的。

宋璟不戳穿，又笑问："打算什么时候结婚？"

"我不知道，"唐漾偏了一下脑袋，"他每次都会若有若无地求婚，但从来不会好好求婚，我也不知道怎么求婚。如果他待会儿撒娇缠人，可以顺嘴提一句试试，孩子不急着要，婚还是可以早点结。"

大抵觉得"撒娇缠人"这样的词会在外人面前有损男朋友的英勇气概，唐漾又无比稳重地帮男朋友挽尊道："他不是那种撒娇缠人的性子，他只是偶尔这样。他和中学时不一样了，他现在大多数时候都成熟靠得住，对我也耐心温柔，不说重话。"唐漾毫无压力地闭眼吹嘘："就是让我很没抵抗力的那种做事有分寸，有规划，有条不紊。我估计他是去买个什么见面礼给你，空手见你总归不好。他考虑问题很全面啊。"

唐漾一边说，一边摸出手机想问蒋时延去哪，让他买个见面礼塞给宋璟。

结果，她上一秒还在夸蒋时延各种大度完美，这一秒，蒋时延却神神道道给她发一大堆什么鬼话，末了还来一句"我们分手吧"。

唐漾手一顿，当即愣在了原处。

宋璟余光瞥到，很不给面子地"哧"了一下。

唐漾和宋璟都了解蒋时延，自然能猜到他在想什么。

宋璟侦察能力强，环视一圈，给唐漾报了个树下的坐标。

唐漾蹬着高跟鞋风驰电掣赶过去。

宋璟两手插在裤兜，慢悠悠地跟在唐漾身后。

唐漾敲蒋时延的车窗，蒋时延不开，唐漾再敲。

然后，上一秒在唐漾嘴里"成熟靠得住"，对她"耐心温柔，不说重话"的蒋大佬，这一秒冲她劈头大骂"敲，敲，敲，敲你妈"，还哭得一把眼泪一把鼻涕。

唐漾脸色难看。

宋璟知道自己这种时候不该笑，不应当，可他肩膀一抖一抖，还是忍不住“噗”地笑出了声。

唐漾让蒋时延再说一次。

这种时候，但凡蒋时延脑子清醒，都得赶紧哄人。宋璟没想到，蒋时延真的像个小媳妇一样幽幽怨怨又说了一次！

唐漾气到咬牙。

宋璟差点笑出了眼泪。

蒋时延这才注意到唐漾身后，不远处，站着一个无比熟悉的男人，衬衫笔挺，如霁月朗朗。

蒋时延的眼泪倏地止住，懵懵懂懂，反应不过来。

宋璟指了一下蒋时延道：“你家小孩好像有点不开心，”他用含着笑意的嗓音对唐漾道，“那我先走了？”

唐漾没办法地“嗯”一声。

蒋时延后知后觉地回过神。

“宋竹竿你说谁是小孩，”掩盖尴尬的最好方法，就是爆发出气势。蒋时延耍起浑来不管不顾，他从车窗里探出脑袋，“你也就比老子大十个月零十四天。”

唐漾抬手捂住蒋时延的嘴。

她看也没看蒋时延一眼，朝宋璟点头。

宋璟没有马上走，而是蓄着笑意走近，蒋时延俊脸紧皱。

宋璟停在唐漾身旁，蒋时延紧张地盯着宋璟。

宋璟把手从裤兜里掏出来，蒋时延屏了呼吸。

结果，宋璟的手越过唐漾，轻轻放上了蒋时延的头顶。

唐漾和蒋时延都愣了一瞬。

“好帅了。”宋璟睨着蒋时延的眼睛，嘴角带着淡淡的笑意。

以前初中时，有人取笑蒋时延是“死胖子”。蒋时延嘴上不说，心里不舒服。宋璟就站在蒋时延旁边，“胖哥胖着都好看，瘦不瘦、要不要更好看的主动权在他手上，”宋璟微微颔首，对那些人出口极其刻薄，“但脸丑，再怎么瘦也是丑。”

现在看来，宋璟很有识色的本事。只是“帅”这种字眼，听上去像在夸十四五岁的青春期男孩。

蒋时延的鼻子里哼了个不屑的音节。

宋璟垂下手，又对他道：“好好的。”

蒋时延瞥了宋璟一眼。

宋璟仍是不恼，他俯身至蒋时延耳边，笑着用不大不小的声音道：“没抱你女朋友。”

蒋时延睫毛颤了颤，一秒，两秒，三秒，他神情愤愤，忽然一拳冲宋璟的肩胛砸去。

力道看上去很重，其实不大，发出一声沉闷的响动。

唐漾目睹这一幕，被“蒋三岁”气得说不出话。

偏偏宋璟还在煽风点火：“别吵别吵，孩子需要呵护。”

蒋时延的嘴在唐漾手下动：“你又叽叽歪歪说谁是……”

唐漾深呼吸：“蒋时延！！”

蒋时延委屈地收了声，宋璟不再逗他，忍笑离开。

唐漾和蒋时延目送宋璟，宋璟背朝两人挥手，越来越小的身影融进闪烁的霓虹灯里。

其实，宋璟还想给唐漾解释，分手前他那段时间状态不对，不是因为久病床前无孝子，抑或伤心，而是那些小时候积攒的负面情感倏然爆发。那段时间，在无数个深夜，他控制不住地徘徊在他母亲的病房门口，无数次想扯掉他母亲脸上的呼吸机，害怕他母亲被救活，害怕他母亲被治好。

那段时间，他是真的不敢联系唐漾。

唐漾家有落地窗，她沐浴着窗边明亮的阳光长大。而他成长的居所潮湿、黑暗，宛如最险恶的雨林，一根根黏腻的藤蔓织成一道密不透风的网，他是寄生在夹缝里的生物，卑劣、变态、扭曲。他会害怕和唐漾有任何交流，害怕唐漾透过字眼，看到他满目的赤红血腥。

真见了唐漾，宋璟才发现，时间相隔太远，好像没必要再提。

这样就挺好，他看到他们，就吸饱了那缕足以亮灯的气。

他们渐渐忘记他，他也渐渐忘记他们。

唐漾在宋璟面前给蒋时延留足了面子。

直到宋璟彻底消失，她才肃了神色：“你刚刚在做什么？就你会骂人？骂我？骂宋璟？”

漾漾和宋璟过来时，蒋时延心里隐约猜到什么，但没有胆量确定。

唐漾批评他，他想开口，可漾漾香香软软的小手还抵在他的嘴上。他喉咙滚了滚，偏头克制住自己心里那股冲动——想亲。

唐漾把蒋时延的不确定收入眼底。

蒋时延想开门让唐漾上车，唐漾示意蒋时延在驾驶座坐好。蒋时延照做。

夜风沙沙响，轻轻拂过两人的脸颊，唐漾居高临下地望着他，一呼一吸调整着情绪。

两人间的沉默持续良久，唐漾叹了口气，低柔的嗓音这才混在夜风里。

“很早以前，我感觉自己有喜欢的人，有喜欢的感觉，可那时所有人都把目光投向宋璟，我也不例外。”她显得有些无奈。

所以，自己的猜测到底是对是错？

所以，漾漾是不是来认真说分手的？

蒋时延缓缓抬头，注视着唐漾。

唐漾与他对视，继续道：“和宋璟才恋爱的那段时间，好像确实是恋爱的感觉，一种和你类似的相处，很舒心。”唐漾说了一些细节，“但越到后来，用宋璟的话说，我和他像两个世界的人，无关爱情，友好往来。”

唐漾道：“就和外交场上的官员一样，谨慎地把自己装在保鲜膜里，再接触对方，两个人谁也不愿意先撕开，先坦诚，看上去很美好，但也因为美好而不真实。”

“我不知道真实是什么，”唐漾望着蒋时延眸里清晰完整的自己，她轻声道，“我只知道我听你说常心怡如何好，我嘴上应着‘是我家心怡’，心里却会有失落；我只知道听到你恋爱的消息，我自己也在恋爱，我应该大大方方地祝福，可我连给你打电话都做不到；我只知道我好像没对你坦诚过：听你说分手，一边安慰你，一边约室友出去点了十三香小龙虾。”

“至于请客缘由，”唐漾眼底泛起浅浅的涟漪，“好像是庆祝哈萨克斯坦和我国洽谈贸易协定。”

蒋时延不太敢相信自己的耳朵，眼睛慢慢睁大。

唐漾保持着不急不缓的语速：“好像我就是打着朋友的名义，揣着小心又晦涩的心思，然后朋友的借口太冠冕堂皇，”唐漾失笑，“冠冕堂皇到我没能认清自己。”

蒋时延仰面望着唐漾，华灯初上，她逆光站在灯下，妆容精致，眉毛纤长。

她的眼睛漆黑澄亮，她的表达条分缕析。可不知为什么，蒋时延总感觉她说的每个字都是棉花，一个字一小团地朝他的胸腔塞，温暖而充盈，让他只能怔怔地望着她，而没有半点思考能力。

“其实，我没那么大的瘾玩游戏，我更喜欢看闲书。但你游戏玩得好，我就想去学一学，去玩一玩，和你一起玩的时候可以很开心，不玩游戏的时候好像也会有更多共同话题。”唐漾说。

蒋时延一颗心“扑通”“扑通”。

“我知道自己的分数能考什么大学，对名次也没有太大的执着，但我每次考第一，你都会嚷嚷‘我漾哥好强’‘吊打众生’‘没有对比就没有伤害，呜呜呜’，”唐漾勾着嘴角，“我就总是忍不住想‘虐虐’你，看你一边装模作样受打击，一边又替我开心。”

蒋时延张张嘴。

唐漾的掌心微微发烫，从他嘴上挪开：“再之后一点，你在 A 市，我在 B 市，我们会聊天、点赞，我也会看云看天气偶尔想你。那时，你每周五晚上固定给我打电话，项目日程排得实在满的时候，我会在周四通宵。”

那时，全院导师都知道唐漾周五晚上脑袋会短路，没办法接任何任务。

而唐漾只是想把自己放空，只是想听蒋时延在电话里胡侃。

蒋时延呆呆地望着唐漾，发不出一丁点声音。

唐漾有轻微洁癖，此刻，她却捧着蒋时延的脸，轻轻用指腹替他抹掉眼角的残泪。

唐漾的动作缓而慢，一半是心疼，心疼他小心翼翼说分手的心境；一半是自责，怪自己昨晚也起了小情绪，怪自己想过他敏感，没想过他这么敏感，怪自己没提前把话说清楚，让她的蒋大狗哭成这样，涕泗横流，哭得她心口也隐隐泛了疼。

唐漾的手指满是怜惜地划过他的脸颊。

“人大概都是越来越贪心的，”唐漾继续道，“以前，我们每周一个电话就可以让我得到一个相对稳定的状态。去年我在镇上调研，你一通电话打得失魂落魄，我爸形容我是发了疯地想回 A 市。我当时只是想作为朋友离你近一点，至少能在你需要拥抱的时候，抱住你。”

“可陪在你身边后，那些复杂的情愫确定为喜欢后，我又想一直和你在一起。出差会难过，异地会难过，就连你偶尔回老宅都会觉得时间慢。喜欢大概比确定关系更久一点，我想把期限延长到一辈子。”

唐漾从来都是个善于隐藏的人。可现在，隔着一扇车门，她却近乎赤诚地把心底最深最深的那些地方呈给车内的人。

蒋时延撞进她眸里的细碎光芒，眩晕得魂魄好似抽离。

唐漾就这样凝视着他的眼睛，一个字一个字地说：“我想每天早上醒来就看到你，想中午和你在一起，想晚上和你一起散步回家，路过天上不同颜色的云。”

唐漾说：“我想和你一起走下去，想一起朝上走，朝前走，走到一个合适而实现价值的位置。我想把自己全身心地献给你，而同等程度地占有你。”

“我想和你建立生命的联系。”唐漾面上带着惯有的温柔、从容以及仅仅对他一人的爱意。她望着蒋时延，以极慢的语速说：“我想和你一起从年轻走到年老，从十七八岁走到七十八岁，想和你一起走过漫长又拥挤的青年、中年、晚年。我想和你从别人的儿孙，走到最后白发苍苍，儿孙绕膝。”

蒋时延老了也一定和别人不一样。

他可能会用她的鬈发棒鬈他那几根稀疏的白发，和她一起去参加孙子、孙女的家长会还要臭美地喷个香水。他大概会在小孩的央求面前，跟以前和她玩时一样，装模作样说“欸，爷爷不会打游戏啊，人老了手直哆嗦，玩得菜你们别骂爷爷，要尊老”，然后反手一个爆头击杀，面对小孩的震惊脸暗自嘚瑟。

画面分明是温馨的，唐漾想着、笑着，眼里竟起了微微的润意。

“所以……”蒋时延喉结上下滑动。

“嗯？”唐漾回以含笑的目光。

“所以，”蒋时延害怕惊扰栖息的夜鸟般，试探着开口，“你可能以前也没太喜欢宋璟，你可能一直喜欢的是我，只是你和我一样，没有发觉？”

蒋时延的语气很小心。

什么叫可能？自己发自肺腑说了那么多，在他眼里就是轻描淡写的

可能？他语文是体育老师教的？

唐漾嘴角的弧度贴画般凝滞在原处。

“所以，”蒋时延察觉到唐漾的脸色变化，问得更小心了，“所以你不会始乱终弃，不会抛弃我。”

唐漾不敢相信蒋时延说了什么，气得有点不知所措。

蒋时延吞了一下口水，很小声很小声地问：“所以你更不会和宋璟复合，不会和宋璟结婚，不会给我发你和他婚礼的请帖。”

所以自己刚刚的话他一个字都没听进去，所以他哭哭啼啼是因为满脑子想的都是自己和宋璟复合，还要结婚，还有请帖？！

唐漾气急：“蒋时延你脑子里全是水吗？”她倏地气红了眼睛：“你想事情不过脑子的吗！你能脑补这么多你怎么不去吃屎啊！你去吃屎好不好！！”

唐漾噙泪那一瞬，蒋时延恍然大悟，自己错得多离谱。他反手一巴掌直接朝自己脸上扇去，想推开车门拉唐漾上车：“漾漾我嘴笨，漾漾我傻，漾漾你别和我计较，漾漾你别气。”

“我没气，我真没气，”唐漾从外面抵住车门不让蒋时延下车，她一边翻手机，一边用蒋时延的话怼他，“我哪敢生气啊，我可是背着始乱终弃这口大锅的‘渣女’，是谁给我扣的锅来着，我想想哦……”

唐漾用食指点两下太阳穴，“想起来了，是我男朋友。”唐漾眼睛红红的，嘴角却挂着笑，她以一副小区大妈攀谈的口吻对蒋时延道：“你不知道啊，我那男朋友可厉害了呢，前几天还在说要对我好一辈子，转眼就想着我和别人结婚。我上一秒在人家面前夸他各种完美大度，他下一秒撒泼打滚一等一的好手，对了，你知道我想着他咳嗽，赶紧回去给他买雪梨汤，他做了什么吗。”唐漾翻出蒋时延发的消息，把手机举到他眼前，一字一顿地念：“唐漾，我们分手吧，分手吧。”

蒋时延又是疼惜漾漾又是暗骂自己蠢，眼睛快被手机逼成对眼，也顾不上。

他想去握唐漾的手，唐漾也不躲，就用那双泪汪汪的眼睛直视他。

蒋时延的手即将碰到漾漾纤白的腕，停住了。

“漾漾，你别气，我吃屎好不好，”蒋时延迎着唐漾的眼泪，想给这心肝跪下，“我再也不提分手了，我是混账。”蒋时延没脸没皮没底线，说着，双手就举到自己嘴边大口大口做啃状：“你别气，别气，你快看，快看，蒋混账在吃屎。”

“满足你，”唐漾定定地看了他几秒，很大度地拍拍他的肩头，“你说分手就分手，分分分，赶紧分，我同意了。”

语罢，唐漾转身就走。

蒋时延推开车门没来得及关就追了出去。

唐漾拎着包包在前面走。

蒋时延在后面追：“漾漾！”

他碰到唐漾的手，又被唐漾甩开。

唐漾步子迈得很急。

蒋时延亦步亦趋地又把手探了过去：“漾漾！”

唐漾仍是拂开他的手，仍旧是气。

气蒋大狗想那些乱七八糟的事，气蒋大狗动不动就提分手，气他说着多了解她，怎么却不知道她有多爱他。就是要分手，就是要给蒋大狗一个教训！

唐漾一路走，一路想，眼泪在眼眶里打转，却没掉下来。

蒋时延紧跟在她后面，不停地唤她“漾漾”，又不停被她打手。

忽然，他不追了。

唐漾也放慢了脚步。

“我们真的分手了吗？”他语气平常。

他才跟十米就跟不下去了吗？

先前，唐漾满脑子想着分手给他长记性，真当蒋时延停下脚步，她一颗心却好似被一根绳索吊着，慢慢浸到凉水里。

“分啊，分啊，分啊，”唐漾背对蒋时延，同样认真地哂道，“你蒋大佬说的话我怎么敢不听。”她不知该如何收拾自己任性作出来的局面，嘴里夹杂着淡淡的酸涩，“也对哈，蒋总天之骄子，说一不二，‘说三不四’，‘说五不六’……”

夜风吹过，吹得两个人的衣摆簌簌响，头发乱舞。

昏黄的灯光铺落一地，唐漾站在前面，背对蒋时延，蒋时延站在两米后，双手插进裤兜，听她似埋怨似可怜的嗓音从前面飘来。

“唐漾。”蒋时延开口。

前面的人不说话。

蒋时延眼光柔和地望着她的背影，喊道：“我追你一次吧。”

唐漾怔怔地站着。

宋璟没追过唐漾，蒋时延也没追过女孩子。

蒋时延说："既然分手了，我们就重新开始，不是留了很多退路的朋友变情侣，不是将就，不披陪伴的外皮。"

唐漾回头，便撞见这一幕——

男人身后是有人路过的街角，他站在半明半暗的光线里，身形颀长挺拔。

见她看自己，"唐漾，"蒋时延以专注的目光注视着她，嗓音裹着散漫但温柔的笑意，他大声对她喊，"我重新、认真、完整地追你一次吧。"

周围有行人看过来。

唐漾被他宣誓主权的语气撩得耳根一烫，她破涕，那颗浸冰水的心浸到了融化的雪糕里，浑身都甜丝丝的。

"神经啊。"唐漾娇气地翻个白眼，红着耳郭朝前走，"你追人都这么简单粗暴，不用经过当事人同意吗？"

蒋时延依她，跟在她旁边，语气和步伐一样吊儿郎当："那你说好不好啊。"

唐漾傲娇地抬抬下巴："不好。"

行吧行吧，自家宝宝自己得兜着。

蒋时延很有耐心："那我再问一次好了，你说好不好啊。"

唐漾一边摇头，一边拖着清悦的调子，甜甜地道："不——好——"

蒋时延勾了抹痞痞的笑，他倏地侧身上前挡住她的路。唐漾没留意，踩上他的鞋。

蒋时延双手朝身后一背，同时蹲身，唐漾就突兀而"主动"地吻了上去。

车声沙沙，人声窸窣，两个人的唇瓣干干的。

温热相触，周遭的声响好似退远了。

这是街头！这么多人！这么多车！这人真是！

唐漾触电般后退一步，小脸烧得红彤彤的。她睁大眼睛，一边捂嘴左右看看，一边骂他"不要脸""你不要脸"，作势要打他。

蒋时延也不闪避，抱臂慢悠悠地道："前任之间不要动手动脚。"

这人还记着宋璟拉她手腕的仇呢！

唐漾红着小脸"哦"一声，然后放下手，越过蒋时延朝前走。蒋时延也不在乎车会不会丢，跟着她朝前走。

走着走着，蒋时延觉得气氛对了，想牵唐漾。

唐漾学他："前任之间不要动手动脚。"

夜色低回，蒋时延轻咳一声。

唐漾和蒋时延都是有头有脸的人物，说出来的话必定笃行。

两人说了不动手动脚，那便真的不会动手动脚。

两人在路灯下踩影子，走着走着，唐漾舔了舔嘴角，左手朝后悄悄伸出纤瘦的小指，上下晃动两下。

蒋时延早已难耐，此时瞥见，又巴巴地握了上去。

他薄茧的掌心裹着她白腻的肌肤，两人摇着手走，他偏头看她，她低着头。

她耳尖红红的，他喉结上下滑动。

晚风暖融融地吹着，两人的心尖痒酥酥的，不约而同地垂头绽开笑意。

第六章 融融

晚上回家，两人洗漱过后躺在床上。

唐漾直朝蒋时延怀里钻，蒋时延亲她，两人如行走很久的旅人般汲取彼此的唇舌，吻着吻着，便缠在了一起。

唐漾心里还憋着点气，她一边娇娇软软推说“我们是前任了欸蒋大狗，前任之间应该不能做这样的事吧”，一边提着纤细的腰肢跨坐到他身上。

夜色四合，昆虫低鸣。

蒋时延的额头浸着一层薄汗，一条命都在唐漾手里。他说不出话，只能一遍遍粗重地呼吸，手掌反复地摩挲她温软如玉的后背。

唐漾先前气势拿得很足，真当坐上去了，她的脖子浮起一层绯红，撑着蒋时延的胸膛没有眉目地试探。

一股夹杂温热的痒意以她凉软的手心为原点，在蒋时延的身体里扩散、乱窜。他微张着嘴，幽微的眼眸里情欲浓重。唐漾咬唇，犹疑地唤他的名字。

蒋时延倏地将她反压在身下，覆以滚烫的薄唇。

以前做的时候，两人也尽兴。不过那时候，蒋时延会更多地考虑唐漾的体验，带着类似珍视抑或取悦的情绪。

今天主动坐上来的是唐漾，蒋时延的眸色盖不住深重，唐漾唇间吐出破碎的音节。蒋时延宛如瘾君子，终于遇上解药。他的眼角泛红，舔舐她每一寸肌肤，啃咬着那些漂亮的起伏。他极尽贪婪地占有，又近乎湮没地沉沦在她似糖似蜜的滋味里。

大抵还有唐漾嚷嚷“蒋大狗前任不可以做这些”的刺激。

疯了，是真的疯了。

唐漾觉得自己快要死掉的时候，他又含情脉脉地吻了下来，两颗相爱且明了的心紧贴在一起。

最后，唐漾的脚趾蜷得发酸，连抬手指头的力气都没了。

蒋时延还没累，他抱唐漾去洗了澡，自己却汗湿了全身。他手足并用地抱着唐漾，一遍一遍辗转着吻她，唐漾用眼神提醒他明天是周一。蒋时延气息不平，蓦地把头埋在她的颈窝，不甘地蹭来蹭去。

好半晌，他松开唐漾，反手给她掖好被子，这才起身披了浴袍朝浴室走去。

之前，蒋时延在浴缸里给她按摩了手脚。

这时，唐漾浑身每个细胞都叫嚣着舒服。她瞥到蒋时延的背影，借着软枕稍稍腾起后背，忍笑："为什么一定要去浴室啊。"她故意柔柔道："我上次给你买的两提卫生纸用完了吗？"

听到这话，蒋时延脚步顿住，然后缓缓转过身来。

小女朋友，啊不，小前女友软绵绵地窝在被子里，露出一张素净的小脸。她嘴角的笑意没压住，一双黑漆漆的眼睛好似蒙着层水汽。她眉毛弯，眼睛跟着弯，细碎狡黠的光藏在荡漾的涟漪里。

这小没良心的。

蒋时延深呼吸。

然后，他火气没消，也不遮掩，就大刺刺地穿着底裤朝唐漾走去。

唐漾羞红了耳朵。

蒋时延越走越近，他目光幽深地注视着漾漾，刻意压低的嗓音里噙着低沉而危险的笑音："宝贝儿，你想要可以直接说。"

一秒，两秒，三秒。

唐漾一把将被子拉过头顶，"哼""哼"打两下有节奏的小呼噜。

睡着了。

就猜到是这样。

蒋时延又气又笑，过去想泄愤又舍不得下手，只能隔着被子轻拍她的屁股。

"啪啪"两声，略微羞耻。

唐漾捂在被子里的脸红红的，可她睡着了不能反抗，她好可怜哦。

与此同时，A 市另一端酒店的房间内。

桌上，电脑屏幕闪烁，宋璟接下视频电话。

任务下完，对方沉默一会儿，道："你在休假中，又有退役打算，行动的正式公函还没下来，如果你不想接，我可以让 0287 带队。"

宋璟从凳上起身，站到桌边，他倏地合脚，利落并腿，手如钢筋般抬指至太阳穴。

"0901 休假结束，请求归队。"神色冷毅，掷地有声。

黎明前夕，灰白天幕如锅盖般笼罩住零落的霓虹。

直升机"嗡嗡"转着螺旋桨停在行政酒店的楼顶。宋璟半小时前拨了个电话，半小时后，蒋时延带着一身倦意赶到。

晨风习习，吹乱了两个人的发。

蒋时延穿着休闲，宋璟一身笔挺的橄榄绿，两人保持着一样的插兜姿势，迎着凉风说了会儿话。宋璟指向直升机，蒋时延摸出手机。

"我不能照相。"宋璟笑着握住他的手机。

蒋时延通过手机借力，顺势抱了一下宋璟。

很男人的抱法。

宋璟没料到蒋时延的这动作，面上闪过惊喜又不敢相信。

"早点办完事儿，办完了赶紧脱了这身皮，"蒋时延拍拍宋璟的后背，和以前一样没个正经道，"回来大家还能聚一聚，你宋璟想做什么都能成，就你这张脸要是想出道我拿整个一休捧你好吧。"

"谢谢。"宋璟轻声对他道。

蒋时延松开宋璟，摸不着头脑："你和我的脑电波不在一个频道吧？"

宋璟也不解释，笑着迈向机舱。

直升机像只小小的铁鸟，飞进乍破的天光。云层之下，有早起开铺的卷帘门声，有公交车排队发车，还有骑自行车上班的工人。

蒋时延在楼顶目送直升机，觉得宋璟也不是什么坏人，勉强可以排在程斯然、冯蔚然他们后面，算自己半个兄弟。

等等，蒋时延想到什么，自己这次是不是还是忘了抡他两拳？

"宋璟你给老子滚下来！老子还有事！"蒋时延朝直升机挥动双手。

宋璟想象着唐漾板着小脸去揪蒋时延的耳朵，"蒋时延你嚷嚷什么，吃了大嗓门丸吗，大清早的大家都还要睡觉"，蒋时延皱着眉头"哦"一声，旋即想到什么又高兴地喊"漾漾快看直升机，宋璟那个小贱人在上面”……

宋璟忍俊不禁。

直升机消失在平常、但因为蒋时延释怀而弥漫着淡淡温馨的黎明。

唐漾以为蒋时延昨晚说追自己只是闹着玩的，毕竟两个人的年龄都不小了，折腾不起了，也算“老夫老妻”了。

结果，第二天早上七点，她跟着生物钟转醒，喊几声“蒋时延”没人应。她一边揉眼睛，一边磨磨蹭蹭坐起来，视线触及眼前的场景，她的手慢慢悬停在空中。

蒋时延坐在床边，花束搁在他身旁。

一大捧粉色玫瑰花包裹在缎带扎的锡纸里，汇成爱心形。而巨大的爱心中央，还有两只柔软的小熊，同样穿着粉粉的衣裳。

如果单是一枝玫瑰，或者一只小熊，唐漾会觉得萌萌的。

可这么大个阵仗，目测得有九百九十九朵。

伴着若有若无的香气。

唐漾微微有些窒息。

玫瑰之外，是蒋时延的脸，噙着款款笑意。

唐漾别开视线，吸气，呼气，她动了动发干的喉咙，怯怯道：“我可以说……比起玫瑰，我现在更想要一杯水吗？”

“可以满足。”蒋时延一只手抱住玫瑰，一只手探到床头给她把准备好的杯子端过来。

温热的蜂蜜水让胃暖暖的，唐漾还是不想直面玫瑰：“我可以去看看今天穿什么衣服吗？”

蒋时延指向衣帽间：“你今天上午有例会，我给你找了那套灰色西装。”竖条纹，既拉身高又拉气场。

唐漾抱着杯子：“那早饭呢？”

蒋时延仍旧含笑望着她，嗓音温润道：“做好了，在桌上。”

好了，所有话题都扯完了。

唐漾放下水杯，认命地轻抚一下玫瑰，眼底映出露珠在花瓣上滚动的情态，她眨了眨眼：“你起得多早啊？”嗓音不自知地软了下来。

蒋时延替唐漾把额前碎发拨至耳后，手缓缓地放在她耳旁：“昨晚你在我梦里，弯着眼睛对我笑。你的眼睛会说话，我枕着你的笑语从黎明醒来。”

突然“尬诗”。

唐漾的耳根和心坎都被烫得热乎乎的，嘴里却细声抱怨：“那为什么买玫瑰，后续很麻烦的——要用花瓶插花，插的时候要剪枝，每天还要换水，枯萎了之后还要扔到楼下。”

“我来做这些就好了。”蒋时延理所当然道。

唐漾诧异：“那你为什么还要买？”

送花一个很重要的导向难道不是养花吗，每天养花的时候都会看到花，看到花自然会想念对方。

蒋时延低头吻唐漾的耳尖：“我只是想让你体会收花那一秒最好、最大的愉悦。”

他的声音温暖低醇，伴着微热的鼻息拂在唐漾耳后。

这人嘴上大概抹了油，唐漾害臊地想，不想承认但又不得不承认自己被这束来自直男、但不用养的大片粉色撩到。

她正斟酌要说点什么感谢蒋追求者能打六十分的心意。

蒋时延好像猜到她要做什么一样，推开她起身，然后弯腰，变戏法似的从地上拿出个礼盒来。

盒子是镂空的粉色外壳，模拟民国时期的铁皮箱，并做了一把银质小锁。

唐漾摸不着头脑，蒋时延把盒子放在唐漾腿上，两手覆在她手上，然后带着她的手慢条斯理地打开锁扣，掀开礼盒——

一条花纹繁复，极有质感的丝巾静静地躺在盒子里。

是唐漾喜欢的那个奢侈品牌，是唐漾想买但一直忘了买的新款，可以配衬衫，可以配波西米亚长裙。天花板上的灯光顺着礼盒四周爬上丝巾，好像给了丝巾生命般，霎时流光溢彩。

唐漾压根儿没想到有这一出，眼睛睁大，捂嘴说不出话来。

“一如我看到你的心情。”

我只是想让你体会收花那一秒最好、最大的愉悦，一如我看到你的心情。

蒋时延一边说，一边从盒子里取出丝巾。丝巾从他修长的指间滑至她细白的颈项，他牵过丝巾两头，虚虚地绑了一个结。

“喜欢吗？”他边绑边问。

发梢摩挲着唐漾的皮肤，发出微微的痒意。

蒋时延含笑，耐心解释说："周六去看电影那天，地铁扶梯旁有这个广告，你当时多看了两眼。"蒋时延失笑："虽然后来……"

唐漾蓦地掀开丝巾，扑到蒋时延怀里。鼻尖萦绕着蒋时延身上熟悉的木质香，唐漾浑身好似陷在云朵里，她小脸热热的，不受控制就唤了声："老公……"

又软又绵。

"欸！"蒋时延沉稳应下，然后，整个早上都处于一种合不拢嘴的得意状态。

唐漾起床穿衣服，他笑得荡漾。

唐漾刷牙，他给她挤牙膏，笑得荡漾。

唐漾喝牛奶，他坐在她旁边，脸上依然挂着无比荡漾的笑。

走哪搁哪都是他的笑，唐漾又羞又恼。

"再叫一声听听。"蒋时延哄她。

"不叫。"唐漾把脸转向另一个方向。

蒋时延轻扯她系好的新丝巾，软声道："给追求者一点甜头嘛。"

唐漾顶着红透的小脸："不要。"

她不叫他自己叫。

蒋时延："让我回忆一下……"

让他回忆一下？

唐漾快疯了。

她想尖叫。

她知道自己错了，自己不该主动让"蒋大狗"占称呼的便宜，自己错了还不行吗。

偏偏蒋时延捏着嗓子，张口就学她的语气叫："老公——"

"蒋时延你烦不烦啊！""唐暖气片"浑身热热的，一拖鞋踹到他膝盖上。

一顿羞臊的早饭闹腾了快一个小时，但A市最近推了单双号限行，路况比之前顺畅，唐漾也并不急。

她正顶着蒋时延层出不穷的骚扰检查要带的东西带齐没，忽然手机响起来。

是蒋妈妈。

唐漾按了免提。

“糖糖啊，”蒋妈妈似乎在会场，她走几步到了人少的地方，这才道，“糖糖，我这边有个朋友给我送了两张珠宝展的票，蒋时延他爸没时间，我想问问你明天晚上有空没，和我一起去看看？”

“可以啊，我明天不加班，”唐漾问，“我需要几点到哪儿呢。”

蒋妈妈报了时间，说去接唐漾，又欢欢喜喜道：“你李阿姨、张阿姨她们之前几次就是带的儿媳妇，这次我也可以带我家美丽的儿媳妇了。”

蒋时延用口型念“儿媳妇”。

唐漾和蒋时延对视。

蒋时延脸上又浮出先前在餐桌上的得意笑容。

唐漾亦微笑：“好，那妈我们到时见，哎哟……”

想到什么，唐漾语气倏然低落：“易阿姨，我可能不能叫你妈妈了。”

“啊？”蒋妈妈紧张，“为什么？怎么了？糖糖你出什么事了。”

唐漾没出声，短暂的沉默将先前愉快的氛围慢慢打散。

蒋时延正在茶几旁修剪玫瑰，忽然生出一种不好的预感。

下一秒，唐漾小嘴一撇，果然委委屈屈地开口：“就宋璟您知道吧，我以前和宋璟谈过一段恋爱。”

蒋妈妈没明白：“我知道啊，都过去了啊。”

唐漾喉咙滚了一下，装作极其压抑的状态：“我们银行出了一款理财产品，比较特殊，要和762接洽。我之前负责这个项目，762米的负责人刚好是宋璟。然后蒋时延也听到我和宋璟说约饭，就只是约个饭，我只是去还宋璟东西，我没想和宋璟再有什么。”

唐漾说：“我是喜欢蒋时延的，我是想和蒋时延过一辈子的。”

蒋妈妈一颗心被唐漾这话甜得稀巴烂，她直叹：“好孩子，好孩子。”

“可蒋时延以为我会背弃他，”唐漾话锋一转，她望着蒋时延笑，出口语气却更难过了，“他以为我会和宋璟复合，他脑补了一大堆有的没的，他还给我提了分手，很认真地提了分手。”

唐漾停了一下，似是为难：“所以我和他现在已经是前任关系了。”

蒋时延眼前差点一黑。

蒋妈妈那边彻底没了声音。

“所以易阿姨，”唐漾道，“我可能不能陪你去……”

“我还是过来接你。”蒋妈妈面不改色。

唐漾发出苦涩的声音：“可蒋时延……”

“蒋时延？”蒋妈妈皱着眉头重复，“蒋时延是谁？谁是蒋时延？我听这名字蛮耳熟，可我不认识这个人。”

蒋时延雕塑般在客厅举着一朵玫瑰花。

唐漾压着笑意和蒋妈妈说话。

这边，蒋妈妈告诉唐漾，她只有两个女儿，一个叫蒋亚男，一个叫唐漾。

“不管糖糖会不会原谅蒋时延，阿姨都站你，你和谁在一起你都是阿姨的亲女儿，阿姨不阻碍年轻人的选择。”然后蒋妈妈说了“再见”，声音温柔得能掐出水来。

挂断电话，蒋时延徐徐回过神，故意板脸正想找漾漾算账。

这时，蒋妈妈的电话进来了。

“蒋时延”三个字暴喝出口，蒋妈妈的训斥充斥在偌大的客厅里。

“人家吃老婆饼你吃的是傻子饼吗！糖糖如果想和宋璟有个什么还轮得到你！退一万步讲，要真有个什么，你就只知道分手？你脑子里只有分手？你握着那么大个一休你不知道强取豪夺！”

末尾的词语太有冲击力。

蒋时延和唐漾同时怔住。

“你平常不看书丰富自我的吗？”蒋妈妈满满的不敢相信，“你难道不看《豪门天价小逃妻》《娇妻错爱 99 次》《少奶奶带球跑：总裁追妻无限时》……”

蒋时延当场石化，唐漾闷声狂笑。

已经从电话那头的安静里得到答案，蒋妈妈叹了口气道：“年轻人还是要多学习才能进步。以前就叫你好好读书，你不听，现在还是叫你好好读书，等我改天叫秘书去买一本你张阿姨她们推荐的《少爷追妻宝典》。”

蒋时延无奈：“妈您别添乱，我保证给您追回来好吧，绝对，发誓！”

一通电话打下来，蒋时延嚣张的气焰彻底没了。

唐漾“哈哈”笑得直不起腰。

蒋时延的心口被他妈训得发慌，瞧着漾漾眉眼弯弯的得意模样，他咬牙：不就让你多叫两声老公吗？这小嘴怎么会告状！让你打小报告！

让你打小报告!

他非得拉过来狠狠亲两下。

蒋时延这么想着，也这么做了。

送唐漾上班的路上，蒋时延提到宋璟走，自己去送宋璟，宋璟跟蒋时延说他紧急联系人填的蒋时延和唐漾的名字。

蒋时延说:“他的意思好像是会对昙信通有什么影响?”

“避嫌，害怕我和他勾结，钻产品漏洞洗钱一类，”唐漾轻声解释，“不过他是我初恋的时候，我是应该避嫌，如果他紧急联系人的列表里有我，那我是一定要避嫌。”

一休分产业链，然后产业链条下是小团队的运作方式。蒋时延问:“那第一批昙信通要让别人来担纲?可以放心吗?”

唐漾想了想:“如果是秦月的话，我信得过。”

昙信通之于唐漾像个孩子，她因为客观条件要把孩子寄养出去，那养母应该是秦月，她也希望是秦月。

唐漾和蒋时延说话间，车到了汇商楼下。

蒋时延给她解安全带:“有幸邀请美丽的漾女士中午共进午餐吗?”

唐漾:“下午一点有会，我在食堂吃，今晚和明晚处里有聚餐。”

副驾驶的门打开，蒋时延从驾驶座上拉住唐漾的手腕。

唐漾回头，迎着蒋时延有很多话的眼神，她勾着嘴角甜甜道:“知道啦，知道啦!”她学他的语气道:“如果可以，要午休，吃完午饭过一会儿再喝酸奶。我胃不好，不能一冷一热，坐久了起来活动一下，包里有你才给我放进去的保湿眼贴和眼药水。”

唐漾复述完，回身捏捏蒋时延的脸:“已从脑电波收到蒋追求者今日份的千叮咛万嘱咐。”

“我会想你。”蒋时延低低出声。

唐漾微愣。

蒋时延俯身亲了一下她的手背，抬头用柔和温润的目光望着她:“记得想我。”

一秒，两秒，三秒。

唐漾回过神，然后取下自己脖子上的新丝巾，倾身塞到蒋时延胸口的衬衫口袋里，露出一个松而漂亮的角。

蒋时延没料到唐漾这动作，他被勾得心痒难耐，唐漾却起身离开。

她一边朝大楼走，一边取出备用丝巾戴好，低头忍笑时，每一步都踩得甜滋滋的。

先前，蒋时延给唐漾说过宋璟已经走了。那么宋璟周日中午到，周一凌晨走，在A市待了不到一天。

唐漾以为自己和宋璟的关系不会有更多人知晓，结果到了信审处，她在茶水间等水烧开，外面的同事大抵以为她还没到，叽叽喳喳地议论开了。

一人道："你看到范副处朋友圈秒删的那张偷拍了吗，我看背影就要被苏死了，听说正脸也巨好看，顶级颜的高岭之花，名字也好听，叫魏璟还是宋璟。"

"宋璟，你小点声，"另一人拉了拉同伴，"听说是唐处的初恋，会不会念念不忘想旧情复燃。"

"有可能，肩上二杠一呢，"第三人感叹，"唐处应该出个撩汉宝典，宋璟心怀不轨，蒋总霸道'囚爱'，三角虐恋什么的想想就刺激。"

"不对啊，如果宋璟和唐处有感情纠葛的话，那昙信通……范副还是秦副？"

唐漾端着茶杯从茶水间出来，外面几个同事神色一收，你搡我，我搡你地喊．"唐处早。"

"早上好。"唐漾扬了扬茶杯，进了办公室。

敖思切最近在负责唐漾的行程，跟进办公室时，她嘟囔："宋少校旁边那个小哥哥当时说了不能拍照，范副这样偷拍，还在背后乱说你和宋少校的关系，就很不好啊。"

唐漾对敖思切做了一个食指抵唇的姿势。

敖思切不解。

唐漾啜了一口茶水，淡淡地道："你不知道我和范琳琅的关系怎样。可能你觉得你和我的关系好，但我和范琳琅的关系更好。你在我面前说范琳琅的坏话，我扭头就告诉范琳琅。范琳琅管办公室事务和绩效，你想想她听我说了之后，会对你有怎样的影响。"

敖思切好像有些明白了，唤她："唐处。"

"工作场合不要做私人评价，"唐漾把一沓资料递给她，温和地笑笑，“先抱上去吧。”

汇商上周举行了新产品宣讲，这周的大型例会开得格外冗长。

直到十二点，高层们才把信审处几个负责人叫到小会议室。

宋璟的副手很快传来宋璟紧急联系人部分的扫描件。昙信通整个发行计划的负责人仍旧是唐漾，只是第一批试点发行任务由秦月担纲。唐漾和秦月在会议桌上碰头交流了一阵，双方都没问题。

后续进组人员还在拟定中，范琳琅的名字在名单最前面。

周自省叫了几份盒饭，秘书直接送进来，周自省让大家边说边吃。较为轻松的气氛里，范琳琅给每个人用一次性纸杯接了杯茶，众人礼貌地道谢。

周自省也不避讳：“唐处的终点不会是信审处处长，离开信审处也是早晚的事。”

几个高层附和：“前途远大。”

秦月不想朝上走大家都知道，周自省又道：“范副处在信审处待的时间久，实操经验丰富，学历和知识储备这块相对薄弱。”周自省接着说：“高端产设（产品设计）这种才华可遇不可求，但顶楼这边希望她可以加入这次试点发行计划，你们这些博士、硕士带一带，学着慢慢来。唐漾，你有什么意见吗？”

唐漾当然知道会有其他人加进来，也知道昙信通试点发行的负责人还是秦月。

不知是早上听了一波议论，还是敖思切念叨的缘故，唐漾心里不太舒服，但高层们都看向自己。

唐漾面上没什么波动。

“好的。”她温和地应下。

唐漾是挨着秦月和周自省的秘书坐的。

临散会，范琳琅主动绕了半个会议桌过来，虚心道：“我报了一个班准备考非全日制的金融，现在买了几本书在看，主要是《宏观》《微观》，然后是《商业银行经营与管理》《公司金融》。唐处，我下午要出差，您待会儿下楼之后可以帮我列个书单吗？”

这种事情不能等散会后再说？

唐漾当然知道范琳琅在做给高层看，她也不戳穿，面不改色地答应。

散会后，唐漾在阳台给蒋时延打电话。秦月也在阳台上，迎着高楼的热风抽烟。

七月A市进入酷暑，钢筋丛林被正午的太阳晒得泛白光，两个着西服衬裙的女人躲在建筑的阴影下，借机乘着凉。

“你以前不是和范琳琅挺熟的吗？”秦月抽完一支烟，唐漾刚好挂了电话，秦月问她。

“还好吧，”唐漾的心情明显比之前好些了，半开玩笑道，“我和扫地阿姨也挺熟的。”

玻璃门隔音，秦月和唐漾的关系不错，不由揶揄：“你看上去不想让范琳琅进你的昙信通啊。”

“她不进也会有其他人进，”唐漾转移话题，“正好我得空把九江的案子弄完，只剩最后一次核查了。”唐漾说：“虽然九江地产那边想把额度提到六十，但小半年也该处理完了，”见秦月还盯着自己看，唐漾拧了秀气的眉头，“我刚刚的不满表现得有那么明显？”

“没，”秦月安抚她，“我会处理好计划里的细节，包括范琳琅，这你放心。但估计有些部分需要你帮忙。”

唐漾问了具体内容，答应了。

秦月道谢。

两人聊罢，秦月想到什么，手掌横在唐漾眼睛前做遮挡状，吹了一声悠长婉转的哨音，“没人说过吗，你的眼睛会说话。”

蒋时延说过吧，唐漾不语。

秦月瞧着唐漾脉脉含情的眼眸，嚷嚷三声“好的，好的，好的，你别说了”，赶紧揣着单身狗的脆弱心脏先滚下楼。

自己说什么了吗？

唐漾站在上下透光的走廊里，有些莫名其妙，又悄悄红了脸庞。

唐漾想蒋时延的时候，蒋时延也在高层会议上走神。

《遗珠》在欧洲片区第一周的点映数据已经出来了，口碑没翻车，但也没有想象中好，刚刚及格。

负责人把理由找得齐备：一方面，国家制度、文化传承不同，欧洲人没办法体会《遗珠》里那种隐隐的家国情怀和民族大义；另一方面，中文直译英文过去，会出现文化壁障。

这就是一次平庸的跨国推广。

蒋时延言简意赅："失败。"

他食指轻敲两下桌面，桌上高层渐渐噤声，空调制冷的响动显得尤为聒噪。

一高层道："这次推广计划投了一个亿左右，及时止损也不会亏太多，大概会和《遗珠》在国内的影视溢价持平。"

另一高层道："已经走了这么多了，这也是国产纪录片的先例，就此打住的话，我们会很被动。"

"是否可以转换概念，"蒋时延的助理认同，"现有思维是 IP（知识产权）转化为影视，换个角度，影视也可以转换为 IP，真正意义上的大 IP 不会有国界之分，比如汤普逊旗下 RDC（区域分发中心）之前做的那款宫廷概念，故宫纪录片、罗浮宫纪录片、白宫纪录片……"

蒋时延的助理是蒋时延培养出来的人，说话做事把蒋时延的心思吃得很透。

助理说完，有高层在下面窸窸窣窣地讨论。

蒋时延手指敲了一阵，停在桌面上。

助理调出蒋时延提前吩咐准备的 pre。

内容出来，会场鸦雀无声。

蒋时延就是在这时候毫无征兆地想起唐漾，也想起宋璟。

高层们的视线跟着 pre 一页一页走，他们面面相觑却不知道该怎么说，也不知道该由谁站起来说，谁第一个说。

因为，有些疯狂。

带着蒋时延风格的疯狂。

蒋时延想直接把《遗珠》转换为 IP 概念，相同的架构，相同的核心，然后请国外知名编剧撰写剧本，找国外导演、国外演员，用国外的思维拍下来。

屏幕上人脉和渠道都展示得很清楚，与此同时，高层们也明白了一件事——蒋时延不是在会上听他们说《遗珠》口碑滑铁卢，然后在他们的方案里挑，而是提前知道了，并面对了《遗珠》的问题，然后拿出自己的解决办法，告知他们并听取意见，如网如织，滴水不漏。

一位持有股份的高层相对辩证："从筹备到成片都是小事，关键是后续。成片之后的后续宣传以及整个运作，我们可能又需要分很大一部分额度在上面，并面对可能没有水花的风险。”毕竟任何事情都是一回新奇，二回平平无奇。

“成片都不是小事，几个亿的预算小吗？”又一高层笑道，“要真把《遗珠》做出来了，我感觉我这辈子都够了，因为可能性太小。”

再一高层道：“《遗珠》从某种意义上来说承载着一休的转型，而这样的转型显得没什么必要。”

一休高层年龄都不大，“嘴炮”开起来一套接一套。

蒋时延听够了。

“没有代表作很容易被湮没，互联网三个月是一年的规则大家都清楚，”蒋时延尽量维持着好脾气，“我们之前也做了很多系列纪录片，《遗珠》的国内评分是最高的，大家的意见我听在耳里，但这个预案我开绿灯。”

“我就是想把它做成一个不会被超越的代表系列。《遗珠》不仅仅是烈属，可以衍生到很多相关群体，可以是任何记录，” 蒋时延的语气轻淡但坚定，“就是平凡普通甚至带点平庸，但其他人想做任何关于平凡的片子，《遗珠》的本子、成片、后续推广、登顶，都会是教科书级别的。”

会议室安静得连针掉在地上的声音都听得见。

蒋时延环视一圈，淡淡地道：“它会是里程碑，而我有能力。”

之前做这个系列，蒋时延心中有着太多的顺便、将就、不确定。

但那天送宋璟离开，看着曾经站在身边维护自己的宋璟穿着一身橄榄绿去守护更多的人，还有漾漾对很多细微事情的认真和执着，蒋时延那天清晨看到了天上的云彩，也忽然想在地上寻找一点类似根基的东西。

他这个人是锦鲤体质（运气好），做很多事情都很容易，《遗珠》遭遇滑铁卢既在意料之中，也在意料之外，他想好好珍惜。

pre 只有五页。

可在座的大多是跟着蒋时延披荆斩棘的人，自然从里面嗅到了野心。身居高位的野心，诱人得无法言语。

会议本来剑拔弩张，不知道为什么，开到最后，竟有了“蒋总运气好，做什么都不会栽”“那就蒋总说什么都对”“别这样别这样，蒋总很有能力”的和谐气息。

但无论如何，蒋总不在乎《遗珠》几个亿的改拍成本，想打破一休表面那些“贵圈”（娱乐圈）营销泡沫的想法，都显得清高而令人尊敬。

会议开得断断续续，结束已经是五点。

蒋时延回到办公室，瘫在椅子上颇为疲倦地揉了揉太阳穴。他快三十了，不小了。二十岁的时候想摆脱父母的桎梏，发现新媒体的商机然后踏浪而上。浪花越卷越大，推力和阻力诸多，但很多事情，他仍旧想走自己的方向。

秦月之前给唐漾提了一嘴昙信通宣传的事，想让唐漾先问问一休，看三个月之后有没有合适的档期。

唐漾知道蒋时延在开会，等到五点多，估摸着他会开完的时候，把电话拨了过去。

蒋时延把正事安排下去，就想缠着唐漾说话，疲惫的时候就想听听她的声音。

唐漾也是。

那就唐漾说一件事，他说一件事。

说完事情之后。

唐漾只有在蒋时延面前才会说：“周自省好像有提拔范琳琅的意思，后台？不像。色？更不像。我没想通这里面的缘由，不敢妄动。”大概是唐漾心胸狭隘，范琳琅在背后说过她有的没的，她有点不开心。

“想不通就别想了，给你说个笑话，”蒋时延安慰她，“之前甘一鸣和倩倩出轨，魏长秋被绿上热搜后，就有很多媒体关注她，想采访巨富的女人。她时不时还能自动上热搜。魏长秋想把自己的热度降下来，但那个王倩倩粉丝过百万了，才吃到网店的甜头，自然不肯收手。然后她们就陷入了一种诡异的循环：倩倩想拿甘一鸣、魏长秋和她之间的感情纠葛炒作，炒得越热越好；九江那边的人又经常找过来，哭爹喊娘地求着热度替代，让我们降热度。”

唐漾“扑哧”一声：“那怎么办呢？到底是升热度，还是降热度，鱼和熊掌不能兼得。”

“为什么不能，”蒋时延奇怪，“就一边升，一边降啊。”

“热度升降本来就有自然规律。热度自然升起来的时候，我们就找王倩倩付款，热度自然降下去的时候就找魏长秋付款。很好笑的就是，我们什么都不做，双方都向我们付款并感恩戴德，”前一刻在会议室视金钱如粪土的蒋大佬这一秒分外理直气壮，“我喜欢钱。”

唐漾认同："我也喜欢钱。"

蒋时延："我喜欢很多钱。"

唐漾："我也喜欢很多钱。"

蒋时延保持先前的语气："我喜欢你。"

唐漾小脸一红，害起臊来，她也保持着先前的语气，"嗨呀"一声，道："你这人真是的，好好打电话就打电话，说公事就说公事，忽然表什么白呢。"

"唐漾，"他唤她，"我爱你。"

他低沉、含笑的嗓音宛如裹着电流从听筒里缓缓地传来。

当爱意被这么不加遮掩地说出来。

好似有暖风吹过唐漾心底，唐漾的耳郭热乎乎的，呼吸不自知就放慢了。

当晚，汇商有一场不大不小的聚餐，主要是昙信通的相关人员——高层、信审处及风控部等。

唐漾临出发前，又给蒋时延打了个电话："虽然他们都没带家属，但如果是你的话，我愿意带你去。"

唐漾不喜欢这样的独树一帜，但她不舍得蒋时延一个人回家面对冷锅冷灶。

蒋时延倒是想以家属的身份去，却也知道自己不方便出席这样的场合。

"好好吃，"他轻声说，"我也在加班，你吃完了给我打电话，我过来接你。"

他淡笑道："我也想你。"

唐漾软声道："知道啦。"

直到挂了电话，唐漾才后知后觉反应过来——自己说过想他吗？

不过，看在他这么懂事的分上，唐漾挠了挠微微发热的耳根，那自己也勉强想他一下好了。

就一下，不能多。

下午临下班的前一秒，昙信通第一批试点发行的人员名单正式出来了。

秦月担任组长，范琳琅和风控部的两个负责人担任副组长，然后各个阶段有跟组人员。

大家聚餐的地点订在一家悠然居新店，离汇商特别近。

大家走去聚餐的路上，范琳琅有意和唐漾这个“失了势”的负责人一起走，唐漾也没推拒。唐漾挽着秦月的胳膊，时不时偏头应一两声范琳琅的话，面色是一贯的温和。

等到了包厢，三张大圆桌并排放置。

周自省的秘书伸手引路，周自省很自然地坐在了第一桌的主位上，周自省的秘书坐在他左侧，风控部部长坐在周自省秘书的左侧。

按理说，唐漾的级别和风控部部长一样，是其余人当中最高的，应该是唐漾坐周自省右侧，然后是秦月、范琳琅。

不知是意外，还是巧合，范琳琅进门时在和唐漾说话，话说着说着，范琳琅顺手拉开周自省右边的椅子，一屁股坐了上去。

唐漾面不改色地拉开范琳琅旁边的位置。

看向这边的人纷纷停了说话的声音。

没看向这边的人察觉到不寻常，也跟着看过来。

范琳琅迎上大家的视线，再看看自己两侧，这才意识到什么一般。她猛地站起来，恍然大悟后紧张道：“唐处，不好意思……”

“没关系，”唐漾把范琳琅按回椅子上，轻飘飘道，“不是工作场合，随意就好。”

周自省面带微笑地望着唐漾。

唐漾回以颔首。

范琳琅这种长期泡在办公室里的人精会坐错位置？

唐漾心里暗哂，她可不太相信。

大抵是看到这群人里面有唐漾，悠然居上菜速度格外快。

酒过三巡，开场这段小插曲湮没在逐渐酣畅的气氛里。

大家聊工作，也聊个人状况。

后来上了银耳汤，唐漾起身，从周自省开始，挨个给大家盛汤。唐漾和秦月熟识，所以先给范琳琅盛了再给秦月盛。秦月接过汤，道谢，脸带微醺地问了一个昙信通可公开模型里的细节，关于夏普比率。

唐漾愣了一秒。

范琳琅接话：“我之前好像也看到了这个问题。”

唐漾朝范琳琅点了一下头，然后放下勺子，朝秦月说了一大段流利的英文。

秦月单手托着腮帮子听，边听边点头，然后也回了一段流畅的英文。

唐漾又说了一段英文，那些生涩的专业词汇被她念得如广播般平滑悦耳。

有风控部的小伙伴也用英文提问，唐漾和秦月用英文讨论，语言好似形成了一道屏障。

屏障里的人，包括周自省、风控人员连连点头。屏障外，范琳琅和几个老员工边听边微笑。

不过那几个老员工开头没插嘴，也没有范琳琅那么尴尬。

等一大段说完，唐漾脸上浮着一层探讨过后的兴奋之色。

余光瞥见范琳琅迷茫的模样，唐漾这才合掌道：“我当时学这块看的是原文教材，老师也是全英文教的，不知道中文怎么翻译，有点尴尬。”唐漾扯扯嘴角，略带抱歉地说：“不好意思哈。”

真正尴尬的范琳琅讪笑道：“英语很重要。”

对面桌有个同事喊：“唐处你雅思能裸 8 的人就不要虐渣了。”

周自省挑眉：“唐处以前雅思裸 8？”

唐漾赧然：“好像是。”

其他人纷纷附和“大大”“管培生牛”。

唐漾摆手道：“好汉不提当年勇，你们可别折煞我了。”

大家又说说笑笑。

但这样称得上锋芒的锋芒，在有各种高层的饭局上偶尔露一露，谁也不知道会产生怎样的影响。

从始至终，唐漾的语气都轻描淡写，带着她骨子里的不在意。

或者说，优越感。

范琳琅跟着大家笑，只是她笑着笑着，垂在身侧的手悄然捏紧，又松开，半合的眼眸覆住情绪。

唐漾不动声色地瞥范琳琅一眼，又没什么表情地收回视线。

这边，唐漾拍了各种美食照发朋友圈，配文：“在悠然居开心聚餐。”

另一边的一休顶楼，蒋时延说了不去，但看到漾漾的朋友圈，他不介意让漾漾产生些许愧疚感。

这么想着，蒋时延三两下把泡面里丰盛的培根、虾仁、蟹肉火腿挑出来吃了，留了半桶清汤寡水的康师傅摆拍，还格外有情绪地加了个灰白滤镜，配文：“办公室，就这样，加班。”

两条朋友圈一前一后，对比惨烈。

其他朋友笑着点赞，评论。

程斯然看得心下一惊。

大家都知道蒋时延是什么人，放肆不羁浪里白条。

可只有程斯然知道，就在前几天，这无法无天的小霸王抱着手机哭成了什么狗样。

终归是自己兄弟，终归不放心。

程斯然盯着屏幕看了几秒，晚饭都没心情吃下去，他放下筷子朝阳台走。

接到程斯然的电话，蒋时延还挺意外，这人要请自己吃饭吗？

电话里。

程斯然语气状若平常：“延狗吃晚饭了吗？”

蒋时延：“正在吃。”

程斯然明知故问：“吃的什么？”

蒋时延：“泡面。”

蒋时延在程斯然的印象里是个享乐主义者，“泡面”“加班”这样的词汇鲜少和他联系在一起。

大概越是心情差，语气越正常。

程斯然叹了口气，接着铺垫：“昨晚睡得好吗？”

蒋时延：“还可以。”

程斯然顿了顿，终究问了出来：“你和你家那位，”他咳一声，“现在怎么样了？”

沉默，几秒后。

蒋时延轻笑一声，语气满是荡漾道：“我和漾漾分手了。”

程斯然一怔。

所以为什么分手了还叫“漾漾”？为什么蒋时延分手分得这么……兴高采烈？

“不是你想象的那种分手，是另一种分手，”蒋时延的声音藏不住笑意，“就是我喜欢她很久很久，然后终于知道她也喜欢我很久很久，可我知道的时候已经蠢得提了分手，漾漾不太开心地答应了，我就想着重新追求她。”

说着不待程斯然接话，蒋时延自己忍不住慨叹继续：“其实也不是非要这么一个形式，只是当初和她在一起很匆忙，时间、地点、理由都很仓促，就总想对她好一些、再好一些，来弥补一下。”

蒋时延说：“我送她东西，她会开心；我送她上班，她会开心；我给她做饭，她也开心。她开心，我就开心。今天早上我给她准备了一个特小的惊喜，她收到的时候还没忍住叫了我……哎呀不说了。”蒋时延还要自己回味呢，他收住上扬的尾音，匆忙道：“她刚刚发了朋友圈我还没点赞，我得赶紧去，我要让她知道我很早很早就在想她。”

蒋时延噼里啪啦，不给程斯然接话机会，说完，“啪”一下摁断电话。

程斯然耳朵里充斥着“嘟嘟”忙音，眼底映出另一只手上平板的搜索页“哥们失恋了不正常怎么办”“怎么安慰失恋的人”“治愈系音乐有哪些”……

夜风凉凉，程斯然一脸茫然。

第七章 好笑

之后几天，蒋时延的加班频率变高，信审处也格外忙碌。

昙信通第一批试点发行的具体方案已经确定，范琳琅负责审查和推进，看上去责任重大。

秦月把计划拿给唐漾过目，“审查基本等于没事做。推进的话，她主要负责在内网查询昙信通所归属理财产品种类提交的截止时间并提交产品，产品内容是风控那边在做，我把关，”秦月开玩笑，“所以相当于给了她一个课代表交作业的任务，其实没什么卵用。”类似一把空气做的权杖。

唐漾好笑地推了秦月一下：“你这人说话真是，也不怕门没关严。”

“不严就不严，她打我啊，”秦月不屑地哧一声，“我真烦这种在办公室待得一身油腻，满脑子弯弯绕绕的老女人，还坐在周白省旁边，她怎么不直接坐身上啊。”

唐漾又是失笑。

她把秦月拿过来的东西保存好，给敖思切打了个招呼，捞起车钥匙和秦月下了楼。

“你开车，还是我开车？”唐漾问。

“你开吧。”秦月道。

电梯里面只有她们两个人。

徐徐下行时，秦月高跟鞋的鞋跟在地面踏着有节奏的声响，她忽然冒出一句：“就该你开，你有男朋友，你开车技术肯定好。”

这……

唐漾忽然被骚到，眼波潋滟地搡她：“好好说话。”

秦月一本正经地反问：“好好是谁？”

惹得唐漾忍不住又挠了一下她的腰。

是的，唐漾和秦月这几天频频聚头，在上班时间外出。

唐漾最近把工作重心从县信通转移到九江专案上。

她进行最后一次核查时，发现了一个不大不小的财务纰漏——

九江地产财报显示：过去几年，他们每年都会有一笔巨大的慈善支出，主要输出到希望小学、医院以及福利院等。

很早之前蒋时延到北京出差时，九江在同一个会场拿过一个关于慈善的奖。唐漾当时多问了一句，说和九江企业文化有出入。那时，蒋时延若有深意地说："慈善这种东西，越是宣扬什么，往往越是想掩盖什么。"

照理说，九江慈善奖项都拿了，唐漾不该怀疑。可不久之前，信审处碰巧去临江城福利院团建。福利院负责人告诉她们，福利院最初是九江投建的，但九江多年之前就不给运转资金了，福利院的运作资金来自一位化名“ZX”的个人善款。

而唐漾在最后一次审查中发现，临江城福利院以及很多其他慈善单位，仍旧在九江的赞助列表里。

九江的财报上表明，他们每年仍在给这些慈善单位资金支持，但这些慈善单位，至少里面的临江城福利院并没有收到相关资金。

那么钱去哪里了？

唐漾不知道是不是巧合，秦月也同时发现了这个问题。

两人一道暗地走访其他九江写在资助名单里的慈善单位，得到的都是一样的答案——九江投建，但九江在多年之前就停止拨款了。这些慈善单位有的早已关闭，留下几栋长草的危楼，有的像临江城福利院一样，收到了来自“ZX”的匿名捐助，还有的归属到了当地政府。

唐漾和秦月一天跑二十来家，匆匆来又匆匆去。

随着每一段录音笔的记录，两人相视，一阵胆寒。

这些慈善单位就像是一个标着“慈善”的麻布口袋，口袋底部有一个巨大的洞。

九江做慈善的那部分巨款，表面上流进了这些口袋，可钱一边流进去，一边又从洞里漏走，去了一个无人知晓的地方。

唐漾不可能把这些事情给蒋时延细说，她每天回去精疲力竭，只是含混解释说忙调研。

蒋时延也不追问，给她打水泡脚。

有一天晚饭后，两人早早洗了澡，换了宽松的睡袍窝在沙发上。

暮色昏暗，在窗外远天绘出一卷没有边际的油画。

唐漾靠在“小漾熊”身上，蒋时延盘腿坐在唐漾身旁。

唐漾两条腿懒散地搁在蒋时延的大腿上，蒋时延捧着她的小腿不轻不重地按。

蒋时延跟着视频学了几次，手法日趋专业。

他温热的手掌覆在唐漾微凉的皮肤上，一下一下地刮、拍、揉、捶。唐漾的小腿肌肉囤积的酸胀好似在他手下化成暖流，以他手掌触碰的皮肤为原点，酥麻麻地蔓向四肢。

唐漾戴了一只耳机，敲着键盘整理下午和秦月一起去采集的录音。

唐漾敲键盘的动作停止的空隙，蒋时延害怕说话的声音惊到她。他停了手，轻轻道：“程斯然周五晚上有个私人饭局，你忙得完吗？要不要去？你去我就去，你不去我就在家陪你。”

蒋时延发现洗完澡再帮漾漾捏小腿可不是什么好提议。

如果是洗澡之前捏，漾漾穿着西装会不舒服，但他可以眼观鼻、鼻观心假装是在公共场合，不能起邪念。

可洗完澡之后，漾漾身上的沐浴露味道和自己的一样，她小腿的肌肤光洁白腻，在家不穿打底裤也不穿内衣，宽敞的睡裙下只有一条紧窄的小蕾丝，束缚着腰线，美妙的弧度若隐若现。

唐漾这几天养成了蒋时延给她安排好日常的习惯。

听到问话，唐漾想着事情：“你决定就好了，你做什么都好，你做什么都对。”

蒋时延被她心不在焉的小模样气得心口一窒，面上却不动声色握住她的脚踝，把她稍微朝自己身前一拉。

唐漾微微睁大眼睛。

蒋时延以沉稳的目光注视着她，然后干脆利落地抬手，一把掀了她的裙子！

唐漾眼里满是不敢相信。

延狗在做什么？延狗竟然掀了她的裙子？

唐漾还没回过神，蒋时延已经倾身而来。他掰开她的另一条腿，稍稍起身，视线垂下，望向她纤白的身段。

蒋时延修长的手指划过她腰部的皮肤，勾在蕾丝中央的蝴蝶结上。他朝上拉起蝴蝶结，松手，轻轻弹下，再拉一次，再弹……

部位太私密，唐漾的喝止化作脸颊的烫意，喃喃道："蒋时延。"

蒋时延低笑了声，直接低头覆上了嘴唇。

窗帘哗啦啦轻响，灯光在地上拉出一道极长极长的影子。

唐漾的小脸臊得通红，想扶着他的脑袋起来让他别这样，可蒋时延太重，他不想起来她也没办法。她的手在空中浮萍般晃了一会儿，电脑、耳机先后掉地。

"哐当"清脆，但没有打破湿润的暧昧声。

一会儿后，蒋时延稍微撑起身子，嘴角含笑，他伸出舌尖缓缓舐着微润的上唇，"舒服吗？"嗓音哑哑的，宛如从砂纸中磨砺而出。

唐漾两颊红得快出血，撞见他漆黑深邃的眼眸，应得细若蚊蚋："嗯。"

蒋时延朗声笑开，他双手朝上，分握住她细软的小手举过她的头顶。

他伏在她敏感的颈窝，缓慢喘息："我可以让你更舒服。"

唾液相濡时，两人的唇舌纠缠，相贴的身体变得格外敏感，每一下都如覆了猫爪般百爪挠心。

七月的夜晚天气诡谲，前一秒还是和风微暖，后一秒就风雨大作，吹得广告牌"噼啪"作响，残败的树枝也被卷到空中。那些树枝没了依靠，飘飘荡荡，最后"啪"一下砸到高层的落地窗上。

电闪雷鸣，却没有打断里面彼此索取的火热，裹着欲望，也裹着爱意。

抵达最深沉沦间，积攒的疲惫好似随着大雨被冲刷得一干二净。

第二天是周四，雨后空气清润沁人。

秦月养尊处优多年，很少像前两天一样疯狂奔波，现在腿疼得只想窝在办公室。

唐漾经过蒋时延的各种按摩，腿几乎没怎么酸。她在脚后跟贴了两张创可贴，给敖思切打了个招呼，又戴着口罩、帽子，顶着中午的大太阳出了门。

午餐的外卖是唐漾请的，范琳琅给在同一个办公室打游戏的敖思切和秦月送过来。

"唐处这几天好像经常出去，"范琳琅朝门口瞟了一眼，把饭放在桌上，"有什么事吗？"

秦月头也不抬："周末有个国际贸易的博鳌论坛在A市举办，唐漾读博的导师好像和法国的那位经济学家关系特好，"秦月用法语念了个名字，"唐漾是她博导的得意门生。"

范琳琅悻悻地碰了一下鼻尖，没了声音。

她和秦月、敖思切两人岔开话题闲扯两句，转身出了门。

"咔嗒"，落锁清脆。

秦月抬眸望着那扇门，确定了唐漾怀疑过的一件事：周自省或者说汇商高层，确实想提拔范琳琅。因为压根儿没什么博鳌论坛，而范琳琅平常连财经新闻都不关注？

然后秦月很奇怪：周自省和那几个高层都是学院派出身，范琳琅也不过在信审处待了四年，然后被升为副处。信审处还有好些来了两三年、硕士学历的同事，为什么不提其他人？

越朝高走，从某些层面来说，专业能力就越是显得基本而重要。

为什么高层们想提拔的人偏偏是曾经和甘一鸣有千丝万缕联系的范琳琅？

其他人，包括当时恋爱经验不怎么丰富的唐漾都察觉不到甘一鸣和范琳琅若有若无的暧昧，可秦月不一样。她长期混迹于声色场所，勾搭过的小鲜肉都可以用卡车装了。甘一鸣和范琳琅一个眼神，一句对话，她基本就能看出个七七八八。

思索罢，秦月收回视线，问敖思切："她上午下班之前去了趟顶楼？"

"嗯，"敖思切点头，"范副周一出了趟短差，好像是上去述职的。"

唐漾和秦月亲，敖思切也和秦月亲。说着，敖思切眨了眨眼睛："秦副，你刚刚说的那个名字不是个乡村歌手吗？"敖思切有些不明白，"难道歌手和经济学大牛同名？这么巧？"

坤包挂在墙上，游戏间隙，秦月从包里摸出块巧克力，递给敖思切，隐含深意地瞥她一眼："小孩子家家，多吃糖，少说话。"

敖思切懵懵懂懂地点头。

出办公室后，她后知后觉地在唐漾最近几天外出事由栏上写了指向模糊、极其保护唐漾的"项目调研"。

周五，唐漾和秦月基本走完了九江财报上显示的几百家慈善单位。

下午，秦月去唐漾办公室，反手锁上门。

二十六度的中央空调制冷效果好，空气里夹杂着清新剂淡淡的薰衣草香。

蒋时延闪送过来的果盒被解决得差不多了。

两人并排而坐，两台电脑并排放置，秦月手边放着一摞厚厚的财务资料，而唐漾手边则是一张打印过的 A4 纸。

情况大剌剌地摆在两人面前：九江财报明确写着有一笔数额巨大的流动资金用于慈善，但他们上报的慈善单位却几年内都没有收到九江任何的资金支持。

如果唐漾她们上次没去到临江城福利院，考虑到九江地产在外界营销的良好形象，她们可能也就忽略了这个情况。

可她们上次去了，恰恰就去了。

还有电脑上这几天走访慈善单位的调查结果。

秦月眼里没什么焦距，她把玩了一会儿腕上的镯子，取下，道："之前几次贷款专案估计也有人发现了这个问题。"她用镯子指着屏幕上的某一处："你看五年前的这次贷款专案，也是这个时间，停留了特别久。"秦月说："但最后记录上并没有显示这个点，说明大家都在装瞎。"秦月用手虚虚圈着镯子，"虽然那些营销号写的职场鸡汤都有毒，但有的事情吧，较起真来可能确实会很累。累并且不讨好，就显得很鸡肋。"

唐漾也看到了五年前这个异常的时间记录，她没说好，也没说不好。

沉默了好一会儿，唐漾将垂落的发丝撩到耳后，用叙述天气的语气道："你知道那天去临江城福利院，我遇到个什么事儿吗？"

秦月思绪飘忽："啊？"

唐漾："我去洗手间，时靳跟着我。"

秦月慢慢回过神，但没开口。

唐漾接着道："之前负责人一直说时靳成绩不好，和社会上的混混搞在一起，抽烟、喝酒，还拿刀砍过人，尤其他胳膊上还有一条很深的疤。"

秦月呼吸慢了。

唐漾假装没发觉，自顾自地说："我当时就很怕啊，以为他要敲诈勒索或是其……"

"他不会。"秦月很急地打断唐漾。

"他当然不会，"唐漾同样抬了尾音，"因为我这样猜测他，他居然是想还我一条项链。"迎上秦月的视线，唐漾点头："就是蒋时延妈妈送我的那条，镶钻的。他用纸包着给我还回来了。”

秦月没出声。

唐漾缓了缓，道：“临江城福利院和其他几个福利院还有个不知名的 ZX 在撑，但其他已经倒闭的、马上倒闭的，他们该去找谁？”

唐漾：“对慈善单位来说，他们冠着九江的名，慈善资助本来就是他们唯一的经济来源，可这笔钱都没有了，他们怎么运作？”

唐漾：“然后对很多像时靳这样的人来说，甚至很多人都没办法像时靳一样去打零工。对他们来讲，这些福利院和基金会就是他们唯一的庇佑。”

顿了几秒，唐漾道：“我不是什么好心人，也没太多闲工夫普度众生，但我没办法接受九江钻慈善的漏洞，更没有办法接受我看到了还熟视无睹。”

唐漾说：“这好比走在路上，我看到畸形人躺着要钱，我不会给。他们背后有集团，他们的境遇摆在那，我给不给都不会有任何改变。但如果走在路上，看到一个外来漂泊或者来寻亲的老年人，确实饿得奄奄一息，而我手里恰好拎着一袋馒头，如果我不给，我少得可怜的良心真的会……”

唐漾的话没说完，秦月把镯子搁在桌上，扯过唐漾面前那张纸，拧开笔盖，唰唰落笔。

纸上的内容是申请彻查九江财务，申请获得九江内网更内部、更全面、没给到银行的数据，希望周白省批准。

唐漾一个人申请的话，分量不够。

但如果加上秦月，加上一个背后靠着一个庞大财团的秦家二小姐，一个负责九江专案监察部分的副处，可行性就明显大了很多。

秦月字体娟秀，与性格不符，落在唐漾的名字旁。

“唐漾”笔画平直，大气磅礴。

“秦月”颇有小鸟依人的意味。

秦月举起来瞧了瞧：“唐处君临天下啊，好像您来了之后我确实随您合群不少。”

“别贫。”唐漾捞起申请拍了一下秦月的脑袋。

秦月装模作样抱头：“壮士，饶命，好运。”

“准备唱 rap（说唱）出道吗？”唐漾亦笑着出了办公室。

唐漾和秦月查慈善单位的事，只有两个当事人知道。

为了安全起见，唐漾在申请理由那一行，随手找了九江去年某处融资细节作为借口，并没有写明真正的原因。

去顶楼的电梯上，唐漾心情颇为明朗。

周自省不批准的可能性极小，而批准的理由可以有很多——一是九江这个项目在汇商已经做了快半年，基本不可能中途转给其他银行；二是周自省当初把这个专案钦点给她，那说明他对自己有一定的偏好，加之秦月签了字，周自省如果找不出合适的理由就拒绝，那他是自己下自己的面子。

周自省是个注重形象的人。冬天冷，不少同事都到了办公室才脱羽绒服，而周自省下车裹着羽绒服，踏进汇商大楼的前一秒一定会脱掉，在有监控的任何角落，他都是西装革履。

周自省的身体不好，近来瘦了不少。唐漾调回A市经常看见他的秘书买中药，但他的办公室从来都没有丁点药味。上次聚餐时，周自省的秘书解释，周行要在办公室见很多人，担心年轻人闻不惯药味，因此，他每次喝中药都是去厕所里，关着门喝了，等药味散完才开门出来。

综上，周自省基本不会拒绝。

唐漾下电梯后核查了一遍申请的内容，然后勾着笑意轻轻敲门。

“叩叩叩。”

“进来。”周自省在里面道。

唐漾推门，在门口颔首：“周行。”

周自省周五很少加班，唐漾去时，他正在吩咐秘书把今晚几个无关紧要的安排推到周末。

秘书一一记下，周自省挥手。秘书出去时，停在唐漾身旁，朝她礼貌道：“唐处。”

唐漾亦颔首。

秘书离开并把门带上。

唐漾上前一步，把手里的申请呈到宽阔的办公桌上。

唐漾没说慈善漏洞，而是一本正经地扯了个无关紧要的理由：“九江核查收尾途中，我们注意到他们去年商住房融资那部分的数据存疑，想申请查看九江内网资料的权限。如果他们那边允许的话，我们这边还可以配合做彻查。”唐漾指着申请道，“信审处的流程和章我已经走完了，您觉得没问题可以在这签字。”

“那个有问题的融资项目汇商参与了吗？”周自省问。

唐漾的心跳漏了一拍：“没有。”

“其他部分存在纰漏吗？”周自省道，“主要看他们的大体状况以及和汇商的往来，看看流水、贷款偿还这些板块。”

唐漾语速放慢：“正在核查中，已核查的部分没有。”

周自省面色先前严肃，随着唐漾这句话出口，他脸颊上的肌肉几不可查地放松下来。

周自省：“那就没必要了。”

唐漾的表情凝固成贴画。

周自省端起杯子啜了口茶，放下水杯，他状若平常道：“八月放款，本来应该六月底完成，但因为九江那边临时提出修改额度，所以我们也推迟了进程，但最迟七月也要做完。”

周自省说：“我们这边走流程很快，可九江地产那么大个公司，你外部人员要看人家内网加密资料，没半个月批准手续都走不完的。”

“如果小于半个月的话，就完全可行。即使需要半个月，我这边查看他们内网细节也只用半天，”唐漾不愿放弃，“半天足够。”

“太耗时耗力，你提的点和汇商无关，而且这样的要求涉及甲乙双方的信任度。汇商和九江合作多年，他们旗下楼盘开盘住户的那些房贷、商铺贷款都是在汇商做的，”周白省把申请推回给唐漾，“没办法签。”

唐漾没接。

周自省打了一巴掌又给一颗糖：“你去年十一月人事变动下调令，今年五月升处长，现在七月，”周自省道，“不出意外的话，你九江这个案子做完，会去风控部待三个月。风控部轮完零售部，零售部过了差不多就是顶楼秘书处。”

周自省仔细看过唐漾的简历。

唐漾的面色没怎么变，她的手缓慢地垂到那张申请上，没落下去。

周自省继续说：“你在食堂吃饭，看到其他同学从菜里挑了根头发，你会去要求检查食堂后厨吗？”

唐漾抿了一下嘴唇，松开：“不会。”

周自省：“你下次还会去食堂吗？”

唐漾:“可能会。”学生时代抑或工作后,食堂都是价廉、安全的代表。

“一样的道理，”语罢，周自省抬头眺了一眼壁钟，“晚上或者周末有约吗？”

唐漾先前犹疑要不要告诉周自省慈善漏洞的事，思忖良久，她仍是没说：“有。”

“那就好好放松一下，”周自省和蔼道，“要学会劳逸结合，女孩的体能本来就不如男孩子，得更加注意健康。”

周自省以长辈的姿态唠叨，唐漾一一应下。

转眼五点半，同事们陆续撤退。

唐漾等了好一会儿，才等到电梯爬上顶楼。

电梯的空间狭窄，四面反光。

唐漾平视前方，看不出情绪。

下到信审处，秦月还等着，唐漾用眼神示意她到办公室。秦月跟进去，合门。

“没答应？”秦月已然猜到。

唐漾攥着那页纸张：“他说耗时、耗力，涉及信任，还提了 ddl（项目截止日期）。”

秦月倚着唐漾的椅背：“很可能前几次也是这样被驳回？”秦月以前上班是抱着玩乐的心态，能混则混，不和自己沾边的更是绝不参与。她听唐漾的上上任说过九江，可完全没去关心。

唐漾抬手，就着那张纸缓缓覆到胸口。

“我心跳得很快。”唐漾蹙眉，略微发怔道。

不知何时，窗外聚拢了乌云，堆得层层卷卷不留缝隙。

天地混沌，灰白的天幕被乌云挤成一缕破碎的边。商圈其他大楼刺入黑云，又好似被黑云遏住了咽喉。大厦切颈而断，狂风第一次在黄昏大作，黑幕下的嘶吼好似裹着某种危险的隐喻。

办公室空间宽敞，两个女人的身形纤细小巧。

秦月垂眸思索。

唐漾望着窗外黑云。

她隔着那张纸按了按胸口，忽地有些喘不过气来。

半晌。

秦月捏住唐漾压在胸口的那页申请，她一边轻轻抽出来，一边道：

“周末好好休息一下，下周再说吧，还有大半个月才到截止日期。”

唐漾语气很轻：“嗯。”

秦月半开玩笑：“和你走近之后我都开始认真工作了，周末我俩都放个假？”

唐漾仍旧在出神：“嗯。”

秦月见她这副模样，目光闪烁。

秦月伸出舌尖舐了一下嘴角：“程斯然待会儿有个局，蒋时延应该要来接你吧。”

唐漾不明所以。

秦月撑着椅背朝唐漾倾身，“你说，”秦月挑眉坏笑，纤白的手亦缓缓覆上唐漾的脖颈，“要是我在你脖子上啃个草莓印，蒋时延过来看到会不会气得……”

怎么家里有个“蒋大狗”，办公室还有一个老流氓！

唐漾霍地拂开秦月的魔爪，格外有气势地从凳子上站起来：“秦大虾你找揍吗！”威胁的声音也娇娇软软的。

秦月瞧着唐漾绯红的小脸，身为一个女人都觉得对方可爱得紧。

秦月后退一步，朝唐漾勾勾手：“你来揍啊，来揍啊。”

唐漾作势打她，秦月连连闪躲。

两个人蹬着高跟鞋围着办公桌绕来绕去。绕了几圈，唐漾淡忘了天边的惊雷，紧绷的神经渐渐放松。

秦月也松了口气。

汇商大楼在柳江西侧，下着瓢泼大雨。

蒋时延把车开过跨江大桥，江东的傍晚干燥酷热。

程斯然请客的地方在一家私人会所，行使严格的会员制度，一层一个厅，保密性和安全性都极好。

秦月下班后要先去幼儿园接姐姐秦皎的小孩，她让唐漾在大厅等她一起上去，蒋时延自然陪唐漾等，两人闲散地坐在休息厅里玩游戏。

唐漾连连低唤：“蒋时延我要这块地方，蒋时延撤退，撤退，本‘爸爸’击倒的人，人头留给本‘爸爸’。”

蒋时延毫不客气地抢了人头：“你说谁是‘爸爸’。”

唐漾是跟秦月学的自称“爸爸”，也知道这样的称呼不好。她摸了摸蒋时延的耳朵："好啦，好啦，把人头留给本宝宝。"

唐漾说着说着，没了声音。

休息区前面有一卷装饰用的水晶帘，隔着细碎的水晶块，唐漾看到汇商的几个高层——包括周自省和九江的高层一起从门外进来。

门童似乎经常见他们聚在一起，依次并熟练地给他们递了湿纸巾擦汗、擦手。

然后，几人走向电梯。

魏长秋被一行人簇拥在正中间，魏长秋左边是周默，右边是周自省，然后……

一，二，三。

唐漾眼神跟过去。

汇商A市分行四个副行长到了三个，还有风控部部长、放贷处处长等。

九江地产加周默有五人，汇商有六人。

上次。

唐漾飞快回忆——上次自己和甘一鸣在办公室博弈那一出，魏长秋在场，周自省和其他高层也在场。可那时看上去，汇商高层们和魏长秋就是工作交集。这才过了多久，他们就熟到可以一起出入私人会所了吗？

还是说……

唐漾眼神微微凝滞，还是说高层们和魏长秋早已熟识，只不过在工作场合做做样子。周自省没有周五加班的习惯，其他几个行长也没有。这么看来，他们是不是每周五都会来这里？

大堂有六个电梯，基本不用等。

魏长秋朝周自省伸手："您请。"

周自省同样谦让："您请。"

周默在一旁遮住电梯感应器，魏长秋点点头，很自然地迈进去。

唐漾早已退出了游戏，不断点着手机相机下方的加号拉近距离，找好焦点，按下连拍。

蒋时延背对着外面，看不到情况。他一只耳朵塞着耳机，也分辨不出汇商高层的声音。

"漾漾怎么了？"一直等唐漾放下手机，蒋时延才问。

"如果照片拍得很模糊可以复原比对出真人吗？"唐漾问。

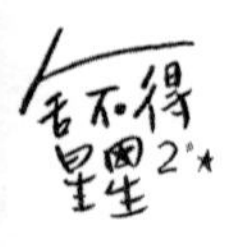

很多大V（经过个人认证并拥有众多粉丝的微博用户）拍明星八卦似乎都是这样。

蒋时延不明所以地点头："所以刚刚走过去的……"

唐漾把手机拿给蒋时延看，蒋时延的手在唐漾手机边缘横遮一下。唐漾瞥向电梯，周自省在电梯里站好，两人的目光好似隔着遥远的距离撞在一起。唐漾反身扑躲到蒋时延怀里。

电梯里，魏长秋偏头："周行在看什么？"

"没什么。"周自省摇头。

电梯门徐徐合拢。

会所外形似古罗马城堡，有地托、尖顶，米黄涂漆烘托出严肃的气氛。

而会所里面有的楼层在推杯换盏，有的楼层抱着话筒鬼哭狼嚎，还有的放着九十年代的艳曲，香烟萦绕，麻将声此起彼伏。

周自省和九江的人组了两桌牌局。九江的人开心地输钱，汇商高层们沉稳地赢钱。

有时候九江高层和了牌都会专门打出去，为汇商高层营造了极好的牌局体验。

汇商高层们每人身边立着个普通的纯牛奶空纸箱，一摞摞粉红钞票如流水一般淌进牛奶箱里。

几局下来，周自省最先装满箱子，周默熟练地上前用透明胶把牛奶箱封好，搁到门口的置物台上。

出于保密性原则，会所每层楼设有两个厅，一个是主厅，一个是用于休息的偏厅。两厅主体墙面都没有窗户，只有两个双位式厕所各有一扇窗。

周自省有些累了，每桌牌局都有替补，他叫了一个九江高层坐自己的位置，然后去了主厅的厕所。

厕所里有人，周自省又去了无人的偏厅厕所，然后迎着风口点了一支烟。

眼下是稀疏的霓虹，偶尔有车路过。周自省后背好似生出一层淡淡的屏障，隔开身后代表了各种数字的"清一色""杠上花"。

他眯眼，有抬头纹，吐出来的烟圈盖住了脸上的情绪。

几分钟后。

有人进来，上了厕所，然后洗手。

那个人洗手时习惯先冲五秒钟水，然后有节奏地按三下洗手液，搓手六次，冲干净。

周自省没有回头，低声开口："唐漾有彻查九江的念头，她给我说的是融资细节有纰漏，但她最近外出的频率很高，我待会儿就提前撤了，你看看你怎么给魏长秋说。"

周默垂手走到周自省身旁，声音带有讥讽："你想邀功就得自己说。"

周自省回头，见厕所与偏厅的隔门紧闭着。

他手悬在窗外，面朝周默："阿默，"周自省唤对方，语重心长道，"唐漾不是秦月，也不是范琳琅，她有野心，也很聪明，最可怕的是她的生长环境好，受的教育好，秉性也很好。她想做什么就一定会做，哪怕我这边拦了一下，我驳了她查九江内网的申请，她也会有其他办法。"

"阿默，"周自省第二次唤他，"我以为你懂忌惮。"

周默直视着周自省幽深的目光，扯扯嘴角道："我以为姗姗出事之后，你会有一点向善的心。"

这个名字太过忌讳。

周自省沉默了好一会儿道；"都过去这么久了，"他似是无奈，"我以为你该走出来了，也该忘记。"

"忘记？"周默像听到天大的笑话般，他说，"我为什么要忘记？我凭什么要忘记！"他抬高语调，目光冰冷，步步逼向周自省。

他每靠近一步，嘴角的笑意便冷一分。"姗姗就是一把剑，无时无刻不悬在我的头上。"周默又压低了声音，咬着牙，一个字一个字砸在周自省的脸上，"我得时时刻刻提醒自己，是我叔叔害死了徐姗姗，是我叔叔害死了二十二岁的徐姗姗，是我叔叔把拿到 offer、前途大好、笑起来特别特别好看的徐姗姗，一步步逼上绝路。"

周自省没动，也没说话。

"对了，"周默想到什么，他的脸和周自省隔得很近，眼镜片聚拢极凌厉的视线，"你有没有觉得唐漾笑起来有点像姗姗，你看到唐漾会不会想起姗姗？你知道姗姗到汇商的第一天跟我说的什么吗？她说她觉得我叔叔好厉害哦，笑着说的。你知道她走的时候……"

周默整张脸痛苦地扭曲。

他想把面前的周自省千刀万剐，他每日每夜发疯地想，可他现在想到徐姗姗走的时候，只能双目赤红，嗓子失声般说不出话。

周自省慢慢合上眼。

周默摇头笑。

周自省喉咙费力地滚咽。

窗外的风沙沙作响。

两人间的安静似刀片，秒秒剜心。

良久。

周默亡命徒一般低喝："怎么，去给魏长秋说啊，说啊，说徐姗姗是我……"

"阿默，你冷静一点。"周自省慢慢睁开眼睛。

周默："我很冷静！"

"叩叩"，两下敲门声响起。

两人同时扭头。

九江一个高层进来，他走到标"男"的那间，没关门，一边拉裤拉链，一边问周自省："最后一次核查有什么问题吗？几次约唐处，周助都说她有事，也是个大忙人。"

周默没出声。

周自省没提唐漾想彻查九江的事，淡淡地道："没问题，等七月底吧。"

"嗯，"高层眯着眼睛哼了一段小曲，然后拉上裤拉链，"你们刚刚在吵什么吗？我模模糊糊听到动静有点大。"

周自省挂着长辈式的笑容："说他高中时我经常管他，他去一次网吧我就扣他一天的生活费。"

九江高层道："可越是管，小孩越是叛逆。我儿子也高一，说什么什么不听。"

周自省："现在的小孩比以前的条件好，玩的东西也比以前多。"

"是啊。"

周自省和高层聊了好一会儿，高层睨到周自省指间的烟头，颔首道："那周行你慢慢抽，周助和你叔叔叙叙旧。"说罢，体贴地替两人合上了门，离开了。

周默望着周自省，几秒后，他亦离开。

厕所门口有个直饮水处，供打扫卫生的清洁工饮用，净水器上堆着几个消过毒的玻璃杯。

周默取下一个，接了满满一杯水，他面朝周自省，一饮而尽。

会所的厕所都镶金嵌银，周自省也望着周默，眼里好似有和周围环境格格不入的落寞和难过。

周默没看出来，也不想看出来。

他举起空玻璃杯，直直地注视着周自省。

一秒，两秒，三秒。

周自省望着周默，眼神慈祥。

周默直接松手。

“啪”的一声脆响，玻璃四溅。

与此同时，一层之隔的楼上。

一群人围着程斯然，程斯然用镊子夹住一块冰，镊子悬在一杯装着冰水混合物的敞口杯上，众人目不转睛。程斯然松开手指，冰块坠入杯中，唰一下，杯口腾起一簇一尺高的火苗。

众人睁大眼睛：“这什么情况？”

程斯然交友广泛。秦皎的老公是个化学老师，大家看向秦皎的老公。秦皎的老公推了推眼镜，一本正经道：“如果这是一杯普通的冰水，放进去的也是普通冰块，那肯定不会起火。冰和水的沸点一样，都是一百度，所以里面不是冰水混合物，只是看起来像冰水混合物的易燃物。”

众人连连点头，程斯然跟着点头。

秦皎的老公接着道：“可燃的液体有很多，如常见的乙醇、乙醚。所以可能是镊子上类似冰的东西投进去后，发生化学反应释放热量。”

秦皎的老公说了一大堆，最后甚至推了一个极其严谨而复杂的反应方程式。

在座的男男女女鼓起掌来，程斯然也鼓掌。

待掌声停下，程斯然再次拿起镊子。这次，他的手没有遮掩，拇指按开镊子交叉顶上的一个开关，镊子合拢，喷火，手松，火灭；再合拢，再喷火，再手松，火灭。

众人看得下巴快要掉到地上了。

程斯然憋着笑解释道：“这是从剧院里面拿过来的道具镊子，可以用来变魔术。”

众人笑骂程斯然“不要脸”，秦皎的老公一脸茫然。

秦皎捞起枕头就朝程斯然丢过去，程斯然"哎哟"抱头窜走。

大家说说笑笑，分区分块，包厢里充斥着果味汽水和酒的香味，欢乐又闹腾。

其实，程斯然组这个局是有目的的。

几轮之后，大家又围到了一起，玩真心话。

规则很简单：每轮开始之前，上一轮的庄家摇骰子，骰子点数大于或等于四，庄家接着当庄；如果小于等于三，那就朝左数骰子数的人当庄。庄家提问，做过的喝酒，没做过的随意。葡萄酒度数不高，程斯然作为主人第一个当庄，一边开酒，一边信誓旦旦："绝对不会出事，不会醉死人，要醉死了的话——我给你们都买了保险，受益人写的程斯然。"唐漾坐在蒋时延旁边，当真小声道："我给我自己买了保险，受益人是你，你要用这笔钱做什么？"蒋时延喜欢钱，也喜欢唐漾，这个问题颇有争宠的意味。

蒋时延把她搂在怀里，含笑地刮了一下她的鼻尖："买你平安喜乐。"

蒋时延先前喝了点酒，面上微醺。他眼带桃花，但那双灼灼的桃花眼里只有唐漾一个人。

灯光暧昧，唐漾被这等容貌美得心尖一颤，红着脸小声应好。

两人低调。

就近的程斯然听到了，也不觉得"虐"，他暗自"啧"了一声，待会儿延狗就知道什么叫"虐"。

能坐在这儿的都是老朋友。

程斯然问题问得尖锐，大家也不遮掩。

程斯然问第一句："吃过屎吗？不是骂人，是真的那种，干稀都可以。"

其他人没反应，冯蔚然怯怯地举手："我小时候爸妈忙，把我锁在家里一个人爬着玩。他们有一天收了铺子回来，发现我把屎拉到了地上，然后我太饿了，也不懂事，就用手抓屎吃。我妈回来看我全身都是，嘴上还糊着，"冯蔚然很心累，"她的第一反应竟然不是抱我去洗，而是叫我爸拿了相机拍照片。而且之后几年逢年过节，一有亲戚朋友到我家，我妈都会给他们介绍，我儿子可厉害了，一岁半的时候抓屎吃，特可爱。"

其他人捧腹，蒋亚男眼泪都差点笑出来："我发誓，当时我还在想，他吃的是不是芝士一类，结果他妈妈张嘴就是冯蔚然小时候特可爱。"

第二轮，庄家又是程斯然。

他抛出问题："在女神面前放过屁吗？"

几乎所有同居的、已婚的男性求生意识都特别强，含情脉脉地望着身边的女人，举起身前的酒杯叫程斯然满上。

程斯然倒得兴致缺缺，随口道："我大学时追隔壁工管系的系花，身材高挑，皮肤白，脸也巨美，就那种不食人间烟火的款。徐志摩写的那什么'最是那一低头的温柔'，什么'水莲花不胜凉风的娇羞'，就是她本人。"

众人起了好奇心。

程斯然接着道："我当时又是朝思又是暮想，连续送了一个月的礼物，终于把人约出来了。我们去吃了烤鱼，晚上我送她回寝室，就月色很好，微风轻轻那种环境。我斟酌着想表白，手去碰她的手。她呃了好几声，大概没憋住，放了一个连环屁。"

程斯然现在想起当时的情形，鼻子动了动："我知道吃喝拉撒是人之常情，我接受。可那屁一股子大蒜味，熏得我快要晕过去。女神问我要说什么，我真的不行了，就问她要不要办张健身卡。"

蒋时延替大家踹他一脚："肤浅。"

大家哈哈笑得不行。

第三轮、第四轮的问题都很尖锐。

第五轮，还是程斯然。

他问："因为感情哭过吗？"

怎么突然这么温和？

大家诧异。

女性大大方方举起杯子，包括唐漾。

男的也有不少。

秦皎的老公现在说着，眼圈都泛红："皎皎第一次怀孕的时候，我们没经验也没注意，她又太忙太累，不小心流了产，就突然一个早上，血流一地。"

冯蔚然也倒了满满一杯："大四吧，一个很用心也投入了很多精力的创业项目差点夭折，我赌气说退出，亚男给了我一巴掌。"

轮到蒋时延。

蒋时延举着酒杯，犹疑："半杯吧。"

程斯然："怎么可能半杯，人冯蔚然他们都倒满了。"

蒋时延忽然有种不好的预感："这……"

果然，下一秒。

程斯然一边抱着酒壶给蒋时延一个劲儿地斟酒，一边用状若平常的语气道："延狗的我来说，我来说。"程斯然"呀呀"两声："好像是上周，漾姐和别人去吃个饭，延狗就打电话给我，在电话里哭。"

蒋时延胸口一窒。

上周，他在车里哭的时候被唐漾撞破，两人吵吵闹闹变成前任后，唐漾在床上问过他，问他哭了几次。

当时，蒋时延身心舒畅，该死的大男子主义和自尊心同时作祟，他鬼使神差说就这一次。

唐漾抱着他，忍笑："怪不得还伤心得哭出了声。"

蒋时延抚着小女朋友温软细滑的后背，傲娇道："哭出一点声音不很正常吗，那些'啜泣''抽泣'不都带个'泣'字！"

这时，程斯然说这话，无异于让蒋时延胸前挂个牌子，牌子上写着"我竟然对我家漾漾撒谎了"。

唐漾侧身，眨着漆黑灵动的大眼睛望着蒋时延。

蒋时延眼神飘忽，手足无措。

偏偏程斯然还在继续："而且他不是委委屈屈地哭，是一边大哭，一边咆哮着骂对方贱人，说什么漾漾是不是不爱他，凭什么贱人让她出去吃饭就出去吃饭，说贱人作贱人，哎哟哟，那叫一个声泪俱下。"

程斯然假装没看到蒋时延威胁的目光，绘声绘色地说："哭到后来，我们蒋总像个小媳妇一样抽抽噎噎。如果我不聋的话，蒋总好像还哭了一个响亮的大鼻涕泡呢！"

大家都不想笑，毕竟蒋时延是富二代、创一代，圈子里叫得出名号的大佬。

可唐漾"扑哧"一声，其他人怎么忍得住。

蒋时延只感觉一口气卡在胸口。

他指着程斯然："你，你，你。"

程斯然得意地摇脑袋："我，我，我，我怎么了。"说着，程斯然还两手跷起兰花指学起蒋时延来，"呜呜呜，我真的不行了，呜呜呜，为什么，为什么，为什么。"

蒋时延这人脸皮也厚，他就喜欢先发制人蛮不讲理。

经历先前被背叛的震惊，到后面，程斯然学他哭一声，他便笑一声。

程斯然学到最后，被延狗嘴边的笑意瘆得闭了嘴。

蒋时延微笑着看他："我至少有我家漾漾，至少有女朋友让我哭，你呢？"蒋时延露出一个无辜的神色，"你有女朋友吗？你有可以为她哭的人吗？你知道为爱情流泪的感觉吗？"

难道不是尿包到死吗？

怎么还成了为爱情流泪？！

程斯然目瞪口呆。

唐漾嘴角噙笑，口吻认真道："程斯然，我帮你教训他！"

漾姐是个稳重的人，在这么多人面前，说到一定会做到。程斯然报复心很重，延狗这种糗事他就是要在大家面前说。如果漾姐可以揪延狗的耳朵，或者对延狗拳打脚踢，他想，他和看官们会很满意。

"好。"程斯然在心里松了口气。

唐漾探身到茶几上，叉了块西瓜喂到蒋时延嘴里，嘴上嗔着："让你不好好说话，让你不好好说话，我替程斯然堵住你的嘴。"

好像女孩子都容易被细节打动。

之前在楼下，唐漾把自己偷拍的照片递给蒋时延看，当然她也看着屏幕，蒋时延很自然地把手横到屏幕的边缘替她挡了一下反光，很小很本能的一个动作，以至于当事双方都没注意。唐漾后知后觉回过味来，被蒋时延那只手甜得想把心都掏给他。

蒋时延纵容地任她喂，待她喂完，他握住她的手，蓄起笑意亲她的手背。

唐漾红着脸搡蒋时延。

蒋时延故意不懂唐漾的意思，特别赖皮地抓着她的手道："来来来，下手重一点。"

"好啊。"唐漾应得干脆。

蒋时延瘫倒在沙发上，一副牡丹花下死的风流姿态闭上了眼。

唐漾的手撑在他的胸口，左看看右看看，见有人在玩手机，有人在看这边，她脸颊通红但仍是没忍住地稍稍抬身，轻轻亲了蒋时延一下。

若羽毛，一触即离。

蒋时延蓦地睁眼，唐漾含了羞，红着耳尖垂头玩手机。

蒋时延被撩得牙痒痒，很有占有欲地把唐漾拥进怀里。

给别人看漾漾害羞的模样，不可能的。

这没良心的也就仗着大庭广众自己不敢动她。

蒋时延咬着唐漾的耳朵吐气说“办”，唐漾窝在蒋时延怀里欲拒还迎地推他。

虽然和另外几对相处的情形差不多，可在程斯然的想象中，难道不该是大家一起嘲笑延狗，独乐乐不如众乐乐？怎么两人忽然就……

程斯然也瞪大眼睛，似乎还听延狗逗漾姐小声唤了一句什么？

好老公？

沈传等半天没等到下一轮，抬起头：“继续啊。”

程斯然宛如喝了一吨假酒，晕晕乎乎地扶着脑袋起身：“我得去厕所冷静冷静。”

程斯然去偏厅厕所的同一时间。

楼下，周默离开厕所进入偏厅。

偏厅空旷无人，左边墙角堆着一摞杂物，杂物上面悬挂着一台多功能呼叫机。

周默单脚踩在杂物上，腾身把墙角的摄像头调到仰对天花板，然后走到多功能呼叫机前随手从地上拿了一个空纸箱，拆开长边，把它反手扣在呼叫机上。箱子盖不稳，他左右移动调好重心，把这顶大而拙劣的纸帽子给呼叫机戴稳了，这才摸出手机，点开语音软件，开始输入文字。

时间是一行，地点是一行，事件和其他又写两行。

周默输完，核查一遍，用多功能呼叫机拨了一个带区号的号码。

系统音之后，人声亦被弱化了，嗡嗡地响在纸箱里：“您好，这里是南城区公安。”

周默弯腰，把手伸进纸箱，对着麦的位置依次长按时间地点。

周默这边机械的朗读女音响完，对方歉意：“您所处的位置不在我们辖区，我们马上为您转接江东区。”

周默继续按第三行事件，然后是第四行：“虽然你们过来要几个小时，但这可能和你们之前稽查的案件有关。”他模糊地说了案件，然后说道：“希望对电话做匿名处理。”

对方似是捂着听筒在汇报，几秒后：“好的，我们立即出警。”

周默挂断电话，又拨通了一个九江下属的电话，吩咐他过段时间上来取东西。

两件事情做完，周默淡定地取下纸箱扔回杂物堆，又把摄像头调回原位，扯了张湿纸巾擦拭双手，回到正厅魏长秋身旁。

楼下偏厅的厕所，周自省靠着风口点了第二根烟。

楼上的厕所，程斯然洗完手，也点了烟把手伸到窗外，眯着眼睛看夜景。

天幕漆黑，霓虹如星点，江风呼呼吹来，把上下两处烟灰卷拢带走。

楼下的人看到楼上烟灰的同时，楼上的程斯然也闻到了楼下的烟味。

普通人闻烟是一个味，但程斯然这种顶级的享乐主义者可以分清任何细枝末节的差别。

楼下那人和他抽的一个牌子，小众又有内涵。

可楼下不是九江的长期包间吗？魏长秋那种土不拉几的暴发户还会有这种品位颇高的朋友？

程斯然感受着江风扑在脸上，吹了一声悠长的口哨。

“楼下的小兄弟，要不要上来一起唱歌。”程斯然吊儿郎当地开口，声音顺着风飘荡下去。

周自省也不正经，学他喊：“楼上的大兄弟，我不唱！”

程斯然提高音量：“为什么不唱！”

周自省也喊：“不会！”

程斯然借着几分酒劲，吼：“哥哥你坐船头啊。”

周自省闷声大笑。

能来这种地方的人，谁都不简单。

两个人东扯西扯，没刺探隐私地聊完一根烟，同时回了各自的厅。

周自省听出了悠然居少公子的声音。

程斯然觉得老头声音耳熟，却想不起来在哪里打过照面。

酒酣兴尽，程斯然他们散场已经是凌晨。

程斯然的表哥才拿了影帝，风头正劲。程斯然挨个发口罩。

大家一边收，一边嘟囔：“和程影帝同框都不能露脸的吗！”

程斯然喊道：“我哥可是男女通吃，要是你们家属彼此不介意狗仔乱找角度只拍两个人，写什么深夜幽会，形色亲密……”

众人赶紧拿了口罩戴上。

程斯然一副“这才对的表情”：“挺好，还能挡风，江东晚上的妖风可厉害了。”

唐漾今天戴了对稍大的耳环，口罩带子没戴好，耳环扯疼了耳朵。

电梯上，蒋时延低头帮她整理好口罩带子。她借着电梯的反光照了下自己，气色还行，发型也还行。

唐处长臭美一会儿，转过头来，发现蒋总还在盯着自己看。

“怎么了？”唐漾被他看得心口一热。

蒋时延：“你的眼睛倒是挺大。”

什么叫挺大？相对挺小？

唐漾睨一眼胸前，微笑着把一只脚放到蒋时延脚背上。

蒋时延柔声道：“又黑又亮，美得一塌糊涂，像月亮一样。”

突然尬诗。

蒋时延一只手抄裤兜，一只手揽着她的肩。唐漾撞进他深邃带笑的眼眸，听得脸颊稍稍发烫。

“你鞋子上有灰，我给你擦擦，”她找好理由，重新站好，轻声批评，“油嘴滑舌。”

蒋时延瞥着她红热的耳尖：“舌灿莲花。”

又突然成语接龙。

唐漾：“花容月貌。”

电梯里人不多，蒋时延偏头亲了亲她的头顶，小声道：“就是漾漾。”

“你违反规则了欸。”唐漾嗔他。

蒋时延散漫地勾起嘴角：“事实比规则重要。”

“很会甩锅。”唐漾小手搡他胸口，心底却好似盖了一层棉花糖，沁着丝丝的甜。

一行人陆续下到大厅，蒋时延牵着唐漾正和她说着话，忽然被挡住了去路。

一堆人在看热闹，保安在大堂围了半圈，而圆圈中间分立着三路人马——九江高层、汇商高层和警察。

唐漾他们站在围观群众的边上，视野开阔。然后，他们看到两方高层每人手上都拎着一个或两个与会所装潢格格不入的牛奶箱。

人群里响起窸窣的议论声。

程斯然从声音里辨认出来，楼下那个抽烟的老头是周自省，但他没说话，也没什么好说的。

会所之前打点过这些穿皮的公家关系，可来的人根本不是会所这辖区的。

会所负责人匆匆赶来，解释得脑门冒汗：“我们是正规经营，所有客人都有证件并且登记过。”

警察检查完他们给的执照，公事公办地重复：“我们接到匿名举报，说这几位携带违禁物品，请立刻开箱接受检查。”

负责人快跪了：“我们会所自己都有安检系统，不会有易燃易爆。”

警察：“毒品。”

两个字一出口，人群瞬间变得死寂。

一秒，两秒，三秒，再次沸腾。

唐漾与蒋时延对视，眼里交流着讯息。

汇商高层每年都会上报个人资产，基金、理财、存款等每一笔都需要具体到日期后面的交易时刻以及金额的小数点后三位。甘一鸣被查的始由是那辆玛莎拉蒂。

而这几个高层之所以财产没问题，是因为他们聚在一起不是钱权交易，而是聚众吸毒？

有点可怕。

唐漾脑子涨涨的还没理清楚，蒋时延拉了唐漾一把，唐漾迷茫地顺着蒋时延的视线望去。

周默先前和涉事高层都背对唐漾站着，之后，周默假意控场交涉，走来走去和几人说话后，变成面朝唐漾。

唐漾抬头，周默眼神和她交会。

唐漾对周默心存芥蒂，疑惑间，却看到了周默比画的小动作。

唐漾身后无人，周默是给自己说的？

唐漾定睛。

周默比了数字 1、2，然后握了两下拳。

1200？

什么意思？

事实

唐漾不明所以。而就在这时，周默抬手搁到他自己耳边，接着，揉了两下耳垂。

唐漾脑子一片空白，偏头问蒋时延："什么意思？"

蒋时延也不明白，他学周默的动作凭空搓手指："他耳朵很痒？"

蒋时延也做了两次。

唐漾用掌心轻轻包住了蒋时延的手。

"如果我没理解错，是一千二百，"唐漾轻声道，"现金。"

搓手指是现金的通俗表示。

而一千二百万，十五个牛奶箱，一个箱子装八十万。

所有管培生进汇商的第一项培训都是点钞，只用手点，容错率控制在某个范围内的飞速点钞。

那段时间，唐漾吃饭拿筷子手都直哆嗦，但现在，她立马回忆起拿起一沓十万的手感和体积，和三盒纯牛奶并排放置——近似相等。

一箱牛奶二十四盒，一个牛奶箱装八十万，数目刚好对得上！

唐漾朱唇微启，有些不敢相信又有些发笑。

周自省下午驳回她彻查九江的申请时，她不是没朝这方面想，只是汇商查管理层资产实在严格，所有能联网的交易都像是摆在明面上。

唐漾相信这样的系统，以至于忘记了一件最重要的事——现金。

看上去体积最大最笨重，但最安全的现金。

如果现金随身或者没进入个人资产账户，就算汇商系统把高层们的资产翻来翻去炒出个蛋炒饭来，仍旧是一片清廉。

两分钟后，会所高层和九江高层与警察交涉均未果。

魏长秋理了理衣领，上前一步，朝队长伸手："你好，我是魏长秋。"

A 市纳税大户之一，魏家长女，队长当然听说过，但没伸手，只是点了一下头。

"就是要周末了，几个朋友一起聚餐，就吃了个夜宵，什么都没做。牛奶是别人送多了堆在家里的，一箱五十六块，路边超市都标着价，您这样说拆就拆，是不是有点……"魏长秋讪笑，"不太好。"

队长："不好意思，我们也是公事公办，接到举报，涉嫌之前调查的一项走私案，所以一定要拆。"队长给几个警察递眼色，警察围上去，两方高层后退一步。

魏长秋挡在警察面前："如果我不允许呢。"

队长冷静地把手放在腰旁："出警遇阻允许采取特殊手段。"

魏长秋横眉怒对："纳税人纳税就是为了让你们用枪指纳税人吗？"

队长："我保护每个合法公民。"

魏长秋冷冷地道："拆牛奶箱的保护吗？！"

队长抬手，并指，压腕，干脆道："拆！"

魏长秋："你们拆一个试试！"

队长态度坚定，魏长秋侧身，直接甩了一个小片警一巴掌。

"啪"一声脆响，所有人看向魏长秋。魏长秋厉声喝："拆啊，你们拆啊，今天你们要是拆不出个东西，那你们也别想穿稳身上这件衣服。你们最好问问你们局长，我魏长秋是谁！"

魏长秋胡搅蛮缠，拳打脚踢，警察们岿然不动，利落地掏出刀，划开重新贴过透明胶的牛奶箱。

第一个拆的是周自省手上的。

"刺啦"割开，现场所有人的视线会于一处。不管表没表露，大家的心都提到了嗓子眼。

警察和群众的期待关于毒品，唐漾的期待是双方高层畏惧的现金。

小片警扯掉透明胶，掀开纸盖，所有人都怔在原地。

因为就是牛奶，最普通的牛奶。

现场群众不敢相信地瞪大眼睛，双方高层松了一口气。

魏长秋错愕了一瞬，悄然如释重负，接着，嘲讽意味十足道："我就看你们继续拆。"

警察带了扫描仪过来，拆了第一箱，逐盒扫描，里面都是牛奶。

第二箱，里面还是牛奶。

第三箱，第四箱……整整十五箱，里面全部是牛奶！

唐漾牵着蒋时延的手，手心里的细汗润到了他的手上。

她宛如看了一场诡异的魔术般，心脏“扑通扑通”地跳。

周默不可能无缘无故给她暗示这些。

可大堂里这一地牛奶又是怎么回事？

尽管在这种人均几万的会所拎牛奶很奇怪，可有钱人的癖好谁说得清。

事实摆在面前，队长鞠躬：“不好意思，打扰了。”

“下次把我的名字记清楚。”魏长秋道。

队长直起身：“抱歉。”

魏长秋扬唇，然后，极其狠戾地一脚踩在队长的脚背上。

周默给她披上披风，魏长秋在高层的簇拥下离开。

他们转身时，汇商高层朝蒋时延这边扫了一眼。蒋时延眼疾手快地把唐漾摁到怀里，一边虚虚拍着她的脸，一边略不耐烦地对旁边的人道：“走不走啊，没看到人都睡着了吗。”

九江高层们朝蒋时延点了一下头，离开。

待人群散开，蒋时延按住唐漾的裙摆将她打横抱起。

两人出会所时，走在前方的周默好像回头看天上的星星，然后视线却在两人身上停了一刹。

停车场先前黑压压一片，随着远去的警笛声，私家车散沙般流向各个出口，程斯然他们也先后离开。

偌大的地方四周环树，两辆黑色林肯分别停在左右，宛如伫立在夜色风声中的两块礁石。

周围灌木飘出吱吱的虫鸣。

左边那辆，车内开着换气，车顶小灯溢出橙黄色的光。

副驾驶朝后放了很大一个弧度，唐漾瘫在上面，眼皮打架。

蒋时延在旁边抱着布袋找东西。

“感觉和看到领导被扫黄差不多，”唐漾揉了揉眼睛，“你反应怎么那么快。”让她假装睡着。

蒋时延认真地说："小朋友不能看黄色。"

唐漾失笑。

唐漾生理想睡，但思维却睡不着。

蒋时延看她眉毛纠结成一团，又好气又好笑，他一只手继续翻东西，一只手覆到她的眼睛上。

眼部皮肤细腻，唐漾清晰地感受着他掌心的薄茧。他手掌的温热传入她的眼睛，浸遍她全身。

"你还记得周默找我喝鸡汤那次吗？"唐漾忽然出声。

蒋时延："我告诉过你视频比对的结果吗？他把东西自己收了，曲奇扔了。"

唐漾拉单杠般把手拢在他的手臂上。

"你好像给我说过，我想的是，"唐漾思忖，"周默在我印象里是个有野心的人。他喜欢金融，当时在汇商也是一顶一的风控专家，B 市分行那个樊行长甚至开玩笑说，周默以后可能会出现在银行类的教材上。"

就是这样一个人，唐漾想不通："所以他为什么要去九江，在魏长秋身边做一些——"唐漾不知道怎么描述，"很奇怪的事。"

唐漾摇头："我不信薪水对他有那么大的诱惑。"

蒋时延终于拉出一条小薄毯，盖在唐漾身上。他的声音宛如哄宝宝般放轻了："女人会在意很多，父母啊，小孩啊，离住的地方近不近；男人，我感觉在意的就两点，"蒋时延继续，"爱情、事业。"

蒋时延一边仔细给唐漾掖毯子，一边道："我当时为了躲你跑去台湾交换，所以有没有可能他喜欢你，他为了躲你离开汇商。"

蒋时延从来没承认过他去台湾是为了躲自己。

第一次提，竟然是这么坦荡的语气？

唐漾不可思议地笑了："你都不会吃醋吗？"

还轻描淡写，评价周默是不是喜欢她。

"我为什么要吃醋，"蒋时延格外自信又做作地昂了昂下巴，"别人再喜欢你，你也是我的。"并且，你喜欢我很久了。

越想越得意，蒋时延俯身过来吻她的额头。

唐漾睁开眼，果然瞅见某人满眸荡漾。

"脸真大。"她耳郭微红，别开他的脸。

蒋时延的脸在她的手上直蹭，特别没脸没皮地夸："手真小。"

"我脸也小。"唐漾骄傲。

"我看看。"蒋时延握住她的手去摸她的脸，然后逐个亲吻她细白的指尖。

唐漾难为情："我手脏。"

"那消消毒。"蒋时延从善如流地说着，伸出舌尖舔了一下。

一股酥麻感从指尖传到四肢百骸，唐漾浑身一震，脑海里蓦地浮出一幕场景——

某次 B 大校友会，唐漾是志愿者。活动结束后，大家一起聚餐，作为最年轻校友代表的周默也在。

周默带了个斯文素净的小女生，有人起哄让介绍。那小女生脸蛋红红地道："大家好，我是周学长的学妹，徐姗姗。"

周默托脸看着学妹，懒懒道："周学长的女朋友。"

徐姗姗纠正："学妹。"

周默逗她："女朋友。"

徐姗姗急得直摆手："周学长你别这样。"

唐漾记得周默当时拉过了徐姗姗的手，亲了一下她的手背，徐姗姗的脸红得像熟透的苹果。

唐漾那时还在读研，大概是四五年前。

后来，她也没关心过两人在没在一起，分没分手。

对，就是这个徐姗姗！

也是唐漾被甘一鸣骚扰后，办公室八卦中"如果不是蒋时延，唐漾就是第二个徐姗姗"的徐姗姗！

有什么事情呼之欲出，唐漾却说不出来。

"别想了，睡会儿，一会儿就到。"蒋时延隔着毯子抱紧她。他嗓音低低的，皱着眉头，"你别这样，我快心疼死了。"

唐漾绵绵地哼："那你疼死吧。"

蒋时延愤愤地捏了一下小女朋友的脸蛋。

唐漾软软地朝他怀里挤了挤。

右边那辆林肯。

魏长秋和周默并排坐在后座。

魏长秋面无表情："查一下监控和出入记录。"查查钱被换成牛奶的事。

周默把眼镜朝上推了推，主动交代："是我害怕出事，所以提前让司机上来，把有料的牛奶换了。有料的牛奶现在在周行他们坐的那辆车里，十五箱，一箱不少。"

周默说："我想的是如果没出事，他们拎牛奶上车，下车换拎有料的牛奶，如果像刚刚一样出了事，也不害怕。"

车辆启动，车内昏暗。

魏长秋一下一下按着太阳穴："为什么会出事？"

"有些事我不知当讲不当讲。"周默做事从来干脆妥帖，这样的语气还是头一遭。

魏长秋："你说。"

周默坐在靠门那边，他一边抬手替魏长秋按着右边的太阳穴，一边报了之前撞见他和周自省"叙旧闹别扭"的九江高层名字，何征。

魏长秋挑眉重复："何征？"

何征是九江元老，九江地产执行董事。

九江之前几次大的宣传案就是何征在和一休对接。

周默平铺直叙道："何总自去年开始，两次和一休谈宣传案，两次都没能谈妥。之前您找一休降舆论热度也是何总在谈，热度也是和王倩倩循环往复，花钱没效果。然后您可能没关注到具体账号。"

周默停下手上的动作，找到平板上的相关截图给魏长秋看。魏长秋越往下翻，眸色越深。

周默解释："王倩倩是一休包装走红的。"

魏长秋对这些高管都有一定程度的监控。

周默探手在平板上点开另一组资料："何总最近也在和一休那个美女总监彭思，就捧红王倩倩的那个人频频约饭。"

整个内容导向两个结果。

其一，何征抽了魏长秋降热度的钱中饱私囊。

至于其二——

九江地产上市后，财务和股份分配相对以前透明了很多，最直接的影响就是高层薪水和灰色收入大幅降低。

九江地产就是整个九江集团为了冠冕堂皇祭出去的门面，上市前高管们信誓旦旦愿意追随。

魏长秋的面色先前难看，此时，却收敛好了："你的意思是，他想反水九江？"

"跳槽去一休"这句话魏长秋没有说出口。

周默没有背着当事人说坏话的急迫或者目的性。

他没说"是"，也没说"不是"，只是淡淡陈述事实："蒋时延想让一休转型的目的很明显，所以才把《遗珠》系列做得这么透、红、正、专。"

周默："但一休成立不到五年，整个企业文化和运作都是新的。他们很需要老一辈优秀企业家的吨位去镇场。泛娱乐这块经济火爆，一休去年联名游戏净利润是两百亿，蒋时延又是典型的野路子资本家。"

一休才成立的时候，蒋时延为了请一个视效大牛加入，又是金山银山，又是程门立雪。这段故事出现在大牛的自传里，很多人饭后笑说，就该他蒋时延起来坐江山。

魏长秋已经猜到后续。

"你直说。"她道。

周默："我当初来九江，您给我开五倍工资，我签的终身合同。那个视效大牛去一休，蒋时延开的天价，大牛给了一休自己所有过往周边的版权。"

"一休《遗珠》在海外口碑平平，娱乐营销这几个月也只捧出来一个王倩倩，他们一向是爆款制造者，"周默顿了顿，接着道，"如果明天热搜上出现'九江高层和汇商高层深夜出入私人会所''九江高层聚众吸毒''十五个牛奶箱装一千二百万现金，九江高层疑似卷入洗钱风波'……"

如果蒋时延给何征开了天价，何征必然也要带着诚意过去。

最好的，莫过于一个可以屠榜的爆款。

更巧的是，魏长秋刚刚看到蒋时延也在现场，甚至好多娱乐圈的人都在。

程斯然的私人聚会她遇到过几次，鲜少来这么齐，所以会不会就是拿聚会当幌子，他们真正想要的是何征给的诚意爆点？

今晚，警察要开箱，魏长秋不敢想象开箱后全是现金的后果。

周默平静地说完，她更不能想象这些标题的点击量、热度、蝴蝶效应。

汇商高层的安危是九江要考虑的一方面；另一方面，是九江在售的几十个楼盘以及那个潜藏巨多、贷款未下的临江城商圈。

周默点到为止。

魏长秋也没开口。

一时间，车内陷入了极其安静的氛围。

车身宛如一个立体的桎梏，空气被牵扯住，完全无法流动。

周默闲散地看了会儿车窗外飞驰的风景，又望向副驾驶。

他五官极其周正，说话做事亦然，如他这个人，未雨绸缪，妥帖不漏。

魏长秋注视周默好一会儿，忽然笑开，脸上的肉挤成一堆。

“没你在，怎么化险为夷，”她感叹，“我都有点嫉妒徐姗姗了。”

在最好的年龄，被周默爱过。

周默听到这个名字，后背僵硬。

魏长秋察觉到他的不自然。

几秒后，周默茫然地转过头：“徐姗姗？”似是不认识。

周默注视魏长秋一会儿，“噢噢”两声，他道，“想起来，前女友。”

尤为寡淡的口吻。

他刚刚的异样好似在反应这个人是谁。

魏长秋狐疑：“不是初恋吗？”

周默：“不是啊。”

魏长秋：“那？”

周默太了解魏长秋了，了解到她发一个音节，他就知道她想要什么答案。

“她出身不好，十岁之前一直在福利院，后来被舅舅舅妈接回家，也是寄人篱下，死读书，高考爆发考去了交大。穷酸的性格，做事畏首畏尾。她大四到汇商 A 市分行实习，我还在 B 市分行，异地就分了，再没联系过，”周默说完，想了想，“可能是她性子太逆来顺受的原因，我和她在一起的那几个月还挺开心的。她是个适合当家庭主妇的人，好管教。”

从始至终，周默的神情都没有一丝一毫的波动。

周默读博出来，到汇商年薪百万，舅舅周自省是颇有名气的银行高管，手下经典案例无数。

而那时的徐姗姗呢，女大学生，省吃俭用，身世卑微，前途渺茫。周默方才评价时，语气里甚至有一点阶层的优越感——就像一把精巧秀气的小锤子，恰好敲在魏长秋的心坎上，让她舒服至极。

徐姗姗去年年初出事，周默去年六月过来。九江高层和甘一鸣都说，周默会不会是太爱徐姗姗，图谋不轨。魏长秋亲自面试周默，她直觉，这样的男人最爱的是自己，典型名校出来的精致利己者。

周默到九江一年多，每一步都很稳，而且他不掩饰野心。他喜欢豪车、豪宅，也接受魏长秋送过去的女人；他能在事业上成为魏长秋的左膀，也能在私人生活里，给予魏长秋想要的、刚好的暧昧和关心。

魏长秋越来越依赖周默，疑云越来越少。

今天，她鬼使神差地问了句“徐姗姗”，而周默的回答让这疑云彻底消散。

前面的司机察言观色地开了一丝窗，待里面的空气快速换完，又关上。

魏长秋道：“何征那边注意一下。”

周默颔首：“好。”

魏长秋：“汇商专案你也跟进一下，不能有闪失。”

周默：“是。”

几件正事说完，魏长秋的声音缓了些：“你喜欢哪种类型的姑娘啊，魏家有好多二十出头的漂亮小年轻。”

周默被这问题问得一愣，然后面上露出了少有的腼腆：“不太好说。”

魏长秋见状，心知有戏，嘴上也耐心：“说说，怎么就不好说了。”

周默似是犹豫了一会儿，还是开了口：“我喜欢唐漾那种。”

周默的睫毛轻眨两下，“大方，漂亮，”周默用食指敲敲脑袋道，“有灵气。”

蒋时延和唐漾也是才在一起没多久啊。

魏长秋诧异：“没追过？”不像周默的个性。

“她感觉我没追过，但我准备追过，”周默坦白，“后来因为很小的一件事，就放弃了。”

这件事发生在遇到徐姗姗之前。

八卦似乎是绝大多数女人的通性。

即便魏长秋身居高位，也不例外。

“那为什么不追了，什么小事能让你说放弃就放弃。”她无比感兴趣地追问。

到了魏长秋身边之后，周默学会了当瞎子、聋子，也学会了指鹿为马、颠倒黑白。

比如，魏长秋对甘一鸣混乱的私生活一直是自我麻痹般睁一只眼闭一只眼。如果说甘一鸣骚扰唐漾的事被捅出来，魏长秋只是想废掉甘一鸣在汇商的位置。那么，压倒甘一鸣的最后一根稻草就是周自省查到甘一鸣给别人买过一套私人订制的珠宝。甘一鸣把那套珠宝送给了范琳琅。周默没说，周默只是胡乱杜撰了那套珠宝的寓意，诸如即便身陷囹圄，我亦视你如珍宝，爱意唯给你。魏长秋给甘一鸣金钱、地位，甘一鸣送珠宝说只爱别人，那她也只能不仁不义。

比如，周默替魏长秋监管九江高层，何征为九江遮了多少劣迹、对九江多忠心他当然清楚。但周默不知道自己和周自省的对话何征是真没听到，还是假没听到。他和周自省的罅隙再大，扳倒周自省的也只能是他周默。既然何征有听到的嫌疑，那周默只能这样。他喜欢“万无一失”这个词。

比如，九江在汇商的这个贷款案是最好的契机，他有些等不及。他要用何征这枚棋子，他也只能自己报警又自己换牛奶，一手反间计用得利落而又缜密。

周默说过很多假话，但回答魏长秋的这段，是真的。

几年前他们都年轻，那时候，衣服都带着太阳晒过的洗衣粉香。

唐漾读研，他读博，跟一个导师，在一个研究室。

他们有段时间和其他同学一起做项目，一起吃饭，久而久之，自然就熟了。唐漾专业水平好，性格温和，很多男同学明里暗里都想追她。

可能都是学霸，当时，周默和她的关系比其他人近一点。

某次，两人一起去外面给大家买奶茶。

奶茶店的外面是阳光，里面有藤蔓、风铃，装饰文艺，空气里是奶香、茶香混合果蔬的味道。

甜而清新，类似唐漾。

唐漾属于那种人，问什么问题会答，有什么活动都参加。她对谁都温和可人，可对谁都好像有种隐隐的疏离感。

周默至今仍记得那个下午，尘埃弥散在空中，唐漾和他一起看菜单。

唐漾看得专注，周默忍不住看唐漾。

她皮肤白皙，鼻子小巧，樱唇，下巴有点婴儿肥，表情清清淡淡。

明亮的光线明明在她身后，她浓密的睫毛上却似镀了层金，扇子般一扑一扇。

她一只手撑在吧台上，一只手翻看菜单，循着记忆细声念："陈教授要蜜桃乌龙，江助教要奥利奥奶盖，闻婠婠要柠檬水。"

她一项项找下来，看到某项，手指停下。

唐漾眸底盛满了细碎柔软的光，她用"和现任同学在一起做某件事，以前同学刚好也喜欢做"的语气轻轻道："蒋时延也特别喜欢喝抹茶。"

说罢，她接着点其他同学的单，声音比最开始软了很多。

周默悄悄打量着唐漾的侧脸，看她微微抿唇，看她面上有不自知且前所未有的温柔。

那时候，周默还不知道蒋时延具体是谁，和唐漾是什么关系。

那一刻，暖风轻轻吹，周默只感觉到唐漾在想蒋时延，一种带着隐喻又说不出口的……她想念他，很想念，很想念。

周默想，如果姗姗没走，他们会不会像蒋时延和唐漾一样幸福。

他给魏长秋说的都是假话，希望姗姗听到后不要责怪他。

不过，怪又有什么关系呢？

周默扯了扯嘴角，要是姗姗能听到的话，姗姗一定无措地望着自己，她的眼睛大而清澈。

那张他以为自己快要忘记的脸，此刻，无比清晰地浮在脑海里。

周默用力合上眼眸，喉咙滚了滚，开始想工作上的事情转移思绪。

那张脸，那个她，在记忆里太真实。

他只要稍稍一碰，就像一个不会水的人站在干涸的泳池中央，水从两边的墙上漫上来，逐渐淹过脚踝、小腿、大腿、腰。过了脖颈之后，他开始站不稳，摇摇晃晃地寻找重心。慌乱间，水漫过他的口、鼻，他费力地昂起下巴，脚下却因为昂下巴的惯性一滑，整个人背朝后跌入泳池。

"咕噜咕噜"，睁不开眼，耳膜发震，这是他真的去游泳池体会过无数次、类似凌迟的窒息。

送魏长秋回家的路上，魏长秋又问了他不少问题。

周默半真半假地回答。

魏长秋察觉出他状态不对，很自然地归结为"周默喜欢唐漾，而唐漾和周默绝对抢不过的蒋时延在一起”。

同时，她也明白了周默说起唐漾时的那种尴尬，以及她每次让周默邀请唐漾来参加聚会，唐漾拒绝周默的缘由——避嫌。

之前她还奇怪，唐漾收了那么多次礼，为什么一次都不来聚会呢。

到了地方，周默下车开车门，把手伸到后排车门前。

魏长秋把手搭在周默的手背上，借力弓身出来。

“今天太累了，你也早点回去休息，”魏长秋想到什么，体贴道，“以后唐漾不出来，你就不用一而再再而三地请她了。她的理由也不用给我汇报，只要唐漾站在我们这边，安安分分的，其他什么都好说。”

早已预料到这个回答，周默面如无波的古井：“嗯。”

魏长秋朝周默挥了一下手，周默很有默契地和魏长秋行了临别贴面礼。然后，他站在栅栏门外，目送魏长秋上楼、进卧室。魏长秋站在窗边朝他点头，嘴角的弧度都和周默预想中不差分毫。周默亦淡笑一下，颔首，直到魏长秋把窗帘拉拢，他才上车离开。

他嘴边是笑，又好像只是一个生硬的弧度，周遭气场如同远天最深处的那团星云。

渺茫、晦暗，带着无可猜测的距离。

唐漾在车上抱着蒋时延就睡着了，蒋时延怕松开她会吵醒她，发了短信叫司机过来。

司机也敬业，对副驾座上抱着的两人熟视无睹，四平八稳地把两人送到楼下。

蒋时延把唐漾抱回家，轻手轻脚地给她脱鞋、脱衣服。唐漾呢喃一声，蒋时延的动作便会立马滞在原处，直到她呼吸均匀了，才继续脱，小心得像电视剧里的贼一样。

把唐漾安顿好已经快两点了，蒋时延自己也来了困意，简单洗漱后躺到床上把她拥到怀里。唐漾似是闻到了他的味道，小猫儿一样朝他胸口靠了靠而全然无意识。

是的，唐漾在做一个梦。

一个光怪陆离的梦。

梦里，她和往常一样去上班，她笑着和前台员工打招呼、进电梯。

她出电梯时，明亮现代的大楼忽地变成了一个巨大的树洞。这个洞有一个标准足球场的大小，阴暗、潮湿，散发着一股朽木的味道。唐漾下意识回头，可电梯不见了。与此同时，有妖怪涌入，妖怪咬顶楼的领导们，领导们也变成了妖怪。领导们咬下属，下属互相咬，一时间汇商宛如修罗地狱。唐漾叫天天不应，叫地地不灵。她看到窗外有辆直升机，朝她扔出攀缘绳索。唐漾毫不犹豫地跃窗跳下，然后，她坐在了会所的包厢里。

程斯然夹着一枚冰块，投入冰水混合物，杯口蹿起火焰，众人大惊失色。秦皎的老公一脸认真地解释原理，程斯然嬉皮笑脸地说："火不是从杯子里起来的，这把镊子会喷火，镊子和杯口隔得近，你们就以为是从杯子里喷出来的。"

再然后是会所大堂。

警察包围了九江高层和汇商高层，周默给她暗示箱子里有钱，警察接到的报警线索是有人携带毒品，魏长秋撒泼耍横，最后拆开来，竟然是牛奶！

扫描仪扫过牛奶盒，"嘀"，绿色通过。

第二盒，"嘀"，还是绿色通过。

"嘀""嘀""嘀"，响得越来越快，唐漾的心跳也越来越快。"嘀嘀嘀"，心跳快到极限。

唐漾唰一下掀开被子，朝前坐起来。

她满头大汗，心跳仍旧很快。

"障眼法！"唐漾喉咙滚动，满目清明地自言自语，"对，一定是障眼法。"

唐漾回想警察开箱前的情形，被围住的三路人马都很急，但周默只是表面着急并不走心，甚至能转过头来和她比手势。

所以，牛奶箱里的确装着钱，但周默知道有钱的牛奶箱不是高层们拎在手上的这批，但又要让高层们拿着牛奶。

所以，有钱的牛奶箱被人提前换到了一个安全的地方，高层们过去，把普通牛奶箱和有料的牛奶箱放到一起；高层们离开，拎走有料的牛奶箱，留下普通的牛奶箱。

和程斯然那蹿起的火苗的视觉效果异曲同工！

银行战略管理课程里有个经典的部分——"三十六计"。

而瞒天过海，是第一招！

所以，周默的手势是真的，警察什么没查到也是真的。为什么周默知道有钱，也知道现场的是牛奶而不急，因为换的人，就是周默！

是这样，一定是这样！

所有混乱的东西瞬间被理清了，唐漾激动地摇蒋时延：“蒋时延我知道了！蒋时延你醒醒！虽然不知道周默为什么要这么做，但我知道了过程，那些钱现在肯定也到了高层手上！”

唐漾噼里啪啦给他分析了自己推测的整个过程，拽着他的胳膊晃：“是不是！是不是！完全合理！”

蒋时延的眼睛半睁不睁，微哑的声音极其慵懒：“你知道把一个起床气很重的人从美梦中摇醒有什么后果吗？”

“啊？”唐漾蒙了一瞬，后知后觉地抬眼，这才借着窗外微弱的灯光看到墙上的挂钟。

凌晨四点半。

要是自己被蒋时延吵醒，肯定会毫不客气地痛扁他！

可自己这么可爱，蒋时延一定舍不得对吧。

唐漾心虚地咽了咽口水，收回视线。她把手悄悄从蒋时延腕上缩回来，然后，一边给他重新掖被子，一边轻声哄：“乖……乖……宝贝接着睡，姐姐拍乖乖。”

蒋时延就看她怎么哄自己，感受着她小手在自己腹部轻轻拍打。

蒋时延闭眼哼了声笑，接着，单手格外利落地扣住她的两只手腕，反身压在了她身上。

男人结实的身体覆了些重量，唐漾无法动弹。

蒋时延另一只手的拇指放在她的下颌处，他食指修长、带薄茧，在她窄小干涩的唇缝来回滑动，蒋时延稍稍腾身，低头吻住了她的唇。

他先用舌尖缓缓舐她的唇，然后轻轻试探。唐漾亦伸出舌尖，不小心碰到了他的舌尖，唐漾想越过，蒋时延灵活地从旁边一绕，深抵而入。

唐漾轻“唔”一声。

蒋时延的眼睛还未睁开，唾液濡湿的触感在黑暗中放得极大。

像两条泊岸的鱼儿，贪婪地汲取彼此唇舌的湿润，细致交缠对方口中每一寸柔软和吐息。

绵长，湿漉漉的吻。

吻到后半程，唐漾搂着蒋时延的脖子，眼底泛着层迷蒙的薄光，蒋时延倒是清醒了。

他从她嘴里退出来，一边拂开她脸上凌乱的发丝，一边轻吻她的嘴角，低声道："之前你从福利院回来后情绪一直不对，我就让程斯然去查了一下临江城福利院。"

"九江套空壳的慈善单位之一。"唐漾声音软软的。

"嗯，"蒋时延的心也软得不行，轻道，"但在程斯然去查之前，已经有人在查福利院投建初期的账目。"蒋时延说："回来的路上你睡着了，程斯然打电话说忽然想起来，他朋友给他描述的长相像周默。"

"应该是他，"唐漾也仰头亲亲蒋时延的嘴角，"想喝水。"

就喜欢听小祖宗的祈使句。

蒋时延笑了一声，用鼻尖蹭蹭她的鼻尖，翻身起来拿过就搁在床头的水杯，看她"咕嘟咕嘟"灌。

"慢点。"他忍不住出声提醒。

唐漾喝完水。

蒋时延接过杯子，试探着问她："要举报你领导吗？"

唐漾摇头。

蒋时延躺上床，关灯。

唐漾倚在他怀里，理智又苦恼道："我做梦并不能成为证据。我不知道他们有多少个这样的周五，也不知道现金在国内还是国外，也查不到九江内网的账目，直接举报就是打草惊蛇送人头。"

唐漾越说越沮丧，她揪着蒋时延的衣领："你说，为什么我不能像小说里的女主一样，又有天赐美貌，又能舌战群儒，既会投资炒股，还能拿个电脑攻入各种程序，"唐漾小手一挥，"别说区区一个九江内网，一个海外银行账户，就算攻破五角大楼，那都不在话下。"

唐漾越想越美好，一双眼睛宛如缀着碎光般亮亮的。

蒋时延"扑哧"一声。

唐漾立马严肃，仰起头看他："你在笑？"

"没有，"蒋时延憋住，支吾道，"嗯，那个，有想法是好的，我们可以先做梦。"

唐漾小手直接揪住他的两只耳朵，故作凶狠的小模样。

蒋时延配合地做出吃疼的表情："哎哟喂。"

蒋时延的肤质光洁，耳郭形状好看，唐漾又舍不得地摸起他的耳朵来。

“你这耳朵算硬还是软啊。”她柔声问。

蒋时延：“在你手下就是软的，其他时候就是硬的。”

唐漾被喂了一颗糖，偷偷扬起嘴角。

蒋时延想到什么，身体朝上耸了一些，嗓音低哑地和她咬耳朵：“不过还有些地方……在你手下是硬的，其他时候是软的。”

他鼻息微热，伴随咬字喷洒在唐漾耳旁。

唐漾被烫得缩了缩脖子，顶着两只绯红的耳朵发问：“男人总是会想这些事吗？说什么都能扯到一起。”

“不知道，”蒋时延笑意愈深，伏在她耳边悄声道，“不过我看到你时会。”

说着，蒋时延把她朝自己身体的方向按了按。

他太烫了。

烫得唐漾红了脸，浑身酥麻麻的。

她嘴上骂他“太色了”，纤长的睫毛却跟扇子似的眨啊眨。

忽地，她偏头，偷偷亲了“很色”的“蒋大狗”一下，又轻又快。

蒋时延愣住了。

唐漾眼眉弯弯，笑得狡黠。

蒋时延被这一下撩得有些受不住，他蕴笑磨牙注视着她，一秒，两秒，一把掀过被子盖在两人头顶上。

被子里有男人压低嗓音又无用的威胁，混着小女朋友“咯咯”的笑。

笑着笑着，唐漾小声喊：“蒋时延，你慢点，我有点痛，为什么啊……”

对方着急：“我看看，我看看。”

“蒋！时！延！”

一休现在所处的境地稍显紧张，而唐漾所处之地称得上千钧一发，但好像对方在自己身边，是且仅是对方在自己身边，他们就全然不怕。

就像要路过一条很长很长的暗巷，可只要巷口亮着那盏熟悉的灯光，巷路再黑、再暗，他们眼底也只有明亮。

一如窗外灰白，眼看着愈黑，愈近破晓。

周末一过，又到了微妙的周一。

唐漾假意忘了自己想彻查九江的事，无比本分地核查细节，给九江专案收尾。

周自省见她收心，颇为欣慰。

唐漾安周自省的心是一方面，另一方面，没了官方渠道，唐漾进入九江内网难比登天。

秦月的姐姐秦皎是九江的法律顾问，唐漾想到这茬儿，好似看到丝希望。

但两天后，秦月敲开唐漾办公室的门，反手关上。

“你什么时候去开处长会议。”秦月问。

唐漾抬眼看时间，现在两点，唐漾道：“还有一个小时。”

秦月坐到唐漾旁边，动了动嘴唇，把原话带到——

秦皎只是九江的法律顾问，从严格意义上来说，她的编制不在九江，而是在她去之前的律师事务所。

虽然她有九江内网的账号，但权限仅限于事故和官司。而且如果秦皎把内网账号给了秦月，秦皎不是参与了商战或者其他，而是违背了进事务所时宣读过的律师道德。

唐漾表示理解。

“不过，”秦月顿了顿，话锋一转，“她给我说了九江内网权限最高的几位。”

九江是网状管理结构，九江地产亦是盘根错节，这个信息同样有效。

唐漾看向秦月。

秦月突然闭嘴，望向门外。

吃午饭的人陆续回来，外面有说话声。

唐漾福至心灵，从抽屉里取了 A4 纸和笔推给她。

秦月挨个写名字，每写一个，她就停下和唐漾交流眼神。唐漾点头确认，她才接着写第二个。

魏长秋、何征、其他三个执行董事，然后是周默。

“默”字最后一画被秦月拉成条波浪线。

“我拉黑过周默一次，后来因工作需要，又加上了，但基本没联系，不对，”唐漾纠正，“就是没联系。”

那晚他的手势比得突然，唐漾不知道是敌是友。就算敌意化解了一些，但她也做不到轻信。

秦月慢条斯理地合上笔盖：“螳螂捕蝉黄雀在后，九江钻慈善的漏洞，我们发现他们钻漏洞，我们以为自己是黄雀，我最怕的是，”秦月放下笔，缓缓道，“我们身后，还有一个捕雀的猎人。”

秦月说不出蛛丝马迹，大抵就是来自女人的第六感。

猎人可能是汇商顶楼？

抑或，九江高层？

唐漾和秦月在不找周默帮忙这点上达成共识，可事情也陷入了僵局。

想一查到底，可没有路径。

就这样算了？那她们之前顶着风雨烈日走访的慈善单位、取的录音记录都打了水漂。

唐漾和秦月从小就是顺风顺水的人。

除了偶尔犯蠢犯二气她的“蒋大狗”，唐漾在别处没试过也做不到甘心。

大雨过后有一阵短暂的降温，窗台上的绿萝舒枝展叶，惬意地享受着多云天气。

秦月瞧着，难得生出一点羡慕。

看看，绿萝都比自己好过呢。

秦月没出声，唐漾也沉默，空气的流动略显笨重。

时间一分一秒过去。

唐漾托着下巴出声：“我去找我一朋友问问，他可能会有办法。”

秦月不相信：“你说程斯然？”

圈子里的万事通。

“不是，”唐漾深吸一口气，“陈强。”

从陈强给唐漾甘一鸣开房记录那次开始，唐漾隐约感觉到陈强的手腕。后来，宋璟也和她提过一两句，陈强学的是经管，精通互联网，混过社会，交友极广，手腕自然老辣。

唐漾和秦月都不认为灰色是个坏词，只要没越轨，边缘手段她们可以接受。

如果九江真的有大问题，那这些灰色做法就是漂亮的先斩后奏。

秦月舔了舔嘴唇：“我有点怕。”

唐漾认同：“我也有点。”

秦月：“那怎么办？”

唐漾思忖片刻，在一堆文件下面找到自己的手机。她一边翻某个软件，一边问：“你是什么星座。”

秦月：“摩羯。”

唐漾：“我也是。”

唐漾接着问：“你相信宿命吗？”

秦月思及某个小孩，不自然地咳了声：“一半一半。”

唐漾“噢”了声，接着点手机。

秦月丈二和尚摸不着头脑，猜她大概要说“摩羯性子腹黑，普遍大器晚成”“查得出来是宿命，查不出来也是宿命”“因果轮回天网恢恢”一类的处世鸡汤。

几秒后，唐漾开心地把手机举到秦月面前：“你看，一休星座上说摩羯这周水逆结束，迎来新月，夹杂动能，有意外之喜。”

微博上这么多星座号，敢情这人刚刚翻那么久就是为了翻她老公那家的？

秦月微笑：“我有一句……”

唐漾眼眉弯弯：“不当讲。”

秦月：“嘻嘻嘻。”

下午三点。

唐漾补了妆，抱着资料出去开会。

秦月走在唐漾身后，心累归心累，她还是把自己和唐漾交流时写的那页 A4 纸塞进了桌旁的碎纸机里。

秦月办公室那台碎纸机经常满得快溢出来，唐漾这台倒是干净。

秦月望向外面另一个办公室的方向，若有若无地笑了一下。

碎纸机“嗡嗡嗡”响了一阵。

秦月看彻底碎完了，才转身出去。

上次唐漾被甘一鸣骚扰后，高层虽没通告事情真相，但官网挂出了工作时间不能反锁办公室门的规定。

唐漾离开没多久，范琳琅便抱着一个上午就取到自己桌上的快递盒进了唐漾的办公室。

在门口，她喊：“唐处，你的快递。”

自然没人应。

“忘了唐处去开会了。”

范琳琅自言自语说完，朝后看了看。

秦月好像出去买咖啡了，大小姐习惯苛刻，到点必喝。

现在是上班时间，几个员工和实习生也在忙自己的事。

范琳琅收回视线，虚掩了门，她把快递放唐漾桌上，然后蹲到唐漾桌旁的碎纸机前。

之前，范琳琅趁午饭时间没人，帮信审处把大厅所有碎纸机里的残渣都倒到了垃圾箱，然后还有唐漾这台。

现在，她熟练地取下纸箱，里面有一张纸的残渣。

碎纸机是按照纸的放入顺序碎的，如果里面先前没有任何东西，那纸箱里的碎屑也会在凌乱中遵循一定秩序。

范琳琅在唐漾的桌上拿了个短小的笔记本，把纸屑按顺序铲起来。她小心快速地端回自己的办公室，又回唐漾的办公室把自己动过的痕迹隐藏好。范琳琅这才回去，先拿一张 A4 纸出来，将新的 A4 纸全部沾满双面胶，然后把麦片大小的碎屑一点一点调整顺序贴上去。

网内权限，不对，是内网权限。

一点点贴完整。

扭曲但清楚的，九江内网权限顺序大小排序。

范琳琅将纸屑复原后，把那页纸夹进了一叠文件里，然后抱着文件离开信审处，去了顶楼。

之前的会所风波没被曝光，自然也没对汇商高层们产生任何影响。

周自省在出差，其他几个副行长也在安然地上班。

范琳琅在电梯口看了领导们的日程安排，敲开了一个副行长的办公室。

“涂行长。”她扬了扬手中的文件。

涂副行：“进来。”

范琳琅进去，从文件里取出那页纸，放在办公桌上，推到涂副行眼前。

涂副行周五也去了会所，见到纸上的内容，他问：“这是谁的字迹？”

“秦副的，但我是在唐处办公室找到的。秦副和唐处前段时间频频外出，我想是不是因为，”范琳琅指了一下纸张上的内容，“她们对九江某些部分起了疑心。”

涂副行没发话。

范琳琅说到这，也聪明地闭了嘴。

安静里，涂副行抬头打量范琳琅。

范琳琅是魏长秋交代要照顾的人。

当时，魏长秋给的理由是听话，懂事。

现在看来，范琳琅有没有可能是魏长秋早猜到唐漾和秦月可能会怀疑九江，然后特意安排的眼线？

所以，魏长秋在其他部门还有眼线吗？

思绪转罢，副行长收回目光，淡淡地道：“我知道了，下去吧。”

范琳琅垂在身侧的手轻轻握了一下，表面上格外恭顺：“好。”

楼下，另一位副行长主持的处长会议从三点开到了五点。

散会后，唐漾走到走廊尽头的阳台吹风，给陈强拨了个电话。

走廊这边没人过来，同时也是监控死角，唐漾模糊地描述了事情。

手机里，陈强道：“见面详谈？”

唐漾：“那我周六和蒋时延开车来B市找你？”

正好蒋时延这周末没事。

“不用，我明天就回来了，家里有点事，”陈强道，“那我明天中午请你吃饭？你们周四应该没有之前几天忙。”

找陈强帮忙，陈强还要请自己吃饭？

唐漾失笑：“这怎么好意思。”

陈强“噢”一声，调侃道：“蒋总喜欢虚伪的女人？”

唐漾哧一声：“他喜欢我。”

陈强：“蒋总喜欢客套的女人？”

唐漾：“他喜欢我。”

“你和蒋总越来越像了，”陈强揶揄罢，“蒋总明天中午有安排吗，不然过来一起？”

“他明天上午有个大会，估计得开到下午一点多，就我们两个吧，说事。”唐漾说完，很认真地接了陈强刚才的玩笑，“如果像他的脸，我还是愿意的。”

陈强“噗”地笑一声：“我要录音告状。”

第九章 诚意

唐漾口头答应了让陈强请吃饭，可她哪能让陈强劳神还破财。

她提前一天在悠然居订了包厢，第二天周四，中午刚到十二点，唐漾就提前撤了。

唐漾把钥匙扔给泊车小弟，陈强也刚好从另一辆车上下来，唐漾推着陈强的轮椅进到悠然居。

大厅依然人满为患，两人走侧门绕过了取号排队的大部队。

一个端空盘子的大妈瞥见唐漾，在一片嘈杂中很大声地冲前台吼：“‘矮子姑娘’来了，拿菜单，快点。”

唐漾茫然地朝后看：“什么‘矮子姑娘’？”

大妈“嗨呀”一声，一边把空盘子塞到推车篮子里一边道：“你第一次来程总就吩咐我们认你的脸，程总说蒋总说你叫‘矮子’。”

蒋时延说自己叫“矮子”？

唐漾满脸黑人问号。

大妈吓得朝后一退：“难道你不是‘矮子姑娘’？”

难道自己认错了？

唐漾的表情从诧异再到平静到微笑。

“是我，是我。”她礼貌地点头。

“我就说嘛。”大妈嘟囔着推车走了。

留下一个胸口起伏不定的唐漾和闷声狂笑的陈强。

唐漾推陈强上电梯去二楼。

陈强看唐漾一张黑脸，真的笑到不行了。

“你会家暴吗？”他问。

“以前不会，”唐漾认真地答，“但现在说不准了。”

陈强“噗”一下又笑出声来。

到包厢，点菜。

服务员们对这个代号“矮子”的蒋总女朋友态度极好，很快上完菜后，依照唐漾的吩咐关了监控，出去时给两人合上房门。

唐漾从包里拿出电脑，把自己和秦月去福利院采集的部分资料找给陈强。

陈强速度很快地翻阅。

唐漾在旁边道：“我和秦月感觉九江慈善这块存在隐形漏洞，我们想要九江内网权限查财务。之前我给周自省递了一次申请，他不批。七月三十日专案要完成，现在是二十号，所以我在想，能不能在这几天内用强制手段进去。”比如麻烦陈强在暗网找黑客攻破防火墙。

唐漾是个做事很清醒的人，如果她不信任陈强，她肯定不会找陈强帮忙。

既然她找到了陈强，那她就不会遮遮掩掩。比如说什么你帮我一个忙，但我不给你说清楚这件事情是什么。

况且，陈强和九江之间也确实存在渊源——当初，受了陈强父亲恩惠还倒打一耙的那个人，是魏长秋的亲哥哥魏长春，也就是现在整个九江财团的董事局主席。陈强大学时因为故意伤人罪被退学，接着入狱，陈强伤的那个人也是魏长春。

陈强在数据和编程方面一直有天赋，他为了替自己父亲报仇都能直接动手打魏长春了，不可能没查过九江的一些东西。

所以，唐漾找了陈强。

而陈强也确实查过。

他越把资料朝后翻，面色越凝重。

“九江内网的加密手法太复杂了，”陈强直摇头，“给他们搭内网的那些人是钻研过五角大楼的。密钥那块就能把人薅成一个秃子，而且他们系统自带警报插件，一旦发现有人想强行进入，会自动锁定入侵者IP进行反追踪，所以只能通过正常渠道进入。”

陈强那时觉得九江内网太森严，严苛得不像一个普通财团。

后来发生越来越多的事，他便没再尝试过。

去年，他还觉得任何关于九江的事情都是自己的死穴，现在居然说得云淡风轻。陈强自己说完都在感慨，时间是良药。

唐漾寻求肯定：“只能用内部员工的账号密码进入？”

陈强肯定：“只能这样。”

所以陈强也没有办法。

所以还要另外想办法。

可另外又有什么办法呢。

唐漾长舒一口气，心情颇为沉重地给陈强盛汤：“待会儿我送你回去吧，正好开了车来，中午也有休息时间。”

“我的司机过来接，”陈强说着，脑海里忽然闪过一幕，“好像……”

唐漾把汤碗搁在他面前，“咔”的轻响。

她也有些紧张：“好像什么？”

陈强五官拧在一起：“好像我有一个朋友，去年进了一个团队，那个团队在 Pwn2Own（世界黑客大赛）拿过奖，九江的内网维护好像就是他们做的。”陈强每说一个字，表情就挣扎着舒缓一分。说完最后一个字，他发了一个清脆的弹舌音，确定了。“就是他们！”他想起了具体的聊天记录。

唐漾没心情吃菜：“维护的时候不用账号就可以进去吗？”

陈强：“我朋友可以发给你一条进去的通道，不过九江内网一年只维护一次，而且每次时间不一样。我帮你问问今年的时间，但你要做好今年已经维护过了的心理准备。”陈强略带歉意地看唐漾。

这已经是惊喜了，唐漾道：“你朋友他们需要保密吗？”

“这个时代最大的秘密，就是没有秘密。”陈强半开玩笑地说完，用下巴顶开轮椅把手上的遮盖。他断掉的那只手上裹着带尖的布，他一边用那个塑料尖熟练地在手机屏幕上写字，一边给唐漾“炫耀”：“我一只手敲键盘，一只手写程序，效率高得很。”

唐漾竖起拇指：“厉害。”

说话间，陈强把问题发过去。

对方回复很快。

【SHIJ】：7.30，8：10 am。

语气还是冷得一比。

陈强又发，可以让朋友进去查个东西吗。

【SHIJ】：嗯。

陈强和朋友聊完，给唐漾道："用维护人员给的地址进去有个弊端，就是不能复制拷贝任何界面上的内容，但也有个好处，他们维护是封闭式的，系统运行速度会比平常快很多。一个页面加载的平均速度是0.002秒，他可以把九点到九点半这段时间给你，你找得完吗？"

唐漾预想的是朝前查十年，她大概估算电脑能显示的最小字体和自己看的速度，又推测了一下电脑按正常字体显示，自己一直加载页面，然后用相机录下来的速度。

"都不行，"唐漾思忖，"不过可以试试，我只想找他们账目上标的慈善拨款去了哪里，万一我随便一翻就翻到了呢。"

菜差不多凉了。

唐漾想重新叫，陈强阻拦，草草扒了两口冷菜："祝你好运，我这人从来没什么赌运。"

整个约饭过程，陈强好几次动嘴唇，想给唐漾说什么，但嘴唇动了动，他掩住眸里复杂的情绪，还是没有说出口。

唐漾也是没办法了才会赌运气，她勾了勾唇。

是，她一直都能遇上一些玄学问题——

比如上学时，每次开运动会都会下雨。

她中考、高考逢大考就便秘。

再比如，她每次去悠然居吃饭，都是大晴天。

唐漾和陈强事情说得快，饭也吃得快。

她目送陈强上了车，才开车回汇商。

到银行后，她把车停在露天停车场，顶着烈日走了两分钟进大楼，才十二点多。

唐漾回到处里，脸色极其苍白。

敖思切在办公格里吃泡面，吓得泡面挂嘴前，"漾……"开口差点被呛到，敖思切忙不迭地吸进去，"漾姐你怎么了？"

唐漾都没心情笑她，扶着额头走："有点想吐。"

敖思切巴巴地跟在唐漾身后："去医院吧。"

唐漾挥挥手："给我一瓶藿香正气水好了，外面太阳太大了，可能就是中暑。"

"不行，"敖思切跨步上前挡住唐漾的去路，"马上去医院。"

唐漾给小孩耐心解释：“下午还有事，秦月他们把县信通小样本的实验数据做出来了，要跑模型。”

敖思切小手朝外一指，严肃道：“那我马上去拿手机给蒋总打电话。”

唐漾一怔。

敖思切板着小脸：“蒋总上次交代我了，说你有什么事让我马上通知他，”敖思切说着就要出去，“蒋总给我们买了那么多水果，我可不能……”

蒋时延还在开会，

唐漾赶紧拦住小孩：“我去！”

敖思切垂下手，旋即笑开了：“这就对了嘛，我原谅漾姐骂人啦。”

唐漾抬手扯了一下小孩发兜上的蝴蝶结，又气又笑：“吃里爬外。”

敖思切本来要陪唐漾一起去，但她走了办公室没人守。唐漾把小女孩按在椅子上，捞了车钥匙一人开车去医院。

中午看西医的病人还是多，唐漾曲线救国，在手机上挂了个中医专家的号。

唐漾开车十五分钟到了最近的人民医院。

中医部是一排低矮的平房，唐漾直接把车停在最近的车位上。她打着伞找到诊室，刚好到号。

给她看病的是个老头，头发花白，一副带绳的老花镜悬在鼻尖。

他给唐漾把了脉，用食指一个键一个键戳着键盘，慢吞吞地问：“吃东西有什么异常吗？比如不吃以前喜欢的，吃以前不喜欢的。”

唐漾平常觉得自己说话慢，看来，山外有山。

“这段时间肠胃有点敏感。”她答。

老医生又问：“月事多久没来了？”

唐漾想了想：“快两个月了，我以前也紊乱过一段时间，后来去看，医生说宫寒，喝了一阵中药好像调好了，会不会是我最近的作息饮食这块有问题，然后整个免疫力下降。”

老医生单指却敲得很快，“啪啪”几下，“我给你转到妇产科了，”打印机唰唰吐了一张单据，他把单子扯出来，“你拿着这张单子去门诊大楼三楼。”

“为什么去妇产科。”唐漾晕晕乎乎没回过神来。

老医生挥挥手，慢吞吞朝门口喊："下一个。"

再慢吞吞按键。

"请A03号到……"

唐漾伴着冰冷的机械女音走出中医部，去三楼，看病，缴费，进B超室，直到拿到各种检查结果，坐进妇产科诊室，她整个人还是蒙的。

"已经七十六天了，有轻微的流产迹象，"女医生翻着片子，蹙了蹙眉，"之前来做过检查吗？"

唐漾摇头："没。"

女医生："有没有孕吐反应，空呕或者反酸这样？"

唐漾："有，但之前以为是胃病。"

女医生："房事有停吗？"

唐漾："没有。"

女医生被气到呼吸停了一秒，她仔细端详起唐漾来。

对方化着淡妆，衬衫不菲，大概是职场精英一类。

再看她魂游天外的样子，大概是不想要这孩子。现在职场对女性的压迫很大，她见过很多这样的病人了。

想着，女医生利落道："如果你想做掉这个孩子的话，可以推荐我院的微创无痛人流，这是拿了国际专利的。"女医生一边"咔咔"敲键盘，一边语速极快道："我这边给你开单子，你直接拿到背后那栋矮楼去缴费排队，半小时做完下地，你还可以回去上班。"医生看到某项，又提醒道："不过你已经二十九了，恢复肯定不如年轻小姑娘，人流一次对之后都会有很大……"

"啊，不不不，"唐漾恍如惊醒般连连摆手，"我要这孩子的，我要的，要的。"

难不成刚刚还没回过味来？

也是，肚子里揣个东西快三个月还没发现，医生见了挺多，还是服气。

她飞快删掉做人流的预约单，道："那我给你开点药，你放心吃，都是安胎的。"

唐漾点头："好的，好的，好的。"

医生又道："怀孕期间，至少这段时间不能饮酒，忌辛辣生冷，少熬夜，不要剧烈运动，三个月之前忌房事。"

唐漾鸡啄米似的点头："好的，好的，好的。"

医生伸手到她眼前晃了晃，确定她是清醒的，这才道：“我之前说的你可能没注意听。你有流产倾向，所以建议在家休息一个月。”医生考虑到实际情况，放宽要求，“至少一周。”她正色批评：“真的太粗心大意了，工作忙归忙，决定要了就好好养着，不然你再晚来几天，估计就是流产了。”

唐漾连连应好，态度是周自省等人都没享受过的好。

唐漾从诊室出来，面上一会儿是复杂，一会儿又笑。

她形单影只，在妇产科显得格外瞩目。

其他女的牵牵老公的衣角：“她好可怜哦。”

胸不大，腿长直，脸蛋漂亮。

老公们挪开视线，很有求生欲地认同并说道：“我没有让你一个人这样。”

女人们欢天喜地。

唐漾真的没有失魂落魄，她只是在走神。

她前后忙完拿了药，想到要请假，又去老中医那好说歹说多开了份病历，这才回到车旁。

她开门，坐进驾驶座，摸摸平坦的小腹，还是觉得神奇又不可思议。

原来，她那段时间反常不是因为做昙信通精神压力大，是因为怀孕了？怀了蒋大狗的孩子。

唐漾的手停在小腹上，又忍不住想，里面会不会是只蒋小狗啊？

想着想着，她又忍不住勾了嘴角。

从知道自己怀孕到接受自己怀孕，唐漾用了快一个小时。可一旦接受了，她当母亲的思维就转换得很自然，也很奇异。

比如，她觉得自己不能开车了。

万一安全带勒到蒋小狗怎么办？万一方向盘挡到蒋小狗看风景的视线怎么办？万一她踩油门刹车蒋小狗睡不安稳怎么办？

越想越觉得有道理，唐漾赶紧滚下驾驶座，打了个出租到一休楼下。

以前她打伞恨不得把脸遮完，现在打伞，她一个劲儿把伞朝下拿，迎着众人异样的目光。她担心的是蒋小狗会不会被晒到啊。

唐漾第一次当妈妈，她听到“流产迹象”很怕很怕。

她觉得自己不是个好妈妈，这是她和“延狗”的孩子啊，她一定要好好保护他。

前台的小姑娘们早就认熟了唐漾，见人从门口进来，殷切地迎了引到电梯口。

唐漾和她们简单寒暄并道谢。

唐漾以往穿正装过来都是走路带风的精英形象。

今天她还是穿着规整的白衬衫和西服裙，可面上却是一种说不出的温情。

一个前台妹子问同伴："你有没有觉得唐处和以前不太一样了。"

同伴赞同："是有点不一样，但又说不上来。"

唐漾到一休顶楼的时候，蒋时延刚开完会，正在办公室吃盒饭。

他的助理在外面泡了杯柠檬水，正要给他端进去，唐漾嘘声喊停助理，接过助理手里的水杯。

蒋时延一边吃饭，一边看手机，听到缓慢的脚步声、关门声，头也不抬。

这人习惯可真差。

唐漾忘了自己也爱玩手机，她一面腹诽，一面站定在他身旁，然后把水杯端到他饭盒边上。

待她放好水杯后，蒋时延看也没看她，直接拉过她白腻的小手，用油腻腻的嘴亲了亲她的手心。

唐漾大惊失色，蒋时延笑着抬头看她。

"你平时都这么亲你助理的手心吗？！"漾漾眼睛睁得大大的，震惊的表情也特别好看。

蒋时延扯了张纸擦擦她的手心，把纸搁她手心上带着她的手擦擦自己的嘴，慢条斯理擦完了，这才把她拽到怀里，眉目噙满温柔给她解释："每次你靠近我，我的心跳都会变得很快。所以心跳快了，就知道是你来了。"

这是陈述句还是表白啊。

这人嘴还挺甜，唐漾检阅着面前只剩边角的饭盒，没糖啊。

她窝在他怀里软绵绵打了个哈欠，弯了眼睛。

唐漾在信审处的时候，像粉玫瑰，长相没有攻击性，说话办事却利落干练，如玫瑰花瓣下的保护刺。

可在家，或者在蒋时延面前，她便会习惯性地卸掉工作时的气场，不自知间袒露最柔软的部分。

类似一只小猫，被人唤作“小月亮”，在午后阳光里懒洋洋舔爪子的那只。

蒋时延抱着她，心顿时化成了一摊水。

他亲亲她的耳尖，忍不住得意地问：“想我了？嗯？”

两人的相处模式大多是蒋时延中午去找唐漾，唐漾在工作日中午过来找蒋时延的次数一只手就能数完。

唐漾心里还装着事情，她轻轻“嗯”了声，问：“你家有什么遗传病史吗？”

有的话她可能要去做一个基因筛选。

因为他们还没正儿八经商议结婚，自然也没做婚前检查。

蒋时延虽然不知道她为什么问这个问题，但还是认真思索片刻：“没有。”

唐漾：“你家有双胞胎史吗？”

这次是一个，但如果有的话，下次可能就是两个啦。

蒋时延还是想了一会儿：“没有。”

唐漾又问：“你家重男轻女吗？”

“我家重女轻男，你看我妈都不要儿子，只要两个女儿了。”蒋时延想到自己老妈听说自己和唐漾分手后噼里啪啦批评的那一通就哭笑不得。

唐漾蹬掉鞋子，把腿盘在蒋时延椅子上。

蒋时延抱着她的腿不让她滑下去。

“怎么了，乖乖？”他问。

怎么忽然问这些问题。

唐漾停了几秒，扭身抱着他的脖子，然后小心地把身体转过去，变成面朝他。

椅子说大不大，说小不小，刚好能容纳唐漾和他相对而坐，又隔得极近。

唐漾抬头看他：“我要给你说个秘密，你不要被吓到噢。”

唐漾一脸说正事的神情，蒋时延也敛好神色，颔首示意她说。

蒋时延提前做了准备，自己现在说怀孕，大概也不会产生什么惊人效果。

自己当时都被吓蒙了，他也得被吓吓。

唐漾每周会换一个包，蒋时延周末会帮她换包包。

唐漾想，不如等他这周换包的时候让他自己发现检查结果。

他肯定当场结巴：“你，你，漾漾你什么时候怀，怀孕了？”

这时，自己身为一个知性淡然的成熟女性，就会轻飘飘地瞟他一眼，然后轻描淡写道：“我都怀三个月了。”

唐漾想象“延狗”听到这话的精彩脸色，差点没忍住笑出声来。

“乖乖，你说啊。”蒋时延宠爱地抚了抚她的头顶。

唐漾笑，笑得一双眸子漾出涟漪。

她就弯着那双大而清澈的眼睛说：“蒋时延你今天好帅啊。”

蒋时延发怔。

唐漾甜甜地重复：“秘密就是蒋时延今天特别帅！”

说罢，她稍稍抬身，在他脸颊上留了一个浅浅的口红印。

极轻极快，像夏天里最沁人的那一缕风。

蒋时延被吹得浑身痒酥酥，“哟呵”一声，逗她：“带了口红在身上就这么嚣张吗？”

他想吻她。

唐漾轻巧地别开脸，抱着他的脸又连连亲道：“对啊，”她心情极好，“所以我得给你留一脸的唇印。”

她的香水喷在耳后，甜美的滋味伴着微热的鼻息直朝蒋时延的鼻尖钻。隔着差不多两拳的距离，蒋时延甚至可以数清她的每一根睫毛，看她晶亮的眼睛、鼻尖、莹润微启的唇。

还有这种她腿不知什么时候环上他腰的姿势。

蒋时延心猿意马，快被要了命。

他知道门没锁，却不想对现在的姿势做一寸一毫的变动。

他拉住漾漾盘在自己腰上的脚踝，朝后并了并，想亲亲热热做点什么。

唐漾拒绝了他。

蒋时延当她下午要上班，便宜占了不少，但也没乱来。

两人腻腻歪歪好一阵，蒋时延送唐漾回了汇商。

蒋时延再回到一休，已经两点半了。

助理进来汇报了工作后，犹豫了好一会儿，还是开了口："蒋总，您脸上有好多口红印。"

虽然午休时间公司走动的人不多，几乎没人看到，但待会儿上班了就会有高管上来说事。虽然同事们会对蒋总一脸口红印喜闻乐见，但毕竟关乎蒋总的工作形象，他不想当一个失职的助理。

蒋时延听到，"哦"一声，没了下文。

助理清了清嗓子，试探着再提醒："您擦一擦？"

"不擦。"蒋时延干脆地拒绝。

助理："待会儿彭总、纪总他们上来看到……"

蒋时延莫名其妙又理直气壮地反问："我老婆留的，我凭什么要擦？"

助理被问得一噎。

行行行，知道你有老婆了，知道你有唇印了，身为助理他选择闭嘴，闭嘴好吗。

而事实上，蒋时延只是逞嘴快。

出于对"唐处是不是很色"形象的维护，助理离开后，蒋时延还是去洗手间清理了一下脸部。

几分钟后，助理再次进办公室，看到蒋总那张脸，心更累了。

因为——蒋时延不是全部擦完，他擦了其他的，然后挑了其中最大、最好看的那枚唇印留下来。

比起最开始满脸唇印，蒋时延这张俊美风情的脸上——右颊，映着一抹若有若无的浅红，反而更加暧昧勾人。

助理想象着待会儿高层们上来，八卦又不敢问的表情，蒋总也不说，一脸"我就看你们八卦但又不敢问"的荡漾，助理的心口猛地一窒。

太阳照得 A 市泛白光。

蒋时延的助理在为唇印焦灼的同时，信审处内。

见唐漾回来，敖思切赶紧凑上去："怎么样了，怎么样了。"

"就中暑，然后胃有点毛病，"唐漾边朝办公室走，边道，"帮我把下周重要的事情推到周五，待会儿我写好假条你拿到顶楼秘书处批一下，如果周行回来了拿给周行过一下目，下周我要休假。"

敖思切不放心："真的这么简单吗？胃病需要休假？"

"人老了就是这样，"唐漾一本正经道，"女人过了二十五岁，真的就没什么胶原蛋白了，老得快，身体差，全靠勤勤恳恳护理。尤其你在二十五岁之前作的话，色素、毒素一堆积，会更严重。”唐漾睁眼说瞎话：“比如爱吃膨化食品啊，油炸食品啊，某人中午吃的泡面啊。”

真的吗？！

敖思切吓得缩了缩脖子，出去喝口奶茶冷静。唐漾写好假条后，她赶紧滚去顶楼帮处长请假。

周自省出差回来了，他皱着眉毛看“急性胃炎”的病历，忍不住道：“年纪轻轻就胃病，以后怎么办？知道我要叨叨，她自己连假条都不上来签了。你就下去跟她说，没有下次了，下次她本事大点把自己弄成胃溃疡，我都有本事不批，让她给我痛死在处长的位置上。”

敖思切很怕周自省，瑟瑟发抖地听完下楼。

而敖思切走后没多久，几个副行长到了周自省办公室。

四人去到行长办公室旁边开加密会议的小会议厅。

范琳琅之前找过的涂副行把那页复原后的A4纸推到周自省面前，然后说了自己和其他两个副行长商量之后的处理办法，一个最简单直接也是最粗暴的办法。

周自省拍案而起：“我不同意！”

周自省是这四个人里面最固执也是最别扭的。

涂副行长猜到周自省的反应，也不急，循循善诱道：“刚刚我路过秘书处，唐漾请了一周假，理由她都自己找好了，我们只是顺水推舟，就包吃包住照顾一下病人，然后把唐处请假的一周时间延长到七月三十一日。九江专案结束，唐处病愈复工，所有事情刚好复轨。”

周自省冷笑：“你们为什么不动秦月。”

理由显而易见。

涂副行道：“秦副这几年可是两耳不闻窗外事，如果不是唐漾，她根本不会想到去查什么九江内网。如果唐漾不在，秦月自然也不会查。”

话说得再冠冕堂皇，本质都一样。

“我不同意，”周自省重复，“软禁和绑架有区别？你们告诉我有什么区别？你们不动秦月考虑秦家，你们动唐漾就不用考虑一休，不用考虑蒋家？”

涂副行：“我们这边会给唐处安排一个封闭式学习的名目。”

周自省：“你们为什么不给秦月也安排学习项目。”

涂副行：“因为秦月不参加学习项目。”

周自省：“我说了我不同意！”

“周行，”涂副行略有深意地睨着周自省，“离您退休只有两年不到了。”

有过兢兢业业，有过人心不足，有过后悔，有过无措，也有过掌权握势风光无限。

但安安稳稳在位置上坐到退休，是他们最后的念想。

涂副行这话一出，周自省没出声。

四人间陷入胶着的沉默。

良久。

周自省扶着桌子坐下，似是妥协般听他们说具体安排。

过了约莫半小时，四人离开办公室。

涂副行跟着周行进了办公室，直接道：“我知道你对唐漾的好是出于周默是不是喜欢唐漾，你之前把九江的案子给唐漾也是出于这层原因。但现在，周默和魏总不清不楚，唐漾和蒋总看上去感情也很好。”

周自省缓缓点头。

涂副行道：“老搭档这么多年，我不为难你，这件事我来主导，一切进度和后果都我来承担，你知情就好。”

周自省还是缓缓点头。

涂副行又说了两句，离开周自省的办公室。

临走前，替他合拢办公室的门。

周自省牵牵嘴角，笑得费力。

腰部传来隐痛，周自省伸手按了按。他探手想去拿桌旁的水杯，眼看着快碰到，周自省喉咙一紧，忽然咳起来。

他赶忙扯了张纸把嘴捂上，“咳咳咳”咳得五脏牵扯，整个人疼得在椅子上蜷成一团。

一阵咳之后，周自省脸上是不正常的赤色，纸巾亦隐隐透出猩红。

他没打开看，直接将纸扔进了垃圾桶，接着打开桌下一个隐秘的抽屉，从里面拿出一盒胶囊，打开，放到手心，一把覆进嘴里，然后艰难地拿过水杯，和水咽下。

鸦胆子油软胶囊。

外壳颜色比纸上的血深一点。

周自省放下水杯，喉咙一滚，再滚。他手肘撑在桌上，以手盖脸，皮肤上皱纹交错。

周自省很深地呼气、吸气。

倏而，滚热的液体顺着他手指的缝隙滑到脸上，越汇越多，无声无息，毫不自知间，老泪纵横。

他撑不住了。

他真的快要撑不住了。

他不知道唐漾能不能站稳，小姑娘能不能不要怕，不要怕，不要跌倒。

他不知道，自己还能不能熬过这个秋冬，等到来年开春。

因着休假的原因，唐漾自周四下午便一直在忙。周五中午，她也在办公室批下下周的文件。

秦月给她带饭回去，她囫囵着扒了半碗便接着批。

秦月坐在旁边很无奈："你怎么这种时候要休假，范琳琅那个'辣鸡'连碎纸箱里的纸都翻走了，你给我说你要休假。"秦月碎碎念完，自暴自弃道："我这人很懒散的，你不在我也只有磨洋工。"

唐漾附到秦月耳边，小声给她说了句话。

秦月"我去"一声从凳子上蹦起来，顿时觉得惊喜又不可思议。

她眼睛亮亮地盯着唐漾的肚子，用眼神问，真的吗？！

唐漾含笑点头。

没几秒，有人敲办公室的门。

唐漾："没锁。"

范琳琅推开，探个脑袋进来："刚刚在外面听到秦副的声音，有什么事吗？"夏天蚊虫多。

"没，"秦月冲唐漾翻了个白眼，"是有的人吃着我带回来的饭还要嫌难吃。"

唐漾装模作样道："又不是你做的。"

秦月抬了抬下巴："我不会做饭。"

唐漾："瞧瞧，这人不会做饭还这么得意。"

范琳琅自觉插不进话，讪笑两下关门走了。

秦月倒是和唐漾杠了起来："秀什么优越感，你也不会。"她不信唐漾做菜能和泡泡面一样熟练。

"我是不会做，"唐漾笑眯眯地冲秦月道，"可我家蒋时延会做。"

唐漾想着，"啧"一声："我跟你说，他做的菜可好吃了。大菜、小菜、凉拌菜，什么佛跳墙、水煮鱼，还有糖醋排骨——金黄酥嫩、酱汁浓郁、口感巨好。"

好了好了，秦月扑过去捂住她的嘴。

等唐漾吃完饭，秦月离开，顺手帮唐漾把一次性饭盒带到外面的垃圾桶。

唐漾送秦月出办公室，顺路去墙角接了杯水。她带上门，刚坐回座位，手机震动，一串陌生数字浮在屏幕上。

是 A 市的号码。

唐漾狐疑地接通。

电话里传来一道冷冽沉稳的嗓音。

"唐处，是我。"

唐漾用三秒钟反应过来这个人是周默。

周默换号码了吗？为什么会给自己打电话？

唐漾收回思绪，礼貌道："请问有什么事吗？"

周默："快递收到了吗？"

唐漾疑惑："什么快递？"

她这周就一个快递，范琳琅给她拿过来后她扔在桌角一直没拆，难道不是网购的加湿器？

唐漾弯腰把快递捞起来，果然看到了周默的名字。

而电话里，周默同时道："里面是一个柚子，老家亲戚带过来的，这次没给很多朋友寄，唐处你可以打开尝尝鲜。"

周默保持着不急不缓的语速，唐漾脸上的表情慢慢敛起来。

因为，蒋时延查过，她也知道，周默的父母似乎是特殊职业还是已经双亡。周默从小跟着他亲叔叔周自省长大，两人的人情关系都极其单薄，怎么会出现老家亲戚这样的说法？

唐漾想起会所那晚周默给自己比的手势。

"好。"她应下。

隔了几秒。

"唐处，"周默又换了闲聊的口吻，他说，"最近天气热，但我又经常看到云，你说会下雨吗？”

唐漾猜不出周默这哑谜的意思。

“可能要问天气预报。”她客观地答。

周默闷笑一声。

又沉默几秒。

唐漾还没拆开：“提前谢谢您的柚子。”

周默：“是我谢谢你。”

唐漾觉得这话奇怪，却也没再追问。

两人挤牙膏般聊了几句，挂断电话。

周默说谢谢唐漾。

周默为什么要谢谢自己？

周默……唐漾意识到周默那晚的手势可能不是偶然，她心里一惊，飞快地在抽屉里找了把美工刀，划开快递外包装，里面果然静静地躺着一个柚子。

唐漾蹙着眉把柚子取出来，仔细打量。

这柚子比橘子大不了多少，小巧精致，表面有一道断裂的纹路。

唐漾把刀尖对准纹路缓缓往下划，刚划到一半，柚子便依着惯性自动分成两半。接着，唐漾便看到里面一半是真正的柚子果肉，另一半被人挖空，然后填了一个长方形的塑料袋！

唐漾喉咙咽了咽，小心翼翼地将塑料袋拿出来，拆开封口。

袋子里有两样东西，一个U盘，一张卡片。

U盘里的内容暂时未知，唐漾望着卡片上的账号“JJDC003”、密码以及IP，怔了好半晌。

中午，汇商官网挂了下午维护监控监听请大家配合的公告，唐漾这层的监听正在维护中，她直接回拨了电话。

“嘟”一声，对方接听。

唐漾吸气：“周总。”

自上次一起喝鸡汤后，唐漾对周默没什么好感，即便那晚收到了他的手势，她也对周默保持着戒备。

但周默也确实解了她的燃眉之急，“003”的权限有多高她可以预测，甚至比陈强的朋友更加有效。

无论他是真心帮忙，还是拿自己当棋子，唐漾都受了这个恩情。

“九江那边没有保密规定吗？”汇商有内网，唐漾当然知道账号密码的私密性。

周默轻声道：“你登进去试试。”

唐漾照做，在页面加载完毕，她看到右上角的名字时，瞳孔微缩，彻底说不出话来。

因为，这个账号不是周默的。

而是何征！

何征是九江地产的开山元老，如果说周默是魏长秋的左膀；那何征，就是魏长秋的右臂。

唐漾认识他，那晚在会所也看到了他。

周默大概在家，或者一个能保护隐私的地方。读出唐漾的沉默，他语气闲散：“那天我和周自省说话，何征进来了，张口闭口就是他儿子。他离异，我脑子都没动就猜到了他的密码，是他儿子的生日，但九江登录内网实行固定 IP 制，查他登内网的 IP 反倒费了些气力。”

唐漾登录进入，周默对账务熟。

唐漾找出之前的笔记，问了存疑的地方，周默闭着眼睛秒答下拉菜单。

唐漾点开，左手拍照。后来，她试了试拷贝，可以！

唐漾便逐条复制慈善部分的关键内容，右手滑动鼠标的速度渐渐慢了下来。

屏幕显示，九江地产所有做慈善的款项都被拨到了一个叫“生态系统”的地方。

生态系统收纳慈善资金又不止收纳慈善资金，然后，再以将近 300% 的盈利把钱吐出来。这笔巨额盈利一部分用于维持集团正常运作和项目招标，而更大更多上百亿的部分，则是流入一个“生态王国”，用于王国的构建、修补、扩张。

宛如一个永动的印钞机，源源不断。

唐漾满是错愕地逡巡那些金额，近乎说不出话来。

唐漾复制完想要的内容，周默还未挂电话。

“生态系统是个代号？”唐漾问。

因为真正的生态工程并不赚钱，前两年大学生掀起生态创业热，相关机构给的补贴到了 90%，存活下来的生态园区仍是凤毛麟角。

将近 300% 的平均盈利，完全是天文数字。

周默："U 盘上。"

唐漾打开笔记本，插上U盘，里面将近10个G。唐漾边等待，边玩笑："不能在工作的地方看大电影。"

周默跟着笑，声音里却没有笑意："很刺激。"

10 个 G 加载完成，唐漾望着电脑上规整详细的 PDF，倏地失了所有的声音。

第一张图片已然触目惊心。

越朝下，每一个汉字，每一个数字，每一张图，唐漾看得嗓子干涩，无法发出一丝声响。

生态系统和王国不止涉及九江地产，还有其他分支，乃至整个九江财团。

标着"生态"这样绿色美好的字眼，里面的交易却分外血腥。

很多家庭忽然支离破碎、债台高筑以及更残忍的画面。

唐漾想象过九江财团的非正常盈利和灰色交易，但她真的没想到能够恐怖至这般。

最阴暗晦涩，不能想象的不见天日。

唐漾拉了一半，心跳紊乱，她停手，深呼吸，第一反应不是去解放这些人。一个人蚍蜉撼树般去揭露九江，不是当救世主。

她没敢往下拉，就是害怕，满腔只剩下一种情绪，那就是害怕。

她今年二十九岁，家境优渥，事业小有成就，恋情稳定，即便她不在汇商，她也可以去其他金融机构找到一个不相上下并且前途大好的工作。

她不是活雷锋，她肚子里还怀着她和蒋时延的"小狗"，她只是想做好自己的本职工作，她只是想知道九江钻慈善漏洞的因果缘由，继而喊停九江专案。她只想看到一点点地方，她并不想看到这么一个大而沉重的"王国"。

唐漾对自己的认知很明确，她就是一个稍微努力点的普通人，她有所有普通人本能的胆怯和自私。

她一只手握着手机，一只手抹了一把脸，出声："周默。"

她带着犹疑、忽然看到这些东西的无措以及一抹潜藏的拒绝意味。

周默当然听出来了。

“唐漾，”他很平静地说，“这份资料我没留底，就这一份，九江十年，在你手上。”

唐漾没出声。

周默淡淡地继续：“你可以选择马上删除，你也拿到了你想要的慈善数据，翻脸不认人也不是什么大事儿，就当作没有这个U盘。我为了保命肯定不会主动说，只是里面有些资料可能再也找不到。”

唐漾右击鼠标，出现“删除”选项。

周默：“你也可以匿名交给相关机构，但我不知道里面有多少是九江的人或者九江安插的眼线。”

唐漾的鼠标点中“删除”按钮。

周默接着道：“或者拿出你理性经济人的思维，把东西交给周自省或者魏长秋，保你金山、银山富贵满堂。九江不倒，汇商不倒，你一路长虹。”

唐漾蓦地将鼠标滑到一旁，大口大口呼吸。

电话里，周默说：“我希望的是交给蒋时延。”

蒋时延有天生的传媒敏锐，他是爆款制造机，他懂得在未来、一个有其他铺垫和水花的时刻推波助澜，将一切放在睽睽众目下、风口浪尖上。

可消息有多惊人，风险亦有多大。

周默在赌，赌他对唐漾的了解和唐漾的选择。

唐漾明白周默那个账号就是敲门砖，可她偏偏用了。

“你为什么不直接给蒋时延？”她问了句废话。

周默：“因为他毫无保留信任的人只可能是你。”

唐漾反问：“所以你凭什么觉得我会给他出这样的难题？”

周默反问：“所以你凭什么觉得蒋时延自己不会想要U盘里的东西？”

蒋时延也不过二十九岁，朋友圈微博中二也好，嘴利也罢，他撑起这么庞大的一休，怎么可能胸无沟壑。

两人说完，不约而同地笑了，可笑里带着难掩的凝重。

唐漾没立马说自己的答复。

周默也不急。

唐漾至少知道了周默的立场，周默也知道唐漾在考虑。

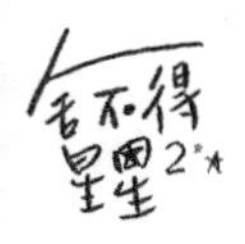

双方倒带了点盟友的坦诚。

片刻，唐漾叹道："所以我想彻查九江的事，就那一页纸，范琳琅给了周自省还是魏长秋？"

"她给的涂臣，但涂臣是魏长秋的人，或者怎么说，"周默更精确地表达，"他不是魏长秋的人，但他在九江吃得最多。"

唐漾和秦月留那张纸是刻意的。秦月不想让范琳琅轻松，塞进碎纸机是故意的。

唐漾又问了一个之前思量过的问题，"所以魏长秋和范琳琅之间……"

唐漾也是临近甘一鸣出事，才发现甘一鸣和范琳琅的暧昧，可情敌相见不应该分外眼红吗?

周默没有女孩子说起感情八卦的眉飞色舞，他描述得干巴巴的。

"范琳琅和甘一鸣是青梅竹马，同个初中、高中。甘一鸣大概受够了普通日子，遇见魏长秋后穷追不舍。甘一鸣听话、好养，魏长秋也就和他在一起了，"周默道，"魏长秋婚后私生活混乱，甘一鸣也悄悄乱来，范琳琅和甘一鸣是一丘之貉。"

唐漾目瞪口呆。

周默当时也觉得奇异，然后道："甘一鸣知道魏长秋不少事情。进去前，甘一鸣给魏长秋提了个要求，就是保范琳琅。魏长秋当时'哟呵'一声，'真是真爱啊'。魏长秋挺厉害，我跟着她学了不少。她这边答应了甘一鸣保范琳琅，甘一鸣毫无怨言地进去；那边她给范琳琅说甘一鸣爱着她，委托自己照顾她，自己算是他们之前的绊脚石。"

魏长秋张嘴乱说，范琳琅升了副处，对魏长秋感恩戴德。

"我不知道能不能用'贱'来形容，"周默迟疑，"好像很不尊重女性。"

唐漾不对范琳琅和甘一鸣的感情做任何评价。

可出于第六感，她甚至觉得甘一鸣不像是个有真情的人，与其猜范琳琅是他的"白月光"，不如猜范琳琅知道他什么秘密。但唐漾也管不着，不过她现在倒彻底明白了当初在办公室，自己卖委屈，魏长秋直接抬手把烟头摁在甘一鸣身上那股子狠戾从何而来。

唐漾和周默又交流了一些细节。

唐漾忽然意识到："你手机不会有监听？"不像魏长秋的性子。

“女人对于爱情好像都有一种奇特的宽恕，”周默似是耸了一下肩，解释说，“我在魏长秋面前胡扯说喜欢你，但你和蒋时延感情明显很好。她大概觉得我和你之间会有难以沟通的尴尬，就解除了我手机拨你号码的电话监听。”

周默似是自嘲：“第一个是给她拨，不用监听；第二个就是你。”

唐漾不知道该笑，还是不该笑，扯了扯嘴唇：“那你还顺利吗？”

自徐姗姗走后，周默鲜少有这么漫长的聊天，也没觉得倦，带着一点平淡的舒心。

“还好，”周默喝了一口茶，“我查证的时候，遇上另一拨人也在留证。对方好像知道我在查，给我留了很多通道。我开始怀疑是九江那边试探我，后来发现不是九江的人。”

“我说的是感情，”唐漾知道自己可能会戳到周默的痛处，但还是问了出来，“你是因为徐姗姗去的九江吗？如果我看的记录不是同名同姓，徐姗姗的毕业实习就是在汇商，信审处。”

周默没回答，唐漾没有穷追不舍。

好一会儿，周默的声音变了，故作玩笑中夹杂着颤意：“你觉得我像是一个为了女人赔上自己一生的人吗？”

从唐漾认识的角度，不像。

但如果从徐姗姗的角度……

唐漾还没来得及回答，周默直接挂了电话。

外面在吹风。

曾经的周默理智、利己、年轻而富有野心，他想成为行业巨擘，想撬动整个银行业的结构层次，想成为立在醒目位置的黄铜塑像。

直到他遇到了他名叫“徐姗姗”的一生。

第十章 暗涌

唐漾和周默通完电话，攥着U盘去了洗手间。

她拿了两个发兜，先把U盘塞进扎好的发间，然后依次用发兜兜住头发，又别了好几根钢夹子，确认U盘稳稳地放好了，除非自己取或者拔光头发，否则绝对不会掉出来后，她到洗手台冲了会儿手，和之前没有任何区别地走出洗手间。

整整一个下午，唐漾在文件尾部签名时，脑海里时不时会闪过那些染血的图片和图片上麻木的眼睛。

不知道是不是怀孕的原因，她变得特别敏感，每想一次，心就“扑通”“扑通”跳得又急又快，肚子也传来隐隐的胀意。她悄悄拿出检查单看了看，温柔地摸着小腹自言自语：“蒋小狗你乖一点，下午你爸爸来接你，我们就告诉他好不好。我们不等周末，我们不吓他了，好不好。”

五点半，唐漾工作没处理完，她给蒋时延打了个电话让他推迟半小时过来。

蒋时延嘴上应着，人却是马上下了楼，陪漾漾办公也是一个不错的选择。

信审处的同事们先后过来给唐漾打招呼，离开。

眼看着人越来越少。

周自省路过信审处也专门进来看看，见唐漾办公室的门大开着，他敲敲门，唐漾抬头。

几个秘书在旁边站着，周自省提醒：“周五就别加班了吧。”

唐漾笑笑：“还有一点点，马上完了。”

周自省：“监控维修通知你看到了吗，好像到你们这层了，注意一点。”

唐漾没觉得这话有什么提示："看到了。"

周自省还没走："不然你搭我的车，我送你回去吧？"

周自省对唐漾一直带着莫名的长辈般的关心。唐漾态度也温和："不用了，蒋时延等会儿过来接我。"

周自省盯着唐漾看了几秒。

唐漾把额前的碎发拂到耳后。

"注意安全，大家都走了，你就走吧。"周自省再交代了一句，跟着秘书几人出去上了电梯。

唐漾想，如果周自省不拉着她说话，她大概能多处理几件事情。

但周自省刚刚的神色，唐漾转念，周自省奇奇怪怪也不是一两次了。

转眼快六点，蒋时延堵在了晚高峰的路上，其他同事悉数离开，信审处只留下了唐漾一个人。

她的事情处理完，又给蒋时延发了条微信。蒋时延说他已经出来了，唐漾随手把手机放在桌下装键盘的抽格上，开始整理东西。

"咚咚"两声敲门声。

唐漾抬眼，是两个穿西装的陌生男人，身材魁梧。

唐漾不着痕迹地皱了皱眉，她一边把钥匙放进包包，一边熟练地说道："个人业务咨询请在一楼前台，对公业务在三楼，信审处暂时不受理对外业务。"

"唐处，您好，"其中一个男人客气颔首，"我们老大麻烦您和我们走一趟。"

唐漾定睛，认出这些人的衣着和以前周默跟自己喝鸡汤时瞥见的男人一样。

她故作不知，垂在桌下的手悄然点开了录音："你们老大是？"

男人不遮掩："九江地产，魏长秋，她下周和您约了饭，想提前到今晚，说说事情，您看可以吗？"

唐漾："现在是下班时间，不说事情。"

又有两个西装革履的男人出现在门口，四人堵住了唐漾办公室的那扇门。

唐漾看窗外，二十三楼。

她吞了吞口水，一颗心慢慢地悬到嗓子眼。

最开始说话的男人道："唐处不要敬酒不吃吃罚酒，希望您能自己出来。”

“我出来，我出来。”唐漾是个听话的人质，她先前是弯腰的姿势，现在一只手扶在桌面上，另一只手按停手机的录音键。

她迅速拨出周默的电话，一秒挂断，转移话题：“那我需要拎包包吗？”

为首的男人道：“不用。”

唐漾把手机从静音调为震动，小心地把手机放到地上，推进桌底的缝隙：“那我就只用去一个人是吗？”

男人道：“是。”

唐漾蹲在桌下的时间太长，男人走了过来。

“约饭什么都不带就算了，连鞋带都不让系？”她带着点蒋时延式的撒泼耍横，生气地伸出自己的脚，“来来来，你帮我系。”

高跟鞋的装饰鞋带一只松开，一只系着。

魏长秋交代不能伤人，但肢体钳制允许。

男人把唐漾生拽起来。唐漾极力挣脱束缚：“我自己可以走。”

另一个男人也上前，隔着衣服钳住唐漾的另一只胳膊。

“你们这可就是人身威胁了，魏长秋这态度……”

两个男人擒住唐漾，两个跟在后面，唐漾骂骂咧咧地摇来挣去。四个男人明显接受过专业训练，统统不理。唐漾出办公室时，扭头深深看了一眼桌角。

等电梯，电梯到，上电梯。

最早进电梯的男人拿了块黑布挡住摄像头，唐漾还没来得及转身，一只手握着毛巾直接捂住她的口鼻。唐漾“唔”一声，软绵绵地倒在地上。四个男人熟练地把唐漾装进电梯里早已准备好的一个有洞的特大号工具箱。接着，他们打开另一只箱子，麻利地换了四套维护工人的工作服。

“叮咚”，电梯到。

金属门徐徐打开。

维护工人在电梯内，蒋时延和助理站在电梯外，几人的目光在空中交接。

四个维修工人目不斜视地走出电梯，蒋时延手抄在西装裤兜，侧身准备进电梯。

双方肩膀擦过那一瞬，蒋时延忽地蹙了眉，喉咙亦不可自已地滚了一下，然后，颇为敏感地站进电梯。

助理也进去了，按了信审处所在的二十三楼。

这个过程中，蒋时延的视线紧紧锁着前面越走越远的四人。

金属门慢慢朝中间收拢，眼看合到了一拳的距离。蒋时延倏地以手挡门，大声喊：“前面几位麻烦等等！”

蒋时延的心跳很快，有种说不上来的紧张，好像自己这一关门就会错过什么一般。

电梯门反应需要几秒，而四位维护工人已经走到了门口。

蒋时延冲出电梯，边追边喊：“前面麻烦等一下！拦一下！”

旁人没懂意思，而四个工人置若罔闻，速度加快，进入旋转门。

汇商的电梯到大门约莫三十米，蒋时延冲到旋转门这头，几个工人出了旋转门。半圆式旋转门的入口慢吞吞地转回到蒋时延面前。蒋时延进入旋转门，深呼吸。

而那几个工人越走越快，最后小跑着上了停在门口的面包车。

蒋时延出旋转门，工人关车门。

“咔嗒”，闭合。

蒋时延一颗心登时悬到嗓子眼，他呼保安麻烦拦停，保安从不远处跑过来。

“拦住那辆车，麻烦拦一下！”蒋时延边喊，边朝车追。

人和车隔着将近十米的距离，车把距离渐渐拉开。

保安想帮忙拦，可面包车进来时拿过临时卡，开到出口把卡一塞，横杆匀速抬完，对方一踩油门，直接冲了出去。

蒋时延反应很快地去开自己的车，他刚拉开车门，便看到那辆面包车没走大道，左拐右拐消失在小路里。

自己为什么要追一辆维修车？

像个神经病。

蒋时延怔怔地望着那抹尾烟，脑子混沌不清。

而这时，助理也气喘吁吁地跟过来：“那几个工人看上去是挺奇怪的，体型气质太硬，像当过兵。”他能理解老板的莫名其妙。

“不过，”助理扶腰，指着汇商门口的显示屏道，“汇商今天确实在维护监控监听。”

助理话还没说完，蒋时延骤然垂下手，小跑着重回大堂，冲进电梯。

在电梯上，蒋时延锃亮的黑色鞋尖一直似鼓点般敲打着地面，薄唇紧抿成线。

助理紧随蒋时延，蒋时延不耐烦地等楼层跃到二十三楼。

“叮——”

几乎电梯门刚开，蒋时延便夺门而出。

信审处空无一人。

蒋时延冲向唐漾办公室。

“漾漾你在……”蒋时延的手稳在门侧，视线触及空荡荡的办公室，脚步停住。

里面没人，外面没人。

只有助理的脚步声和蒋时延的心跳一样，错乱而清晰。

漾漾不见了？

漾漾不是说，她在等自己？

蒋时延愣了足足几秒，推开助理飞也似的转身。他去厕所，厕所没人；去洗手间，洗手间没人；去阳台，阳台没人。

助理也意识到不对：“其他楼层也早就下班了。”

唐漾调来汇商的第一周，蒋时延就熟悉了整幢汇商大楼的部门分布。安防中心在二十一楼，他一边从楼梯间“哐哐当当”下去，一边拨唐漾的电话，一遍，一遍，无人接听。

蒋时延又报警描述大概情况，可人口失踪要二十四小时之后才能立案。

挂断电话，蒋时延疾步走进安防中心，语速极快：“调一下监控，信审处的，还有五分钟前从大门出去的那辆灰色面包车。”

负责人从办公室里出来：“蒋总你好，我们这边调监控需要流程，麻烦您填一下表，然后拿到顶楼秘书处签字盖章。”

负责人递表给助理，蒋时延身后的助理扯过表开始填。

蒋时延的手指“咔咔”敲着墙壁。

安防中心到处是大厦各个角落的监控画面，有的是实时，有的画面延迟五分钟，有的延迟十分钟，蒋时延的视线胡乱扫。

负责人问：“是唐处丢了什么东西吗？”

蒋时延没理。

负责人自觉没趣，悻悻地碰了碰鼻子，提醒蒋时延的助理：“需要身份证号码，你和蒋总的都要，对了，还要你们的工作单位和联系地址，然后要填调取的监控区域。”

蒋时延平常是个讲道理的人。

可现在他等待的时间太久了，每一秒都太久了，安防负责人的声音像蚊子一样在耳边嗡嗡嗡。蒋时延回想着四个行色匆匆的维护工人，心跳越来越快，越来越快，即将逼近临界值的前一秒，蒋时延倏地合上眼眸，再用力睁眼，然后直接拨了涂臣的电话。

涂臣是负责对外合作的副行长，也是收范琳琅那张纸的人。接到蒋时延的电话，他略微忐忑又故作镇定：“你好蒋总，请问有……”

“我爱人唐漾在工作地点无故失踪，你们调监控需要的流程太多，我这人不会打官腔，”蒋时延先前一言未发，此刻，他就直视着满脸错愕的安防负责人，言简意赅，“我需要我爱人的去向、前因后果和你们的说法。如果你们十分钟内未来处理，我作为家属只能全网发布寻人启事。”

负责人听得胆战心惊。

蒋时延眸底深邃如暗海，面上却愈发平静。

他几天前就知道漾漾想查九江的事，也推测漾漾的失踪可能和魏长秋有关系，直到他看到五分钟前的监控，四个西装革履的男人训练有素且熟悉地进入信审处。

银行部门繁多，即便是二十三楼，信审处旁边还有一个放贷科。

这个熟悉意味着什么……

高层雇佣“工人”？并给“工人”提供漾漾的信息？

电话里，涂副行连声安抚。

蒋时延倚在安防中心门边，轻描淡写道：“我们是合作方，我免费给你们最大流量、最大热度。”

涂副行没出声。

蒋时延冷淡的低音响在两人的连线里：“我保证在所有能刷出东西的界面，首页一定是我爱人的名字，连着汇商。”

带威胁意味。

因为，就是威胁。

九分钟后。

周五晚，六点四十分。

汇商本该沉寂的大楼灯火通明。

汇商有一正四副五个行长，其中一个在外出长差，其他四个全部到位。

安防处在逐层排查寻找唐漾，监控也已经调出：唐漾中午进汇商，之后便一直没有出去。

之后，所有的结果都指向那四个人，西装革履带着唐漾进电梯，出来时，变成工人模样拎着两口大号工具箱。

顶楼那间加密会议室。

正前方的屏幕定格在四个工人和蒋时延擦肩那一幕。

蒋时延之前在顶楼，涂副行好话说尽："我们马上去查维修公司工人的情况，一定尽快给您一个合理的解释，少安毋躁。"

蒋时延离开后，几位行长站在会议室。

涂副行的眼神闪了闪，斟酌着给其他三位道："人是我通知魏总带走的。"

话音未落，周自省直接抢起面前那沓安防资料砸在涂臣身上。

之前，涂臣的安排是他自己找人带走唐漾，暂时软禁。可现在，涂臣把唐漾交到魏长秋手上是什么概念？交到一个双手不知道染了多少血的魏长秋那儿是什么概念？

其他两个行长想起一段往事，亦神情复杂地望着涂臣。

涂臣自知理亏："但我特意交代过，毫发无伤。"

几人的面色没有缓和。

"现在的关键不是魏长秋知道唐漾要查九江把唐漾带走了，是我们怎么给蒋时延一个交代。找回唐漾是小事，"涂臣环视一圈，"关键是谁来为唐漾的失踪负责。"

在涂臣的规划里，信审处六点基本没人了，提前进入汇商的工人带唐漾离开。七点，汇商官网贴出公告，而秘书处也会给蒋时延发信息，说明这是个突然的封闭式学习，关于"昙信通"的保密数据。

他们已经提前在一休官网了解到今天是一休的小型股东会议，蒋时延不会提前撤。

可他们不知道一休的期权制和传统股份制存在差异，一休的股东几乎三十出头，效率极高地说完正事便散了会。涂臣他们更不知道蒋时延会等不及来接唐漾，碰巧就遇上了那几个工人。

短暂的沉默。

周自省撑在会议桌上，面色泛出一层不正常的红："你说你担全部责任，在我的办公室。"

"周行，"涂臣望向周自省，嗫嚅道，"你和唐处、蒋总的关系比较近，唐处也不是不回来。如果你来担责，我想对双方都能起到一个很好的缓释作用。"

另一位副行长哂道："涂副忘记当时在我们面前说的什么了吗？现在推脱责任怕是有点……"

涂臣："我不是推脱责任的意思，问题的核心是蒋时延放了话就等在楼下，我们一定要给他一套说法，我们要寻求最优解，这个最优解明显是周行。"

周自省淡淡地瞥向涂臣，反问："如果我不担呢？"

楼下，信审处本来不允许家属随意出入，而且是非上班时间。

但事情确实紧急且突发，对方又是蒋时延。

安防中心和程斯然同时追查面包车的情况。蒋时延等在唐漾的办公室，手机屏幕与顶楼会议室播放的是同一张。

能把人塞到工具箱里的手法……

如果是高层提供消息，魏长秋带走漾漾……

这个猜想初到脑海，蒋时延的胸口便宛如胡乱塞着浸水的棉花，潮湿膨大地堵紧，蓦地有些喘不过气。

窗外的乌云提前描摹夜色般笼罩在城市上空，却迟迟没有下雨。

唐漾办公室的窗户被支起来一半，传来猎猎风声。

蒋时延整理唐漾的私人物品，助理整理唐漾桌上的文件。

办公室里没有打斗或挣扎的痕迹，甚至文件上连个褶皱都没有。蒋时延潜意识觉得这隐隐带着暗示，尽管他现在没和漾漾取得联系，担忧她的处境却一无所知。

漾漾的包收了一半，说明她准备下楼等自己，但没出办公室就被带走了。

漾漾收拾包的习惯是先把搁在办公桌抽屉里的口红、气垫放进包包隔层，然后放钱夹进去。口红和气垫已经放了，钱夹还在桌上，但她把隔层拉链都拉好了，说明当时她足够从容。

唐漾已经失踪半个小时了，蒋时延面上没有任何情绪，他只是无比静默地收拾东西，一个细节一个细节慢慢想，慢慢推敲，假装自己的呼吸是平缓的，假装自己动作有条不紊且有思考能力。

可接下来的一切，显得越来越不对劲。

蒋时延给漾漾买过一方小毛毯放在办公室。她之前冬天都不会用，说是如果有人来办公室谈工作，看到一块毛茸茸的毯子会显得很不正式。可现在，这块小毯子被她搭在了椅背上。

漾漾不喜欢乱涂乱画，可此刻，她桌角那台日历上却圈着几个日期。第一个日期大概在七十几天前。

漾漾的水杯还是习惯性放在左手边，蒋时延无意扫过水杯里的牛奶，视线慢慢停在原处。

为什么是牛奶？

唐漾经常吃速食，但对喝的从来都是精益求精。能喝茶的地方，她很少喝矿泉水；能喝奶茶的地方，她很少喝茶。她对牛奶没什么好感，但此刻，她杯子里有牛奶。蒋时延抬眼望向墙边的小储物柜，储物柜里还放着两大盒。

蒋时延微微出神，助理的手挥到他眼前唤他："蒋总，蒋总。"

蒋时延收回思绪。

助理抱着一沓资料道："陈强过来了，给我打了电话，马上上楼。"

唐漾才失踪时，蒋时延就告知了双方亲友，只有深山里的唐爸爸和唐妈妈没通知到。蒋妈妈着急愤怒安排找人，蒋时延道了声谢，没空安抚母亲的情绪。

他朝助理点点头，示意自己知道了。

助理瞧着蒋时延沉静的模样，犹疑片刻，从那沓文件里抽出了一张纸："对了，蒋总，我还在唐处资料里看到了这张检查报告。"

"什么检查报告？"蒋时延蹙眉接过来，剩下的话堵在了喉咙里。

他将报告抬近，逐字逐句地看清上面的内容。

【腹超声检查，子宫前位，宫体增大，宫壁回声均质，宫腔内见一……】

两位数的长宽高显得太大，蒋时延越过数字，然后，看到了后面的"妊娠囊"。

一下子，蒋时延的脑子宛如没有信号的老电视，雪花窸窣闪烁，看上去在动，但无法思考。蒋时延的睫毛轻颤，接着，近乎机械地朝后浏览，有心跳，有回声，也有流产倾向和建议休息。

他微微张嘴，好像忘记了呼吸。

他一遍一遍缓慢地逡巡报告单上每个字，连医院统一印刷的备注都反复看。

鼻息先重，后停，再轻，到最后，归于平缓。

“我知道了，”蒋时延的嘴唇动了动，吩咐助理，“你回一趟一休。”

唐漾的办公室灯光白亮，蒋时延的唇色极淡。助理想说让他吃点东西，话到嘴边，还是没有开口。

助理点头出去，蒋时延撑着椅子把手迟缓地坐上唐漾的转椅，然后，他把报告单搁在手旁，端过唐漾的杯子，沿着杯口浅浅的唇印将她未喝完的牛奶抿进嘴里。

陈强转着轮椅进来，虚掩了门。

蒋时延听到响动抬头，和陈强对视。

陈强可以想象蒋时延的心情，没寒暄，直接道：“之前唐漾和我一起吃饭，跟我说了她想彻查九江的问题，想让我帮忙。”

陈强一字不差地阐述他和唐漾见面的内容，并提出九江制造意外的可能性。

牛奶冰凉，滚过干涩的咽喉，宛如冷水流过生锈的铁片，有钝痛，也有舒缓。

陈强的声音响在空旷的办公室。

蒋时延看起来在认真听，耳边却时而“嗡嗡”，时而空白，满脑子都是漾漾昨天来找自己。漾漾那么反常的可爱，漾漾问了自己那么多遗传问题，自己当时怎么就没看出唐漾怀孕了呢?

蒋亚男平常很独立，怀孕的时候都格外黏冯蔚然，瓶盖要冯蔚然给她拧，袜子要冯蔚然给她穿，检查要冯蔚然陪着去。

对，检查，漾漾昨天中午是一个人去医院检查的。

她会不会害怕，她会不会难过，她会不会想自己在她身边，别人会不会对她指指点点。

一想到一束束异样的目光看向唐漾，蒋时延觉得自己很渣，渣得愚蠢又窒息。

他想嘲笑自己，嘴角却扯得极其费力。

沉寂的间隙，程斯然的电话进来了。

蒋时延接起。

秦月的电话进来，蒋时延语速快且逻辑清楚。

然后是蒋妈妈那边，是一休那边。

电话接连而至，进进出出。

陈强靠近，亦看到了桌上的检查报告。

蒋时延坐在桌后，陈强在桌旁，他注视着看上去极为镇定的蒋时延，眼神闪烁，把那天没对唐漾说出口的话说了出来："你知道我和宋璟很早之前就认识。"

"嗯。"蒋时延应下，起身把窗户开到最大。

陈强在旁边说，蒋时延倚在桌边，夜风吹乱他的发。

陈强说："大概四年多、将近五年前，我跑货车拉煤走山路。有个晚上，遇上一个A级罪犯劫了大巴车。"

匪徒身形壮硕，面相凶恶，匕首架在一个中年男人的脖子上，要求全车人交出身上的钱。大家赚钱都不容易，可更惜命，哆哆嗦嗦哭爹喊娘地把身上所有的钱都交了出来。

中年男人的老婆和小孩还在人群里，大巴司机把口袋扔到匪徒面前。匪徒手上的刀却一拉，登时血光四溅。

宋璟在山里做军演，作为支援赶到，亦和警察们撞见这一幕。

匪徒似乎习惯了警察围攻的场景，一声嗤笑拿钱想跑。然而，他没注意到脸上画着迷彩的小队，被狙击手一枪爆了头。

画面凶险，陈强平静的声音继续响起："匪徒流窜时，有个账户每周固定朝匪徒账号里打钱，账户是九江何征。"

蒋时延攥手机的指节用力、发白。

陈强："那个中年男人是去下海创业的，离职前在汇商上班。"

蒋时延呼吸混乱。

陈强："是甘一鸣之前的信审处长，邱凯，八月一日离职，三号遇害。那年九江也有个百亿专案，他批了专案，然后离的职，所以我在想这里面的关联。"

A级罪犯，何征，信审处处长，遇害，还有那张怀孕报告单，宛如魔音般在蒋时延脑海里回荡。

他闭眼想赶走魔音，魔音却愈发清晰。赤红从他的脖子漫透至脸，他好似被人扼住咽喉。

陈强看不下去，拧眉道：“你冷静一点。”

蒋时延没回头，手抖着探到桌上的美工刀，抓住，抬起，指向心脏。他喉结滑动，尖刀一寸寸抵向心口，抵到白色衬衫，刀尖将白衬衫抵出一个窝，眼看着要划破时徐徐停下。

“不冷静就进去了。”蒋时延无比冷静地自嘲，却不敢睁开眼睛。

黑云压顶，夜风呼啸，他爱人失踪了，怀着他们不到三个月的孩子。他不敢想象，如果漾漾有一丝一毫的意外，如果魏长秋动了和上次一样的心思，匕首横在漾漾的脖子上，如果匪徒手腕用力一拉……

助理很快抵达一休，蒋时延发出“发”“撤”“嗯”几个字，言简意赅。

一休的员工大多对唐漾怀着好感，蒋时延安排下去，他们还夹带私货。

十分钟内，“汇商年轻貌美女处长无故失踪”“办公场所被人劫持”“汇商安防”在社交通信软件铺天盖地，其中不乏员工们“一家随时可能在办公室遇害的银行”“要工作还是要命”的私心。由于蒋时延之前和首都总局领导们交好，甚至，官媒上都直接开绿灯插播了唐漾失踪的消息。半小时不到，“人口失踪”“单身女性安全”等社会关注焦点成为全民话题。

汇商总部召开紧急会议，立刻派遣专案小组连夜赶往A市，总行行长给蒋时延打了慰问电话并承诺问责到底。

涂副行被接连不断的消息震得大惊失色，匆匆下到信审处质问蒋时延：“蒋总您电话里说的十分钟我们准时到了，您这样言而无信先斩后奏……”

美工刀倏地架在涂副行的脖子上。

刀柄在蒋时延的手里，蒋时延轻描淡写：“我说什么你就信什么？”

涂副行两股战战。

蒋时延：“那我说如果唐漾出了任何事，我立马弄死你，你信吗？”

冷利的刀尖挨着皮肤，涂副行舌头都捋不清：“蒋，蒋总。”

“别信。”蒋时延抬起刀片，微笑着用薄薄的刀片拍涂副行的脸，涂副行想退后却又不敢退。

蒋时延笑意愈深：“我是文明人，”他缓缓俯身，伏在涂副行耳边，

"我只会让你尝试一些美好的滋味，比如真正的众口铄金。"蒋时延压低声音，一个字一个字道："身败名裂。"

涂副行脚下趔趄，陈强飞速把一块指甲壳大小的薄片贴到涂臣的手机上。

蒋时延用眼神询问陈强，陈强朝蒋时延轻点一下头。涂臣的手机屏幕适时亮起，涂臣瞥见号码，不动声色地用掌心盖住屏幕道："高层正在商榷，蒋总，我们一定会给你一个交代，如果可以的话，我们也希望热度……"

蒋时延眉目冷冽，指间把玩着刀。

涂臣识趣地离开，走远后，捂着胸口接起电话。

与此同时，陈强点开不知什么时候握在手上类似遥控器的东西。

魏长秋也看到了新闻和热搜，颇为头疼："唐漾被我转移了地方，你顶住舆论到七月底。专案一过我这边会想办法和唐处沟通，说成她和我是朋友之间一同游玩。"

一瞬后。

陈强和蒋时延都很清楚地听到涂臣说："好的，魏总。"

一秒，两秒，三秒。

蒋时延面无表情，"啪"一下把美工刀甩在脚下。

"哐当"脆响！

"当"再轻响，很小很小的声音，可两人都听到了。

蒋时延狐疑地弯身，然后，不敢相信但又确实从桌角的缝隙里捡起了唐漾的手机。

蒋时延熟练地解锁，接着，点开了最近的录音程序。蒋时延听了录音，把音频文件转发到自己的手机上。

蒋时延和陈强都没说话。

蒋时延潜意识里有什么东西呼之欲出，他点开短信图标，最顶上是自己，没有新增信息。他点开通话，意料之外也是意料之中地看到了最顶上的周默。

蒋时延动作很快，准备给周默回拨。

陈强拦住蒋时延："周默是魏长秋的特助，是周自省的侄子，听说会所那晚周自省也在。"

他们不知道周默是敌是友，手机是唐漾留下来的，还是带走唐漾的人留下来的诱饵？

可如果是诱饵，又怎么会录音；如果是诱饵，怎么会调成震动而不是铃声。

蒋时延稍稍启唇，但他说不出自己和唐漾之间那种在时间里积淀过的心意相通。

蒋时延执意回拨，陈强拦不住。

几秒连接音后，两人都放轻了呼吸。

“您好，您拨打的电话暂时无法接通，请稍后再拨……”

蒋时延拨第二遍。

“您好，您拨打的电话暂时无法……”

第三遍。

“您好，您拨打的电话暂时……”

第四遍、第五遍……第十遍，嘟声一下，周默那头变成了关机。

一刹那，好似失去了最直接的信息。

唐漾办公室的角落放着一口造型简约的落地钟，“嘀嗒”敲出晚上十点的长音。

汇商附近的商场正在打烊，灯光熄如多米诺骨牌。

陈强始终无法相信周默，安静间，他道：“我们在明，他们在暗，刚刚‘嘟’那一下他们可能已经锁定了 IP。”

唐漾的手机屏幕忽然闪烁。

来电，周默。

蒋时延压在心口的大石头忽然上抬了些。

他接通。

对面沉默，他也沉默。

两人好像在试探对方的呼吸。

无声状态维持了足足半分钟。

“蒋时延，是我。”

声音细柔而熟悉，响起那一刻，蒋时延所有的混沌不安甚至逼近失控的情绪尽数缓释。

“漾漾，”蒋时延的喉结起伏一下，出声沙沙的，“是我。”

对面传来很软的吞咽声。

半晌，唐漾整理好情绪，语速平稳地接着道：“我被魏长秋带到了一个封闭的地方，周默看着我，他会保证我的安全，然后现在，你听我说……”

外面灯影幢幢，训练有素的队伍辗转于各大酒店全城排查监控，关于“唐漾、汇商、失踪”的话题热度已经上十亿了，官媒滚动播放，一休、汇商的员工行色匆忙，办公间、电话声、说话声“有消息”“没消息”此起彼伏。

然而，真正的局面却好似在唐漾阐述的这一刻，安定下来。

是的，唐漾从来就不是一个喜欢被动的人。

她查慈善漏洞遭遇瓶颈，既然有人想要她查九江的把柄，那她便给那个人。然后，她从范琳琅那儿知道一位彻底依属九江的高层——涂臣，负责对公对外合作，也负责和监听监控公司联系。

如果说周默作为有共同敌人就是朋友的第一个意外，那么蒋小狗，是第二个。

四个男人抵达办公室门口时，唐漾有足够的时间拨通保卫处或者蒋时延的电话，至少可以拉响警报。但对方既然把手伸向了她，唐漾等不了也不想等，她不想带着蒋小狗陷入彻夜提心吊胆的等待，她想看清伸手的那个人。

慈善漏洞和生态系统的面目已然足够惊人，而唐漾在对比九江公开账务和内网账务后，发现了一个更为惊心的事实——

九江公开账目显示，九江在汇商有过几次百亿贷款，用于购买或承包土地以及商圈建造。商圈投建后，九江按合同分期支付贷款或一次性偿清，并投入巨额流动资金至上百家慈善单位。

九江内网账目显示，汇商贷款进入了生态系统，投入慈善的流动资金也去了生态系统。生态系统的盈利一部分用于集团运作，一部分用于生态王国的搭建、扩张。

而自始至终，唐漾复核多遍，发现一个事实：汇商给九江的百亿贷款，九江都无须偿还！

这样的“无中生有”很细微，就像是连接九江、汇商乃至生态王国的关键跳板！

唐漾被带走。

她醒来时，眼前是魏长秋，何征、周默等高层候在魏长秋身侧。

魏长秋话说得明白，态度也很好，理解唐漾长期身处象牙塔的好奇，并保证唐漾的人身安全。

唐漾给魏长秋说了几个生态系统的数字。魏长秋的眸色骤深，按兵不动，九江几位元老目光直指周默。而这时，唐漾笑盈盈地叫了何征一句“何叔叔”。

何征脸色巨变：“唐处，乱拉关系可不是什么好习惯。”

语罢，他急着给魏长秋解释，“我和唐处、蒋总只有工作往来，没有任何私人交集。”

他话未说完，唐漾开口：“JJDC003，”然后背了何征的密码和ID。何征离异，仅有一个十四岁的儿子。唐漾笑着唤出何征儿子的乳名时，魏长秋看向何征。

“当然，你们要觉得是周默，也没关系，”唐漾不置可否，“与我无关。”

已经有人上来把何征暂时带下去。

“好像说是周默更划算，” 唐漾眼皮都不动一下，道，“蒋时延和我都不喜欢他。”

整个过程，唐漾表现得类似秦月——家境优渥，初出茅庐，一个业务能力强但心性简单，不知商海险恶的白富美。

魏长秋嘴上说得好听，眼底却划过一抹不自知的蔑视。她以前觉得唐漾稳重，真当私人场合看，也不过如此，装得稳重。

说到后面，魏长秋没什么耐心：“说说U盘里的事你知道多少？”

唐漾说了三分之一。

魏长秋面色稍微缓和一些：“你想要什么？”

唐漾：“还没想好。”

魏长秋的心悬着一半：“把U盘先给我？”

唐漾进来之前，已经做过安检，身上并未扫出任何可通信或可存储的金属物。

唐漾听到魏长秋问话，懒洋洋地打了个哈欠：“可我头有些晕，很困。”

周默抬手便给了唐漾一巴掌。

带着魏长秋式的狠戾和不耐烦，极得魏长秋的心。

唐漾的脸部立即出现红印，她眼神愤怒地盯着周默。周默反手，又一巴掌，这下，彻底舒了魏长秋的心。

一个唐漾不喜欢的男人，可唐漾感觉得出来对方喜欢她的男人，连扇她两巴掌。

魏长秋不用猜都知道唐漾的心情，她给守在门口的人简单交代两句，吩咐周默套唐漾的话后，便离开了。

然后，便有了这个没有被监听的电话，唐漾躲在被子里。

唐漾自认演技拙劣，所幸魏长秋没看出来。周默的两巴掌看上去很疼，其实没用什么力。

魏长秋走后，周默带着歉意拿了一只软膏过来。唐漾笑着摇头，示意她没事。

她的鼻子挑剔，不太喜欢闻软膏的味道。

当躲在被子里，听到蒋时延那声“漾漾”，她的鼻尖忽地发酸，脸上忽地起疼，很疼很疼，火辣辣的疼。

可这样的通话时间很宝贵，她不想让蒋时延担心。她没说乙醚让她的脑袋现在还昏昏沉沉；没说她这辈子第一次挨人两巴掌，好难过、好委屈；没说她扮演单纯学院派处长吓得快哭了。

她只是沉稳地给蒋时延说每件事，说她仓促不失缜密的思路。

唐漾告诉蒋时延自己身上这只准备给魏长秋的只是普通U盘，周默给的她藏在了哪里。唐漾给蒋时延说周默的立场和他们的已知条件。唐漾告诉蒋时延自己要做什么，自己需要什么，自己要给他什么。

唐漾告诉他：“九江提前维护内网的时间是七月二十五日。”

蒋时延：“嗯。”

唐漾：“如果有任何变动，随时联系。你响一声挂，如果方便我会回拨。”

蒋时延：“好。”

唐漾回忆：“我之前应该是被带去了一个酒店，当时我没有完全清醒，在箱子里听到有套房服务的声音，中途发生了意外。现在我待的地方，只有厕所有一扇高窗。周默来的时候，也被蒙了眼睛。”

唐漾每说一句，蒋时延应“嗯”。

唐漾再说一句，蒋时延说“好”。

唐漾的声音太轻了，就像盛夏晚上第一滴露珠，透过听筒传出来的声音微微沙哑，含着她骨子里的温柔、坚定。

蒋时延像在沙漠中走了很久的旅人，贪婪地听她说每个字。

他在认真听，可也忍不住想起她的样子：想起她炒番茄鸡蛋时，会因为害怕油溅到身上而丢掉锅铲；会害怕噩梦忽然惊醒，然后软绵绵地抱住他；他周末加班时，她会躺在沙发上玩游戏，用脚轻轻地蹬他的肚子，娇里娇气地拉长调子喊“蒋大狗”。

她真的就是小姑娘，他放在心尖尖上宠成的小姑娘，现在却站在豺狼虎豹堆里，在雷雨交加的晚上，只身一人。

她害怕吗？她不怕吗？她会敏感难过想抱又抱不到自己吗？

唐漾说完最后一段，蒋时延如鲠在喉。

唐漾艰难地牵牵嘴角：“很突然哈，没和你商量就这样强行通知你，”她抚着微疼的脸，轻声道，“如果你觉得我有失妥当，也没关系，因为一旦有疏忽可能会牵扯到你的人身安全，还有一休。”

话说完，再次陷入沉默。

这次，蒋时延开的口。

“我说过，你想做什么，我都会陪着你。”蒋时延嗓音喑哑，带着难掩的心疼和安抚，逐字逐字地说，“朋友也好，男朋友也好，爱人也罢，我都会一直在你身边，一直陪着你。”

从前的从前，他甚至想过，如果唐漾嫁给了别人，蒋时延也会为她提着婚纱摆尾，一步步陪她走进婚姻的殿堂，看她挽起其他男人的胳膊，他会笑着且永远地祝福她。

蒋时延用了很大很大的幸运换他和唐漾相爱，他便给她所有想要的，给她所有最好的，给她所有自己能给的。疼她，宠她，怜她，以一个男人保护心爱女人的姿态，保护她。

是的，好像是这样。

他从来都是随叫随到，任何事情，心甘情愿。他是唐漾雨天的雨伞，饭点多了的回收桶，是她的牢骚接收机，是任何时候都可以投入现在却没办法投入他怀里的蒋大狗。

她真的真的很想他，她为什么昨天没告诉他蒋小狗的存在，为什么没有和他一起看那个小小的、看上去丑不拉几的深色团子。

眼泪悄无声息地淌下，徐徐滑过脸颊。

唐漾的睫毛挂着泪，笑意夹杂哭腔：“替蒋小狗谢谢爸爸。”

蒋时延：“保护好自己。”

唐漾抹掉眼泪，笑着重复：“替蒋小狗谢谢爸爸。”

蒋时延知道她在哭。他当然知道她在哭，也知道她在笑。她每一个细微的情绪都是铺在他心上的荆棘，也是最柔软的玫瑰花瓣，烫热了他的眼睛，也让他起了笑。

蒋时延眼圈发红："唐漾，我爱你。"

夜色与乌云四下合住，远处的商圈只剩下两簇小小的灯火跳跃在蒋时延的眼里，他说："比你想象中更爱，爱得更久，更在乎，更不能失去。"所以保护好自己。请一定保护好自己。请千万千万保护好自己。

他低沉的嗓音裹挟着温热的力量，字字撞击她的耳膜。

唐漾眼眶通红地咬着被角，眼泪滂沱。

以前高中学《项脊轩志》，语文老师念到最后一句，用了"暗无天日"这个词。

那时，老师在台上念叨着枇杷树一脸感伤，蒋时延在台下嫌弃地说："不见天日多爽，想玩多久游戏就玩多久游戏，想什么时候睡就什么时候睡。"

语文考第一的唐漾很是赞同："想什么时候醒就什么时候醒，可以握着手机看剧看睡着。"当时她还眯着眼睛幻想："如果有人送吃的喝的，简直人间天堂。"

蒋时延"啧"一声，用胳膊肘捣唐漾："叫爸爸，爸爸给你送。"

"送你妹啊。"唐漾好气又好笑地偷袭蒋时延的小肚子。

蒋时延格外戏多地把脸皱成一团："哎哟喂，脂肪疼。"

唐漾"噗"一下没忍住。

语文老师扶了扶眼镜："唐漾，你给我站起来！"

等如今置身此情此景下，两人才明白那时年轻不懂爱。

魏长秋软禁唐漾的地方是套房结构，除了窗户，其他一应俱全。

唐漾开灯是白天，关灯是晚上，一日三餐专人送饭，伙食良好。唐漾空时就翻阅屋里的财经杂志，或者拿张草稿纸胡乱画写。看守唐漾的人来检查过几次，看不懂那些复杂的公式也就作罢。

房里有中央空调，唐漾自己倒无所谓，但肚子里揣着只小狗，她经常去厕所那扇高窗下透气。

偶尔肚子隐隐作痛，她一边轻抚腹部，一边温柔地安慰："小狗乖，很快就能见到大狗了噢。"

偶尔她在厕所里待久一点，会有人敲门。

唐漾踮脚小心关窗，按下冲水键。

水声“哗哗”，唐漾推门出来面无表情：“听说过便秘吗？”

果然是女强人，敲门的人悻悻地摸鼻子。

蒋时延也会想唐漾，想周四她来一休找自己时，肚子有没有很大，自己是瞎子吗，为什么没看到。

想她怀孕会不会不舒服，会不会孕吐难受。

这时，他便会想起一个更让人惭愧的事实，漾漾孕吐被两个智障当成了胃病。不对，漾漾是可爱，他蒋时延才是智障。

周默每天傍晚会去看唐漾。唐漾给蒋时延说完事情，总叫肚子里的宝宝“蒋小狗”。

蒋时延听多了，某一次，忽然问：“那它会不会在你肚子里汪汪汪？”

唐漾不相信自己听到了什么：“我想冲回来打你。”

可打不到。

唐漾心情低落起来。

蒋时延在电话那头：“我想抱你。”

可抱不到。

两人同时失笑，笑着笑着，又沉默了。

更多的时候，唐漾问蒋时延情况。

通宵后的会议室如人一般昏暗沉闷，蒋时延面对一地烟头和噤声的高管，声音极其温和：“我好好吃饭，好好休息，你也要。”

对方细细软软地应“嗯”。

蒋时延唤着“漾漾”，整颗心都纠在了一起。

他想，以前说分手的自己不要太蠢，他真的离不开漾漾。

蒋时延十五岁遇见唐漾，如今快三十了。从懵懂走到明朗，他不敢想象如果没有唐漾，他揣着一个苍白的自己要如何面对每天的日出、正午、黄昏。

唐漾失踪那晚，蒋时延大刀阔斧地撤了很多营销合作项目。这两天他里里外外地忙碌，每天和唐漾十几分钟的通话时间便是唯一的慰藉，如同肺病患者窒息前汲取的最后一丝氧气。

第十一章 落定

七月二十二日到二十三日，几方人马均按兵不动。

眼看着“唐漾失踪”的热度就快下去了。二十三号傍晚，蒋时延和程斯然的人筛完全城的监控，一休的官博直接爆出几段视频——

第一段，在汇商，唐漾被挟持上电梯，四个维修工人拎着两口大箱子出电梯。

第二段，是追踪车牌，面包车在小路大道上来回交错，然后停在一个酒店后门。

第三段，是维修工人拎着两口大箱子进酒店，几分钟后，扶着像是才醒的唐漾出来。

画面时间、地点标得清晰。维修公司隶属九江财团，四个工人隶属九江安防，就连那个酒店也隶属了九江地产！

这一系列证据表明唐漾失踪并非偶然。

视频直指九江涉嫌蓄意绑架！

一休不是小公司，九江也不是才成立一两天。

一休官博径直艾特“九江地产”，登时激起一片哗然！

而此时，魏长秋也找到唐漾进行关于 U 盘的第一次谈判。

唐漾提要求想下楼走走，魏长秋答应得爽快。

等到了楼下，看到全貌，唐漾才知道原因——

工业园区占地宽广，四下空旷，黄昏浅薄的色调镀在四方黑色的栅栏上。

园区有四道门，所有访客进园区前都被蒙着眼睛。而进园区后，园区建筑都是一个模子刻出来的白色小三层，左右一样，宛如迷宫。

唐漾环视一圈，园区没有地名，没有路标，每栋楼前立着一块简陋的木牌，上面标有箭头和两个类似坐标的数字。

唐漾喉咙不自知地滚了滚。

魏长秋在她旁边注意到："记住你是 06，从 06 这栋楼出来的。"

魏长秋哧地笑了声："看晕了？"

唐漾的表情说明了一切。

然而多走几步，唐漾恍然大悟：按照十米为一个坐标单位的话，任何人只需要知道自己所在大楼的坐标和正方向，便能抵达目的地，方便快捷且避免问路交流。

唐漾面上没有松动，魏长秋把唐漾带到了一处长椅坐下。

热风习习，有西装革履的人经过，时不时向魏长秋点头致意。

"想要什么？"魏长秋问得直白。

唐漾捡起椅旁的落叶："任何事情都讲究等价交换，我注意到九江的慈善漏洞，你把我拘留在这里，你想要 U 盘，所以你能给我什么。"

魏长秋没出声。

"功名利禄，"唐漾不缺钱也不缺名，她漫不经心地旋转叶梗，"不然给我一个分行行长的位置？"

如果是别人问出来，魏长秋不会理，但唐漾手上确实有货，需要尽快拿回来。

魏长秋从包里摸出一根烟点燃，唐漾不着痕迹地避了避。

"你应该比我清楚，行长由总行任免，我没办法，"魏长秋吸一口烟，吐出烟圈，"但如果你能自己坐上去，我能保证让你坐稳、坐好。"

唐漾不意外这个答案，换了话题："感觉九江不缺钱，为什么会在乎区区百亿。"唐漾把叶子横在眼前朝不远处看，有一块停机坪。

魏长秋顺着她的目光："十个百亿就是千亿。"

"九江很多商圈项目显示在建，但建好的是少数，"唐漾问，"不用尽快投入运营收回成本？"

魏长秋偏头盯着唐漾看了一会儿，倏地问："唐处从小到大成绩都很好吧？"

唐漾成绩最差的时候也是班上十来名，担得起，她点点头。

魏长秋转回头："你知道你把所有事情都写在脸上的样子特别招人疼爱吗？"

唐漾一愣："谢谢。"

魏长秋更好笑了："我比你大一轮多，姐姐跑江湖套话看人脸色的时候，你可能还被老师表扬着，想着中午吃什么。"

唐漾："我思考晚饭的时候比较多。"

魏长秋："想从我嘴里套话，再等十年。"

唐漾："不敢。"

"想到要什么就告诉我，大家都是明白人。"魏长秋把烟头按灭在长椅把手上，起身。

唐漾把叶子盖在魏长秋的烟头上。

双方初步试探结束。

魏长秋为了表明诚意和控制感，当晚就给了唐漾在园区闲逛的权限。

而唐漾借周默的手机拨给蒋时延时，秦月、程斯然几人都在旁边。

唐漾一一回忆魏长秋的话。

总行调任她没办法。

唐漾："汇商总行没有九江的人。"

可以保证在位置上坐稳、坐好。

可即便是分行行长也有考核指标，唐漾猜不出。

秦月拧眉："她的意思是支行放贷给九江分部那些小项目吗？"可以充件？

唐漾摇头："不像。"

第三点，也是最重要的一点。

九江百亿商圈确实是幌子。

尽管唐漾之前看过U盘已经知道，但真的从魏长秋嘴里说出来，她仍是不可避免地心弦一绷。

七月二十四日早上。

九江找到一休的竞争对手下场营销，以京刊为代表的对手和一休官媒撕得不可开交。

京刊陈述，唐漾在负责九江专案，她和九江的人走在一起很正常，并用唐漾以前和魏长秋一起考察九江的图片作为佐证。

京刊可以说唐漾和九江有工作往来，但这么大刺刺地写"信审处处长唐漾负责九江专案……"蒋时延一边骂汇商高层不要脸，京刊"辣鸡"，吩咐截图留证；一休官媒一边放出几人架着唐漾胳膊的图片反驳，有这样去谈合作的？

京刊：可能对方生病或者其他，图片模糊看不清。

一休：媒体讲究事实，请贵司为贵司的语言负责并拿出唐处生病确诊病历。

京刊：九江社会形象良好，公信力强，这是事实。

一休：如果杀人犯以前表现良好，第一次杀人就不算杀人了吗？

有粉丝为一休叫好，也有人说一休说不过就开怼，和蒋时延一样不讲规矩成何体统。

双方吵得不可开交又都没有进展之际，蒋时延摸出烟来，想到什么，又扔到垃圾桶。

他从兜里摸出片口香糖，纸还没展开，一个意外的电话拨了进来。

张志兰的嗓音微微发颤。

“闵林好朋友壮壮的妈妈在九江那家快捷连锁酒店打扫卫生，那天她生病了，我帮她顶班。然后我扫过道的时候，碰到了那四个人和唐处。我当时不确定是不是唐处，她当时在挣扎，我连着拍了几张照片，”张志兰哽咽，“对不起，我不太看微博，我现在马上把照片发给您。”

蒋时延立马安排助理把可能被追究的壮壮妈的工作问题处理妥当，给张志兰道了谢。

然后，蒋时延眸色幽微地看一休放出图片，图片里圈出唐漾明显混沌的脸色和腕上的瘀青。

舆论拉锯，又一次掀起轩然大波！

七月二十四日中午，唐漾被带到魏长秋的办公室。办公桌上摆着围棋，魏长秋和唐漾分坐两头。两人神情肃然，但在下围棋这样的环境下，倒能写成棋盘焦灼。

况且，唐漾上周自己请了假，假期和朋友下围棋简直不要太正常。

摄像师拍完、收好道具退下，唐漾在椅子上没动：“发生了什么事？”

唐漾有一双清澈灵动的眼睛，她说出问句时，好像真的什么都不知道一般。

魏长秋的视线死死地锁住唐漾。

半晌，“你家人担心了，”说着，魏长秋眉梢一挑，暗携狠辣地开玩笑，

"你说，如果我拿涂臣的话当屁话，直接把你在这做掉会有什么后果。"

唐漾反问："就像魏长春对陈张刚背信弃义一样？"

魏长秋面色一凝。

唐漾徐徐道："陈张刚救了魏长春，魏长春踩着陈张刚上位，拿着厂里采购原料的几百万走私违禁物，带着千万回来从此发迹。"

"你要明白你现在的处境。"魏长秋一字一顿。

唐漾："我不是在生态王国？"

魏长秋胸口起伏。

唐漾滔滔不绝道："我只是不明白，按照你们洗白的功力，为什么还要留着九江那个钢铁厂？"

桌上手机震动。

魏长秋瞥唐漾一眼，起身去阳台接电话。

监控就在头顶，但唐漾依然趁魏长秋出去之际，起身去看她办公桌上的文件。

而魏长秋本来背对办公室，唐漾站起来时，她转过身，直勾勾地望着唐漾讲电话。

而唐漾假意在她桌子上找文件，余光却透过墙角保险箱的金属壁面看魏长秋嘴唇的启合。

"丙申……515……1349 批次……九江专案……"

丙申 515 至 1349 批次出了问题，正在被查，九江专案被汇商总行叫停。

魏长秋打完电话回来，唐漾自然安稳地坐在座位上。

桌面上的文件是魏长秋故意给唐漾看的。慈善漏洞而已，弃卒保帅，她要就任她抓。

而唐漾也确实看到了，不过这些文件，她已经在周默那里看过了。

九江总部在给魏长秋施压。

魏长秋站在唐漾身旁："你准备什么时候给 U 盘，你看过 U 盘就应该知道我的习惯，趁大家脸皮还没撕破。"

"最迟后天。"这次，唐漾干脆了。

魏长秋站了一会儿，倏地一脚踹上唐漾的凳子，这才好似泄愤般离开。

魏长秋答应涂臣不动唐漾。她本来抱着动的心思，可后来，唐漾更多的资料被周默送到她眼前：唐家老爷子人走了，可副手现在肩上带穗且和唐家父母关系交好。唐妈妈的公众号召力自不必说，唐爸爸是拿国务院特殊津贴的人。

门第比有钱的门槛高太多，还有蒋时延一家。

除非万不得已，她魏长秋动不得。

唐漾跟在魏长秋身后离开。到了楼下，她又去摘树叶玩，随手扔叶子，又随手把叶子插进土里，和小孩过家家一样无聊。

魏长秋胸口积郁，骂了一句吩咐司机开车。

唐漾目送黑色林肯离开。

当天傍晚，唐漾跟蒋时延提到了署九江名的小工厂，蒋时延说张志兰的事情。

唐漾听着，又报了个地址，脑海里用今天在魏长秋办公室听见的那两个数字做加减。

七月二十五日早上，唐漾仍是被两个人看着散步。

一辆商务车停在门口，四五个戴口罩、墨镜的年轻人说说笑笑从车上下来。

唐漾在旁边站着没动，其中一人和唐漾对视，然后快步上去以玩闹的姿态打了一下同伴的屁股。同伴自然想讨回来，那人连连闪躲，追逐嬉戏，手机不小心掉在草地边。

从左到右数第九块砖正对的地方。

“去哦！”那人搡了同伴一下，嘻嘻哈哈捡回手机，一行人进了大楼。

唐漾又摘了几片叶子在手里慢慢撕，然后蹲地系了一次鞋带，原路返回。

中午，唐漾在房间，周默提前过来了。

蒋时延查了 A 市所有署九江名字的小工厂，514 家已倒闭并注销法人，834 家濒临倒闭，1349 减去五百一十五就是 834，可实际倒闭的却只有 514 家，比唐漾推断的少了一家。

515,514,515,514……

宛如魔咒。

忽然，唐漾脑海记忆闪现，她忙不迭让蒋时延把电话拿给秦月，然后利落地报了一串数字，秦月复核，一个不差。

可唐漾也只报了514个数字，少了一个。

就好比骨牌少了一张，最关键也是最核心的第一张。

隔着手机，几人在无声中僵持。

周默突然出声：“魏长秋办公室有一口保险箱，只有她的指纹可以开锁，里面是一沓资料。”

秦月：“小孩不是在维护系统吗？糖你拿到他给的东西了？”

唐漾：“在叶子那拿的，吃了，所以时靳现在可以拿到指纹吗？”九江内网最高权限的指纹存档。

那边沉默了一会儿。

秦月：“可以。”

周默：“舆论再放大一位数。魏长春他们上午到了生态系统，把话题炒到一个他们撑不住的点，他们会提前开紧急会议。九江紧急会议的时间一般控制在二十分钟到半个小时，算上撤退，我们可以在魏长秋办公室待十分钟。”

可这一切成立的前提是拿出U盘。

可这样做的后果只有两个：一，唐漾说自己有U盘是假话；二，唐漾泄露消息。

无论哪个结果……

“不可能，”蒋时延态度坚决，“U盘在我手上，一定是你们先撤出来。”

周默、唐漾：“这是最好的机会。”

秦月是个不折不扣的享乐主义者，为了唐漾却甘心坐在蒋时延办公室的茶几上。她捣弄一会儿电脑，把显示着一个红点的画面端给蒋时延看：“唐漾进去就是为了1349，为了515，也为了001。时靳也在里面，唐漾也吃了小孩给的定位器。”

“唐漾怀着孕。”蒋时延语气很淡。

此话一出，秦月想起这茬儿，和周默一起沉默了。

带着孩子，就如带着一个意外，如果有任何不妥，都可能会造成无法挽回的局面。

时靳他们维护九江内网的确切时间改成了上午十一点到下午一点。

现在已经是十二点。

墙上挂钟的秒针一下一下地走着，每一下都踩着四个人的心跳。

唐漾明白某人的心情，也明白他的所有考量。可有的机会错过了就没有了，动U盘的同时，意味着报警，好不容易九江连续几天站在风口浪尖，好不容易魏长春等所有九江财团高层都在王国，好不容易大家万无一失地走到这一步。

中午十二点零五分。

唐漾开口轻唤："蒋时延。"

电话那头，蒋时延半合着眼眸，垂低的睫毛扑扇。

唐漾唤第二声："蒋时延。"

蒋时延一只手握着手机，一只手抹了一把脸，喉结上下滑动。

唐漾停了一下，唤第三次："蒋时延。"

蒋时延径直挂了电话。

中午十二点十分。

唐漾失踪立案，蒋时延有一个通话。

警方拿到搜查令，汇商总行彻底喊停九江专案并要求彻查九江和汇商A市分行的往来记录。

舆论风浪山海一般压来，九江祭出慈善成绩，九江高层表示"唐漾失踪"可能另有隐情，九江正在排查。

而接下来，一休爆出U盘第一桩案子。

仅仅一个边角，网友们已然沸腾。

"鞭尸""五马分尸""畜生""这和九江地产、九江商圈是一个东西吗"的评论铺天盖地。

九江高层如周默所说召开紧急会议.

唐漾换了双周默备好的运动鞋出门。

看守的人拦住两人。

周默面如古井，毫无波澜："魏总让我带过去。"

看守的人放行。

周默把唐漾带进楼道。

外面的世界，绿色、蓝色、迷彩的整编笛声呼啸，赶往同一个地方。

生态王国内，最高级别警报已经拉响，工作人员纷纷下到每栋楼前，准备大规模撤逃。

周默的手悬在唐漾腰后，护着她左拐右拐抵达魏长秋的办公室。

时靳给周默传指纹，周默熟练地找到一台模型打印机。

唐漾站在窗口，第一次看到那些穿白大褂的研究员遍布每个角落，像最柔软、纯洁的白云，下面掩着血流成河。

楼下，王国边上有几十架直升机“轰轰”发动，研究员们开始排队预备上机。

楼上，“叮”一声轻响，保险箱打开，周默拿出文件，唐漾飞快翻阅。翻到一页，周默眨眼拍照，唐漾再翻，周默再眨眼。

一休开始爆第二个案子、第三个案子，关键词创纪录地霸了整个热搜榜。

周默和唐漾照完需要的，把文件放回原位，准备离开。

就在这时，三方武装进入生态王国监控区域，和想要逃离的研究员发生火拼。魏长秋和魏长春几人得到有人携带定位的消息，脚步仓皇地朝办公室赶，文件！

魏长秋边走，边看手上的平板，平板上显示了很多绿点和一个红点。她越朝自己的办公室走，那个红点便越大，显示距离越近。

而时靳也察觉出九江开了反定位装置，退出维护界面屏蔽魏长秋的平板信号。

魏长秋越过转角的瞬间，屏幕上的红点熄灭。

与此同时，魏长秋一行人和周默、唐漾在办公室门口正面相撞。

定位器，在周默那？还是唐漾那？

生态王国很大，如果拿掉定位器，可以争取二十分钟。

枪声和喧哗好像远在天边，又好像近在咫尺。

双方目光相接，呼吸变重。

唐漾对魏长秋道：“我听到声音，不知道发生了什么，想过来问问你。”她也想拖延时间。

魏长春看向周默，还没开口。

魏长秋辩解：“我保他，绝对不是他。”

此刻，一串铿铿锵锵的脚步声响起，安防人员将几个大黑箱抬进魏长秋的办公室。

魏长秋、魏长春几人进去，周默亦押着唐漾进去。安防人员开箱，里面整整齐齐地躺着一箱 P 系手枪和匕首。魏长春几人武装完毕，魏长春给魏长秋使个眼色，越过唐漾和周默离开。

魏长秋身后跟着两个人，她示意他们去押唐漾：“周默你配枪。”

周默听话地走到箱子前。

魏长秋在唐漾身上没搜出东西，她飞快地解开唐漾衬衫下面的三颗纽扣，用冰冷的匕首尖贴着唐漾的胃部和腹部逡巡。

“定位器吃下去多久了？”魏长秋咬字很慢。

唐漾眼神飘忽：“我不知道你什么意思。”

“或者就朝下划一点，涂臣说你可能怀了孩子，不然把孩子一起解决，”魏长秋的声音温柔，表情却狰狞，“不然妈妈活剖，宝宝还在，那就很残忍。”

唐漾鼻尖溢了声笑，想说什么，又什么也说不出。

那两人接到魏长秋的眼神把唐漾按到办公桌上。

魏长秋过去，匕首还没来得及再举起，整个人过电般滞住。

周默不知何时站过来，双手举枪，黑洞洞的枪口直指魏长秋的太阳穴。

押唐漾的两人想动。

“枪比刀子快。”周默侧身，枪口慢慢靠近魏长秋的后脑勺。

魏长秋脸上出现一瞬的不可置信，随后沉声道：“阿默你在做什么？”

周默第一次在魏长秋面前没有冷静，没有服从。

他舔舐嘴角，眼睛如浸血般盈满了复仇前压抑的肆意。他的声音宛如阴郁、扭曲、一点点收拢的手，道：“你说，姗姗走前的滋味是和你现在一样，还是比你痛苦一万倍。”

枪口缓慢地贴近魏长秋的后脑勺。

抵住。

魏长秋的办公室偌大而安静。

五个人的呼吸宛如开着扩音。

空气安静得如待针掉地，却迟迟不见那根针。

无声间，枪口的温度与魏长秋的体温达到一致。

“所以你这两年都在骗我，”魏长秋下颌抖动，自嘲道，“你说喜欢钱是欺骗，和周自省关系闹僵是欺骗，不爱徐姗姗也是欺骗。”

周默紧了紧枪口：“我没想欺骗你。”

话里好似藏着转机，魏长秋保持之前的语气：“阿默，你有没有想过当初姗姗的事情可能存在什么误会。”

周默置若罔闻，一个字一个字接着道：“我每日每夜每时每刻都在想如何弄死你。”

周默跟了魏长秋太久，久到他发狠时，冰冷的声音比魏长秋更透寒意。

第二次安静。

周默出声：“先放了唐漾。”

他和魏长秋的恩怨是他和魏长秋的事，唐漾无辜且怀着孩子。

唐漾微微皱眉。

押唐漾的两人没动。

周默扣动手枪保险，“咔嗒”脆响。

魏长秋小幅度颔首，押唐漾的那两人一只手松开的同时，另一只手探向腰侧。

唐漾慢吞吞地朝周默那边挪，周默朝唐漾伸手。

唐漾的鞋尖和周默的越挨越近，两米，一米，半米……

周默的手覆上唐漾的胳膊，他把唐漾拽到自己身后的瞬间，旁侧两人同时拔枪，一个枪口正对周默，一个指着唐漾！

“哐当”破窗声，“嘭”开门声。

与此同时，特勤涌入，“不许动！”“不许动！”突击小队迅速制服旁侧的两人，井然有序分列两旁。

周默是污点证人，他想对魏长秋出手的意思也很明显。

周默的枪仍抵着魏长秋，唐漾站在周默身旁。先前两人已经被押下，特勤的目光汇聚在三人身上。

空间里，三人都在调整吐息。

魏长秋假意稳住周默：“阿默你别冲动。”她余光四扫，生态王国已经被包围，出去的方法只剩下一个，人质。

周默戴罪立功，唐漾喉咙发紧，也试探着：“周默，你别冲动，警察已经到了。”

魏长秋：“阿默，这一枪下来我完了，你也得完。”周默肯定不能作为人质，魏长秋开始思量自己和唐漾的距离。

唐漾的声音很小，害怕惊动周默般，说道：“周默，你冷静一点。”

枪身漆黑，周默握在枪上的指节用力、发白。

魏长秋嘴唇开合，唐漾嘴唇开合。

周默很想一枪下去，他也明白他这一枪就是万劫不复，可他有什么需要留恋的吗？没有。

魏长秋的脸色没怎么变，唐漾起了焦急之意，似乎想拉他。周默脑子嗡嗡嗡，什么也听不见。

直升机以略高的高度悬在办公室窗外的不远处，螺旋桨发出噪声，舱门大开。

魏长秋仍在劝周默：“阿默你还年轻。”

唐漾的心跳得很快，垂在身侧的手犹疑着抬了抬。

宋璟嘴里含着块硬物，把枪搁在观察员的肩头，调整随直升机摇晃的准星。

魏长秋站的角度在周默和唐漾中间，没有露出任何关键部位。

窗内，魏长秋心里理好劫持唐漾的大概步骤，趁周默没注意，倏地攥住唐漾的手腕，把唐漾朝身前一扯。

窗外，“嘭”一声！

第一下，打掉周默手上的枪。

弹壳滚热，落在宋璟指节修白的手旁，他长指拉上保险。

特勤预备行动，所有人都朝窗外看去。

魏长秋保持着挟持唐漾的姿势，亦朝旁探头。

而魏长秋露出正脸的那一刹——

长指扣下。

“嘭”声清脆！

所有人呼吸一窒。

魏长秋眼睛睁大。

直升机合上舱门飞远。

魏长秋的身体摇晃两下，攥着唐漾的手徐徐松开。

接下来，是有序地抓捕，各路媒体也在指引下迅速赶到。

上午还是一片静寂的生态王国此刻人头攒动，菲林闪烁，说话声、跑动声、呼喊声、鸣笛声此起彼伏。

一个个冷藏柜或金属箱从各个大楼运出，装箱上车。

唐漾录完口供，去上了个洗手间顺便透口气。

她对血腥味很敏感，偶尔一个箱子经过，气味飘进她的鼻子，她便扶着树干呕，呕完朝指挥中心走，一边走，一边用周默的手机拨出电话。

“蒋时延你在？”她的声音移动在喧嚣里，带了哭腔。

她没注意到自己正经过媒体区域的走廊，旁边忽然伸出一只手，将她拥在怀里。

那个胸膛宽阔温暖。

她被紧抱着，贪婪地嗅着那缕久违且熟悉的木质香。

人声嘈杂。

蒋时延两手替她捂住耳朵，心疼地吻着她的发。

旁边，各方记者语速极快字正腔圆。

“观众朋友们大家好，我现在在‘721 九江特大专案’现场。据悉，九江集团董事局主席魏长春靠走私发家，目前已被抓捕。九江高层身负多起命案，其中，魏长秋和原汇商信审处处长邱凯命案有直接联系，目前已被击毙，其他高层均已被抓获。”

“九江地产股已被证监会紧急停牌。据知情人透露，九江高层与 A 市部分单位相关高层有不明交易，目前均已立案调查。”

声音很多，很杂。

唐漾贴在蒋时延的胸口寻求一方安定。

唐漾将计就计只是想拿魏长秋九江专案百亿未偿还的证据。蒋时延受不了，放了唐漾失踪的消息。

唐漾进去后，才发现自己被带到了生态王国。

她需要刺探情况，蒋时延刚好踩着第一波热度发布九江绑架唐漾的消息。

唐漾得到大概情况，想用假 U 盘换证据，想方设法把证据送出去，然后叫停九江专案。魏长秋是个很懂得取舍的人，一定会答应。

可在蒋时延逐波带起舆论后，唐漾亲眼看到那些楼的存在后，而九江比想象中更敏感后，所有计划都被打乱。

之前魏长秋抽烟，唐漾第一次扔叶子玩，她记下叶子和烟的相对位置；第二天看时，位置没变，说明生态王国如她所猜，没有专门的清洁工，至少不是天天去。

唐漾提前从魏长秋嘴里听到了那几个诡异的数字，她让蒋时延去查署名九江的相关小工厂。同时，唐漾用树叶标记，告诉蒋时延标记的位置。第二天时靳进入王国维护内网，假意掉手机，把定位器放在叶子上。

唐漾找到并吞下定位器。

那时，蒋时延已经和宋璟取得了联系。他们本来的安排是先救唐漾和周默，然后找证据。

但随着魏长春抵达生态王国，三方武装收到线人的情报提前行动。唐漾在魏长秋销毁文件的前一步赶往办公室拍照，出来正好撞上魏长秋。之后她被魏长秋挟持，周默反戈，魏长秋二次挟持唐漾，宋璟在直升机上一枪击毙魏长秋。

很多事情既像是顺着的安排，又像是蒙着眼睛的巧合。

唐漾身在生态王国时没有感觉，当王国一夕崩塌，她才后知后觉地害怕。

害怕那些西装革履的研究员张嘴闭嘴这对眼睛；害怕实验室的窗口无意露出脸的小孩；害怕魏长秋抵在自己肚子上的匕首；害怕蒋小狗，蒋小狗很小很小，她说过会好好保护他，却总是没有好好保护他，他甚至没出来，甚至没有看到他不称职的爸爸、妈妈。

蒋小狗经常闹腾，但唐漾也知道他乖乖的。

万一蒋小狗有什么意外……

大抵是怀孕之后变得敏感，唐漾伏在蒋时延胸口，忽然就掉了眼泪，一颗接着一颗。

旁边的声音喧杂，唐漾先是呜咽，哭着哭着，变得大声而用力，充满了后怕。

蒋时延把她稍微朝旁边带了带，捂她耳朵的手变为一下一下顺她的发。

蒋时延合眸，垂颤的睫毛盖住发红的眼眶。

蒋时延身形颀长，裹在衬衫下的线条性感薄长。不少媒体听到动静，转头见到是大老板，纷纷违背职业八卦精神背过身去。助理给两人拿了几张报纸过来铺在一楼低矮的隔台上，也赶紧溜走。

蒋时延圈着唐漾坐在隔台上，小心翼翼地用指腹给她擦眼泪，再用纸擦自己的手指。

唐漾抓着蒋时延的衣摆，一下下啜泣。

温情且无人打扰间，一双军靴停在两人身前。

那人："喂。"

蒋时延抬头。

宋璟没管蒋时延，把手掌朝唐漾眼前送了送："吃糖？"

几颗草莓味硬糖。

唐漾当然认出了宋璟，哭成狗样遇见前男友，前男友还问你吃不吃糖？看戏还是当她小孩？

唐漾没抬头，有点凶："不要。"

宋璟微抬下巴示意蒋时延："吃不吃糖？"

蒋时延起了一下范儿，然后学唐漾软声软气道："我不要！"

唐漾表情一怔，随后反身捏住蒋大狗的鼻子，板着小脸挠他。

蒋时延半护着唐漾的腰身，不仅不生气，反而觍着笑把脸送上去："挠了左脸没挠右脸会不平衡，乖，右边也挠一下。"

唐漾依言。

蒋时延虚虚地带着她的手："挠着多不来劲，来来来，打我，打我，打我脸，冲着脸打。"

身后是一休官媒，唐漾跨坐在蒋时延身上发脾气，蒋时延配合得没脸没皮。

宋璟叹为观止。

这人总是这么不害臊吗。

唐漾挠两下也意识到了不远处是一休的人，大概是舍不得了，她咬咬唇，一下抱紧了蒋时延的脑袋。

"现在开心点了？"

宋璟听到曾经不可一世的蒋霸王声音温柔到不可思议。

唐漾从蒋时延身上下来，软绵绵地"嗯"了一声。

这下，宋璟是真的要窒息了。

唐漾和蒋时延坐在矮台上，宋璟蹲在蒋时延旁边。

宋璟迟疑一瞬，还是面色复杂地问出来："你们家家庭地位这么悬殊？"

唐漾也不否认："少数服从多数。"

她和蒋时延就是二比一。

蒋时延点头，宋璟不明所以。

有人来给蒋时延汇报情况，蒋时延简单吩咐两句。

风吹起三人的衣角，头顶的叶子发出窸窣脆响。

蒋时延也问宋璟："准备退役？"

之前不是说要退吗？

宋璟摇头："张志兰她老公闵智在桥边出事后，战友在临时宿舍找到遗物。闵智留了张草稿纸，当时被洪水冲塌的大桥是九江承建的，他记录了部分勘测数据，九江设计、用材这块都有问题，上面从那时就在关注九江。"

"我上次出任务也是冲着王国的其中一个分支，"宋璟淡淡地笑，笑里没什么波动，他道，"在缅甸，战友帮我挡了一枪殉职了，小队现在正缺人，我走不得。"

把命系在国旗最尖尖上。

魏长秋之前说了数字"515"，唐漾回忆出汇商贷款记录里514个小工厂的贷款。她因为那个缺失的001冥思苦想，现在轻松又清楚地穿成一条线——

001号是闵智记录的那个大桥，剩下514份小工厂的贷款记录，加起来就是515个案子。

唐漾没说话。

蒋时延道："紧急联系人还是填我吧，担心叔叔吃不住。"

"是你，"宋璟含笑抡了蒋时延一拳，"你都不想我好吗？万一我不会'注孤生'（注定孤独一生）呢？万一以后再遇到我喜欢的漂亮姑娘呢？万一以后漂亮姑娘成了我太太呢？"

蒋时延和宋璟聊天的时候，唐漾没有插嘴，她靠着蒋时延的肩头乖乖软软地玩他的手。

蒋时延逻辑清晰地拎出"再"字，然后把宋璟喜欢过的漂亮姑娘和漾漾画上等号。

蒋时延心里有一万个小人叉腰开骂，手不自知地把女朋友朝怀里紧了紧。他面上却还是不动声色，"哦"一声尤为淡定："那你一定要提前做些准备，准备得周全一点，不要像我一样。"

宋璟自然地接话："准备什么？"

蒋时延叹了口气："说好要重新追唐漾一次，结果忙着事情也没好好追，想着要求婚，结果总是没有合适的时间、地点，也想不出惊喜。"

宋璟："不着急，慢慢来。"

"怎么能慢，"蒋时延做作地苦笑，"我得抓紧时间好好想想，漾漾肚子里还有孩子，要是孩子出来了还没个婚礼什么的，别说我一辈子不会原谅自己，就我妈都得弄死我。”

宋璟一愣。

好像看不到宋璟愣怔，蒋时延愈发自责：“说起来也是我太笨，漾漾才怀孕那阵吐得厉害，但她工作忙，我以为她胃病犯了，都没逼着她去医院检查。她那时候特别喜欢吃酸的东西，番茄啊，柠檬啊……”

宋璟把糖朝蒋时延身边一放：“那个，我那边还有事情，我就先过去了。”

蒋时延奇怪：“没人叫你啊。”

宋璟起身，合掌边退边走：“有的有的，我们回聊，回聊。”

蒋时延嘴上怨自己，言语间那股子炫耀盖都盖不住。

宋璟喜欢漾漾又怎样！自己没家庭地位又怎样！漾漾是自己的女朋友！漾漾怀了他蒋时延和她的小公主哩！

现场没处理好前，所有在场人员都不能离开，媒体接连不断地报道。

蒋时延目送宋璟离开。

直到宋璟的背影消失在人海，他才收回视线，颇为轻蔑地哼个低音。

唐漾自然猜得出蒋时延心里的小九九，先前却也纵容地没有戳穿。

这时，她终于忍不住“扑哧”一声笑：“蒋时延，”她眼眸晶亮地望着他，“你知道你刚刚说话，太阳从树叶间隙里落下，亮斑就在你手边，你逆光动嘴的样子特别像谁吗？”

漾漾描述的画面很美好，大抵会说像她喜欢的男明星或者某部小说的场景。

虽然蒋时延不喜欢和别人做类比，如果是蒋妈妈这么说他像谁谁，他得炸。

不过这是漾漾说的，蒋时延耐心又细致地抚着她的发，低声道：“嗯？”

唐漾眼眉弯弯，声音清悦：“像单元楼下特可爱的李大妈。”

蒋时延所有的表情瞬间凝固。

唐漾还叉腰学起来：“哎哟小唐，听说你去相亲了，对方条件怎么样啊？父母是不是健在？有房有车没？有五险一金没……哎哟小蒋，你长这么俊怎么没有女朋友，来来来，阿姨给你介绍一个。”

唐漾越学越来劲：“嗨呀，张妈，你去新世纪没？十八日会员日可以换东西啊！别打麻将了，赶紧回去准备准备，要不然去晚了卷筒纸被抢完了你都不知道找谁闹。”

唐漾越学，越和蒋时延之前的台词接近。

蒋时延石化又清醒，他微微俯头，就睨着自家小姑娘眉飞色舞地“呀！”“呦！”“啧啧！”

蒋时延微笑着亲了一下她的额角：“宝贝儿皮痒欠收拾吗？”

“对啊，对啊！”唐漾根本不怕，他能怎么收拾自己，不外乎摸一摸，亲一下。想到这，唐漾还噘起红润的唇，一双水灵的大眼睛分外挑衅地望着他。

漾漾啊漾漾，怎么就这么可爱。

蒋时延“哧”一声笑，下一秒，他朝着媒体区域某个拥挤的方向把手恣肆一挥，嗓音懒洋洋地喊：“搜酷和星闻你们两个娱乐频道就别和官媒抢了，把镜头转过来拍拍场记，这边有人要接吻。”

什么镜头转过来？什么接吻？

唐漾眼神一滞。

蒋时延长指勾住她的下巴微微上抬，一脸“宝贝儿你索吻喔”笑得荡漾，接着，低头，直接吻了下来。

唐漾耳根倏地一烫，推他胸口的小手却没用力。

蒋时延本来就是逗她，见她一副羞得不行还故作淡定的模样，他含着她的唇停下，手掌抚着她纤细的后背，将她的身体朝自己身前轻轻一压。

这个动作骚气又调情。

天光开阔，媒体区域的掌声和笑声愈烈，唐漾听着脆长的口哨，想藏住自己的脸。

她稍稍偏头，撞见蒋时延一双深邃噙笑的眸子，登时想挖个地缝钻进去。

闹闹腾腾直播了一吻，唐处长顶着一张红得快滴血的小脸望着蒋大佬，语气分外严肃：“虽然这里没有汇商的同事，但我也是有形象包袱的。我以女朋友的身份警告你，下次要进行什么突然行动之前，请先和我商量。”

漾漾怎么连害羞都这么与众不同又可爱呢？

蒋时延捏捏她气鼓鼓的脸颊，笑道：“宝贝儿怎么都漂亮，丢了包袱也漂亮。”

唐漾板脸纠正："包袱不能丢。"

蒋时延"嗯嗯"点头："没播，骗你的，我没点头他们不敢播。"

"啊？"唐漾怔一下，随后僵硬地拍拍胸口，好像松了口气，"没播就好，没播就好。"想她唐漾中规中矩这么多年，要真的因为和蒋时延直播接吻上个热搜，她大概真的会……好像，没什么关系。

蒋时延一直观察着她，见状，问："失望？"

"没有。"唐漾摇头，旁边有人把警察核查完的普通U盘还给她。她接过来，道谢。

蒋时延憋着笑又道："不用失望，上一句骗你的，播了。"

唐漾原地顿住。

蒋时延坐在她面前的矮台上，笑得得意又宠溺。

唐漾含情脉脉地抓起蒋时延的一只手。蒋时延一副"不用这些虚礼啦，不过你想亲就亲"的表情。

一秒，两秒，三秒。

唐漾下嘴咬住，故作恶狠状瞪他："啃猪蹄。"

"我的天，好痛。"蒋时延夸张地配合一声，满心满眼都满足到不行地把小女朋友拽到怀里揉啊揉。

日薄西山，相关机构的核查工作进行得如火如荼。

唐漾在蒋时延面前是"唐三岁"，喜欢和他拌无意义的嘴。但有工作人员过来咨询细节时，她逆光站着，手无意识地轻抚腹部，回答得扼要又清晰。

唐漾语速不急不缓，带着让人信服的、阳光的温度。

蒋时延牵她的手仰头看她时，会忍不住想：如果唐漾糊涂一点，自私一点，怯弱一点，她都不会把她和蒋小狗置于一个危险的境地。他甚至想说能不能辞职安心养胎，他养她，他养得起，他愿意养一辈子。可这样，大概就不是漾漾了。

养她一辈子有困难的话，蒋时延笑笑，那就爱她一辈子。

出于隐私考虑，唐漾和九江专案负责人接洽后，对方同意在央广官媒上给她的照片打码并做化名处理。

办妥一切，蒋时延和唐漾朝停车场走去。

蒋时延忽然停下，用眼神问她：汇商和九江的事情还没理清，你受害者的角色难道不会让他们更有愧疚感。

唐漾昂头看他，用小指挠挠他的手心：汇商和九江的事情该怎样就怎样，她反而怕汇商高层直接承认他们在这个专案作梗，甚至直接承认绑架她以模糊大众焦点。事实上，汇商高层和九江之间的牵扯绝非今年这个专案，可能还追溯到之前很多年。

两个人默契到对视便可以交流。

傍晚的风暖融融的，他的手热烘烘的，夕阳洒在唐漾心尖变成蜂蜜。

她垂头忽然笑了。

蒋时延问："你在笑什么？"

唐漾："我不告诉你。"

蒋时延做威胁状："你说不说。"

唐漾咬着笑："我不告诉你。"

蒋时延手朝她的胳肢窝探："你说不说！"

唐漾忽地甩开他的手快步朝前走。

蒋时延也快。

唐漾更快。

蒋时延快步追上她。

唐漾跑。

蒋时延也跑。

忽然竞跑！

蒋时延有意让她，又担心她肚子里的孩子。

唐漾想让他追上，也记挂着肚子。

两人一心二用跑到车旁瘫到后座，唐漾气喘吁吁娇声骂他："智障啊你。"

蒋时延亦用口型骂她，小智障。

唐漾挤出一个做作的笑容："你再说一次。"

蒋时延一股嘚瑟劲："我老婆特漂亮！"

两人在车上怼来怼去，气氛轻松，车开到蒋家别墅，该面对的还是得面对——

家庭医生早已等在客厅，唐爸爸还在山里，常年在外的唐妈妈到了蒋家。

唐漾见到长辈刚想打招呼，便被蒋妈妈和唐妈妈推给医生做了检查。

唐漾被绑走时吸入了少量乙醚，所幸对胎儿影响不大。

性别大家都没看，拿到胎儿各项指标健康的检查报告后，所有人都放下心来。后来，家庭医生交代“需要调养”，两位妈妈也好说好话把医生送走。

“咔嗒”，关门。

唐妈妈和蒋妈妈扬起的嘴角齐齐放平。

唐漾和蒋时延坐一个沙发，三个长辈坐一个沙发，两方人马目光交接。唐漾和蒋时延紧张，长辈绷着脸都没说话。

安静间，蒋时延握唐漾的手紧了紧，主动道：“整件事情的责任在我，漾漾很早之前就有反应，可那时我什么都不懂，以为是她胃病犯了就没在意。”

唐漾看看蒋妈妈，再看看自己的妈妈，眼睛睁了半分钟。酸胀的感觉上来时，她开口的声音微哑，言辞间却很有担当道：“这件事情在我，我周四去检查了，一时糊涂想着周末给大家一个惊喜，结果后来发生那么多事，是我一时鲁莽，我在九江那边清醒后就后悔了，”唐漾说着说着哽咽了，“他们把我软禁在一个没有窗户的房间，昨天还是前天，肚子就突然痛……”

唐漾一滴眼泪挤出来，两个妈妈心肝一疼，赶紧围坐过来，什么责备的话都没了。

唐妈妈和蒋妈妈都是吃软不吃硬的人，蒋时延知道漾漾这哭有卖可怜的成分，还是心疼到不行。

蒋妈妈想起了唐漾爱吐那一阵，唐妈妈也想起亲家给自己打的电话。面对真的受了苦还哭着的亲闺女，两个妈妈殷切地问东问西，“糖糖”长“糖糖”短，宝贝得不行。

就连平常正经的蒋爸爸，都抱着手机给唐漾念了几个尴尬的笑话。

蒋时延怀疑自己有两个岳母、两个岳父，心累了一瞬，瞧唐漾鞋子还没换，又巴巴地去玄关拿了拖鞋蹲在旁边给她换。

平时在家这样也就罢了，现在在蒋家，唐漾不好意思，看蒋妈妈、蒋爸爸都熟视无睹，唐漾也就没好意思矫情。

倒是唐妈妈，多看了蒋时延两眼，这女婿脾气好、性格好、包容成熟、有担当，还体贴，挺好挺好。

后来，唐漾眼泪止住了，蒋妈妈多问了两句关于九江的事情。

唐漾答："应该还要收尾收一段时间。"

蒋妈妈犹疑："那你请假？"

唐漾乖巧："我再请一周，八月初回去。我回来的路上打了电话，总行那边已经批了。"

唐漾说的是总行批的请假条，没说分行秘书处，这里面包含的信息量太大，两位妈妈都没多问。

七七八八又啰唆了一会儿婚礼的事，保姆把夜宵端到饭厅。

唐漾连喝了三碗酸梅汤，蒋妈妈看得欢喜："我和你妈妈昨天又去看了好些小衣服呢！"

上次在唐漾家碰面仓促，两个亲家已经去看过一次。蒋妈妈自那天起就在让秘书磨收购合同，昨天终于把那家母婴商场工商注册的法人信息换了名字。蒋妈妈笑眯眯地问唐漾："你喜欢男孩子，还是女孩子啊。"

唐妈妈一直喜欢外孙女，这时，她却插嘴："当然是男孩子啊。"唐妈妈拿着腔调，"男孩子晚熟，像你家蒋时延，越大越拎得清；女孩子早熟是好，可越大越不会做事儿。"唐妈妈意有所指："就像有的人，明明知道自己肚子里揣着个孩子还乱来，也幸好没事儿，要……"

唐妈妈收了声。

唐漾好笑，侧身吧唧亲一下唐妈妈。

唐妈妈嫌弃地擦脸："这都多大人了，见婆婆也不注意形象。"

几人笑。

蒋妈妈和唐妈妈本来就是感情极好的麻友，唐妈妈表了态，蒋妈妈也违心附和道："我也喜欢男孩子。""不是重男轻女的意思，可能我带男孩比较有经验？"蒋妈妈吐槽自己的亲女儿，"亚男也被我带成了男孩的脾性。"

蒋爸爸听蒋妈妈的。

唐漾倒是真心实意，托着腮帮子眼睛亮亮的："当然是男孩子，"她语音清悦道，"男孩多好，可以光明正大上房揭瓦，下河摸鱼，翻墙去网吧打游戏。"

迎上几道目光，唐漾说着说着话锋一转："这些是不好的行为，我一定教育他不要这样做，"唐漾憧憬，"想想小正太，白白软软帅帅的，还能穿小西装弹钢琴。”

更重要的是，唐漾朝旁边悄悄瞥一眼，像蒋时延的小正太。

所有人都表了态，轮到蒋时延。

“当然要小姑娘啊，”蒋时延正在给唐漾卷千层蘸抹茶粉，他脱口而出，“男孩贼皮，一天到晚只知道玩，不好好学习，不好好写作业，只知道打游戏。”

蒋时延一脸重女轻男，唐漾眨着眼睛望男朋友，蒋妈妈越过唐漾拧一下蒋时延的胳膊。

“妈，你做什么？”蒋时延蹙眉，扭头瞥见自家小女朋友含笑的神色，他的话在喉咙一卡，生生转成，“生男生女都一样。”蒋时延拧巴的面色写着一万个不满，嘴上却是扭扭捏捏地重复：“小正太确实挺可爱，胖爪子，啊不，小肉手胖乎乎地弹钢琴。”

唐漾眼眉弯弯：“蒋时延你真好。”

蒋时延慢动作点头，一想到有个长着正太脸的小恶魔装乖卖萌打滚撒娇和自己抢漾漾，他整个人都有些崩溃，还穿西装，男孩子要穷养，穿抹布就好了。

蒋时延朝漾漾的肚子瞄一眼，眼底写满了复杂。

当晚，唐妈妈开车回去了，唐漾留在蒋时延家。

蒋妈妈老早就给宝贝媳妇备好了各种睡裙和衣物，粉粉白白的一片，霸占了蒋时延大半个衣帽间。

大学时，唐漾给蒋时延送学生证或者学校里的材料来过几次蒋时延的卧室。黑白搭配的装修风格，有一个书桌，上面放着顶配的游戏装置。

唐漾洗了澡，把自己一头埋进他的大床，“啊呀”一声，只觉得缘分奇妙又不可思议。

蒋时延半拥着她给她吹头发，毫无征兆地唤她：“漾漾。”

唐漾半眯着眼：“嗯？”

蒋时延：“我们这周末去普陀寺？”

“好啊，”唐漾在他腿上找了个舒服的姿势，“可我们要去求什么呢？”

保佑生女不生男，保佑蒋小狗千万要是个乖乖的小公主，不要是和他抢漾漾的小屁孩。

蒋时延捏一下小女朋友的鼻尖，无比温柔地睁眼说瞎话：“当然是安胎，保佑母子平安健康。”

漾漾起身，开心地奖励蒋大狗香吻一枚。

之后几天，蒋时延的助理帮他们把必要的用品搬过来或购置齐，唐漾住进了蒋家安心养胎。

唐漾回来那晚，大家商量了婚礼。唐漾挑了草坪的基调，说不要太多人，亲友就好。

九江和汇商这段时间都处于风口浪尖，唐漾的位置又敏感，两家人都体谅。蒋时延带唐漾去量过一次尺寸，婚礼其他细节便交给了两个妈妈去操心。

蒋时延特别喜欢唐漾休假的时候。

唐漾高兴，就在书房捋捋九江和汇商贷款那块的具体细节，然后写报告。

唐漾更高兴的时候，就去一休陪蒋时延上班。一些涉及商业机密该保密的条款，蒋时延不会给唐漾说，但一休大部分地方，唐漾可以随便进。

从唐漾被绑至九江专案，一休以屠屏的姿态收割了近半个月的顶级流量。工作人员整理资料跟进热度时，唐漾意外发现当时秦月的姐姐秦皎也在生态王国，并且和宋璟碰了几次头。

线人。

周默调查时，帮周默开绿色通道的第三方。

两个关键词在脑海中形成，唐漾越想越对。

秦皎，一个法律系高才生，体格却异常健美。唐漾第一次在程斯然的乡村聚会见到秦皎时，秦皎才去九江没多久，留的平头。

唐漾当时只觉得她性格帅气，多了几分欣赏，甚至拉了微信群时常闲聊。

唐家老爷子身份特殊，唐漾对这些事情也有简单的概念。现在想想，秦家家世显赫，这保证了秦皎的基础安全。法律顾问的身份可以挂在多家公司名下，眼观六路，耳听八方。还有那个微信群，可能是试探自己的态度。而那个平头，大概是安插前的特训留的。

关于宋璟和任何特勤的镜头，蒋时延吩咐全部删除。唐漾就是在工作人员剪画面的时候看到的这些原始图像。

她心里装着块明镜，嘴上却没说，笑吟吟地把端上来的果盒分给大家，又温和地对大家说“机房温度高，注意休息”后便离开了。

第十二章 长卷

唐漾休假期间，敖思切给她打过几次电话。小孩大概躲在某个地方，小声地说汇商高层包括秦副和范琳琅都被带走问话了，她担心唐漾。

唐漾故意吓小孩：“我现在在一个完全陌生的地方，被限制了人身自由，走到任何地方都有人知晓或者看着。你现在和我打电话，我都被一双眼睛直勾勾地盯着。”

敖思切快被吓哭了，但坚强道：“唐处你说我该怎么办，我吃了你那么多可爱多，我一定会救你的，上……上刀山下油锅，在所不，不，不……”

唐漾“扑哧”一声：“我在蒋时延家里养胎。”

敖思切：“哈？”

唐漾朝骨碌转着大眼睛直直地盯着自己的荷兰猪招招手，笑道：“蔬菜，过来。”

秦月也给唐漾打过几次电话。

这个白富美嘴巴就是一把钢枪，噼里啪啦吐槽：“你不知道监察委上面的人还好，下面有些办事员真的毒得很，追着我的资产情况问，还要我的花费明细，具体到分。我一个包七位数，一顿饭五位数，黑卡就是给我家狗狗玩的，我怎么知道眼屎那么点工资去了哪里。”

唐漾想象秦大小姐一脸的不耐烦，忍笑问：“那办事员有没有想打你？”

秦月回忆了一下，认真摇摇头：“好像没有，她问我家里有没有哥哥、弟弟，或者堂哥、表弟这种也行。”

唐漾闷声大笑。

秦月接着吐槽："还有范琳琅，真的牛，就找喝茶这种事她好像没遇到过一样，把监察委塑造成了妖魔鬼怪，一副小白莲的样子，说人监察委让她什么都别说，要监听她的电话，监控她的出行，连她买了288的迪奥口红，468的'杨树林'，还有个什么一千块的蔻驰都要管。"

秦月越说越忍不住吐槽："你知道范琳琅是哪种人吗，就其他同事说什么她都能插嘴，拐弯抹角说自己去过监察委。比如同事吃午饭，她说，你们知道吗，我那天被请到监察委，中午也有青椒土豆丝；比如另一个同事给自己男朋友买了块表当礼物，她说，你们知道吗，我那天被请去喝茶，那审我的也戴的这块表；还有敖思切从家里茶场给我带了一桶茶叶过来，那范事儿妈都能叫住敖思切，哎呀你这是什么茶，绿茶？那天监察委叫我过去，给我端的就是绿茶。"

唐漾狂笑。

"我是真服气，你赶紧回来镇场子，"秦月仔细想了想，"对了，好几次她说得正起劲，我和敖思切路过提到你，她听到你的名字就灰了……你是不是有她什么把柄啊。"

听到秦月这话，唐漾脸上的表情徐徐定住。

沉默了半晌，她才颇有深意道："大概……"

唐漾扯扯嘴角，眸里却没有笑意。

如果说，一开始，唐漾对范琳琅的态度是初出象牙塔，学生对办公室熟手的欣赏，甚至唐漾还拿范琳琅当过字面意义的朋友，那么后来，"生态王国"事件后，听周默说起徐姗姗后，蒋时延第一次对一个男人心生同情后，唐漾明白，周默不可能放过范琳琅。

唐漾一向讨厌被利用或者被威胁，奇怪的是，她不介意自己成为周默为了动范琳琅而借过去的那把刀。

七月底，唐漾写好关于九江和汇商过往记录的分析报告，整整二十九页。她打印出来，给监察委和周默各寄了一份。

八月初，唐漾假期结束回汇商复职。

汇商高层们虽在接受调查，但职位还在。

十来天没见，周自省看上去苍老了许多。

他以往喜欢给唐漾叨叨很多长辈意见，这次却没有。他只是在唐漾的复职申请上签字，望着唐漾笑。他的抬头纹很深，笑容里含着类似欣慰的情绪。

唐漾也没有马上走，她和周自省对视片刻，皱眉："周行，你是不是身体不舒服？要不要去医院看看？"

周自省摆手，想到什么，他问："听说你怀孕了？"

唐漾以为他又会说影响晋升一类，脸上的关切退却，正想打个招呼离开，便听到周自省的声音从桌后传来："你和蒋时延都老大不小了，是该要个孩子了。"

唐漾脚步顿住，略微诧异地抬头看着他。

周自省满目和蔼："我和我太太没孕育过小孩，也不能给你传授这方面的经验。反正你按照自己的规划来，该来的都会来，是你的总会是你的，但你自己各方面要注意一点。"

唐漾嘴唇动了动，却组织不好语言。

周自省笑着挥挥手："下去吧。"

唐漾迟疑片刻，轻轻颔首："嗯。"

她总觉得周自省有些地方和以往不同，但又说不上来。

唐漾进信审处，正好撞见范琳琅出去。

两人打个照面，唐漾递过去一个疑问的神色。

范琳琅目光落在唐漾的小腹上，有一瞬的不自然："我有事去秘书处请个假。"

唐漾猜到范琳琅要去哪，但没露在脸上。

五分钟后，范琳琅从汇商大楼匆匆走向停车场，开车锁，点火。

酷夏的上午日照充足，光线覆在大厦的棱角上折出白光。

唐漾着黑色无袖裙子，端着杯牛奶，身段袅娜地站在办公室窗边。

她望着范琳琅闪着车灯转弯汇入车流，无比平静地拨通监察委的电话，报了时间、地点，几声"嗯"后挂断。

唐漾不算一个有大抱负的人，只是真相搁在了手上，她觉得自己有责任也有义务把它推向该去的地方。

与此同时，A 市南区监狱，一百来号犯人排在休息厅等待半个月一次的亲友探访。

狱警每隔十五分钟吹一次口哨，上一批打电话的人被吆喝着退场，下一批有序地进去。

二十来个窗口一字排开，每个窗口间隔有一块形同虚设的隔板。

甘一鸣在指引下走到最边上，透过玻璃窗看到了外面的范琳琅。

她精心打扮过，丝巾系成了一个漂亮的结。

其他窗口响起话音，范琳琅定定地注视着甘一鸣。他明显瘦了一圈，颧骨变高不少，他也在看自己。

直到狱警过来催促，范琳琅才恍然大悟般擦一下眼睛，坐下来。

“你，还好吗？”甘一鸣迟疑。

“嗯，”范琳琅应得很轻，“那样到处说真的有用吗？秦月对我的意见好像很大，我不知道她知不知道我们，毕竟她在信审处待了这么久，一鸣，我有些怕。”

甘一鸣相对冷静：“监察委约谈后一般会有一周的监听监控和同事回访，你这样比较安全。”

监察委只约谈党员和一定层级的官员，范琳琅被约谈后到处张扬，一方面有才晋升的炫耀，一方面带着进大观园的小市民气，既有掩饰作用，又符合甘一鸣了解的、范琳琅式的狭隘。

甘一鸣收回思绪，看向范琳琅的目光带着温情：“所以瑞士银行那边的钱处理好了吗？”

范琳琅点头。

甘一鸣：“我们前几年放在你奶奶名下的几套房产和十来个商铺卖了吗？”

范琳琅点头：“前两个月陆陆续续都办好了，但有一家要这个月月中才过完户。我想实在来不及就算了，毕竟我们这边比较重要。”

甘一鸣认同并再次安抚她的不安。

“你对于汇商和九江的高层来说，都只是一个可有可无的小角色，他们牵扯再多都不会在意你，”甘一鸣说，“等九江事情一过，你马上辞职，先去摩洛哥，我这边会揭发魏长秋戴罪立功。”

监狱探视电话有监听，但每天那么多人流量，甘一鸣并不觉得狱警会闲来无事挨个听。

他眼底闪过一抹阴毒：“我会尽量多说点，反正九江已经黑透了，魏长秋死无对证。”

范琳琅唤他：“一鸣。”

甘一鸣的神情又变得柔和：“我争取降刑到三年，”他隔着狭窄的窗口握住范琳琅递过来的手，“三年一到我立马来摩洛哥找你，那时候没人管得了我们，我们有那么多钱，我们可以买几个庄园。”

范琳琅动容。

甘一鸣不知道是在看范琳琅，还是在看自己躲过各方眼皮藏好的巨额财产：“然后结婚，生小孩，长相厮……”

范琳琅闭上眼，甘一鸣没了声音，因为他看到，范琳琅身后，是五个戴袖标的监察委成员。

他握范琳琅的手倏地一紧，范琳琅顺着甘一鸣的视线回头，瞳孔蓦地放大。

监察委组长手一挥，几人上前。

三天后，汇商官网挂出公告。

谁也没有想到，“721 九江特大专案”开庭审判的第一起案件不是汇商高层，也不是九江高层，而是信审处一个名不见经传的小人物——范琳琅。

她被起诉的理由是涉嫌使用非法手段进行九江、汇商商业间谍活动，伙同汇商 A 市分行前信审处长甘一鸣处理现金赃款，经魏长秋副卡洗钱、挪用九江公款等。

除了周默从九江角度给出的部分资料，法院收到的证据还有范琳琅奶奶名下的房产证明，与范琳琅收入极度不匹配但她日常佩戴的红宝石、粉钻等照片，各项总价估值高达九亿。

甘一鸣从魏长秋手里敛的这些钱本就来路不明，即便九江发现了，也不敢自己捅出去。

作为整个“721 专案”的第一案，范琳琅开庭是全网直播。甘一鸣一边盯紧屏幕，一边祈祷范琳琅咬死不认罪，自己想办法联系魏长秋以前的管家，给他许诺一些好处可能还有转机。

但出了两件事，完全在他意料之外——

第一，魏长秋一死，九江大势已去，即便是何征那样的元老都想戴罪立功争取减刑，更别提魏长秋的管家作为污点证人站在了范琳琅的对面。

第二，秦皎担任原告律师，论述张弛有度，不急不缓。

旁听席上有汇商的同事、媒体和范琳琅以前只能在报纸上看到的大人物。

她心底最后那根防线大概在三天前已被攻破，她对秦皎和法官说的每个字都供认不讳。审判员落锤那一刻，甘一鸣脑子里嗡嗡着“完了，一切都完了”，眼前一黑，昏倒在屏幕前。

屏幕另一端，庭审现场。

范琳琅提前退场，临上车前，她要求见唐漾一面。

法院后台的通道还算宽阔，范琳琅穿黄色马甲，戴镣铐，身后跟着两个武警。

唐漾一只手挽着蒋时延，一只手拎着坤包，相距大概一米，站在范琳琅面前。

大抵因为个子不高，唐漾背脊一向挺直，肩形舒展。她喜欢穿及膝裙，露出半截纤细的小腿。她神态很淡，带着一股她一贯的、让范琳琅羡慕的从容得体。

网上曾经有段时间流行“天鹅颈”，范琳琅也会努力抻抻脖子做操，后来发现这个词适合唐漾这样的人，性子柔和，与生俱来。

范琳琅想见唐漾的原因很简单：那些圈出首饰的信审处日常照片出自唐漾或者敖思切的角度，而敖思切也是唐漾的人。

范琳琅扯了扯嘴角：“你什么时候意识到我可能和他……”

唐漾坦率道：“你升副处。”

甘一鸣和范琳琅有不正当关系，甘一鸣入狱，而范琳琅由于甘一鸣等多方原因反升副处的时候。

“看不惯我得志吗？”范琳琅垂在身前的两只手绞在一起，有讥讽之意，“我以为唐处多清高，原来也会对升迁这些小事儿在意。”

唐漾不否认：“能力和位置不匹配。”

范琳琅眼底的唐漾面如古井，她蓦地红了眼睛：“以前一鸣对你有偏见的时候，我帮你在他面前说话；其他同事议论你的时候，我帮你说话。我承认你才来的时候，我嫉妒过你。可你问问你自己，我对你不好吗？甚至浦西那边出一个亿让我带着昙信通全部初始数据跳槽，我都毫不犹豫拒绝了。我只想安分地待到年底就走，和一鸣不碍魏长秋不碍你，可你唐漾呢？”

范琳琅哂笑，步步逼近：“你怀疑我，防备我，监视我。我真心对你，你拿我当傻子一样玩着我，还夺我，这就是你唐漾？！”

范琳琅升副处时，唐漾和秦月都看过范琳琅的档案。范琳琅小时候家庭形态不健全，唐漾当时没在意，此时一想，这大概就是范琳琅爱甘一鸣还能帮甘一鸣开房的缘由。她很容易由细小的点滋生畸形的情感。

就像唐漾并不觉得介绍外卖或者一起喝下午茶就算友谊，也不认为不参与八卦就是护短，遑论那句“如果不是蒋时延，她就是第二个徐姗姗”。

至于范琳琅拒绝浦西一个亿的邀约。

唐漾有些想笑。

浦西一个亿想挖的是她范琳琅，还是昙信通？

可最终，唐漾没有笑，她只是清淡地道：“人情尚有余地，法律不可触碰。”

她替周默和徐姗姗闷着一口气，对范琳琅再说不出多余的话。

落在范琳琅眼里，唐漾她凭什么这么轻描淡写？凭什么在背后捅人刀子还这么高姿态？凭什么她永远都是这样不费吹灰之力得到所有？

范琳琅越想越陷入死胡同，她头脑一热，朝唐漾扑去。

只是她还没接近唐漾，蒋时延反身将唐漾护在怀里。

同时，武警上前制服范琳琅。

范琳琅一案就像火苗点燃绳索。

随着媒体描述 A 市天气，从报道中的地板煎鸡蛋到煎牛排，九江专案也在不断推进。盘根错节的集团关系捋到后面，自然而然披露出九江高层和汇商高层早在九江财团创立之初就存在钱权交易。

最开始九江董事局的主席是魏长春四兄妹的父亲魏贤勇。随着去年魏贤勇因病离世，汇商高层和九江的勾连关系挪到九江新任主席魏长春身上。

汇商 A 市分行一正四副五位行长，除了常年出差、较为年轻的一位，其他四位尽数下马。

监察委过来带人那天，汇商楼下停了三辆顶灯闪烁的公车，汇商各层窗口挤着密密麻麻的人头。

周自省几人直接被套上手铐从顶楼押下来。

汇商安防中心控制场面拒绝媒体拍摄。

汇商大楼门口到停车场不过十几米的距离，喧闹间，众位同事只觉得几个行长走了尤其久。

“其他三个我还信，可周行人真的特别好，感觉不像啊。”

“涂行小孩读书，学区房十万一平，涂行买了三套。汤行也是，听说他太太一串钻石项链就是一百多万，之前没敢说，但周行真的，他脖子上的那条领带十年前我就看到过，一直开帕萨特，他太太以前是大学老师，人品、口碑也超好，人老两口儿现在还住在大学宿舍里，简朴到不行。”

“对啊，而且周行没个孩子，受贿这种罪名怎么也安不到他头上啊，他图什么。”

同事们议论纷纷，高层弓身上车，监察委的人员在后面关门，发动车辆，警笛长鸣。

周自省在位十多年，口碑和人脉极好、极广。

几乎是他和几个高层上午被带走，下午就有同事发起千人联名书，要求监察委重查“周自省与九江高层勾结、接受贿赂”一案。

夕阳藏了一半在地平线下，另一半橙黄宏大而磅礴地晕染着整座城市的钢筋森林。

签名书递到唐漾这里，唐漾眺着夕阳，抿嘴没说话。

良久，她没签字，把纸和笔推还给同事。

同事顿时愤怒拍案：“唐处，周行平常待您可不薄，现在周行出了事儿，全行都记挂着，结果到您这，您是什么意思？”

“说了自愿啊，我也没签啊。”敖思切看出唐漾心情不好，起身轰那个同事。

那个同事骂骂咧咧拉住门不愿走，敖思切直把人朝外搡。

要是平时，唐漾肯定会给同事道歉，面上责备实则疼爱地让敖思切“有礼貌”。

可今天，她真的不想说话，也发不出声音。

“咔嗒”，门合上。

留下一室安静。

宽阔的漆皮椅背对着门口，唐漾头靠椅背望着天边的夕阳，夕阳一点一点沉下去。

周默……徐姗姗……ZM……XSS……首字母缩写是 ZX。

周行长……周自省……ZZX……姓名的缩写是 ZX。

周自省在顶楼办公室给她说的每一句话都响在耳边，关于仁慈，关于人心，关于职场，关于婚姻。

他算个亲切的老人，可那时唐漾对他从无好感，他眯眼笑着又正经地喊“唐漾”“唐副”“唐处”。

唐漾太久没眨眼，眼睛略感酸胀。

唐漾用力又艰难地合拢眼眸，最后一寸夕阳没入地平线，天色灰黑，一片茫茫。

当天晚上，汇商同事们的联名书还没递上去，包括周自省在内的四位行长便齐齐认了罪。

因为比起某些罪名，受贿显得很轻。

案件未进入庭审前，监察委官博并没出相关声明。

但不久之后的第二天零点，汇商总行在内网上发布了周自省等行级领导接受贿赂的具体数据。公告下面，还有几个白天没被公开带走的处长和科长。

中高管裁倒近半，一时间，汇商人心惶惶。

周自省他们在周一被带走。

周二，内网没有任命消息。

周三，内网没有任命消息。

周四。

“唐处竟然干干净净？”

“唐处真的是家里有钱，不是有小动作？”

“不想想唐处男朋友是谁，怎么可能没钱。”

“那天小王说上去找唐处，唐处没签联名书，会不会是唐处早知道，这次风波要波及到分行行长？”

就在类似言论甚嚣尘上时，任命通知千呼万唤地出来了。

B 市分行行长樊胜紧急调至 A 市分行担任代理行长，A 市信审处处长唐漾在原职基础上临时接管顶楼秘书处，C 市调来几人填补 A 市分行处级、科级空缺。

按理说，秘书处应该由樊行长一并管辖，但总行却把秘书处单独拨出来给了唐漾。

秘书位置自古以来就敏感，由着秘书替主位安排一切、处理一切，所以往往主位走后，最容易升上去的便是秘书。

现在，唐漾只是处长，但汇商 A 市分行整个秘书处都给了唐漾管。

这意味着什么，这代表了什么。

这几天，汇商内部舆论陷入空前高峰，就连清洁大妈休息时讨论的关键词都是“高层重组”“樊行和唐处谁会上位”“唐处不到三十啊，这次至少升副行，太厉害了”。

这几天，唐漾很本分地做着属于自己的双倍工作。

这几天，蒋时延每天晚上给漾漾写怀孕日记，写着写着都忍不住摔笔。漾漾的腰围以毫米为单位膨得越来越大，她的体重却越来越轻。

汇商那点破事蒋时延当然清楚。他一方面气汇商那么大一个银行找不到其他人了吗；一方面也知道是漾漾优秀，这对漾漾来说可能是个很好的跳板和机会。

蒋小狗还不到四个月，唐漾好几个晚上都是八点多才打电话让他接她回家。到家后，她在楼下扒两口饭又匆匆到书房办公。

蒋时延不放心她又不敢打扰她，便团在书房边上的小沙发里轻声敲电脑。

他好几次听到她键盘声响着响着就没了，探头一看，漾漾果然累得趴在书桌上直接睡着了。

最让蒋时延生气的，是漾漾懂事。她知道要为蒋小狗考虑，所以她白天两顿，尤其早上吃得多。

偶尔蒋时延把夜宵端上来，盘子磕在书桌上的轻微声响吵醒她，她便揉揉眼睛抱他。

蒋时延问：“累吗？”

她点点头：“有一点。”然后抱着碗喝她不喜欢但很营养的羹。

唐漾大口大口喝，本就巴掌大的脸快要被碗遮完了。

蒋时延轻轻抚她的发，听她细软的吞咽声，一颗心拧毛巾般疼成一团。

所幸樊行长在A市分行待过，他和周自省、唐漾都熟。

两周过去，汇商A市分行剩下的三个副行位置也从其他城市陆续调来替补，如齿轮般进行磨合。

A市分行的同事们又开始在背后议论“为什么唐处没上”“唐漾非议多，但她办事效率和能力没得说，学历、水平都在线，这次没升上去好可惜”……

大家有的幸灾乐祸，有的单纯诧异，总的来说，除开前任行长们还未开庭审判，汇商的一切好似也在重新迈入正轨。

八月下旬，处暑。

除了在日历日期底下用红色标记，这天和以前其他日子好像也没别的不同。

同事们挤着摇摇晃晃的地铁或者堵一波高峰来上班，疲困地过完上午，中午点外卖，玩手机。唐漾得闲的时间比之前稍微多一点。

一休旗下有个三行情话营销号，每天中午十二点准时发布内容。网友们以为是营销号，唐漾看到最后一张“点赞＋关注”的字样上配的是家里的小漾熊图片，明白这是蒋时延给她的小惊喜。

蒋时延不说，她就装不知道。

营销号以前发的内容贴心又浪漫，大概“处暑”这节气比较燥热，今天就八个字——

想你。

想你。

好了，没了。

唐漾盯着屏幕看了一会儿，“扑哧”笑出声。

离午休结束还有一段时间，她一边拎起车钥匙朝外走，一边给蒋时延打电话，嗓音细细软软的：“你今天好敷衍噢。”

电话那头，蒋时延挺高兴地“哇”一声：“我终于引起唐处长的注意了吗！你果然还是爱清纯小白脸不爱妖艳贱货！”

“这都什么和什么啊，”唐漾忍俊不禁，“你在办公室吗？我过来找你。”

她走到楼梯口，按下电梯按钮。

蒋时延“嗨呀”一声，“很不巧，”他声音含笑，带着一丝终于是我忙了的得意，“我准备去见一个很重要的人。”

虽然还没办婚礼也没领证，但唐漾和蒋时延的相处已经到了老夫老妻的模式。

唐漾听到这话，很自然地认为他要去见大客户，她一边嗔他“骚里骚气收一收”，一边再按一下电梯摁灭下行指令。

电梯数字还是在朝上走。

蒋时延嘚瑟：“你今天上午、下午都没有会，我猜你已经站在电梯口准备来找我。”

“我像是那么急的人？”唐漾轻哼一个笑音，“不瞒您说，我也就给您打个电话，如果您方便，我可能才会犹豫三秒找找车钥匙然后慢吞吞起身……”

“叮咚”，电梯到了。

唐漾站在电梯旁还没走，听到声音她下意识抬头，意料之中也是意料之外地撞见蒋时延两手拎满东西站在电梯里。他满眸温柔地凝视她，薄唇旁微翘的弧度好似在叽里呱啦：说好的在办公室呢？说好的慢吞吞呢？我就知道！

谎言当面被戳穿，唐漾耳尖红红的，第一反应是转身遁走。

蒋时延快步从电梯下来，把她揽在怀里：“还真是个小骗子！”

“骗你妹。”唐漾轻手搡他。

“亚男在英国，好啦，好啦。”蒋时延越看漾漾越可爱，偏头亲亲她热烫的耳郭，拥着她进了信审处。

唐漾细弱地“嗯”一声，微垂头，脸红红的。

信审处的同事和蒋时延早已熟识，见蒋总拎着东西进来，毫不客气地围上去接过东西。

几份需要唐漾处理的文件他们也没急着送进去，人家小两口午休好不容易说说话，他们得成人之美。

同事们吃零食的吃零食，开黑的开黑。唐漾没关办公室的门，蒋时延坐在会客的小沙发上，唐漾靠在蒋时延怀里和他有一句没一句地说话，蒋时延让她靠着自己睡会儿。

窗外空调挂机嗡鸣，知了聒噪，信审处内氛围融洽，有谈笑亦有温馨。

一个重磅消息就是在这样的情况下，宛如石子投入平静的湖面，顿时激起千层浪花！

八月初的时候，唐漾给监察委和周默递过一份细节详尽的报告。

经过大半个月的审查复核，监察委终于揭露：汇商涉嫌越权授信、套用数个空壳企业的信用报告参与九江经济犯罪板块。

下午一点到两点是流量高峰期，几乎所有能刷出来的界面，包含“唐漾检举”的内容无出其右。

同一时间，周默也交代了汇商几位前行长在九江案的运作过程中抽取的具体比例。

网友们在感叹天文数字和报道中出乎意料的信息提供者，总行亦在迁怒，让唐漾分管临时成立的风控小组。

总行长讽刺道："唐处胆识卓越，我相信你能处理好这些舆论，和汇商风雨同舟。即便怀着孩子。"

唐漾扯扯嘴角，安静中，她顶着其他高层各式各样的眼光站起来："尽量。"

她当然知道总行长给了自己一个烫手山芋，当然知道信用问题对任何一个银行来说是致命打击。可事实摆在她眼前，她真的没办法说一半藏一半。

她自认不是善良的人，但尚存最基本的公德心。

傍晚六点，顶楼散会。

唐漾交代了一件在心里搁置很久的大事，稍稍缓一口气。可她刚出会议室，还没上电梯，监察委的人便来到顶楼拦住她："涂臣等人就越权授信一事录了口供，有迹象表明您参与过'曲奇'事件。"

唐漾脚下轻闪："我提前写过报备书。"

监察委："九江何征等人列出涉案名单里都有您。"

唐漾喉咙滚了滚："你们是不是弄错了，我的报备书上写得很清楚，八月初连同今天下午这份报告一起送去了监察委。"

监察委提醒："玛莎拉蒂。"

唐漾想起周默请自己的那次乌鸡汤，恍然大悟。

"你们怎么把我带走的，还得怎么把我送回来，辛苦了。"她半开玩笑半认真。

监察委都是看证据说话，不会因为唐漾提供了汇商高层越权授信的报告而对她网开一面，但考虑到她是个孕妇，动作和态度着实温和不少。

电梯门徐徐合拢，唐漾和监察委等人下至一楼。

方才顶楼的行长办公室内，总行长和樊行长并排而立。

总行长这几天头发白了不少，眺望窗外："不把报告给总行直接捅到监察委，再随手给总行一页纸报备，先斩后奏，她胆子真的大。"

樊行长和总行长是老同学，颇为感慨："汇商能把这道坎迈过去是命，迈不过去是天意。我见唐漾第一面就很喜欢她，做事拎得清，眼睛很干净，没有沾染半点办公室习气。”

总行长看在眼里：“她来汇商第一年推了BKB模型，第二年提了县信通。”还都是在基层岗位上提出来的。

樊行长：“现在这样的年轻人实在少。”

蒋时延接到秦月电话赶到汇商时，唐漾已经被监察委带走了快一个小时。

蒋时延听完前因后果，桌上的水一口没动。

“我去悠然居。”他攥着手机起身。

秦月：“你还要去吃晚饭？”

蒋时延：“去找程斯然拿原件。”

秦月相信唐漾没事，所以不急。

可蒋时延的担心不一样。

监察委、一休、汇商等多方势力盘踞局中，稍微一个动静出来，可能又是风起云涌。唐漾真到了监察委还好，蒋时延担心她牵扯了太多人的利益。如果那些人不择手段一点，趁她在监察委那里动她，她肚子里还怀着一个大家都已知晓的蒋小狗。

蒋时延不敢推测意外，马不停蹄从汇商赶往悠然居，敲开程斯然的办公室说明来意。

程斯然顺着时间点找出一堆视频原件。

蒋时延状态平稳地坐在程斯然的位置上，握鼠标的手却不自觉地发抖。

谁老婆怀着三个月孩子去了“生态王国”还去监察委？下午落在报告上的唐漾一出来，不知道有多少双眼睛盯着漾漾，他怎么就没想到九江和汇商落网高层会反咬唐漾一口，他怎么就这么马虎。

窗外天色已黑，蒋时延的侧脸映在窗户上，喉结上下滑动一次，两次，越来越疾。

程斯然轻拽一下鼠标线，于心不忍：“你稍微冷静一点，我去楼下给你叫个饭？”

“我很冷静，”他的手指越点越快，“我和她午休的时候还在一起，只是几个小时没见……”

蒋时延说不下去。

他拿到视频，匆匆赶往监察委。城市华灯初上，监察委里灯火明亮如白天。

办事员过来从他手里拿了硬盘，不到十分钟，给出反馈："视频可以作为佐证，唐处牵扯的有玛莎拉蒂和黑金卡。玛莎拉蒂后来被周默给了甘一鸣，所以现在只需要核清黑金卡里两千万的去向就可以了。"

蒋时延去看了周默。

周默在"乌鸡汤"之后把两千万汇入了其他现金流，他很抱歉："我当时没有考虑到把这两千万完整地留下来。"以至于分流后蒋时延可能会很难查。

"没事。"蒋时延仍旧给周默道了谢，然后在办事员的带领下离开。

路过一个楼梯口，办事员提醒道："唐处在三楼，就楼上。"

蒋时延摇头："不用。"

他不敢去见唐漾，害怕自己看见漾漾绷不住。

办事员不知道这些豪门感情几分真假，也不敢妄加揣测。

只是走到楼外，身后是明亮，身前是天黑，蒋时延停步，转身，高大的身形逆着光。他确认了唐漾的安全，仍是没有忍住啰唆："麻烦你们照顾一下我爱人，我会尽快来接她。她怀着小孩，晚饭请不要让她碰辛辣油腻，水尽量温一点，如果可以的话，她晚上要喝牛奶。"

办事员是二十出头的小伙子，逐句应好。

蒋时延满是感激，握手连连道："谢谢你们，谢谢你们。"

都是不足挂齿的小事，办事员受宠若惊。

蒋时延合眸，盖住眼圈的血丝。

他的眼眸深邃，藏着早已刻进骨髓的隐忍深情。

周默给蒋时延预估的时间是三天，他明显低估了一休的渗透力和人脉网。

三小时后，深夜。

唐漾揉着眼睛从监察委出来，遥遥地便看见蒋时延倚在门口的柱子上。

他身体的每个线条都很好看，西装裤包裹下的长腿修直，双臂环胸的姿势赏心悦目。

就知道他会来，他大概担心了，看看，看看，蒋大狗脸上都没什么

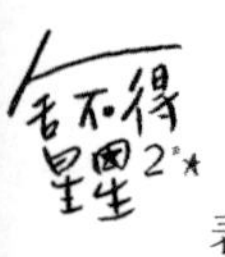

表情。

唐漾倒是笑了，小跑两步被他腾空抱起，然后才落到地上。

“有蒋先生可真好。”她仰面望他，声音甜甜的，眼睛黑白分明，缀着碎光。

蒋时延也不顾监察委里还有人在办公。

他怜惜地亲亲她的额角，亲亲她的头顶，然后又没忍住重重揉了一把，这才搂着她朝车走：“回家洗洗睡？今天累了？”

“我刚刚在上面睡了快一个小时，”唐漾收起笑意，“你帮我回家拿床毯子吧，我回信审处。”

蒋时延看她。

唐漾道：“樊行刚刚给我来了电话，他让我回家休息。但现在这个节骨眼，汇商刚好是信用这边出了问题，我刚好负责这块，事情堆得很多，其他同事都在加班，我走不开。”

蒋时延当然知道，又没办法，最后轻拍两下她的手心，愤愤地道：“家暴。”

家暴就家暴吧，唐漾已经养成了摸肚子的习惯：“我会照顾好蒋小狗。”

蒋时延叹了口气。

他送唐漾回汇商的路上，助理的夺命电话打来，主题是一个：需要压九江越权授信的事吗？

如果说下午已经在流量上掀起了第一波高潮，那深夜无疑会有第二波。

如果蒋时延想强压，肯定可以逆着风浪压下来，但压下来的后果……

蒋时延沉默。

唐漾的手轻轻覆上他的：“你没必要掺和汇商和九江的事，我做什么是因为我和汇商有用工合同，我该做什么。蒋小狗的奶粉钱你还是要赚。”

唐漾明白，蒋时延很想也很可能为了她不管不顾压下来，所以她提前一步说明自己的立场，不让他为难，带着唐漾式的理性客观。

蒋时延这次反常地不想听唐漾的话，可见她疲惫带笑的模样，他什么话都说不出来，只能借着手上的力道将她带向驾驶座，在路边，在昏暗中，轻轻抱住她。

汇商和九江的专案查归查，媳妇还怀着孙女就住到了办公室？

蒋妈妈好几次想冲过去讨说法，蒋时延拧眉拦住她："漾漾这段时间本来就忙，你不要再过去多事了。"

蒋妈妈气不过，指使蔬菜去挠蒋时延。

蒋时延一休的事情也多，他每天中午去一次汇商，下午去一次，一直陪唐漾到晚上。每隔两天唐漾要回家洗澡换衣服，他便载她一起回来。这时蒋时延见到毛茸茸的蔬菜，难得一次觉得这荷兰猪可爱得紧，那他下次去看漾漾把蔬菜也带去，逗漾漾笑笑。

唐漾脑海里的那根弦确实一直绷着——

秦家老爷子意外离世，大头股权留给了秦月，秦月没办法带着整个秦家蹚汇商和九江这摊浑水。素来无法无天的秦家小姐给唐漾递了辞呈，第一次在工作场合红了眼睛。

她抱着唐漾，良久良久，附在唐漾耳边轻轻说："对不起。"

拿唐漾当真朋友，陪她走了个开头，却没陪她走到事情结束。

反倒是唐漾安慰秦月："千亿身家的女人是不是就像玛丽苏小说一样，掉的眼泪都是钻石。"

秦月破涕，轻抡唐漾的肩头。想起对方肚子里还有孩子，秦月抹一把眼泪，半弯腰对唐漾的肚子道："叫干妈。"

唐漾想起蒋时延偶尔犯傻，也会故作板脸戳她并不明显的肚子喊，"叫爸爸"。

唐漾无奈，不是说一孕傻三年吗？怎么她这个孕妇才是最清醒的那个。

秦月一走，唐漾失去一道助力，更加忙得昏天黑地。

唐漾的报告放在监察委，正在和汇商落网的四个行长逐条核对细节。

汇商和九江这场大案没有定论的每一天，汇商的日贷款进件率便会减少一个分段，客户流失量便会增加一个层级。

各方压力笼在头顶，汇商大厦内的员工们行色匆匆，不敢抬头。

八月底，汇商总行董事会撑不住天天跌停的股价，不止一次找唐漾谈话，给她施压，希望她承认报告系她杜撰，然后总行领导想办法帮涂臣几位把越权授信归到操作失误。

唐漾咬死不松口。

九月一日，本该在 A 市分行试点发行的昙信通因为汇商信用问题被央行点名，要求提到汇商总行进行审核，然后全国发行。

总行发行的审核标准比分行高倒是其次。

关键两点：第一，昙信通本来就带有慈善性质，汇商现在的股价不允许汇商出这样的产品；第二，总行长话里的暗示很明显，如果不是总行“保人派”高层们把昙信通送到央行面前，央行会在汇商成百上千款地方发行产品里独独挑她这一款？

汇商“保人派”高层恨不得抓住唐漾的小尾巴。

昙信通如果过了审，然后走流程，接受总行发行委员会投票的话……

唐漾想象出那个场景，大概就是否决，然后公开羞辱。

敖思切对于这个通知很气愤，唐漾只是笑了笑，在给总行长回复时仍是坚定立场，不退一步。

唐漾以为自己撑得住，昙信通是她付出过心血的东西，还带着差点夭折的蒋小狗。她不断给自己心理暗示，她撑得住。

昙信通提审通知出来是中午，唐漾端着温牛奶回到办公室，牛奶入喉，满腔的苦。

她已经很累了。

她想不通。

为什么很多事情都会指向她，针对她？所以是她做错了？所以她就该把千亿越权授信的事朝自己肚子里吞？所以她就该让涂臣他们握着那么多中产阶级可能一辈子都赚不来的血汗赃款在高位逍遥法外？

还是说她一开始就该明哲保身，把周默的 U 盘交给汇商高层。她不该走出第一步，不该眼高手低开这么大一盘局。

从报告公开那天起，就有同事议论唐漾“手段繁复”“心计颇多”“最后却连个副行都没混上”“白白给其他人做了嫁衣”。

还有一休以外其他媒体堵在汇商门口等着采访唐漾。

唐漾站在风口浪尖如常工作，偶尔监察委需要补充证据，她拿出在会所拍到的周自省他们和九江高层同行的资料。

她把每件事都做得滴水不漏。

九月有秋老虎，二号是周二。

唐漾去监察委最后一次录口供，从下午一点一直录到晚上八点。

临出去前，唐漾去了一趟厕所，然后，在擦纸上看到了血。

中央空调噪声轰鸣，唐漾的脑子一片空白。

她没敢告诉蒋时延，她收拾好自己，无比平静地给敖思切打了个电话。

敖思切有驾照，唐漾平静地让她送自己去医院，平静地去检查。

胚胎发育正常，由于孕妇情绪波动较大……

晚上做超声的人不多，女医生看到熟脸，“啪”一下重重地把鼠标摆在桌上：“第一次见你这么厉害的孕妇，你是在烟花爆竹集团上班当窜天猴？！工作就是上天入地？！”

女医生像说单口相声一样噼里啪啦，唐漾唯唯诺诺应下，不敢反驳。

敖思切把唐漾送到蒋家别墅外，见唐漾面色不对，她指手机：“我打电话叫蒋总下来接？”

“不用，几步路，你把车开回去吧，明天开到信审处就行，”唐漾下车，隔着车窗交代，“路上小心。”

敖思切点头，乖巧地跟唐漾挥手告别，唐漾温柔地目送她离开。

蒋时延当唐漾回来洗澡换衣服，唐漾洗漱完却留在了书房。

蒋时延心里涌上一丝暗喜，表面上却没表露。

他翘着嘴角去厨房热了杯牛奶，处理完白天没处理完的文件，牛奶差不多温了，他给漾漾端上去。

蒋时延轻手轻脚推开书房的门，走到书桌旁。

书房转椅宽敞，唐漾听到玻璃杯座磕在桌面的声响，手还在敲键盘，身体却是朝旁边挪了挪，给蒋时延留出一方空处。

蒋时延眉梢抬了抬，心领神会地坐下。

唐漾手上的动作逐渐放慢，越来越慢，然后，停住。

她摁灭桌角的台灯，偌大的书房顿时只留下电脑那方荧光闪烁。

蒋时延靠住椅背，把小女朋友朝怀里拢了拢。

蒋时延知道唐漾想和自己说话，他没出声。

唐漾也没出声。

两人间的安静同呼吸一起发酵在昏黑里。

良久，唐漾在蒋时延的心跳声中安定下来。

“回来之前我出了点血，”唐漾明显感受到蒋时延身体的僵硬，“敖思切陪我去做了产检，宝宝和我都没问题。”蒋时延没放松，唐漾接着说：“我这段时间经常思考一个问题，思考要不要辞职。”

蒋时延搁在唐漾肩头的手微微收拢，他低头，将薄唇落在她的头顶，没再抬上去。

触感柔软，不知是蒋时延的吻，还是唐漾的发。

唐漾发出一道细细的吞咽，声音不急不缓。

唐漾说："我喜欢汇商的企业定位，我愿意在汇商工作，我愿意把最宝贵的上升期留给它。"

唐漾说："可前提是它是和谐的、稳定的汇商。"

即便在这种时候，唐漾仍能保持清醒："我知道换作其他银行闹出这种事，可能控场能力还不如汇商。可我真的想不通总行高层那些'保人派'脑子里到底在想什么，釜底抽薪再整合重塑明显是汇商现在最该走的路，他们为什么总觉得是我的错？我把自己知道的事实说出来我有错？他们为什么针对我？为什么？凭什么？"

唐漾谨遵医嘱克制情绪，最后还是微扬了音调。

再开口时，她嚅动嘴唇，声音带了些许哭腔："我可以不进银行了，我安心养胎，生完蒋小狗我可以去公募，去私募，去对冲基金，或者去保险公司。哦，对了，券商也可以，我专业对口。"唐漾抱着蒋时延的腰，撇嘴问他："你说好不好啊。"

舆论的枪口指向汇商，汇商总行高层的枪口指向唐漾。

腹背受敌，唐漾自认不是什么英雄，她真的尽力了，她对不起蒋小狗。总行高层不想想她唐漾也是人，她唐漾拼死拼活也会心寒。

漆黑的空间里，怀里人轻微的呼吸好像落在了蒋时延的心头。

她的呼吸微微抖，他的心尖微微颤抖。

毫无疑问，蒋时延是最想唐漾辞职的人。

这段时间漾漾太累，压迫感让他无数次想扛着大炮去轰了汇商总部，最后仍只是轻轻给她盖上毛毯。

漾漾说出这样的话，他浑身上下几乎每个细胞都叫嚣着让漾漾辞职，让漾漾辞职，你养她，你可以养她，说你愿意，说你想要！

可蒋时延太了解唐漾了。

他和唐漾从十五岁走到三十岁，他了解她的喜怒，了解她的哀乐。和他转发唐漾感叹烈属那条微博、第一次将漾漾送上热搜一样，他了解她的每个心情、说话的语气和停顿的句点。

"她喜欢汇商的公司定位""她知道换作其他银行闹出这种事可能

控场能力不如汇商”，她遭遇前后夹击，可她说的不是“蒋时延我要辞职”，她说的是“蒋时延我辞职好不好”……

蒋时延知道漾漾现在很脆弱，他说的话她能听进去。他想说心声，发疯一样舍不得她站在扑腾的狂澜里。

可无数话到嘴边，蒋时延薄唇启了启，说出口的终究是：“你现在的处境是其他银行可能想挖你，但汇商存在很大概率不会放你，你可以选择和汇商彻底撕破脸皮跳槽，但其他银行也会担心你会不会和他们撕破脸皮。”

蒋时延说：“你无意挑起风浪，但风浪因你而起。你辞职是‘保人派’想看到的结果，你之前做的那些努力也是为其中的得利者做了嫁衣。”

“你可以缓一缓，看看能不能踩住风浪上去。当然，你也可以辞职。”蒋时延的食指轻缓地刮在她白软的耳郭上，声音似风微柔道，“只要你做好决定，不会后悔，你想做什么我都支持。你想跳槽就跳槽，你想创业我给你注资，你想当家庭主妇，我就当每天拎着公文包回家的丈夫。”

蒋大狗难道还幻想他在玄关高喊“老婆我回来啦”，自己会在围裙上擦擦手，过去帮他解外套、拎包吗？

你别说，画面感还挺强。

蒋时延温热的呼吸顺着唐漾的发丝拂至她的皮肤。唐漾后背贴着他，先前激动的情绪逐渐缓和下来。

她当然知道蒋大狗说的是真心话，她人还在抽噎却忍不住逗他：“蒋总这么优秀，难道对太太没有什么要求吗，比如貌美如花，身价几何。”

奇怪的是，蒋时延这次没和漾漾插科打诨。

他稍微将她推起一段距离，然后弯身从隔板里拿出自己的笔记本，放在唐漾的旁边。

“如果不是不要蒋小狗对你身体不好，我甚至都不会关心蒋小狗，”蒋时延缓慢道，“比起所有的一切，蒋时延真正关心的，只有唐漾过得好不好。”

从前蒋时延甚至都不在意唐漾爱不爱他，他不自知地爱着唐漾就好了。

自他很开心地知道漾漾爱她后，他变得贪心了一点，希望漾漾一直爱他，以后比爱蒋小狗还爱他。

一股温流淌进唐漾的心里，暖暖的，好像在暗苦中夹着一丝丝甜。

唐漾抬头看蒋时延，盈着水汽的眼睛大而黑亮。

蒋时延一只手握鼠标，一只手覆上她搭在桌沿的手。他修长的手指嵌进她的五指，将两只手不疾不徐地变成十指相扣的姿势。

蒋时延点开一个隐藏文件夹，他看到自己以前胖子时期的照片似乎有些不好意思，耳郭羞得红了。但为了哄她开心，他还是义无反顾地将图片放大："这是我们的第一张合影，高一运动会，那个时候我好胖，你也不瘦。"

"这是我们的第二张，还有宋贱人，我们去爬山，爬到一半在树下躲雨。"

"这是我们刚上大学，第一次到交大，你难得一次疯狂晃我的胳膊让我帮你拍一张。你当时挑了一张没闭眼的让我发给你，可这几张我都没舍得删。"

"这是大三，我从台湾回来，你说你要去发男朋友，啊不，男闺蜜颜值逆天的投稿，拉着你室友给我照的，"蒋时延看向唐漾，"可我等了十年都没等到你给营销号投稿。"

因为蒋时延的照片都被她藏得好好的。

唐漾咬唇搡他，示意他翻下一张。

还有小脾气呢。

蒋时延勾勾她的下巴，从善如流地点鼠标。

然后是两人大学毕业，毕业旅行。唐漾身着学士服，然后是硕士服，再高高抛起博士帽，后面还有她第一天到汇商穿的笨拙的汇商套裙，越来越美，最后是前几天她睡着了，他偷偷拍的。

"这只爪子是什么？"唐漾故作生气。

蒋时延亲亲她的指尖："爱抚。"

唐漾柔声道："不正经。"

蒋时延想吓她，忽然紧紧将她抱在怀里。

可唐漾并没有被吓到，两人隔着衣物完全相贴，感受着彼此身体的温度。

蒋时延突如其来地闷闷道："抱紧一点，让蒋小狗从小学会在夹缝里生存。"

初秋夜雨敲窗，不远处灯火零星。

唐漾反身枕在蒋时延肩上，无声勾了嘴角。

她想，真的是十年，不止十年。

她要有多幸运，才能遇到一个蒋时延，从始至终陪在她身边，从来毫无条件地护她，然后爱她，一直懂她想要的，然后给她他能给的。

不记得这是第几次，但好像只要有蒋时延在，唐漾便不会害怕。

夜晚再黑暗，蒋大狗也会陪漾漾等到黎明，不是吗？

窗外雨烈如泼。

唐漾想，这是不是夏天彻底告别的最后一场大雨。她是不是再撑一会儿，就会等到一个新的季节。

第十三章 大结局

九月第一个周末到来，唐漾等到昙信通过了总行审核、进入总行组委会投票流程的消息。

她提前设想了最坏结果，只觉得略略有些遗憾。

这个周末看起来稀疏平常，但也不平常——

蒋时延靠着前几个月延续至今的顶级流量身价翻番，在青年财富榜的位置从第八跃至第三。

还有就是汇商高层的案子临近开庭，魏长春却在狱中畏罪自杀了。

第二条新闻一经发布，本来快要偃旗息鼓的“保人派”再次燃起希望。这次，他们提到把责任推给在九江操作下被A级罪犯刺死的汇商前信审处处长，邱凯。

因为公关原则就是这样，任何有舆论关注的事件，法律裁决是一方面，减少汇商涉案人员、让更少的人承担更大的责任是第二方面。

可这次，卸磨杀驴，着实触到了人心的底线。

包括总行长在内几个都来了火气，摔杯子放话：“让我变成前行长再来说这个问题。”

接着，这个周末还没过完。周日晚上，一个更猛烈的消息便经由监察委官媒揭露出来——

周自省手书长篇自检信，揭发涂臣在拘留处利用亲友探访时间，伙同不法分子加害魏长春。

周自省言简意赅，落笔清醒。

他写道，他是一个彻头彻尾的坏人，最后且唯一的一点良知，大概就是说清所有真相。

他是学院派出身，逻辑清晰，将那些不清楚、不明白的款项逐一罗列。

就是这封长达五千字的自检信，周自省交代了他们越权授信、非法审批的每一起专案，操纵过的每一个项目，魏长秋请他们去会所聚头的每一次，还有千亿坏账的具体数额，小工厂的具体明目。汇商 A 市分行全行员工因为坏账这一栏在总行年度评审中少了多少绩效奖金，顶楼从来压着没说。

以及最末，一个不可言说的名字。

也正是这封长达五千字的手写信，将包括周自省本人在内，九江四位行长的罪名彻底定稳。

唐漾心里那块大石头稍稍上抬些，她和大多数人一样，直觉等到周一开庭，这件事情大抵就算完整地落下帷幕。

等周一到来那天，四人被带上法庭，均被宣判卸职、警告、罚款、终身不得进入银行业以及无期。

周自省被查出肺癌晚期，缓刑一年，准许住院治疗。

四个行长曾经都是业内的风云人物，旁听席来了很多业内大牛。媒体亦蜂拥而至，一直到四人认罪被押下法庭，闪光灯都没有停过。

但让所有人都没想到的是，周二上午，汇商高层判刑的正式公告出来，却只排在了热搜第二！

而热搜第一同样发生在昨天！英国汤普逊国际电影节！

经过 IP 改编的《遗珠》狂揽三大奖项，成为首部国外制作的大满贯作品，获央广点名表扬。蒋时延曾经为了《遗珠》在帝都逗留过一段时间，和领导们交好。这时合适的机会一来，总局一路开绿灯，直接把《遗珠》送到了挂着国徽的表彰台。

周二上午九点，这条新闻在热搜第一。

九点半股市开盘，一休开盘即涨停。

一休旗下几家上市的子公司也陆续涨停。

作为唯一一只和《遗珠》挂钩的银行股，随着《遗珠》IP 彻底爆发，即便汇商先前连绿一个多月，也在这个周二上午实现了一小时的涨停。

整个周二全天，热搜一半是《遗珠》，一半是汇商高层审判。

《遗珠》和汇商的关联放在那里，《遗珠》和昙信通的关联放在那里。

周二晚间会议，总行产品发行组委会对其他产品投票只用了十分钟，在关于昙信通的表决上沉默了整整一个小时。

然后，总行长第一个按下绿灯。绿灯一盏接一盏，最后，创下汇商创立以来首个信用产品全票通过的纪录！

唐漾对昙信通的通过率是真的没抱希望。看到《遗珠》大热，樊行长让她和蒋时延请吃饭，她答应了，并认为这是在感谢樊行长当初在B市对自己的照顾以及庆祝自己男朋友身价跳数字。唐漾带着蒋时延和守口如瓶的樊行长吃完了一顿汤锅，甚至都没想起《遗珠》和昙信通的灵感原型相同。

周三早上，唐漾和往常一样到办公室，温半杯牛奶。

敖思切过了三个月的试用期，已经正式入职。唐漾一边喝牛奶，一边听敖思切和她核对今天的行程安排。敖思切汇报完离开办公室，唐漾把杯子洗干净放在隔板上，重新坐回座位，开始检查邮箱，处理待办事项。

外面办公室响起一声尖叫。

有蟑螂？

唐漾皱了皱眉，点开顶部飘红的全内网通知。

网速很快，一秒加载，唐漾的视线落在第一栏的内容上，整个人宛如被劈中般怔在原处。

手机里接二连三跳出恭喜、祝福的消息提醒，她就这样呆呆地望着屏幕。

半晌，唐漾不敢相信地笑了。

没有回复其他人。

唐漾第一个电话拨给蒋时延。

蒋时延也很高兴，听漾漾叽叽喳喳说了一大串，他咳一声："我能说句'霸总'台词吗？"

唐漾忍笑。

蒋时延故作深沉地学电视剧男主："在我可以只手遮天的范围内，请你尽情为所欲为。"

台词羞耻得不忍直听。

唐漾"噗"一声破功："滚吧，你之前也不知道。"

蒋时延也笑了，他也确实不知道。

这对于两人来说都是一个惊喜，很大很大的惊喜。

唐漾压抑了这么多天，因为昙信通的峰回路转而感到惊喜。而蒋时延的惊喜则是漾漾的笑，比看财富榜还令人开心。

两人“啊呀”“咿呀”地在听筒里咂嘴，也不多说，就用两个人都懂的默契感叹。

叹着叹着，突然——

“等等，”唐漾看到这封全内网通知的后半部分，脸上的表情停住，“这是什么？”

樊行长的正职在 B 市分行，他来 A 市分行担任代理行长只是暂时维持工作。

半个月过去，樊行长卸下代理行长一职重回 B 市属于正常调动。但唐漾和蒋时延都没猜到，一份标有绝密字样的任命会直接落到唐漾手上。

她不到三十岁，执掌权杖。

一切都显得那般不可思议，好像又在很早之前，冥冥之中就有了安排。

在唐漾把政审资料提交给总行，准备奔赴汇商顶楼之际，周自省病入膏肓。

唐漾和蒋时延去医院看过他几次。

从前周自省微胖，后来是正常身材，而现在，他瘦得好似一张皮包在骨头上。

医院的仪器、用药都是最好的，可治疗速度终究没抵过癌细胞的扩散速度。到后期，他几乎吃不下东西，仅靠输人体蛋白维护基本体征。他也说不出话，只是用一双仍旧清明的眼睛望着唐漾，望着唐漾的肚子，望着唐漾和蒋时延牵着的手。他时不时会费力地偏过头，余光探向空荡荡的病房门口。

“九江特大专案”已经进入收尾阶段，周默戴罪立功，判了五年。

唐漾去看周默时，在他面前若有若无地说周自省缠绵病榻，心里似乎还有什么期盼。

周默也不装糊涂。

“有的事情真的没办法原谅，”周默笑着摇头，“即便他死了，即便不瞑目，我也真的没办法。”

每个人有每个人的不容易，唐漾也不再多劝。

徐姗姗就像一把利刃，狠狠捅进周默的心脏，霎时鲜血淋漓，然后命运再将那柄带着周默血的利刃，刺入周自省的心脏。

一个无法弥补，一个无法愈合。

因为，在成为利刃之前，“徐姗姗”这三个字很美好。就像周默第一次遇见她的那个下午，她在操场上，刚跑完步，汗水顺着她额角、耳前，汇到下巴。她抬手擦掉汗水，向同伴笑出两个酒窝，皮肤白得发光。

同学搡了周默一下，轻轻道，左边这个有点正。

周默看过去。

好像也没什么特别，唐漾也有酒窝。这学妹还没唐漾漂亮，周默又多看了一眼，如是想。

那时，周默是博士在校的最后一年。他个子高，气质斯文，拿到了汇商万里挑一的 return offer，靠着炒股和做投资身家已达百万。

那时，徐姗姗刚入学，是大一新生，长相、衣着都很普通，靠助学贷款才交上第一笔学费。

周默换手机和电脑的速度都很快，倒不是发烧友，只是为了追求稳而快的性能。徐姗姗用的二手智能机，她和室友的关系并不融洽，去打印店写期中论文的时候被老板连着生殖器一块骂。

周默有轻微洁癖，不管四位数，还是五位数的衣服，沾了洗不干净的东西说扔就扔。徐姗姗穿脱线又缝好的盗版匡威，牛仔裤的脚边裂成缕状，会因为一两块钱和小商贩讨价还价。

周默平常去图书馆、研究院，周末偶尔开车和朋友去踏青，或者飞去临近的城市听一场演唱会。徐姗姗平常的去处是教室、校外，一个月的最高纪录打了十五份兼职工。

周默在学校的状态闲适自得，走在路上会有女生红着脸偷看他，转而和同伴指指点点。徐姗姗骑着破烂的自行车风驰电掣，手上偶尔还会拿着一个没啃完的馒头。

两人隔着这所百年老校最大的学识、贫富、年龄差距，因为建筑翻修住到了相邻的宿舍园区。

两人第二次见面，是在周默的寝室楼下，各家外卖小哥对来的每个人喊“2873 是不是你”“9223 重庆小面”……徐姗姗和一个男博士疯狂对掐。

徐姗姗：“电话里 8789 是个男低音，你明显不是，电话号码还背错了，我凭什么把饭给你。”

男博士：“我帮室友拿。”

徐姗姗："他让他马上下来。"

男博士："我在微信群说刚好在楼下，他让我给他带上去。"

徐姗姗："那你把微信记录给我看，而且要证明微信是这个订单的主人。"

男博士不耐烦："你烦不烦啊，就一份二十来块的饭谁要冒领，这么大的太阳我赶着回寝室写报告。"

徐姗姗冷笑："你背错号码我让你证明我就烦了？要真是你室友你不会把手机摸出来看看号码？照着念我也认……"

"8789。"周默在宿舍门口看了一分钟，走过去，压低嗓音道。

徐姗姗麻利地把饭拿给周默，嘴朝旁边努："这人说是你室友？"

周默给徐姗姗道谢，莫名其妙看那男博士一眼，越过男博士走了。

方才人不少，这时男博士悻悻地摸了摸鼻子。

"不道歉吗？你刚刚算辱骂。"徐姗姗好整以暇。

男博士转身就走。

徐姗姗也不计较，一直等男博士快走到宿舍门口，她大喊："哦，对了室友，刚刚那份饭二百五十元！"

周围有人"噗"出笑声，徐姗姗哼个鼻音，骑着自行车奔赴下个园。

一串"叮叮当当"声，周默立在楼梯转角，垂头瞄一眼自己手上总价五十三元的外卖，嘴角勾了个轻微的弧度。

两人第三次见面，是在校门口。周默航班延误，回来已经是深夜，校门口烧烤摊有流氓寻衅滋事，徐姗姗又泼又辣，把体形是自己两倍的女生护在身后。

两人第四次见面，是在校园大道。徐姗姗帮同学搬离校的行李。

两人第五次见面，是在废品回收摊。徐姗姗卖书，有个食堂大妈的小孩卖废报纸。小孩趁徐姗姗没注意，从她那摞书里拿了两本旧书装进自己的编织袋，精明如徐姗姗转头看见了，又把头转回去假装没看见。

周默路过。

是的，只是路过。

徐姗姗这样的人在学校还有很多，她们努力地挣扎、生活、学习。

周默和小说里的男主一样，会觉得这个女孩子不一样，但他不会喜欢。他是个起点和目标都很高的人。他喜欢的，也只是唐漾那样优秀自信、落落大方的女孩子。他们三观契合，阶层相近，不会因为你送我一千块的礼物，我送你五十的礼物而心有落差；不会不知道那些很日常的牌子、餐厅；更不会担心出轨啊，劈腿啊。他是理性的经济人，要计算自己还算昂贵的时间成本。

直到第六面，在研究院。徐姗姗来送本科生的作业，周默和教授在讨论数据。

徐姗姗和教授打了个招呼，又朝周默点了一下头。周默回以颔首，徐姗姗没多话，离开了。

“咔嗒”，落下门锁。

教授轻声道：“这小姑娘命挺苦，从小没爹没妈，又是福利院又是寄人篱下，上大学一个人负担全部费用，成绩还特别好。”

周默没出声。

教授接着道：“我给她提过要不要大二开始跟我做项目，以后直接跟我到直博，不用考研。她问我研究生学费多少，我说一万多，但有很多奖学金不用担心。”

周默插话：“她应该可以拿国奖吧。”刚刚看了排名，是专业第一。

教授说：“我当时也是这么说的。”

徐姗姗苦笑着说：“当时国奖没下来之前，我也不知道国家会不会反悔。任何事情没发生之前，都不知道会不会反悔，可能以后我会改变主意，但现在我还是想毕业直接找工作。我想有钱，有很多很多钱。”

她没有父母，她也不知道爱是什么，钱是她唯一的安全感，偏偏她没钱。

教授只是随口一提，周默也只是随耳一听。

后来，徐姗姗那门课的助教请病假，周默代替助教把同学们的作业返还给徐姗姗。

后来，两人加了微信。徐姗姗很忙，从不说话，倒是周默大概很“闲”，偶尔会找徐姗姗聊一两句。

再后来，周默撞见徐姗姗穿外卖制服给汗流浃背的外卖小哥们发水。她挨个把瓶盖拧开再递过去，外卖小哥们直接昂头牛饮。他看见徐姗姗作业的字迹，清秀纤细。他听见徐姗姗在课堂上很正经，和清洁大妈聊天时包袱颇多，惹得大妈捂嘴笑：“你该去说相声。”

再再后来，他在寝室看到室友们在看视频：“校门口工闹，带头的好像是我们学校一兼职的学妹，被人一脚踹飞，摔在玻璃堆上，听说浑身是血，被救护车拉去医院……”

话没说完，周默直接捞起车钥匙冲出寝室。

他没走到医院，在隔壁女生宿舍的外墙墙角、流浪猫狗会待的地方看见了徐姗姗。

小姑娘身形瘦小，坐着，远远望去，是一个点。走近了看，她浑身上下露出来的地方都裹着白纱布，像一块人形棉花。有些地方没包好，浸着血色。

周默缓步过去。

一双鞋停在徐姗姗面前。

徐姗姗认得这番茄鸡蛋的颜色，是周默。她偷偷查过价格，被价格吓得差点把手机砸在脚上。

换作平时，徐姗姗会友善地打招呼，可今天她真的连抬头的力气都没有。

周默抬手，犹疑：“你不是……”

“医院贵，医保只能报一半，伤口包完我就回来了，送半年外卖的钱都没了。”徐姗姗扯了扯嘴角。

周默的心上宛如攥着一只手，慢慢收拢。

“那边没赔偿吗？”他喉结滑动。

“对方没弄死我算我命大，”徐姗姗浅笑道，“医药费还是辅导员垫的。辅导员本来叫我不用还，可他一个月的工资也不高，师母挺凶。”

周默睫毛半合，如鲠在喉。

沉默中，徐姗姗轻轻地说：“我猜你是看了视频觉得我挺惨的。其实还好啦，好多同学都给我发微信，我生日都没收到过这么多关心呢。难得的体验，还挺幸福。”

她声音甜甜的，眼泪却“啪嗒”一声掉到了地上。

周默想抱她，又怕碰到她的伤口不敢抱。

徐姗姗眼泪一颗接一颗。

周默嗓音暗哑地问话，徐姗姗一句接一句地答。

父母走的时候，她五岁，装作什么都不记得，其实什么都记得。

然后，住在亲戚家，辗转三个福利院。

她不知道依靠谁，也没人愿意给她依靠。其他小孩担心作业和成绩时，她担心有没有书读，尝遍冷暖，看尽脸色。

早应该学会泼辣地应对社会，早应该刀枪不入的。

刀枪不入多好啊，被玻璃扎了就不会流血，不会流血就不会进医院，不进医院就不会花钱。

答到最后，她哽咽："你能不能不要问了。我不知道，我真的不知道，我什么都不知道。我当然难过……我当然痛，可有什么用呢，难过不能当饭吃，痛又填不饱肚子。"

周默徐徐弯身，合住发红的眼眶，很轻很轻地把她虚拢在怀里。

"可以让我难过，也让我痛。"他的嗓音暗哑。

周默理性，冷淡，看上去高高在上；徐姗姗永远活力无限，像在夹缝里求生的野草。

他们像两个极端，可他们又极其相像。

后来，周默追徐姗姗，耍宝赖皮，老流氓一样浑身充满了精力。徐姗姗总是被他逗得又羞又恼，想拿出气势打他骂他，又舍不得，耳根子默默发烫。

周默给徐姗姗借过两万块。徐姗姗证券投资技术与分析这门课拿了九十九分，她第一次实仓操作股票很紧张，一个月之后，账面有了两万零五百。

换作其他人，周默看都不会看一眼。

换作徐姗姗，他比赚几百万还开心，低头亲小姑娘的额头："我家姗姗超棒！"

徐姗姗在他怀里，红着脸小声嘟囔："亏了我可赔不起，穷。"

周默含着笑意附在她耳边轻声说了什么，徐姗姗脸"唰"地爆红，推开他起身一边扇脸，一边嗔："你很烦啊！"

再后来，徐姗姗有了上万的积蓄，上十万的积蓄。她给周默的礼物从几十块的水杯到上千块的领带。她学了德语作第二外语，她拿了国外的全奖 offer。她希望读研就好，在投行待几年，攒更多的钱，然后和"周不要脸"结婚，生小孩。身体恢复之后，她把四证考齐，然后就可以做分析师，因为时间比较多，她喜欢带孩子、陪孩子。

因着周自省的缘故，周默还是想进银行，想深入风控这块。周默做实证确实厉害，以后说不定会成为雕塑、立在交大的男人，徐姗姗的男人，他和姗姗孩子的爸爸。

徐姗姗很开心，在两人不算宽敞但温馨的卧室床上蹦："我要和雕塑合照！”

周默笑着揽着她的腰把人抱下来：“真人在这里，先亲一下预订？”

“不要，”徐姗姗皱着眉头拒绝，“我在给口红试色。”

然后还是乖乖地亲了。

周默得意地笑。

徐姗姗大三那个寒假需要实习经历充实简历。周默在B市分行，但那时B市分行没有实习空缺，A市分行有，刚好周自省是A市分行行长，可以照应徐姗姗，徐姗姗便到了A市分行信审处。

唐漾年底去的，她在同年年初。

和周默在一起一年多，徐姗姗早已不是大一刚入校的样子。

她做事稳重干练，长相惹人爱怜。她笑着说：“没爸爸妈妈，但有个男朋友，他很优秀，感情很好。”她的腿又白又直又细，甘一鸣看得挪不开眼睛。

徐姗姗想给周默说，处长看她的眼神让人不舒服，但她知道周默和周自省感情很好，周自省甚至为了周默没要孩子。

阿默给她说，他叔叔会照顾她，但阿默的叔叔肯定不会为了她炒掉处长。如果她给阿默说这些，阿默会不会觉得他叔叔没有照顾到她，还是会觉得她娇气、挑拨离间。

徐姗姗做事再精明，关于感情终究是张白纸。她唯一的感情是阿默给的，碰上和阿默沾边的事，她总是举棋不定，小心翼翼。

犹豫几次，她想，就三个月，忍一忍就过去了。

可终归是在校学生，遇到“难题”总会出现工作失误。甘一鸣把她留下来训话，给她倒了一杯水。

徐姗姗在外面跑了一天信用卡实在渴，便喝了一口。甘一鸣的话说着说着，在徐姗姗眼底变成了两个甘一鸣，三个，四个，五个……

徐姗姗醒来时，是躺在甘一鸣办公室沙发上的。

她的脑袋仿佛装着沉铁，眼前是甘一鸣油腻的笑脸。徐姗姗瞳孔蓦地一缩，然后，在地上看到了自己全部的衣服。

甘一鸣道：“我划了一万块到你卡上，学生应该没什么钱吧。”

徐姗姗没有哭闹，没有多话，她一件一件穿好衣服，冷静地离开，冷静地打车去医院，冷静地上网搜索，冷静地到妇科取了甘一鸣残留在她身体里的体液。她想报警，三个数字冷静地按下去，拨通的前一秒，

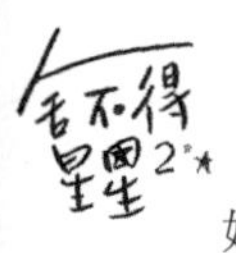

她忽然摔了手机。

徐姗姗的身体靠在厕所的门板上，徐徐下滑。滑至蹲姿，她把头埋进膝盖窝，温热的液体流到腿部的皮肤上，流着流着有了呜咽声。最后，她无措、难过，一下一下抽噎，哭得泣不成声。

阿默是个什么样的人呢？是她男朋友，一个很好的人，一个让她觉得自己曾经受过的所有苦都是为了遇见他的一个人。

可为什么要让她在有了阿默之后遇到这样的事情呢？

徐姗姗在厕所里待了整整一夜。

第二天一早，她拨通了周默的电话，强撑淡定地叙述完整个过程，忐忑地道歉："阿默对不起，"她的声音很小很小，"对不起，我不知道水有问题，对不起，我当时没有想起带走那个杯子，是不是我报警也是没有证据，阿默真的真的真的对不起。"

眼泪再次淌到脸颊，她该早一点告诉他，她该辞职。阿默告诉了她性的好，可她不知道性能让人那么坏，那么坏。徐姗姗一拳一拳砸向自己的脑袋，那么坏啊。

电话里，周默一句话也没说。

他买了最快的机票过来，被人骂变态还是闯进了女厕所，挨个挨个敲门，找到他的姗姗。

他抱住她，一遍一遍失而复得般吻她的额角、鼻子、唇、头发。他眼眶微红，一遍一遍地呢喃："没关系，会过去的，会过去的……"

徐姗姗含泪咬住周默的肩头，哭到后背痉挛。

周默拧碎了心肝。

甘一鸣动徐姗姗是周五，徐姗姗下周一就办了离职手续。

她的房租还有两个月到期，周默便在A市陪她，出去买菜，给她做饭，和她一起窝在沙发上看电视、听雨声。面前的炉中放着红腾腾的热炭，房间和他的身体都暖烘烘的。

徐姗姗不想事情还好，一想事情，一想到甘一鸣的脸，她便浑身骤然发冷，宛如掉入冰窟。

随着天气转暖和周默的陪伴，徐姗姗的状态渐渐好转。

甘一鸣和魏长秋结婚几年，约过很多次外围，可没有一个像徐姗姗一样年轻鲜活，让他无法忘却。

徐姗姗离职后，甘一鸣又给她发了很多条短信，“姗姗我是真心欣赏你”“姗姗我可以给你很好的物质条件，我知道你才来的时候，周自省亲自把你的简历给我是什么意思，我比周自省年轻，体力更好”……

甘一鸣的短信石沉大海，范琳琅把这些看在眼底。

直到第二个月月末，徐姗姗清楚地记得自己当时在地上看到了套，却开始有了孕吐反应。周默陪她去医院检查。

医生见两个人的脸色都不是很好，便把周默叫到办公室，语重心长道:“我知道你们可能不太想要这个孩子，想着还年轻，没什么经济基础。但你女朋友以前生病没及时就医，身体很差，流产不仅是恢复慢或者不能生育的问题，对她本身的伤害可能会很大，还有一些流产事故。”

周默点头，出去，坐在诊室外的走廊，目光暗沉而幽微。

不一会儿，徐姗姗从旁边的厕所出来，声音轻轻地：“阿默，我决定了，打掉这个孩子吧。”

她知道孩子是无辜的，她知道她是生命的刽子手。可对不起，她是人，她也有坏的一面。她坏的一面让她无法容忍这个孩子，这个甘一鸣的孩子，无法容忍到，她现在就恨不得拿把刀把他从肚子里剜出来!

他为什么要来到她身上。

周默圈着她的腰把她抱在怀里。

“留下吧，我愿意养。”他的语气很温柔，像对待一件易碎的瓷器。

徐姗姗的眼泪倏地淌出来：“我不愿意，不是怕你不愿意的不愿意，是真的，”她一下一下戳着胸口，“我心里受不住，阿默我心里受不住！”

周默抱紧徐姗姗，不再开口。

徐姗姗在他怀里泪如雨下。

那天，范琳琅刚好也在医院，刚好在同楼的妇科。

徐姗姗看到以往带自己的小姐姐，不想理，但欠她的是甘一鸣，不是范琳琅。徐姗姗拉着周默的手，朝范琳琅点了一下头。

范琳琅也朝小女生点了一下头。

徐姗姗和周默回家的路上，决定给彼此一周的时间冷静一下。

当晚，范琳琅和甘一鸣抱在一起，她给他说了徐姗姗去孕检、男朋友是周行侄子的事。

“我老婆是魏长秋。”甘一鸣不在乎裙带关系，他在乎的是魏长秋不能生育，魏长秋也不允许他有私生子。他和其他女人，大多数时候都带套，唯独徐姗姗。

他本来只想做一次尝尝鲜，可小女生的滋味太美好，后面几次他没控制住。

甘一鸣出身县城，仍旧残留着传宗接代的概念。徐姗姗的出现、怀孕，都让他觉得是命中注定。这一个月的时间里，他甚至都想过要不要为了徐姗姗和魏长秋离婚。

范琳琅给甘一鸣说这个消息的第二天，甘一鸣辗转找到徐姗姗和周默的住处，在小区门口和徐姗姗发生争执。

徐姗姗回去后告诉周默，她嘴唇直打哆嗦，但仍旧坚持有条有理地叙述完全过程。周默一颗心跟着她的睫毛颤，跟着她的嘴唇颤。他心疼得无以复加，给周自省拨了电话。

这段时间甘一鸣的状态一直不对，魏长秋派人跟踪他。那人给魏长秋发了甘一鸣和徐姗姗争执的视频，视频可以听清全部对话。

魏长秋对甘一鸣的态度，与其说是要求老公的坚贞，不如说是要求一条走狗的忠诚。

走狗想背叛她，那她自然……

天下没有不透风的墙，周默的婶婶听说了徐姗姗的事，约徐姗姗到家里做客，顺便帮侄子劝侄媳妇留下孩子。

徐姗姗不敢去，周默说他婶婶人很好，徐姗姗答应了。

那是一个周四，天气晴朗。

临近中午十二点，周默开车到汇商接周自省。他本来害怕徐姗姗不愿意去汇商，想先送徐姗姗过去，但徐姗姗笑说："没事，我不下车，没人认得我。"

周默想着车就停在汇商楼外，周自省下来、上车，三人就去周自省家。

可周默和徐姗姗都没想到，同一时间，魏长秋正在大闹信审处，不管不顾地骂"小实习生勾引处长""卖弄风骚不要脸皮"。

周默把车停在汇商外面，下去买包烟。

魏长秋从二十几楼闹到了汇商大厅，正好瞥见徐姗姗坐在副驾驶座！

徐姗姗还没反应过来，魏长秋一行便来势汹汹。九江安防的人直接打开车门把徐姗姗拽到车下，那些人扯住徐姗姗及腰的长发。魏长秋面色阴狠，抬手就是一耳光。

围观的人越来越多。

魏长秋拳打脚踢，一顶接一顶的帽子扣上来。徐姗姗脑子“嗡嗡”发蒙。

围观的员工指指点点，周默听到议论“小三”“正室来闹”“还怀孕了”以为在说别人。等他付完烟钱，人群散去，他一转头，目光迎见徐姗姗长发披散，无比狼狈地蜷在垃圾桶旁。

周默瞳孔骤缩，飞也似的冲过去，“姗姗、姗姗”抱起她奔向医院。

徐姗姗嘴微张，双目无神，没有发声。

周默双目赤红，整个人处在崩溃的边缘。

下午，周默安顿好徐姗姗，攥着一沓孕检报告单，带着徐姗姗拨给自己的电话录音，奔到汇商顶楼。

周自省正在打电话，看到他进来，整个人愣一下，然后捂住了电话听筒。

周默满脑子就一个念头，他要甘一鸣身败名裂，他要甘一鸣比千刀万剐更难受。

周默哆哆嗦嗦给周自省说了过程，他激动地指楼下，说魏长秋如何如何不可理喻。周自省是汇商分行最大的领导，周默向周自省寻求公道。

周自省没有反应。

周默很急，他绕到叔叔身旁，然后，意外地在屏幕中看到了正在播放的监控画面——光线颇暗，角度颇偏，但依然可以看到徐姗姗喝了那杯水，甘一鸣靠近徐姗姗，然后……周默满脑子没有绿，没有背叛，只有姗姗被欺负，他只能看到甘一鸣堪比禽兽的嘴脸。

这段监控就像黑暗中的一簇火苗，温暖地亮在周默眼底。

甘一鸣迷奸，魏长秋诽谤殴打，好像一切的一切都找到了突破口。

“省叔，我要这段……”

周默话没说完，周自省点击右键。

“删除”两个字太重，周默不敢让周自省按下去。周默说：“省叔你拷贝给我。”

“省叔，姗姗是我想共度一生的人。

“省叔，我和姗姗都不介意事情曝光，我们想让甘一鸣坐牢。”

周自省不为所动，鼠标放在“删除”旁边。

周默“扑通”一声跪在周自省脚旁。

周默从小性子硬，青春期也经历过叛逆。周自省把他视如己出，只要是合理要求都百依百顺，把他当小少爷疼。周默在家连腰都没弯过，此时跪在周自省身边几乎是当即就红了眼睛："省叔我很爱姗姗，我很爱姗姗，我真的很爱姗姗。"

周自省眼眸半合，点击、删除。

周默回不过神。

周自省深深看了周默一眼，手从听筒上松开，他对电话那头道："魏总，我这边的监控已经删了，您远程应该看到了，对，删的是唯一一份监控，没有留底。"

周默缓缓地抬头，不敢相信地望着周自省。

周自省挂断电话，端起茶杯，垂眸："魏长秋把事情闹大的目的就是看汇商的态度，汇商不可能动她，九江那边的情况很复杂。我知道你爱姗姗，姗姗也是个好孩子，我这边存了一点养老钱，你们可以出国念书，或者移民。"

而另一边，医院。

徐姗姗一个人躺在病床上，魏长秋居高临下地睨着她，一只手捏着连着远程的平板，一只手握着开免提的手机。

整个过程，周自省恭敬的态度响在电话里，周默被遮了一大半，只有徐姗姗察觉到电话里焦急的声响。周自省给魏长秋的回复响在电话里，最后，周自省挂断的忙音也响在电话里，响在偌大的病房，响在徐姗姗耳旁。

"孩子你想留住我不拦你，但你考虑清楚，"魏长秋转着腕上的玛瑙镯子，"听说周行侄子是你男朋友？他在 B 市分行？你们分手了吗？他知道你的事吗？"魏长秋想了想，又漫不经心道："他和他叔叔的感情如父子，周行好几次不肯帮我的忙，我一报周默的名字，他考虑两天就会松口，不然你也试试？"

窗外天光大好，一只鸟翅膀扑棱棱停在树梢头。

徐姗姗转为侧躺，一行温热的液体从眼角滑落，慢慢淌到枕头上。

舅妈以前爱骂她"克父克母丧门星"。徐姗姗会想，星星那么可爱，每一颗星星都那么可爱，为什么会有人不喜欢星星呢？

现在，她想，好像有点道理。

如果自己没遇见阿默，自己大概还奔波在街头，做着十块钱一小时的兼职，匆匆上课，匆匆送外卖，劳碌得像尘埃。

如果阿默没遇见自己，他大概会遇见一个和他一样温暖的女孩子。那个女孩子家里有扇落地窗，阳光从窗边落下；那个女孩子笑起来眉眼弯弯，说话轻声细语；那个女孩子优秀且自信，不会像她一样，学会了动不动就哭，学会了无助，学会了不停给他添解决不了的麻烦，给他叔叔添解决不了的麻烦，给他家带去源源不断的麻烦。

魏长秋说得没错，舅妈说得也没错，她就是丧门星，一颗永远、永恒的丧门星。

那天下午，周默去看徐姗姗，没有说周自省删了监控。他紧紧抱着小姑娘，安慰她说："正在慢慢想办法，会找到突破口，一定会让他们给你道歉，把他们送进监狱。"

姗姗心情似乎不错，给周默喂了一勺周默婶婶做的肉羹。

"好，"她甜甜地道，"我等你找到办法，找到突破口，然后我们把他们送进监狱。"

周默满腔怜惜地吻吻她的额角。

徐姗姗把头埋在他的肩头，轻声道："阿默，我好爱你啊。"

"姗姗我也好爱你。"周默的手轻轻顺着小姑娘的背。

徐姗姗的喉咙宛如堵着一团湿润的棉花，对着医院雪白的墙壁费力地扯了扯嘴唇。

当天晚上，周默回家拿东西。

徐姗姗在他之后打车去了江边看江景。

霓虹如带，星火点点。

晚风真是凉。

周默出医院后，心里一直有种隐隐的不安。车开到一半，他忽然掉头，在医院门口水果摊大叔口中问到"病号服女孩子，说去江边"。

周默油门踩到底。

徐姗姗沿着江畔的台阶慢慢地走。

周默数不清闯了多少红灯。江水起伏，荡漾在徐姗姗腰间。周默找到那段护栏失修的台阶，一颗心提到了嗓子眼："姗姗！"

大概听到了周默的声音，徐姗姗站在江水中央回头。

可回头又听不见声音，她只能看见阿默不管不顾地朝自己奔来。

可真的对不起，她很累了，很累很累了，她觉得笑好累，眨眼好累，连呼吸都好累好累。

她开始听到水啸，也听到很多过往。

周默眼睁睁看到姗姗走到分流口，随着奔流的江水去了另一个方向。

周默拼死地游，徐姗姗浮萍般卷在江水里。

阿默亲她，笑着说“我叔叔会照顾你”；周自省见她第一面，和蔼可亲“你是姗姗啊”；甘一鸣的手摸上她的大腿；魏长秋骂“实习生勾引有妇之夫不知廉耻”，当着很多人的面，扯着她的头发把她一下一下朝垃圾桶上撞；还有周自省“魏总，已经删了”；阿默的“我也爱你”……

周默一直游，一直找，他看到水里一团渔网都会欣喜若狂地游过去。

可没有，没找到，还是没找到。

整整八个小时。

凌晨四点，有人报警。

警察在另一个街区的江边拉起警戒线。周默浑身湿透，跌跌撞撞地拨开人群，找到了身体发肿、睡着的姗姗。

她躺在一块块鹅卵石上，身旁有一座大概孩童高度的彩色鹅卵石城堡。

周默不敢过去，可脚像不听使唤一样，拖曳着千斤重的步伐，一步步过去。

民警过来阻拦：“这位先生请不要越过警戒线，现在正在调查。”

男人听不见声音般一步一步走过去，然后蹲下，跌坐在地上，他抱起浮肿的小姑娘，眼泪一下砸在徐姗姗的脸上，“啪嗒”一下，看上去就很痛。

“姗姗不痛，不痛。”

周默手忙脚乱地擦她鼻尖的泪，眼泪却越擦越多。为什么擦不完，为什么擦不完，他的手缓缓拂过姗姗的鼻子、唇、额、眉眼。

民警停下靠近的脚步。

夜幕四合，浑身湿透的男人坐在地上，抱着穿病号服溺亡的女人，他的脸贴着女人灰白的脸，号啕大哭。

天色未明，人群里，周自省偏头悄悄抹掉眼泪。

阿默爱徐姗姗，可他作为养父，他只关心阿默，只关心自己，他只关心魏长秋心狠手辣。魏长秋和他聊起阿默，聊起和汇商的一笔笔款项。

他阴差阳错错了第一步，没办法回头。

徐姗姗火化那天，邻居是个九十九岁的老人，四世同堂，几十个子孙黑压压地跪在火化窗前哭天抢地。

徐姗姗身边只有一个人。

周默给她扣上衬衫最顶上的两颗扣子，给她理了理衣领，甚至，细致又温柔地给她描了她最爱的口红色号，俯身轻轻烙下一吻。

抬头，又定定看了她良久，周默朝旁边的工作人员点头："嗯。"

工作人员把徐姗姗推进去，合上阀门。周默在工作人员的带领下绕到后面的控制台。

他坐稳，透过狭小的窗口看喷枪"吱吱"两下把油洒在姗姗身上，焚化炉"嗡"声一响，火苗笼着女人的身形蹿起三米高。周默就这样安安静静地看着徐姗姗躺在火海里，看着她皮肉一点点焚尽。

火化时间为一小时零三分。

飘在天上的，是云烟。

留在手里的，是一个檀木盒。

然后，周默在工作人员的带领下去买好的墓地。

男左女右，他把盒子放在了右边。

"刻碑石的师傅现在在国外，您看您是下周过来一趟，还是现在可以把字留了。到时候，我们给您直接处理好，您以后清明或者过年再来就可以。"工作人员对出手阔绰的人态度友好。

"现在吧。"周默接过纸和笔，垫着檀木盒落笔。

写了四个字，颤抖着停住。

——吾妻姗姗。

没有仪式。

却好像用尽他这辈子所有的温柔和力气。

周默感谢周自省的养育之恩，也感谢婶婶的慈爱关怀。

九江覆灭、和徐姗姗沾边的一切都结束后，他对周自省没了最初那般入骨的恨意，但也做不到重新叫叔叔。

而周自省没能等到开春，甚至连秋天都没熬过。

周自省直到走，都没能等到周默，哪怕只是出现。

周自省下葬那天，狱警特许周默在跟随下前去探丧。

以往关于周自省的很多画面浮在脑海里。周自省带他去科技展，周自省去校门口接他放学，周自省给他讲题，周自省脱了西装系上围裙给他炒一碗热腾腾的蛋炒饭。

周默对着墙壁平静地摇头："去那么多人做什么，有个人收骨灰就行了。"

周婶婶听到这话几欲昏厥，唐漾在旁边扶住周婶婶。

葬礼流程简单，烟纸燃作灰烬弥散在风中。

按理说，周自省落了马，大家都该避嫌。意外地，界内高层来了很多。唐漾和蒋时延站在第一排边上，帮忙主持局面。

仪式结束后，高层们相继驱车离开，唐漾几人还在收尾。

很多很多唐漾之前以为是另一拨的陌生人来到周自省墓前——

因为那封周自省手书的自检信，因为周自省一半清醒，一半糊涂时落款的"ZX"。

周自省这些年的受贿金额为三点六个亿，银行流水去向福利院的金额却高达三点八个亿。

九江不停地挖空福利院，周自省不停地填。他要汇款的名单从一个、两个，到一页、两页，至最后厚厚一沓，甚至他自己的工资也只留了基础家用，其他尽数捐了出去。

专心做慈善不是一件容易的事，他偶尔会出格，比如资助山区学生。

对于周白省来说，这是他应该做的，随死亡终止。

而对于来到墓前的人来说，ZX 是他们曾经的一切。

ZX 打款的时候，福利院会难得做一次粉蒸肉，一大群小孩围在一个大桌子前流口水。ZX 写信的时候，他们会乖乖坐在下面听院长或者老师念。他们想，这个人一定是菩萨心肠，像一道隽永而和煦的阳光。

ZX 出现在"九江特大专案"的高潮时，他们愣怔在原处，随后给身边的朋友解释，大抵存在什么误会。ZX 真的是个善人，不是伪善，是见字如面的真挚。

他们从城市最深处的破旧楼房走到明亮的大学校园，从孤独无依走到事业小成；他们有的很普通，有的很优秀；有的在美食街卖五块钱一个的煎饼，有的站上过科技界最高领奖台；他们有的开跑车，有的骑电瓶车，有的搭公车过来。

周自省的墓在第三层，阶梯狭窄，他们没有挤，没有抢，平和有序地排队去献花、悼念。

网络上，无数网友说一切皆因汇商高层而起，周自省恶贯满盈死得太便宜。

陵园内，各种年龄、各种身份的人从墓地排到了陵园门口。后来，人实在太多，他们有的甚至都没走到墓前，远远地、在能看清那抹烟云的方向默哀，肃立、鞠躬，抑或红着眼圈叩三声响头，长跪不起。

黑压压一片。

唐漾看一眼，便匆匆收回视线。她紧了紧和蒋时延相牵的手，眼底流淌着情绪。

再后来，下了小雨。

大家撑起伞。

唐漾看到了周默，安静地站在最角落。

蒋时延偏头看唐漾。

唐漾点头。

唐漾的肚子已经显怀，蒋时延小心翼翼地搀着她下梯子，缓步走到了周默身旁。

细雨拂在脸上，衣服在风里发出扑簌的声响。

“你还是过来了。”唐漾轻轻道。

周默的眼神落在那些人的身上，看不出喜怒：“监狱太闷了，出来走走。”

唐漾没急着说话，周默也没开口，两人陷入沉默，凭吊者来来去去的脚步声响在耳旁。

半晌。

唐漾道：“之前和秦月去临江城福利院，第一次听负责人说 ZX，秦月开玩笑说是哲学，后来我以为是你……”周默和徐姗姗的名字缩写。

“我自私狭隘，没那么大胸怀，”周默发了个极淡的笑音，“我也没想过是他。”

唐漾顿了顿，状似无意：“你想过周自省第一次和九江扯上关系的原因吗？”

周默将眼神递向唐漾。

周自省把自己当行长这些年的工作笔记留给了唐漾，而唐漾帮周婶婶整理遗物时，看到了周自省的日记——

周自省和太太为了周默没要小孩，周默是知道的。

但周默不知道的是，周婶婶以前怀过一个孩子，意外流产了。流产之后，两人担心以后会控制不住地把中心偏向亲生小孩，便决定不再要孩子。

周自省第一次和九江发生关联，是周默八岁那年。

那时，周自省还是汇商农村合作信用社社长，魏贤勇是九江钢铁的采购主任。魏贤勇想通过汇商冲一笔账，操作略微欠妥，周自省拒绝了。

那是一个夏天，周默打翻开水瓶意外烫伤。

唐漾说到这一段，周默一点一点敛住脸上的神色。

唐漾接着道："小镇医疗条件不好，周行连夜把你送到县城。"

"二十年前医院还不太规范，加急手术要两千块，那时你婶婶才做完流产手术没多久，周行一个月工资两百块。"

周自省焦头烂额之际，魏贤勇送来了一张治烧伤名医的名片、一篮鸡蛋，还有两千块现金。

周自省知道自己不能收，不该收，可他给同事们打了电话，大家手里积蓄都不多。周自省动了心："名片算我欠您的人情，钱我会慢慢还给您。"

"要么不收，要么不还。"魏贤勇给的选择很明确。

当时是在医院的走廊上，前面还排着好些急诊病人。阿默那么小，蜷在病床上疼得嗷嗷叫。

周自省知道自己等等，等一两天肯定会凑到钱。可夜色下，阿默那么疼，一声声唤他"省叔"，疼得直哆嗦。

错了第一步，便没有回头路。

周默不是安分的性子，十来岁也会上房揭瓦、下河摸鱼。他摔断过腿，也得过急性阑尾炎。周默进医院的次数很多，多到这次烫伤在周默的记忆里，显得那么微不足道。

周自省删监控是事实，待周默好也是事实。

"姗姗出事后，他想过送你们出国，拉下脸联系了他的一个老朋友，"唐漾的眼睛酸酸的，不知如何表达，"就……有些遗憾。"

周自省直到闭眼，脸都朝着病房门口。

而周默，从始至终没给过周自省解释的机会，一句话的时间都没给过。

周自省对不起姗姗，周默承了养育之恩却没能尽到送终之孝。

周默想，当时姗姗本来就要出国，他也有出国的规划。如果之后甘一鸣没有找到姗姗闹，如果没有魏长秋那一出……没有如果。

“是挺遗憾。”周默拉了拉嘴角。

无关乎原谅，只是释怀。

一切尘埃落定后的释怀。

唐漾看到周默笑，克制不住地红了眼眶。

整个事情，明明甘一鸣和魏长秋才是罪魁祸首，为什么受惩罚最重的是姗姗和周行。

唐漾轻抚肚子：“那你之后有什么打算吗？”声音沙沙的。

“在监狱里多看看书，出来后到处走走吧，姗姗还没有出过国。”说后一句时，周默的声音变得很温柔，他垂眼看向唐漾的肚子，又看向唐漾和蒋时延相扣的手，“很遗憾不能参加你们的婚礼。”

三个人都沉默了。

细雨如牛毛，在周默牢服外的西装肩头浸出一层深色。

唐漾眼里泛着泪花，很想抱抱周默，可她作为异性显得不妥当，现场也有记者。

蒋时延懂唐漾每个眼神的意思，他走过去，代替唐漾，动作轻缓地抱了周默一下。

“节哀，”蒋时延的手轻拍了周默的背，停了一瞬，再轻拍，“节哀。”

第一声为周默的爱人，第二声为周自省。

周默合眸，微微颔首，目光搜寻周婶婶。

蒋时延把手里的伞递到周默手中，和唐漾离开。

雨落在头发上，像童谣里的白砂糖。

蒋时延解开西装纽扣，把漾漾拢在怀里走。

“我是不是很残忍。”唐漾停下脚步，忽然问。

好像不说这些，让周默恨着周自省，周默会好过一些。

“这样对周自省不公平。”蒋时延也停住脚步，回身轻轻拭掉唐漾眼角的泪。

蒋时延的车停在稍远的位置，细雨把浅灰的地板淋成深灰。蒋时延和唐漾并肩而站，唐漾微微仰头，蒋时延深邃的眸里是完整而清晰的她。

姗姗走了，周默“卧薪尝胆”几百天，终于笑得坦然。

唐漾和蒋时延怜惜并庆幸，他们相爱，然后真真切切地站在彼此面前。

也没什么多的话可说，蒋时延就这样深深地望着漾漾，然后，低头吻她的额角，吻她的眉心，吻她的鼻尖，又吻她的嘴唇。再然后，他从裤兜里摸出一个随身携带的丝绒盒，单膝跪地。

蒋时延打开丝绒盒，取出里面的戒指，拉过唐漾的手，接着，直接把戒指套进唐漾左手的无名指上。

然后，他就着拉她手的动作，轻吻她的手背。

方才两人停下时，蒋时延怕唐漾淋雨，脱了自己的黑西装外套，像披头巾一样盖在唐漾的头顶。唐漾想想也知道自己现在有多㞞。

在陵园门口、色调灰白、前不着村后不着店、下着雨、路边还堆了一摞废弃的建筑材料。

所以这人就在这里跟她求婚？

蒋时延不说破。

唐漾也装傻：“这是什么啊，你做什么啊，”她扬扬左手，嗓音细细软软的，“你先起来吧。”

蒋时延站起来，也一本正经地逗她：“一铁环，给你戴上，可以保平安。”

唐漾“哦”一声：“你在我身边，你可以保我平安。”

说着，她把戒指从手上撸下来，直接扔到了地上。

蒋时延笑，从地上捡起来，在自己的衣摆上擦干净，再给她戴上。

唐漾再扔，蒋时延再捡。

唐漾耍小脾气般扔了第三次，蒋时延真的想不出什么情话台词，只能满目温柔地望着她，再捡起来。

凉凉的金属嵌进指间，就在蒋时延以为漾漾会再扔，把手接在了她手旁时，唐漾沉默三秒，笑开。

“事不过三，我不会取啦，”她弯着眉眼，满心欢喜地凑到蒋时延耳边，悄悄说，“一辈子。”

小女朋友的情态动人，蒋时延忽地将她紧搂在怀里。

他蒋时延真的就栽在了漾漾身上吧，为她做饭，为她吃醋，为她发飙，为她收了一身放肆，开始按规矩办事，甚至为她抱了一个男人。

可为什么，蒋时延觉得，栽也栽得这么幸福呢？

自己欺负过蒋大狗吗？没有吧。

唐漾略微蹭蹭他的肩头，抬手反抱住他，虽然没有玫瑰，没有豪宅，可谁让他是蒋大狗呢？

唐漾叹了口气：“你不要这么紧张，我答应嫁给你，答应嫁给你啦。”

“我说了要娶吗？”蒋时延忍笑。

唐漾的笑意倏地滞住，推开他朝前走。

蒋时延皮过头了，连忙补救：“要娶的，要娶的。”

他忙不迭跟上去。

唐漾哼一声不理他。

蒋时延死皮赖脸地握紧她的手。

唐漾头低着，没忍住偷笑一下。

蒋时延一直在偷偷瞄唐漾，见状，也悄声勾起嘴角。

路过一个十字路口时，窗外人潮涌动，蒋时延忽然道：“以后蒋小狗叫蒋惟唐好不好。”

蒋时延好像被淋感冒了，声音有些哑。

“‘微糖’？万一是男生怎么办？”唐漾伸手去试他额头的温度。

蒋时延刮了一下漾漾的鼻尖，忍俊不禁：“蒋，惟，唐。”

“蒋”是蒋时延的“蒋”，“唐”是唐漾的“唐”。

“惟”是唯 的“唯”取了右边，珍惜的“惜”取了心字旁。

随着周自省的档案从汇商撤走，周自省的前秘书辞职，一切好像都归于平和，带着战争结束的千疮百孔。

汇商因为越权授信被央行罚款五亿，客户信任出现前所未有的危机，周自省的自检信爆出高层运作内幕，新一季度的员工辞职率居高不下。

唐漾在风雨飘摇中完成交接，正式坐上汇商顶楼的交椅。

有人说她城府极深，为了晋升给汇商原高层们重重下套。

有人说她善用美色，和蒋时延是典型的商业联姻。

还有人说她心狠手辣，最后那份报告将整个汇商置于刀刃锋口。

……

唐漾左耳进，右耳出，大刀阔斧改革的第一项便是收束高层权利，跨部门式以下监上，拒绝越权和人情操纵。

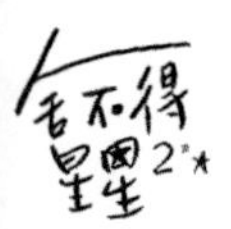

跨部门以下监上意味着一个副行长分管零售，监察他的部门可能是安防，可能是风控。唐漾又对监察部门做了加密处理。也就是说，高层们知道有自己分管外的部门监察自己的行为和资金动向，但并不知道是哪个部门。

这对下面的员工来说是一种公平和权利，但对高层不太友好，他们颇有怨言。紧接着，唐漾成立专项小组起草预案，放宽对员工副业的管制。

以前，银行员工有明确规定，不能买某些特殊类别的金融产品，买某些产品又有额度限制。

唐漾保留了逐条、逐笔汇报的规定，废除了禁止购买的条目，希望从“纵”的角度要求内部廉洁。

高层们心里舒坦，员工离职率也达到了七月后的最低值。

就在大家以为这样已然足够时，唐漾做了一件更大胆的事——

她直接在总行拿了权限，为女性员工增加了两周的孕初假期，将产假从九十天压缩到八十天，但为产后收假的女员工提供二十天自愿适应调整阶段。

从字面上看，假期多了两周，少了十天，没什么变化，但后面二十天的自愿就很耐人寻味。

如果想重返职场获得晋升，拥有适应阶段无疑是个好消息；如果只是想恢复工作，那相当于多了二十天休假时间。

有同事说唐漾是因为自己有身孕，方便自己。

结果被女同事们的唾沫星子喷得抬不了头。

蒋小狗在四个月到五个月的这个阶段长得飞快，唐漾已经穿不下衬衫，便选择了宽松的秋裙。

她裙子长度及膝，颜色柔和；她手段果决，做事雷厉风行。

汇商的人经常看见这样一幕：唐漾踩着三厘米矮跟鞋被一群人簇拥着出入会议室时，背脊挺得笔直。她的后脑勺根据蒋时延心情和发挥系的蝴蝶结却轻巧精致，带着一点点唐行长的俏皮。

唐漾上任之初，跨部门式以下监上的制度已经在界内掀起一轮热议。而她改革女员工假期后，十月底，员工离职率直接降到了平均线之下。

汇商风波后，人事变动很大。曾经和唐漾有过接触的南津街支行申行长升到了汇商分行，管理产品营销这块。

唐漾三把火一烧，他想到当初那个午后，小姑娘淡淡地念的汇商标语。他理解了一下唐漾决议的意思，试探着给孕假调整这块加了个“女性职场关怀”的标签，送到一休做包装。

同月，汇商新增客户率爆炸般飙到了三年内的最高峰。

从接手烂摊子，收拾烂摊子到局面彻底稳定，唐漾只用了一个月的时间。

她把稳舵位，汇商面目一新。

怀着五个月身孕，不到三十岁，名校博士，最年轻的行长。

一时间，“唐漾”带着事业成绩频频出现在各大媒体。末尾才稍稍一提，哦，原来还是一休的总裁夫人。

有营销号说她是“带刺玫瑰”，有博主评价她是“信仰式女人”，央广官方号写的则是“刀尖上的软香膏”，里面配的内容是唐漾出席活动的照片：唐漾代表汇商A市分行就征信问题对大众、对媒体做出承诺。

视频里，唐漾的语速不急不缓。她望着镜头，笑容温和，目光坚定。

尽管唐漾的营销是汇商高层讨论出来的结果，目的在于覆盖汇商之前涉案的余热。但不可否认，唐漾是一个现象级人物。

而上一个称得上现象级人物的是——三年前改组一休的新媒体第一人，蒋时延。

一休高层们讨论唐漾话题热度时，蒋时延就跷着二郎腿，一脸“你们快夸快夸，这是我老婆”的表情。高层们商讨决定，把总裁赶出会议室。

蒋时延也不恼，回家后开开心心地给一拖二的大宝贝做饭、洗澡、吹头发、讲睡前故事。

他无意提到自己真的被一休高层轰出了会议室，唐漾笑得乐不可支。

“小没良心的，”蒋时延揪揪漾漾白软的耳朵，刻薄道，“不知道是谁，以前上个热搜都要吼人，‘蒋时延快撤’‘不撤我要怎么怎么你’，现在被刷屏都淡定到不行。”

唐漾朝他怀里钻，甜甜叫：“老公！”

“好好。”蒋时延举双手投降，而后环住她笨拙的腰身，眼底无奈的纵容比月光更让人沉溺。

十一月中旬，唐漾在敖思切的陪同下飞去汇商总部出差。

总行的高层们见是唐漾来，一个个笑脸相迎。

唐漾说明来意后，那些人同时拉了脸：“在新岗位上做出成绩是好事，唐行应该再接再厉，骄傲自满可不是什么好习惯。再者，”高层顿了顿，“私以为昙信通是唐行的心血，唐行会比我们都希望看到昙信通顺利发行。”

汇商各方面都在逐渐恢复，这种时候，昙信通作为一款自带情怀和话题度的产品进行发行，无疑是一场及时雨。

但唐漾身为设计者，却以她在发行书上签字作为条件，给总行提了个要求。

总行长苦口婆心道：“女性安全这块是公安和政府应该呼吁关注的问题，我们是商业银行，我们好不容易摆脱信任危机，没必要自己再爆自己。”

“与其让别人以后发现这个细节，再把汇商推到风口浪尖，不如主动坦白，”唐漾道，“私以为这样做是为了推翻重塑，真正重新建立信用体系。”

唐漾补充：“况且，公众对于主动阐明真相的态度会有一个包容分，如果收获正向反馈，那就是锦上添花；如果得到负面评论，昙信通就会起到一个缓冲作用。”

高层们动摇了。

而这时，唐漾递上去一份相关决定的应急预案书和一份基金会启动计划。

唐漾的档案走完流程，行政级别正式定档在“行长”那天，恰逢昙信通举行首次发行发布会。

界内大牛齐聚八百人厅，各路媒体在厅内架起长枪短炮，人头密密麻麻，镁光灯和快门一起闪烁。

早在发布会之前，媒体把昙信通的意义鼓吹得很大，类似促进再就业、宣告信任体系的革新。

真的等到发布会开始，主持人的措辞却很拘谨。

发布会的第一项流程是唐漾作为昙信通的设计者，上台介绍产品内容。

唐漾肚子里的蒋小狗已经六个月大，在聚光灯下凸成一个圆润的弧度。

第二项流程是主持人介绍发布情况。

昙信通从分行发行扩展到全国发行，参与单位也从 762 一处到涵盖悠然居等198家知名企业。这些企业的部分代表上台介绍相关情况。

第三项是签约。昙信通的第一批发行书在斟酌和层层挑选后，选择签给挂名九江但实际非九江控股、受九江波及下岗的工人。这批工人经由昙信通引渡到了悠然居控股下的一个建筑公司工作。

唐漾再次上台，礼仪小姐把第一份文件和笔递给她。

大屏幕上，唐漾手势标准地握笔，写下点、横，现场观众的呼吸也随着她的动作屏、放。

所有人都猜到唐漾会为第一份昙信通签字。

唐漾签完字退到主席台边上，蒋时延等一休高层上台。因为流程表后面还有一个基金会的成立仪式，所以记者们并不意外。

可大家都没想到，唐漾退过去站稳后，全场灯光骤暗！

尖叫和窸窣的议论持续了大概一分钟，屏幕上出现亮光，主持人低缓的声音在偌大的厅堂响起。

“一九九九年，王琴正式入职汇商合作信用社星河镇分社，因不堪社长许有为骚扰，两个月后提出离职，离职原因档案记载为病退。

“二〇〇二年，汇商与浦西合作期间，审贷处女员工常笑意外死亡。汇商A市分行赔偿常笑家属五十万私了此事。

“二〇〇七年，有人举报汇商白沙街道支行行长性侵女下属，汇商分行并未对此做出处理。

“……

“以及，徐姗姗。”

周自省的自检信提到了徐姗姗，周默的供词里也有徐姗姗。而在经过周默和总行同意后，唐漾授意披露了关于徐姗姗的一切细节。从医院检查报告，到周自省和魏长秋的电话录音，魏长秋在汇商门前聚众殴打徐姗姗，徐姗姗的死亡证明，以及一份交易记录，关于最初，甘一鸣通过九江的何征拿到并放到徐姗姗水里的三唑仑片！

一条年轻、鲜活的生命因性侵及后续而死，汇商和九江却帮忙掩盖。

屏幕定格在徐姗姗的笑脸上，现场一片死寂。

半分钟后，响起混乱的啜泣声、议论声以及调整三脚架的声音。

说不清是愤怒，还是同情，也猜不出唐漾的意思，现场的记者、尤其是女记者们持着极快的语速彻底炸开。

“唐行，请问您这是在为王琴以及徐姗姗她们翻案吗？请问汇商总行知晓您方才授意曝光的内容吗？”

“唐行，请问方才的内容与昙信通或后面将成立的基金会有何关联？”

“唐行，您来汇商不到三年，请问您为徐姗姗翻案的动机和目的是什么，这是否意味着什么大的动向。”

一句接一句抛上主席台。

唐漾置若罔闻般和徐姗姗对视。看见照片中徐姗姗的笑眼，唐漾红着眼睛，跟着弯了嘴角。

炸锅的现场也逐渐趋于平静。

迎着所有人的目光，唐漾重新回到主席台正中央。她纤瘦的身形独自撑起宽阔的舞台。

“大家好，我是汇商A市分行行长唐漾。”她完整地介绍自己，“首先，我谨代表汇商总行、分行全体高层，向上述同事以及公众致以歉意。”

对同事是因为没有营造安全的上班环境，对公众是因为隐瞒事实。

语罢，唐漾将话筒变为单手握。

她的肚子很大，弯腰艰难，但仍旧九十度鞠躬，坚持整整一分钟，才重新站直。

媒体只见过各种各样的危机公关，没料到这般残忍、坦荡且忍有泪意的主动揭底。

然后，唐漾开始回答第二个问题：“汇商A市分行自成立以来，内部案件总计四十六起。汇商已在半个月前与公安机关取得联系，逐步重新立案。”

有记者在台下叫好。

唐漾有条有理地继续：“而选择在这个时机公布，一是因为汇商与一休联名成立的‘昙信通’基金会将在今天正式挂牌运营；二是基金会关注的内容有烈属、残障人士就医、老年人抑郁症以及女性职场保护。基金会将不分公司地为遭遇职场性侵、因怀孕被解雇的女员工提供免费的法律援助。”

女性安全、职场歧视一直是舆论焦点，很多公司会在出事后致歉或者整顿，但像汇商这样直接翻案并成立基金会的绝无二家。

好像因为新行长是唐漾，而唐漾绝非泛泛之辈。

一片安静中，有记者再次提问出发点。

是炒作还是其他。

唐漾环视现场，视线掠过蒋时延时，停顿了一下，再收回来。

“我算是一个比较幸运的人，高中时期就遇到了我先生。在我迷茫、无措的时候，他都陪在我身边，陪着我毕业，陪着我参加工作。接任行长的那段时间，汇商不甚太平，也是他一直鼓励我。”

“我每天可以早起看到他，也可以看到清晨第一抹阳光和雾霭。当我感受到平和与温暖的同时，我忍不住会想，”唐漾回头看大屏幕，“如果王琴、常笑……姗姗她们不走，换种说法，她们本该和我们现在一样，坐在明亮宽敞的办公室，有一段稳定而幸福的感情和一个值得憧憬的未来。”

可她们已经不在了。

现场安静。

唐漾握紧话筒：“我对我现在拥有的一切感到庆幸，所以我希望我站在一个稍微有话语权的位置，可以去关注很多半明半暗的板块，可以为那些渴望发声的群体发声。”

唐漾说：“我被人托着，从而希望成为别人的依托。我希望女性、老人等弱势群体得到相应的保护；我希望以汇商、以基金会作为原点，可以将很多曾经被掩盖的问题真正摆到台面上，并提出解决方案。”

唐漾说：“我希望越来越多的人相信始终有那么一些东西，没有虚伪，没有掩盖，没有好大喜功，没有粉饰太平，相信始终有人会撑在风浪里，不作秀，不浮躁，真的在改善，真的在进步。”

唐漾语速适中，极富质感的嗓音透过扩音器传到会场的每个角落，也仿佛裹着细微的电流，酥酥麻麻，浸到每个人的心底。

樊行长坐在台下最中央的位置，刚好和台上的唐漾相对。

曾经，樊行长问唐漾想成为怎样的人，想得到什么或给予什么，唐漾没有回答。

但现在，樊行长欣慰，小姑娘大概有了答案。

唐漾发言完毕，掌声稀疏。

基金会的法人代表是蒋时延，主持人按照手卡请蒋时延上场。

唐漾退到边上时，蒋时延准备到中间去。

两人错身的刹那，顶着无数闪烁的快门，蒋时延借着身形的遮挡，轻轻捏了一下唐漾的手，偏头低声道：“你美得让我挪不开眼。”

唐漾失笑，用眼神嗔他，手却是反捏了一下他的手。

然后，蒋时延站在了唐漾先前站的位置。

蒋时延参加过很多类似的发布会，可从来没有一场，让他刚拿到话筒，嘴边就有了笑意。

“大家好，我是一休传媒董事局的主席，也是昙信通基金会的法人代表，蒋时延。”

有个词叫三十而立，站在台上的蒋时延刚好三十岁。

比起曾经轻狂的一休创始人，如今他的身份更多，西装笔挺，意气风发间，带着一种安于家庭的独有魅力。

唐漾看得微微出神。

摄影机位适时对准微微出神的唐漾。

蒋时延注视着唐漾出神的模样，深邃的眸里噙满温柔的笑意：“首先，我谨代表个人，向唐漾女士表达最真挚的敬意和爱意。”

敬意可以理解为合作伙伴，可这是重大场合，这人后面一个词是爱意？

唐漾装傻，耳根一烫。

这是不动声色地撒狗粮？

台下的记者们后知后觉地回味到唐漾的话，又遭受蒋总的暴击，掌声雷鸣般响起。

蒋时延低缓的嗓音在掌声之后响起：“其次，我要纠正一点，自始至终，都是唐漾女士陪伴我，引领我，鞭挞我。”

第二句说完，又一阵热烈的掌声。

蒋时延：“我能从一个熊孩子成为一个勉强称得上成熟、有些许事业、有幸和汇商合作成立基金会的人，其根本原因在于唐漾女士优秀品质对我的影响。”

再一阵掌声。

蒋时延又说了一个字：“我……”

又是一片掌声。

蒋时延每说一个字，台下就响起一片掌声，宛如孩童的恶作剧。

台下的媒体和嘉宾在笑。唐漾在笑。

蒋时延说不下去，身体侧到一旁，也在笑。

他被掌声堵在台上，开不了口，也下不去。

这是正规场合，漾漾交代过他不能乱来。

可被现实所迫，蒋时延等了半分钟，掌声不仅没停，反而有人起哄：“蒋总能不能不要学唐行说话，能不能有点诚意！”

“昙信通基金会是一休成立的首个基金会。在后续的运作过程中，基金会将采用上市公司的公开标准公布财务数据，此外，我们也接受社会各界人士来自各方渠道的监督。”蒋时延趁那人起哄后的片刻安静，噼里啪啦语速极快地说完必须的内容后，他正对先前起哄的记者说道：“唐行说的重要内容，我也说的重要内容，怎么就没诚意了，不要以为我没看到你们八卦的眼神。是，是，”蒋时延点头，拿出唐漾在家教育他的气势，“唐行是我太太，但这是重要场合不是小孩子过家家，难道你们非得让我连喊三声唐漾我爱你，唐漾我爱你，唐漾我爱你，才能不鼓掌放过我？”

蒋时延气势逼人：“年轻人你是哪家媒体的，是一休的下午拿着简历到我办公室；不是一休的，回去收拾收拾东西到一休来。”

那记者高声喊：“蒋总，我是看出来您很想表白，但害怕被唐行罚跪搓板儿。”

台下哄然大笑，央广的领导和汇商总行长都没忍住勾了嘴角。

瞧着蒋大狗一脸被戳穿快要恼羞成怒的样子，唐漾接过敖思切从后台递过来的话筒，笑着喊：“蒋时延。”

轻柔的三个字传遍大厅。

现场倏然陷入待针掉地的安静。

蒋时延偏头望唐漾，唐漾的睫毛还带着泪，亦含笑望着他，声音轻轻地：“我也爱你。”

带着无奈，但未退后的从容温柔。

一秒，两秒，三秒。

蒋时延和唐漾相视而笑。

会场口哨、掌声震耳，经久不息。

漾哥漾哥，我是胖哥。

延狗延狗，我是漾漾。

蒋时延有且仅有一个唐漾，唐漾也有且仅有一个蒋时延。

他们从课堂里“长太息以掩涕兮，哀民生之多艰”，走过筚路蓝缕，也走过摧枯拉朽。他们不掩饰站上高位的野心，他们追逐传统意义的功名，他们希望成为有影响力、公信力的人，也希望看到更多被人忽视的角落，为所有值得尊重的微小发声。

他们富有年轻一代的张力，默契，坚定而笃行。

【我希望越来越多的人相信始终有那么一些东西，没有虚伪，没有掩盖，没有好大喜功，没有粉饰太平，相信始终有人会撑在风浪里，不作秀，不浮躁，真的在改善，真的在进步。】

——爱上正好爱你的多年挚友是什么感觉?

她手指向的方向，也是他手指向的方向，他的手覆在她的手上，掌心贴着她的手背，经由时光山海、朝晖夕月，最终以十指相扣的姿态，完整且妥帖地嵌进她的指间。

（正文完）

蒋惟唐

蒋小狗六个月的时候，蒋时延说民政局附近有家旋转小火锅不错，问漾漾要不要试试。

唐漾欣然答应。

两人自然而然顺道领了证。

蒋小狗七个月的时候，蒋时延装修好了属于他和漾漾的小别墅。

设计是唐漾喜欢的风格，阳台放了唐漾喜欢的秋千。漾漾虽然不下厨，但她喜欢开放式厨房。蒋时延亲自画图，最后出来的效果和唐漾口中描述的相差无几。

唐妈妈觉得蒋时延太惯着唐漾，唐漾皱皱眉头不敢反驳。

蒋时延甩锅给蒋小狗："漾漾肚子大着，据说心情好一点宝宝会漂亮一点。"

其实呢，他有些懊恼自己当初没控制住。二人世界多好啊，结果被自己不小心破坏了。

可孩子这种东西，有了就有了吧。

他没见过漾漾小时候，如果小公主长得和漾漾小时候一样，白白软软，脸圆圆，奶声奶气叫"爸爸要抱抱"，蒋时延光是想想，一颗心登时软得不像样。

唐爸爸是基建工程师，长期在深山做项目。

直到唐漾婚礼前一天，唐爸爸才乘了傍晚的飞机匆匆赶回来。

以前过年的时候，蒋时延和唐漾会轮流去对方家拜年，但唐爸爸过年也忙，蒋时延只见过一两次。

在蒋时延的记忆里，唐爸爸和教科书上戴金属边眼镜的铁路专家一模一样，话少，刻板，带着一股工科男典型的不苟言笑。

蒋时延当学生时有些怕唐爸爸，现在，他身居高位，加持了丈夫和准父亲的身份，已然成熟稳重。

唐妈妈临时有事，被学校叫去开会，蒋时延的父母和小两口趁饭后散步，一齐到街区门口接唐爸爸。

晚上七点，出来遛弯的人很多，蒋时延陪唐漾坐在长椅上。

偶尔有熟人打招呼，蒋时延头点得心不在焉。

唐爸爸发消息说快到了。

蒋妈妈瞧蒋时延目光飘忽，提醒道："第一次见岳父，你自己该说什么不该说什么，注意点儿，尤其漾漾未婚先孕。"蒋妈妈拧着眉头，总感觉儿子让漾漾大着肚子穿婚纱很渣男。

唐漾一半揶揄，一半维护老公："他是高屋建瓴，害怕我三十岁以后当高龄产妇有危险，早点生完恢复快。"

唐漾就是这样，无论她和蒋时延内里感情深浅，在外人面前，她总是维护蒋时延。

蒋妈妈越看唐漾，目光越慈爱。

唐漾拍拍蒋大狗的肩膀，宽慰他："我爸这人比较冷萌，没想象中可怕，你就按你平时的状态和他交流就行了。"

蒋时延把脸凑到唐漾面前："你是说内敛迷人吗？"

唐漾含笑推开蒋时延的脸。

蒋时延在唐漾和自己父母面前演练了好几种见到唐爸的开场白。

掌控大局款："唐叔，好久不见，要待几天？明天的流程我稍后发给您确认一下？"

中规中矩款："唐叔，我是蒋时延，我长变了？您看上去变年轻了，听说您这次跟的项目是……"

至于称呼，蒋时延觉得叫"唐叔"很见外，自己和漾漾都是合法夫妻了。

"你不懂，"蒋妈妈教育儿子，"你还没得到糖糖爸爸的认可，你得让他纠正你，让他让你叫爸。矜持，懂吗？"

蒋时延在蒋妈妈面前答应得好好的，结果，黑色商务车停到门口，唐爸爸刚从后座下来，蒋时延安顿好唐漾，然后控制不住双腿般快步上去，俊脸堆满笑意：“爸，您行李在后备厢吗？我帮你拿。”

“爸，您这箱子和上次我到家里来看到过的一样，没换过款，我们营销号说念旧的人心肠好。”

“爸，您坐的国航？国航飞机餐是不怎么样，我买了很多食材堆在家里，待会儿给您露两手，”蒋时延殷勤道，“我手艺还行，漾漾前段时间连悠然居都嫌弃，但就夸我糖醋排骨做得好，听说您也喜欢吃糖醋排骨。”

唐爸爸看到了蒋时延过来之前挽唐漾的小动作，也注意到唐漾想起身，蒋时延的眼光立马条件反射般扫过去。

唐爸爸对蒋时延是满意的，面上却没表露出来。

而蒋时延父母和唐漾早已目瞪口呆，说好的沉稳如山，一休董事局主席，面前这位不要脸的狗腿子是谁?

唐爸爸过去和两位亲家寒暄，唐漾轻拽唐爸爸的胳膊起身，蒋时延想帮唐漾摆正裙腰处的蝴蝶结系带。

唐爸爸停步，偏头问蒋时延：“你很紧张？”

“没，没有，爸，没有。”蒋时延舌头打结，努力让自己看上去很淡定。

唐爸爸“哦”一声，面无表情：“你的手搂在了我腰上。”

“！”

蒋时延想找块豆腐闷死自己。

其他人愣了几秒，随即放声大笑。

唐爸爸也悄然勾了一下唇。

女婿大概很爱女儿吧，爱到连带对自己这个岳父都能这般小心翼翼，如搂某个孕妇一样揽着自己的腰。

唐漾和蒋时延的婚礼就在楼下举行。

婚礼规模很小，布置温馨，粉色的玫瑰、彩带、气球铺满了整个会场。

蓝天如洗，和煦的阳光洒在四季常青的草坪上。

唐漾挽着唐爸爸的胳膊进场，唐爸爸把唐漾的手交到蒋时延的手上。唐漾婚纱的曳尾很长，她转身时，唐爸爸和蒋时延同时弯身帮她整理裙摆，两个男人相视片刻，目光里是默契和了然。

唐漾这辈子能遇见蒋时延存在一个概率；在高中遇见蒋时延存在一个概率；她和蒋时延成为朋友存在一个概率；她和蒋时延互相搀扶走过

十年存在一个概率；她发现自己爱上了蒋时延存在一个概率。而蒋时延刚好长久且热度不减地爱她，就是亿万分之一。

而唐漾对于蒋时延来说，亦然。

念誓词时，两位新人都激动得有点控制不住。

接吻时，所有人都期待霸道蒋总“哗”一下掀开唐行的头纱。

而众目睽睽下，蒋时延单膝跪在了唐漾面前。他先吻了吻唐漾的肚子，然后牵过唐漾的手，吻了吻她的手背，再然后，他徐徐起身，薄唇落在唐漾的脖子上，他的脸也被罩在了头纱里。

蒋时延一只手轻轻揽着唐漾的腰身，一只手捧着唐漾的脸，沿着她修长的脖子优雅的线条缓缓朝上。他眼眸噙笑，凝视她，然后，款款深情地将唇覆至她的唇上。

宋璟穿藏蓝色伴郎服，身形挺拔，容色清俊，举手回眸间带着民国名士霁月朗朗的气质。

秦月和程斯然他们赌五毛宋璟会惊艳全场，结果让涂发蜡、梳大背头的延狗占了上风。

仪式过后，蒋时延满脸春风挡不住。

宋璟挤对他：“四舍五入，我也算和漾哥一起迈进了婚姻的殿堂。”

本来是蒋时延邀请的宋璟当伴郎，结果这下蒋时延心塞到不行。

唐漾停在桌前，咽下嘴里的食物，对宋璟道：“四舍五入你也和蒋时延一起迈进了婚姻的殿堂。”

唐漾四两拨千斤。

蒋时延瞥宋璟一眼，炫耀般喊“漾漾”，唐漾朝蒋时延招手。

宋璟简直拿这两人没办法，人前都人模人样，人后大概就是一个间歇性闹小孩脾气，一个宠得乐此不疲。

后来，大家和新人拍照留念。

轮到宋璟时，他和蒋时延一左一右站在唐漾旁边。

秦月举着长焦相机眯眼喊：“一，二，三，茄子——”

宋璟头朝唐漾偏，蒋时延以为宋璟要亲漾漾，吓得赶紧伸手挡宋璟的脸，宋璟本来就是恶作剧，干脆一不做二不休直接亲一口蒋时延的手背。蒋时延吓得朝后一避，谁知竟撞到一个侍者，他径直碰翻盘子里的三层蛋糕！

蛋糕比人先落地，被人当了靠枕。

所有人睁大眼睛望向这边。

蒋时延自己也不敢相信："我是新郎，我今天是新郎，命运对我这么残忍吗？"蒋时延摔蒙了站起来，一边从头发上捋奶油，一边将眼神投向唐漾。

蒋大狗一脸迷茫委屈，漆黑的大背头上稳稳沾着一颗红红的小草莓。

唐漾忍俊不禁，最先笑出声来。

随着冬天到来，时间好似放慢了步伐，曾经那些动荡和风浪也被安置在了厨房与昼夜间。

婚姻和恋爱是两种完全不同的状态。

虽然蒋时延的厨艺和唐漾作为业余美食家的追求让夫妻两人的矛盾比其他人更少，可也免不了分歧。

比如——

唐漾坚信肚子里的蒋小狗是个小正太，坚持胎教内容要和科学探索相关。

而蒋时延总叨叨老父亲和闺女有心灵感应，漾漾肚子里一定是个软萌可爱的小公主，但他并不敢反驳漾漾。

伴着两人时不时的拌嘴，蒋小狗在唐漾肚子里越长越大，夫妇俩的胎教形式也从音乐和简单的句子变成睡前读故事书。

蒋时延喜欢《安徒生童话》《爱丽丝梦游仙境》，而唐漾喜欢《海底两万里》和《昆虫记》。蒋时延先在床边读《海底两万里》，唐漾上班很累，听得迷迷糊糊合了眼皮。蒋时延见她快睡着，眼疾手快把《海底两万里》换成了封面粉粉的、印着蓬蓬公主裙的童话书。

他移花接木好几个晚上，终于被唐漾发现。

夫妻间最重要的是什么？信任！

蒋大狗的行为是什么？欺骗！

唐漾很生气，她揉揉睡眼，困倦的小表情强撑出严肃的气场。

"蒋时延，我们得吵一架！"她一字一顿。

蒋时延也受够了。

"嗯，好。"他反手将童话书扔在墙角沙发上，然后腾身，一只手撑在漾漾身旁，一只手捏住她的下巴微微上抬，他的唇碾上她柔嫩的唇瓣，微微摩挲两下，用湿润的舌尖滑开她的唇缝。

唐漾不让他进去，态度坚决："我们要吵架，不是要接吻。"

“吵架是动嘴，接吻也是动嘴，有区别吗？”蒋时延很耐心，嗓音低缓。

他幽微的眸子好像笼罩着烟雾的迷宫，唐漾的耳郭酥酥的，在他眼里迷失了自己。

“好像没区别。”唐漾软软道。

为了表达自己的歉意，她主动、轻轻地去碰他的舌壁。蒋时延的舌尖轻探至唐漾的上腭，慢慢舔舐。唐漾的唇启开一些，蒋时延细致又深入地吻了下去。

唐漾被蒋时延吻得七荤八素时想，蒋大狗果真没骗自己，吵架要动舌头，接吻也要动舌头，这可能就是传说中的等价无差别？

经过“吵架”那晚，蒋时延暗喜，漾漾好像终于进入了一孕傻三年的状态。

而蒋时延总能找到各种各样的理由，让书读着读着被甩到沙发上，而他则是亲亲漾漾的脸蛋，亲亲漾漾的锁骨，偶尔内容不可描述一些，蒋时延还会怀着很复杂的情感遮住漾漾的肚子。

而在蒋大狗占尽漾漾便宜的某晚，唐漾状若迷糊地勾住了他的脖子。

童话书一半在沙发上，一半悬在空中，夜风进来，把书页吹得簌簌作响，床也吱吱的。

唐漾怀孕之后皮肤愈发的好，她的耳尖红红的，巴掌大的脸上一双眼睛黑白分明，好似含着盈盈波光。她的嗓音似江南早春的笛音，绵绵又婉转，一声声的轻喃让人脸红心跳。

偏偏蒋小狗已经八个多月了，蒋时延不敢乱来。

唐漾格外黏他，他好似偿还了之前几天吃豆腐的债般被撩得不知所措。他的额头冒着细汗，一下一下喘着粗气，闭着眼睛摸遍她全身后，手忙脚乱从她身上下来，裸身披睡袍。

男人的肌肉线条美好，在光下展现出薄长的弧度。

唐漾很轻地笑了一声，小指若有若无地滑上他的背：“你知道我第一次来你房间，想的是什么吗？”

不待蒋时延回答，唐漾柔声接着道：“想的就是你这床，软不软。”

唐漾的尾音弯弯绕绕地勾人。

蒋时延浑身憋得快要爆炸似的，终于明白：她今晚绝对故意的，绝对是！

蒋时延浴袍的带子都没系好便着急躲开唐漾的手。

他去往厕所的姿态近乎落荒而逃，终于跑到厕所门口，蒋时延在背光玻璃里瞥见唐漾举手比胜利的姿势，咬牙切齿地放狠话："等着，看我以后怎么收拾你。"

他好凶哦。

她好怕怕哦。

唐漾把自己蒙在被子里，顶着绯色未褪的脸，咯咯咯咯怕得笑出声来。

大抵感应到美人妈妈怀自己的时候受了很多苦，蒋小狗在后期并没有怎么折腾。

痛肯定是痛的，生产过程总的来说还算顺利。

蒋时延在手术室陪产，见唐漾的脸皱成一团，他毫不客气地把蒋小狗的爸妈连带祖宗十八代都骂了个遍。唐漾呻吟一声，他又忙不迭低声去哄，手忙脚乱地给她擦额角的细汗。

医生、护士从业这么多年，第一次见准爸爸自己骂自己还骂得这么利索。

等手术结束了，他们在办公室笑得不行，同时也感叹："蒋总和唐行不像商业联姻啊，联姻能联成这样？不过蒋总那张脸真的好看，那纠着心肝的小眼神。"

"大家看到的事实被推翻两次往往就是真相。"另一个医生想起前两天看到的新闻——汇商涉案高层周自省罄竹难书，受贿近四亿，然后是周自省受贿款项尽数用于慈善项目，再然后，是周自省很早之前便匿名为相关机构提供过线索，功过相抵。

如果同样的定律放到唐漾和蒋时延身上，推翻一次是"两人相爱"，再推翻一次，便是两人爱了很多很多年。

医生看蒋时延牵蒋太太时，蒋总的手总忍不住摸两下太太的手。

医生笑得不行，几岁啊。

蒋时延对蒋小狗本就不太友好，尤其知道是臭屁孩不是小公主后，他甚至抱都不想抱。

几位长辈围在单间病房，目光齐齐望向蒋时延。

蒋时延略不耐烦："你们抱就行，反正他还小，假装我抱过好了。"

蒋妈妈怎么劝他都不听，他得专心给漾漾冲蛋白粉。

蒋时延冲好热水把杯子端到唐漾身边，唐漾没接也没张嘴，轻描淡写的眼神落在蒋时延身上。

蒋时延和唐漾对视三秒，颇为无奈地把杯子放到一旁，伸手去接蒋妈妈怀里的小东西。

除却刚出生时哭了一阵，蒋小狗其他时候都很安静，困了就睡，没困就用尚未张开的眼睛好奇地打量周围的大人，乖巧的模样受尽宠爱。

蒋时延没什么抱孩子的经验，小心翼翼地刚接过来，方才在奶奶怀里还吐泡泡的小不点倏地一下大声“哇哇”哭。

蒋妈妈急忙纠正：“你得让他贴着你，他太小，脊椎没发育好立不稳。”

“好丑。”蒋时延抻长脖子，嫌弃到不敢看蒋小狗的脸。

唐漾一巴掌打在蒋时延的腿上，蒋时延“啊呀”一声，在蒋妈妈的指点下换了正确的姿势。结果，蒋小狗哭得更凶了！

蒋时延是个不接受威胁的人，蒋小狗“哇哇”哭，他也跟着“哇哇”叫！

蒋小狗声音大，蒋时延声音更大。

父子俩拉锯般较劲十分钟，蒋小狗软绵绵打个哈欠，蓦地收了声。

“这浑小子！”蒋时延愤愤地拍一下蒋小狗的屁股，力道不重。

蒋小狗“哇哇”又哭。

长辈们指责蒋时延，蒋时延又赶紧揉揉蒋小狗的屁股，蒋小狗的脑袋搭在蒋时延宽阔的肩上。所有人都批评蒋时延的时候，他睁开小眼睛望着美人妈妈，然后轻轻扯了一下嘴唇，露出一个疑似笑容的神情。

这么小就会欺负爸爸了，真是可爱得紧。

唐漾扑哧一声。

蒋时延恰好特别委屈地看向漾漾。

虽然蒋小狗出生时，蒋时延是最嫌弃的，但之后，蒋时延却是照顾蒋小狗最多的。

蒋时延害怕蒋小狗哭会打扰漾漾睡觉，练就了儿子“嗷”一下立即翻身爬起来的技能；漾漾上班本来就辛苦，蒋小狗提前断奶那段时间，蒋时延每天早上六点钟起来把蛋羹和米羹打成糊状喂给蒋小狗，然后给漾漾做丰盛的早饭。

唐漾化妆收拾好自己，蒋时延差不多做好早饭。饭后，蒋时延送唐漾去上班，他偶尔把蒋小狗送去早教班，偶尔送去蒋妈妈那，偶尔带到一休顶楼。

蒋时延和唐漾都是皮相极好的人，蒋小狗继承了父母的优点，眼睛长开后，唇红、眼睛亮，像极了年画里粉雕玉琢的白娃娃。

员工们开玩笑说："抱走可以吗？"

蒋时延分外开心："是不还回来的那种吗？"

员工们瑟瑟发抖，助理悄悄拨通唐漾的电话告状，唐漾哭笑不得。

很快到了蒋小狗满周岁，蒋妈妈在悠然居摆了几桌。

尽管来的都是亲朋好友，"蒋惟唐"这个名字仍是不可避免地上了热搜——蒋妈妈给孙子送了一个游乐场；陈强履行当初的承诺，给蒋小狗让渡了百分之三十的原始股份；肖勤在唐漾上任之初与总行的拉锯战中发挥了不可或缺的作用，也拎着玩具来道贺。还有一大群把小狗宝贝得不行的叔叔阿姨出手大方。

网友们直呼"霸总初期""人生赢家"。

唐漾刷着评论区一堆"妈妈粉""老婆粉"的表白，乐不可支地对秦月道："你和你家小孩要再不在一起，我儿子可能要先找儿媳了。"

"那也要小孩上道啊，"秦月也气愤，"老娘这姿色，就算是块石头都能把它焐得面红耳赤，可小孩是什么？"秦月用筷子重重敲着碗沿："陨！石！"

其他人纷纷看过来，唐漾连忙打哈哈帮秦月做掩护。

忙碌一天。

晚上，唐漾给蒋时延说起这事，很纳闷儿："时靳都能去机场接秦月的机了，难道还不是喜欢？"

两人都洗了澡，香波味道缠在一起。

唐漾窝在蒋时延怀里细声细气："还有上次，秦月病得迷迷糊糊，号码拨到时靳那里，时靳宿舍都关门了还翻墙去找秦月，这能不是喜欢？"

自家小姑娘什么时候操起了做媒的心？

蒋时延的长指勾起她耳旁垂落的碎发，嗓音低道："每个人对喜欢的理解不一样，喜欢的层级也不一样。"他耐心解释，"可能在时靳心里，喜欢有一百个层级，六十分以上他可以说出口，然后他对秦月的喜

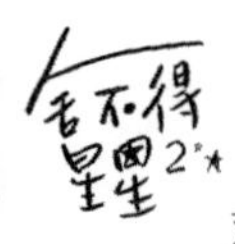

欢刚好卡在五十九分。”

唐漾两手抱着他修长的小指：“那你对我的喜欢是什么时候达到表达层级的？”

“一定要这么严格？”蒋时延问。

唐漾点头。

蒋时延认真想了想，没回答。唐漾当他没想过这个问题，也不追究。

蒋小狗被蒋妈妈接走了，两人难得腻腻歪歪过了个二人世界。

后来，夜幕将云霓染成灰黑的暗色，虫鸣和灯火散落在草丛，窗帘留了一丝缝隙。

蒋时延又抱唐漾去洗了个澡，再回到床上时，唐漾眼睛眯得只剩一条缝隙。蒋时延把小姑娘朝自己怀里搂了搂，觉得不够亲近，他又带着小姑娘的手环到自己腰上。

“如果真的要分层级，那每个层级都有你。”他说。

唐漾哼了两个柔软的音节，蒋时延脑海里浮出她着西装套裙站在汇商顶楼的模样，她赤脚站在毛毯上抱着蒋小狗哄睡小孩的模样，还有校服、学士服和婚纱。

“不过你也得背锅，”夫妻共同承担的原则蒋时延摸得很清楚，他吻了吻唐漾的头发，嗓音低缓温柔地道，“为什么要藏在我所有心动的时间里。”

【总有玫瑰生在骑士心口，鲜衣怒马，策前程远大。】

【他们共享昼夜、厨房、雾霭、流岚，走过明亮天光，终在深夜结发依偎，手足相抵。】

彩蛋一

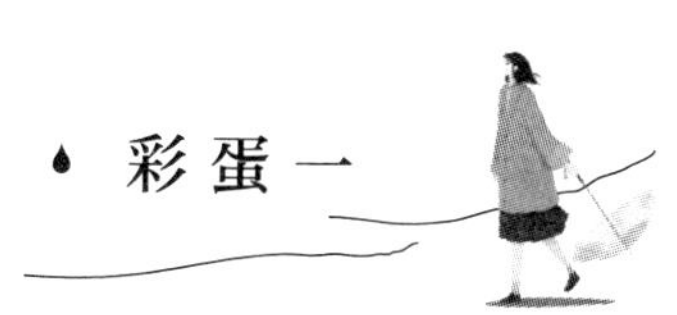

微博上，有营销号组织话题：十七岁那年喜欢的人现在怎样了？

唐漾坐在梳妆台前敷面膜，蒋时延暗戳戳地上小号：“她现在和我在一个房间，我可以感受到她的呼吸。”

下面一票问“兄弟怎么约的初恋”，蒋时延完全忘了自己尿成狗还哭鼻子的样子，他粗略瞄了眼评论，轻描淡写地回复：“不是约炮，她是我太太，我们结婚三年了，感情特别好，她很漂亮、优秀、温柔，做事有主见……”

不带重复地夸了五百字。

冷场了。

偏偏蒋时延还故作不知地继续：“怎么？难道人家都没和十七岁喜欢的人走到一起吗？”

互关们拉黑的拉黑，网友们举报的举报。

蒋时延“啧”了一声，也是庆幸。

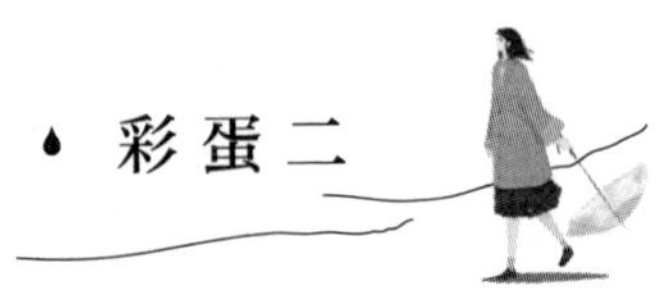

彩蛋二

蒋小狗五岁的时候，上逻辑辅导班，去了一天便不再去。

唐漾柔声问蒋小狗原因。

蒋小狗背着手，皱眉头："那些小孩子都只会哇哇哭，还会流鼻涕，笨笨的，脏兮兮。"

蒋小狗和唐爸爸很像，话不多，爱一个人钻研模型，有轻微洁癖。

唐漾了解完情况，没有说好，也没有说不好。晚饭后，她带蒋小狗和蔬菜去楼下散步。

街区不大，邻居间熟识。蒋小狗家教好，不用唐漾教就主动叫张爷爷、李奶奶。母子俩走了一会儿，在街边的长椅上等蒋时延回家。

夕阳浸染了整片天，唐漾看着小不点玩随手携带的魔方。

蒋小狗转齐六面，眼睛晶亮地抬头望唐漾，脆生生道："妈妈！"

这是想要表扬。

唐漾笑着摸小狗的头："很棒。"

蒋小狗又玩了一会儿，唐漾轻声问："惟唐，张爷爷、李奶奶会玩魔方吗？"

蒋小狗认真想了想，摇摇头。

唐漾："张爷爷和李奶奶会滑滑板吗？"

蒋小狗还是摇头。

唐漾又问："那你喜欢张爷爷和李奶奶吗？"

张爷爷教过惟唐写书法，李奶奶会绣很好看的图。虽然不明白唐漾的意思，蒋小狗仍旧点点头。

唐漾探手把蒋小狗抱在怀里，低声温柔道："张爷爷和李奶奶不会惟唐喜欢的东西，但并不妨碍惟唐喜欢他们。惟唐不会做饭洗衣服，同样不妨碍他们喜欢你。”

蒋小狗没出声。

唐漾接着道：“我们生活的环境里有很多人，小孩、中年人、老人，每个人年龄不一样，境遇不一样，做的事情也不一样。就像有的人是老师，有的人是出租车司机，有的人建漂亮的房子，有的人和爸爸妈妈一样在办公室。大家分担的工作不同，但都同样重要，少了任何一类，都不会完整。每个人都是从小孩再到成人到老人。成长的过程，就是自我选择和职业选择的过程。”

蒋小狗似懂非懂：“妈妈是想说逻辑班的同学以后会开酷酷的出租车吗，要我和他们团结友爱吗？”

城市的出租车彩漆统一，随处可见，对这个年龄的蒋小狗有着类似神秘组织的吸引力。

蒋小狗的眉头皱在一起。

唐漾替他抚平，“不是，”她道，“妈妈是想告诉你，我们要对差异持以包容和尊重，得到很多的时候，也要懂得给予、肩负和平等，比如爸爸？”

蒋小狗对这个例子不太服气，“蒋时延经常欺负我，”蒋小狗撇撇嘴，“吃饭的时候我想坐妈妈旁边，可他说坐妈妈旁边吃饭会长不高，让我坐对面。幼儿园亲子活动的时候妈妈演公主，他就要演最帅的王子，可我也想做王子，他就吓我，不过他也好笨。”蒋小狗嫌弃：“明明西瓜中间最甜，可他每次都会吃边上的，让我和妈妈吃中间的，他剥虾剥得很好，自己又不喜欢吃，而且……”

蒋小狗眨了眨眼睛，小声说：“上次去旅行，他给我说，漾漾是他喜欢的女同学，让我保护好漾漾。”

蒋小狗超帅地说了“当然”，挠挠头顶的鬈发，道：“可妈妈你明明没有上学了，他是不是傻！”

“是。”唐漾抿着笑意刚想说什么，余光瞥见熟悉的人从不远处下车，把行李箱扔给助理，朝自己和小狗这边走。

唐漾望着熟悉的身形，望着望着就笑得不行：“你怎么出个差剪了个小平头回来，哈哈哈……”

蒋时延单手抱起蒋小狗，另一只手摸了两把头发，“怎么？不好看？

不是你那天说没看过我平头吗？”

“没有没有，特别帅，”唐漾挽住老公的胳膊，一边走一边真诚地夸赞，“怪不得说平头是检验颜值的标准，真的好看，和之前很不一样，整个人看上去特别有精神，特别硬朗，特别符合我的审美，当然你以前也很符合。”

蒋小狗听惯了父母的商业互捧，不如仰着脑袋望路过的飞机。

漾漾眼眉弯弯，望着自己说话时好像蓄满一抔清澈的光，颊边有小酒窝，若隐若现。

唐漾柔声道：“不过我猜你明天回一休大家也会笑，但你要相信大家这是善意的微笑。”

蒋时延忽然低头，唐漾蒙住。

薄唇轻落在她唇上，一下。

见蒋小狗没注意，蒋时延揽着漾漾的腰，噙着笑又偷亲了一下。

“特别甜，”他附在耳边，眸子盛满柔意，低低笑道，“我也特别喜欢。”

后记

《舍不得星星》算画画第一次深入尝试现实性题材。

开文之初，是毕业论文审稿期，第一次查重的数据很吓人，家里传来两位老人病危的消息。

过年连载前期，爸爸不理解为什么大年三十还在撸纲，和他在饭桌上发生争执。

三月，从小陪伴长大的老爷子走了，九十八岁。

六月完结，外公也走了。

《舍不得星星》之于我好像是一本书完成的距离，也好像是一些生与死的距离。

三次元的生活混混沌沌，相比于之前的允哥、甜姐，延狗和漾姐完成的思路倒还相对清晰。

最初写的时候，想写唐漾从一个初出茅庐的高校精英升级打怪走上职场巅峰的故事。创作过程中，张志兰加入进来，甘一鸣加入进来，周默披着利益至上的自私伪善加入进来，然后是周自省。伴随人物越来越多，我已然没办法控制走向。比起一个操控者，我更像是一个旁观者，在记录他们的血肉和风度。从张志兰家的小孩在破旧的居民楼底起身唱国歌，到周自省在办公室就着暮色吞下抗癌药，再到周默在江边抱着被水泡得发白的徐姗姗仰面恸哭，以及唐漾怀着孩子在风雨飘摇中扛起汇商大旗，我时常会觉得他们真实存在，时常又会觉得他们活在一个我强加的理想主义的壳中。

好像是有那么一个胖哥。

高一、高二两年，我们都是同桌或者前后桌，反正逃不开前后四人以内的范围。我们学校分成绩好的本部和缴纳择校费的分部，但考试试卷是一样的，排名是拉通的。我和胖哥同桌都属于初中成绩挺好，中考失误流落分部型。第一次月考，大家等着雪耻，结果排名下来，我和同桌一个四百多，一个五百多，心态崩塌得不行。胖哥全年级一千一百名，非常自我安慰："除开本部一千名，我排一百多，挺好挺好。"

不看自己在三千多人中排一千多，看自己在两千多人中排一百多。

我当时就觉得胖哥心态真好。

有一个闺蜜，上大学之后很少联系但仍旧很要好的闺蜜。

高三的时候，父母工作忙没时间来看我，她妈妈住在学校旁边，我常常去蹭她带过来的水果和鸡汤。

好像也有一个初升行长的月亮阿姨类似漾漾。

案例略敏感，数据略敏感，剖析和桥段设置略敏感，唯一不敏感也值得我们发现的是，身边真的有很多很多人，他们或许是普通行业，或许是特殊行业。他们认真对待自己的工作，认真对待自己生活，认真对待放在自己眼前的每个人、每件事。他们"希望越来越多的人相信始终有那么一些东西，没有虚伪，没有掩盖，没有好大喜功，没有粉饰太平，相信始终有人会撑在风浪里，不作秀，不浮躁，真的在改善，真的在进步。"

愿我们都能成为自己想成为的人，愿一切顺遂或在坎坷夜色后窥得大好天光。

跌跌撞撞写着跌跌撞撞的故事，感恩所有恰逢其时的相遇。

画盏眠

二〇〇八年七月八日